Das große Halali

Erich Hobusch

Das große Halali

Eine Kulturgeschichte der Jagd und der Hege der Tierwelt

Militärverlag
der Deutschen Demokratischen
Republik

ISBN 3-327-00036-0

2., unveränderte Auflage

Militärverlag der Deutschen Demokratischen Republik (VEB) – Berlin 1986
Lizenz-Nr. 5
Printed in the German Democratic Republic
Druck: Druckerei des Ministeriums für Nationale Verteidigung (VEB) – Berlin – 3 2332-5
Buchbinderische Verarbeitung: INTERDRUCK, Graphischer Großbetrieb Leipzig – III/18/97
Typografische Gestaltung: Ludwig Winkler
Schutzumschlag und Einband: Wolfgang Ritter
Redaktionsschluß: 4. Juni 1984
LSV 4569
Bestellnummer 746 661 7
Der Vertrieb ist nur in der DDR und im sozialistischen Ausland gestattet
[illegible]00

Inhaltsverzeichnis

Vorwort

Es gibt zahlreiche Berichte über großartige Jagden und Safaris aus allen Zeiten, über kapitale Trophäen und erlebnisreiche Jagdausflüge; aber auch erschütternde Dokumentationen über die Ausrottung ganzer Tierarten. In der Jagdliteratur sind vortreffliche ältere Darstellungen zur Kulturgeschichte der Jagd in den einzelnen Ländern oder zur Geschichte der Jagd auf anderen Kontinenten enthalten. Gleichzeitig gibt es aber auch aus allen Erdteilen eine umfangreiche Literatur über den Schutz und die Erhaltung seltener Tier- und Pflanzenarten.

In der Öffentlichkeit werden deshalb die Fragen «Warum jagst Du, Jäger, und wie verhältst Du Dich gegenüber der freilebenden Tierwelt?» sehr kritisch diskutiert. Berechtigt denn eine ausgeprägte Jagdleidenschaft oder der Wunsch nach Entspannung und Erholung allein zur Ausübung der Jagd?

Bei vielen Menschen löst die Jagd immer wieder ein offenherziges Mitleid für die «armen Tiere» aus, die da blindlings totgeschossen werden! Aus dieser sentimentalen Einstellung entstand im vorigen Jahrhundert eine konservierende Natur- und Tierschutzbewegung, deren Alternative absoluter Schutz der Tierwelt hieß. Leidenschaftlich vertraten Naturschützer und Jäger seitdem ihre ethischen Auffassungen im Hinblick auf die Natur und das Wild. Bewußt wandte man sich gegen die rücksichtslosen Schießer und forderte eine weidgerechte Jagdausübung unter Beachtung der Fairneß gegenüber dem freilebenden Wild.

In dieser tief humanistischen Einstellung des Jägers zum Wild finden die wahren Prinzipien einer echten Weidgerechtigkeit ihren Ausdruck, indem die positiven jagdlichen Traditionen mit ihrem festumrissenen Brauchtum auch heute noch von den Jägern sinnvoll angewandt und weiterentwickelt werden. Die ethischen und ästhetischen Werte des Weidwerkes werden letzten Endes nur daran gemessen, wie die jagdlichen Sitten und Gebräuche neben einer hohen moralisch-erzieherischen und jagdpraktischen Bedeutung auch zur Erhaltung der uns umgebenden Fauna beitragen können.

Aber der Widerspruch zwischen Jagd und absolutem Schutz der Natur besteht scheinbar unvereinbar weiter. Die Frage nach dem Für und Wider von Jagd und Wildtierschutz läßt sich weder mit einem Loblied auf eine Jagdkultur und die Ethik des Weidwerks beantworten, noch mit einer romantischen Naturschwärmerei entscheiden. Die Jagd kann und darf nicht das egoistische Vergnügen einer privilegierten Minderheit von Menschen sein, die selbstherrlich in den Haushalt der Natur eingreift.

Verantwortungsbewußte Jäger, Naturwissenschaftler und Naturfreunde haben bereits im vorigen Jahrhundert gegen diese Vorurteile gekämpft und eine weidgerechte Jagdausübung sowie eine wissenschaftlich begründete Naturschutzarbeit gefordert. Deshalb steht heute vor uns nicht mehr die Frage «Jagd oder Naturschutz», sondern die Aufgabe, in einer hochentwickelten Kulturlandschaft gleichzeitig den Schutz der Umwelt sowie eine verantwortungsvolle Jagdausübung zu gewährleisten.

Wir schützen die Natur für den Menschen, für ihn hegen und bejagen wir das Wild. Weder das sportliche Vergnügen der Jagd noch die kommerzielle Jagdwirtschaft rechtfertigen einen einseitigen Eingriff des Jägers in den Wildbestand der Natur. Der Schutz der Natur erfolgt in einer intensiv genutzten und bewirtschafteten Kulturlandschaft, die gleichzeitig den Lebensraum des Wildes darstellt. Dementsprechend muß sich auch der moderne Jäger verhalten und für den Schutz und die Erhaltung des Wildes in dem ihm anvertrauten natürlichen Lebensraum eintreten. Somit bestehen Jagd und Hege des Wildes nicht nur in der Betreuung und Erhaltung eines gesunden, artenreichen Wildbestandes in den heimatlichen Revieren, sondern in einer sachgemäßen Pflege und Bewirtschaftung der gesamten Landschaft. Obwohl sich der Charakter der Jagd entsprechend den gesellschaftlichen Bedürfnissen ständig verändert hat, fordert die Jagd eindringlich zur Pflege des ökologischen Gleichgewichts in der Natur auf, um die lebenden Schätze der natürlichen Umwelt für spätere Zeiten zu erhalten.

Weltweit ist der Ruf nach dem Schutz der bedrohten Tierwelt; internationale Organisationen und nationale Verbände setzen sich in zahlreichen Proklamationen und Resolutionen für die Erhaltung der vom Aussterben bedrohten freilebenden Wildbestände ein. Unter der Schirmherrschaft der Vereinten Nationen und deren Spezialorganisationen sind in den letzten Jahren bedeutende internationale Abkommen* zum Schutz der natürlichen Umwelt des Menschen ratifiziert worden, wobei auch der Handel mit 178 Säugetierarten, 113 Vogelarten, 58 Arten von Reptilien, Amphibien und Fischen strengstens untersagt ist.

Das Wild wurde seit Jahrtausenden gejagt und gehetzt, aber erst seit wenigen Jahrzehnten bewußt geschützt und dadurch vor dem Aussterben gerettet.

In einem alten Jagdregister aus dem 17. Jahrhundert heißt es wörtlich, der Erzjägermeister des Heiligen Römischen Reiches Deutscher Nation, der «Durchlauchtigste Kurfürst zu Sachsen und Burggraf zu Magdeburg, Herzog

* Washingtoner Konvention über das «Übereinkommen über den internationalen Handel mit gefährdeten Arten freilebender Tiere und Pflanzen» vom Febr. 1973; Japan trat 1980 als 60. Land dieser Konvention bei. Internationales «Abkommen über den Schutz von Feuchtgebieten» 1979 oder Resolutionen der 14. Generalversammlung der IUCN zum Artenschutz im Herbst 1978 in Aschachabad (Turkmenische SSR) und der 15. Generalversammlung im Herbst 1981 in Christchurch, Neuseeland.

Johann Georg der Erste, hat seit seiner Regierung von 1611–1655, selbst gefangen, geschossen und gehetzt: 116906 Stück Wild». Sein Sohn, der Kurfürst Johann Georg II. von Sachsen, erlegte während seiner Regierungszeit, zwischen 1656 und 1680, sogar 111141 Stück Wild, also je Tag durchschnittlich 13 Tiere!

Über zwanzig Jahre täglich wenigstens 13 Stück Schalenwild jagen und hetzen, hat sicherlich nichts mehr mit der hochgepriesenen Kunst des Jagens zu tun. Diese Angaben über die traumhaften Wildstrecken der sächsischen Kurfürsten geistern seit Jahrhunderten durch alle kulturgeschichtlichen Darstellungen der Jagdliteratur. Bei einer exakten Überprüfung der Originalquellen* konnte jedoch nachgewiesen werden, daß die damaligen Jagdberichte die gesamte Jagdbeute allein dem Kurfürsten zuschrieben, obwohl der Landesherr selbst nur wenige Tage im Jahr an den Jagden persönlich teilnahm. Um die Jagderfolge seines Herren für alle Zeiten zu verherrlichen, schrieb der Chronist alles erlegte Wild bei den zahlreichen Hofjagden allein dem Landesfürsten als persönliche Jagdstrecke zu. So entstanden legendäre Erzählungen und Berichte vom Jagdglück und von der Jagdleidenschaft ganzer Generationen von sagenhaften Jägern, die von der Kunst des Jagens fasziniert waren und solche märchenhaften Massenstrecken erzielt haben sollen.

Wenn heute ein Jäger im Jahr insgesamt 13 Stück Schalenwild in seinem Jagdgebiet erlegt, dann gilt dies schon als ein wildreiches Jagdrevier! Bilden aber große Strecken oder kapitale Trophäen heute noch das Kernstück unserer Jagd? Hat nicht der Jäger unserer Tage in einer von der modernen Industrie geprägten Kulturlandschaft eine viel größere Aufgabe und Verantwortung als in früheren Jahren? Jagen, das ist weit mehr als nur Schießen!

In der vorliegenden kulturhistorischen Darstellung soll näher untersucht werden, wie sich in den verschiedenen historischen Epochen der Menschheitsgeschichte die Jagd auf die wildlebende Tierwelt auswirkte und zum Teil mit dazu beitrug, daß unter bestimmten geschichtlichen Bedingungen Tierarten stark dezimiert oder sogar ausgerottet wurden.

Nicht alle Aspekte einer Kulturgeschichte der Jagd und des Schutzes der wildlebenden Tierwelt sollen hier ausführlich erläutert werden, sondern es kam darauf an, an interessanten Beispielen aufzuzeigen, wie die verschiedenen Jagd- und Fangmethoden in den unterschiedlichen Regionen angewandt wurden, um das Wild zu jagen, zu hetzen oder zu schützen.

Mein besonderer Dank gilt Herrn Forstmeister Dr. R. Bösener (†), ehem. Sektion Forstwirtschaft Tharandt der Technischen Universität Dresden, für seine wertvolle Hilfe bei der Interpretation der jagdkundlichen Fragen, Herrn Dr. E. Schwartz, Eberswalde, Herrn Dr. R. Weinhold, Bereich Kulturgeschichte/Volkskunde am Zentralinstitut für Geschichte der Akademie der Wissenschaften der DDR, sowie Herrn Direktor a. D. Dr. K. Sälzle vom Deutschen Jagdmuseum München für ihre wertvollen Hinweise. Abschließend möchte ich mich bei den Mitarbeitern des Verlages Edition Leipzig sowie bei den Direktoren und wissenschaftlichen Mitarbeitern der verschiedenen Museums- und Fotosammlungen für ihre Unterstützung bei der Bearbeitung von Text und Bildmaterial von Herzen bedanken.

Berlin 1977 Erich Hobusch

* «Vorzeichnis was Ihre Churf. Durchl. zu Sachsen in Vierzig Jahren von den 11. July Anno 1611 bis auff den 20. Dez. Anno 1650 an Hohen und Niedrigen Wildpret in Jagen, Pirschen, Streiffen und Hetzen geschossen, gefangen und gehetzt.» Dresden, Sächsische Landesbibliothek, Handschriftenabteilung R 7b, 373 Bl.

1 Aufbruch zur Jagd

2 Jagdregister 1611–1656 des Kurfürsten Johann Georg I. von Sachsen. Dresden, Handschriftenabteilung der Sächsischen Landesbibliothek

3 L. Cranach d. Ä.: Die Hirschjagd des Kurfürsten Johann Friedrich von Sachsen, für Kaiser Karl V. veranstaltet. 1544 Madrid, Prado

4 Jagdabend an der Kama (UdSSR)

5 Hochflüchtiges Damschauflerrudel

Wild und Jagd in der Urgesellschaft

1 «Großer Fries» mit Jägern, Rindern, Hirschen und Steinböcken (Ausschnitt). Felsmalerei aus dem Mesolithikum. Alpera/Albacete, Ostspanien

Berühmte prähistorische Jägerstationen

«Viele Hunderttausende von Jahren hindurch lebten die Vorfahren des Menschen nur von der Jagd und für die Jagd. Sie war ihr Lebensunterhalt, sie lieferte ihnen Nahrung und Bekleidung. Die Jagd und die Jagdleidenschaft bestimmten das ursprüngliche Verhältnis des Menschen zu belebten Natur.»

Welt-Jagdausstellung 1971, Budapest,
Mensch und Natur/Die Jagd in der Welt

Wissenschaftliche Ausgrabungen und Forschungen lieferten umfangreiches Material zur kulturhistorischen Darstellung der prähistorischen Jagd. Sie gestatten eine Rekonstruktion der verschiedenen Fang- und Jagdmethoden der späteiszeitlichen Jäger. Neben der Erforschung der Jagdtechnik und der Entwicklung der Jagdwaffen wurden verschiedene Methoden der qualitativen und quantitativen Analyse des gefundenen Knochenmaterials entwickelt. Mit Hilfe der C 14-Methode (Messungen des Zerfalls der radioaktiven Kohlenstoff-Isotope im organischen Material) ist eine relativ exakte zeitliche Datierung der Funde möglich. Vom Mammut (Elephas primigenius)* fand man beispielsweise in Europa etwa 20000 Tiere, in Sibirien 50000 und einige tausend Exemplare in Alaska und Amerika.

1974 konnten durch Archäologen der DDR neue sensationelle Funde von altsteinzeitlichen Jägerhorden erbracht werden, die bereits vor 350000 Jahren in Mitteleuropa in der Waldsteppenlandschaft der sogenannten Holstein-Warmzeit (Yarmouth-Interglazialzeit) auf Großwild jagten. Prähistoriker des Landesmuseums für Vorgeschichte Halle (Saale) legten an der Fundstelle «Steinrinne» bei Bilzingsleben (am Rande des Thüringer Beckens) an der Wippra eine Jägerlagerstation der altpleistozänen Urmenschen frei. Bei diesem umfangreichen naturwissenschaftlich-archäologischen Forschungsprogramm, das im Auftrage des Ministeriums für Hoch- und Fachschulwesen der DDR durchgeführt wird, konnten bis 1976 vier Schädelreste vom Urmenschen geborgen werden. Die Anthropologen ordneten diese Funde der Entwicklungsstufe des «Homo erectus» (Urmensch) zu. Es ist der nördlichste Fundplatz, wo bisher Vormenschen entdeckt wurden. Zu den bekannten Funden in der Nähe von Heidelberg (Unterkiefer von Mauer – 1907 entdeckt), aus China (Chou-Kou-Tien und Lantian) oder von Sangiran (auf Java), Olduwai und Ternifine in Afrika konnte in der Volksrepublik Ungarn in den letzten Jahren bei Vertésszöllös ebenfalls ein Jägerlager der Urmenschen ausgegraben werden. Die wohl älteste Jägersiedlung Europas wurde an der französischen Riviera bei Nizza freigelegt. In 15 m Tiefe fand man diesen fast 400000 Jahre alten Siedlungsplatz auf einer Düne, der als Rastplatz für die Sommerjagd sowie für den Fischfang diente.

Dank der modernen Grabungsmethoden ist heute eine umfassende Rekonstruktion der Lebens- und Verhaltensweisen der altsteinzeitlichen Jägerhorden möglich und ebenso eine exakte Analyse der Umweltfaktoren im Jägerlager. Die Grabungsfunde von Bilzingsleben ermöglichen ein exaktes Bild vom Leben und Treiben der altsteinzeitlichen Jägerhorden. Der freigelegte Rastplatz des Jägerlagers des «Homo erectus bilzingslebenensis» befand sich an der Einmündung eines kleineren Baches in einen größeren See. Durch die anstehenden Sandschichten unter dem Travertin (Kalkstein) konnten die einzelnen Siedlungsperioden exakt im Seekalk nachgewiesen und die Lagerstätten mit der Jagdbeute sorgfältig ausgegraben werden. Bei der Grabung handelt es sich um eine spezielle «Knochenkultur» der Jäger, bei der als Arbeitsgeräte vorwiegend Knochengeräte verwandt wurden, im Gegensatz zu den späteren Steinzeit-Jägersiedlungen.

Alle Knochengeräte von Bilzingsleben zeigen deutliche Bearbeitungsspuren, alle Tierknochen sind anscheinend mit Werkzeugen zerkleinert worden. Weiterhin konnten erste Steinwerkzeuge freigelegt werden, die wahrscheinlich als Bohrer für Häute dienten. Bis 1976 konnten über 60000 Feuersteingeräte bzw. Trümmerstücke und Skelettreste von Großsäugern mit einem Gewicht von mehr als einer Tonne freigelegt werden; 95% der Knochen wurden durch die Urmenschen zerschlagen.

Als Jagdbeute erlegten die Jäger vorwiegend den etwa 5 m hohen pleistozänen Waldelefanten. In Bilzingsleben konnte ein 3,50 m langer Stoßzahn, der an der Basis einen Durchmesser von 40 cm besaß, ausgegraben werden. Weiterhin sind Waldnashorn, verschiedene Hirscharten, darunter der Riesenhirsch, nachgewiesen. Von den typischen Vertretern der damaligen Tierwelt am und im Wasser legte man zahlreiche Biber- und Fischknochen frei, darunter befindet sich eine weitaus größere Biberart als unsere heutige Gattung Castor. Die Grabungsarbeiten in Bilzingsleben sind bis 1990 vorgesehen, so daß die wissenschaftliche Auswertung des Fundmaterials noch mehrere Jahre in Anspruch nehmen wird. Durch die Freilegung bedeutender prähistorischer Fundstellen des «Homo sapiens fossilis» konnten bereits ganze Jägerstationen nachgewiesen werden, die uns einen Einblick in das Wesen der damaligen Jagd verschaffen.

Neben den prähistorischen Fundstellen mit dem fossilen Knochenmaterial wiesen noch andere Quellen auf die Bedeutung der prähistorischen Jagd hin. Es sind dies die ältesten authentischen Belege vom künstlerischen Schaffen der Altsteinzeit-Jäger. Diese einzigartigen Bilddokumente schufen Jäger vor mehr

* Nomenklatur nach «Grzimeks Tierleben – Enzyklopädie des Tierreiches», Zürich 1968, Bd 13

als 20000 Jahren. Sie zeichneten auf den Fels der Höhlen die Jagdtiere, die sie zu erbeuten hofften. Was ist uns von der Entdeckung dieser altsteinzeitlichen Höhlenmalereien, die in Südwesteuropa seit über 100 Jahren bekannt sind, überliefert?

Man schrieb das Jahr 1868. In der zerklüfteten, sonnendurchglühten Karstlandschaft nahe des nordspanischen Küstenstädtchens Santillana del Mar fand eine der alljährlichen Treibjagden statt. Ein Fuchs wurde gehetzt. Plötzlich war der Hund des Jagdhüters spurlos verschwunden. Bei der Nachsuche hörte man sein klägliches Winseln aus der Tiefe eines Erdloches. Mit viel Glück wurde das Tier aus einem unterirdischen Gang befreit, der in eine größere Höhle mündete. Hohlräume und Erdlöcher sind in dieser Landschaft am Golf von Biskaya nichts Ungewöhnliches. Auch die Jäger kümmerten sich nicht weiter darum – dennoch verdanken wir diesem Zufall die Kenntnis eines der schönsten und bewunderungswürdigsten Zeugnisse der paläolithischen Kunst.

Sieben Jahre später, im Jahre 1875, fanden in dieser Höhle eingehende Untersuchungen durch den Grafen Don Marcelino de Sautuola statt. Er entdeckte verschiedene Tierknochen mit eigenartigen Ritzzeichnungen. Diese fossilen Knochengravierungen erregten auf der Weltausstellung 1878 in Paris allgemeines Aufsehen, da bisher prähistorische Jagd- und Tierdarstellungen kaum bekannt waren.

An Interesse gewannen diese Funde, als ein Jahr später aus der gleichen Höhle eine neue Kunde drang. Die zwölfjährige Tochter des Grafen – Maria – erkannte plötzlich an der niedrigen Decke des Höhlensaales prachtvolle Tiergemälde in leuchtend roten, braunen und gelblichen Farben. Ihr überraschter Ausruf: «Papa, mira, toros pintados!» erlangte Weltberühmtheit. Das Mädchen hatte die ersten bedeutenden prähistorischen Höhlenzeichnungen entdeckt. Nach ihr benannte man die Höhle «Altamira».

Auf dem Internationalen Kongreß für Anthropologie und prähistorische Archäologie im Jahre 1880 in Lissabon wurden die ersten Abbildungen dieser Jagdtierdarstellungen der Urzeit als Lithographien vorgeführt. Die Experten aus aller Welt hielten sie jedoch für dilettantische Fälschungen. Die Höhlenzeichnungen gerieten wieder in Vergessenheit. Erst am 9. Oktober 1902 bestätigte die Fachwelt offiziell die Echtheit dieses einmaligen Tierfrieses von Altamira und bezeichnete ihn als schönstes und interessantestes Kunstwerk paläolithischer Höhlenmalerei.

In der Zwischenzeit waren weitere Höhlen mit zahlreichen Felszeichnungen entdeckt worden, die unzweifelhaft prähistorischen Ursprungs waren.

Nun fanden auch die Bilder von Altamira einen gebührenden Platz in der eiszeitlichen Höhlenkunst und konnten zum besseren Verstehen der paläolithischen Jagdverhältnisse beitragen.

Die 280 m lange Höhle besteht aus mehreren großen Sälen, in denen über 150 Felsbilder in prachtvollen Farben erhalten sind. Die Künstler benutzten für die Höhlengemälde einfache Mineralfarben wie Ocker, Rötel, Manganerde und verschiedene Eisenoxid-Materialien, wobei die Tierfiguren vorwiegend in roten, braunen und schwarzen Farbtönen in mannigfacher Abstufung ausgeführt wurden. 17 verschiedene Farben sind aus der Höhle von Altamira bekannt, wobei Blau und Grün völlig fehlen. Zur Beleuchtung der dunklen Höhlen verwandte man neben Fackeln flache, mit Tierfett gefüllte Schalen, deren Docht vermutlich aus den Därmen der Tiere angefertigt wurde. Der mehrfarbige Fries an der Decke der Gran Sala, des «Großen Saales der Tiere», in der Höhle von Altamira, zählt zu den eindrucksvollsten Felszeichnungen des Paläolithikums.

Vorherrschend in der künstlerischen Darstellung der Altsteinzeit sind die bejagten Tiere selbst. Ihre planmäßige Verfolgung bildet die Grundlage für die Ernährung und die Lebenserhaltung des eiszeitlichen Menschen. Das Erbeuten des Wildes, also ein primitives Sich-Aneignen der jagdlichen Beute, prägte den Charakter der paläolithischen Jagd und folglich auch ihrer Kunst. Es waren primär wirtschaftliche Motive, die die Jagd der Urzeit bestimmten und den Künstler inspirativ beeinflußten.

Wer waren die Maler dieser imposanten späteiszeitlichen Jagd- und Tierdarstellungen, die in mehr als 120 Höhlen in Nordspanien und Südfrankreich entdeckt wurden?

Die Zeichnungen werden der jüngsten Kulturstufe des Paläolithikums zugeordnet und fanden im sogenannten franko-kantabrischen Kulturkreis (Frankreich und Nordspanien) ihre größte Verbreitung. Es sind Kunstwerke der verschiedenen Jägersippen, die im mittleren und späten Magdalénien (der ausklingenden Epoche der Altsteinzeit) den Höhepunkt der Kunst der Urzeit erreichten. Die Höhlen werden von zahlreichen Touristen aus aller Welt aufgesucht und bewundert, so kamen in den letzten Jahren nach Lascaux jährlich 100000 Besucher.

Zu den bekanntesten Fundstellen mit den eindrucksvollen Felszeichnungen gehören die umstehend aufgeführten Höhlen in Südwesteuropa:

Skizzen der bekanntesten Zeichnungen	*Name der Höhle Ort/Provinz/Land*	*Jahr der Entdek-kung*		*Darstellungen*	*Vorwiegende Maltechnik*
	ALTAMIRA Prov. Santander Spanien	1875/ 1879	280 m lange Höhle mit dem berühmten Deckenfries in der «Gran Sala» – dem «Großen Saal der Tiere»	über 150, vorwiegend: Wisente, Hirsche, Pferde	Figuren: braun, schwarz, ocker
	FONT-DE-GAUME Dep. Dordogne Frankreich	1901	124 m lange, schmale Höhle, im selben Fels wie Les Combarelles (Größe der Figuren bis 2,07 m)	über 200 Figuren, darunter: 80 Wisente, 23 Mammute, 40 Pferde, 17 Rentiere, 1 Bär	Malerei mit roter, brauner und schwarzer Farbe
	CASTILLO bei Puente Viesgo Prov. Santander Spanien	1903	Über 300 m lange Höhle mit 18–20 m dicker Kulturschicht im Tal des Rio Pas	vorwiegend Hirsche, Wisente, Pferde, über 50 menschl. Handabdrücke	rote oder braune Tierfiguren
	NIAUX Dep. Ariège Frankreich	1906	Gut erhaltene Bilder im «Schwarzen Saal» etwa 1400 m lange Höhle	über 25 Wisente, 16 Pferde, 6 Steinböcke	vorwiegend schwarze Malerei; im Lehmboden Gravierungen von Wisent und Fisch
	LA PASIEGA bei Puente Viesgo Prov. Santander Spanien	1911	Reich verzweigte Höhle in unmittelbarer Nähe von El Castillo	226 bunte Wandbilder, 35 gravierte Figuren, Wildpferde, Hirsche, Rinder	starke Übermalung der Bilder, vermutlich 7 Bildschichten vorw. rot, gelb, schwarz, gut erhalten
	LASCAUX bei Montignac Dep. Dordogne Frankreich	1940	Bedeutendste paläolith. Bilderhöhle sehr gut erhaltene Malerei	über 60 Pferde, 20 Boviden, zahlreiche Hirsche, 7 Wisente, 6 Wildkatzen, 1 Bär	vorwiegend Ocker Eisenoxide Manganerde
	LE PECH-MERLE Dep. Lot Frankreich	1922	Größe aller Bildhöhlen, Hauptgalerie auf einer Fläche von 120 × 18 m	Mammut, Boviden, Pferde	meist schwarze Tierfiguren
	ROUFFIGNAC Dep. Dordogne Frankreich	1956		42 Mammute, 27 Steinböcke, 14 Wisente, 17 Pferde, 11 Nashörner	teils graviert, teil schwarze Farbe, hervorragende Nashorn- und Mammutdarstellungen
	PINDAHL bei Colombres-Pimiango Prob. Oviedo Spanien	1908	An einem unwegsamen Felsen über dem Golf von Biscaya gelegen	Wildpferde, Bison, Elefant, Seefisch, Hirsch	wichtige Malereien und Gravierungen in roter Farbe
	LES-TROIS-FRERES-Höhle Dep. Ariège Frankreich	1904		über 600 gravierte Tierbilder, teils nur 10 cm groß, vorwiegend Bison-, Rentier- und Wildpferddarstellungen	die Technik ähnelt der Elfenbeingravierung. Farbe nur bei der «Zauberer»-Hirschmaske

In den berühmten Bilderhöhlen des franko-kantabrischen Kreises sind mehr als tausend verschiedene Malereien und Gravierungen registriert worden, die vorwiegend Tiermotive wiedergeben. Nahezu alle Tierarten wurden abgebildet, mit denen die Jäger der Eiszeit in Berührung kamen: Mammut, wollhaariges Nashorn, Ren, Wisent, Wildpferd, Höhlenbär, Wolf, Steinbock, Antilope, aber auch Fische, Vögel, um nur einige der bekanntesten Arten zu nennen. Lediglich die Pelztiere und kleineren Nager fehlen in den Zeichnungen, obwohl sie im Knochenmaterial nachgewiesen wurden. In mehr als 20 Höhlen sind auch Darstellungen des Menschen vorhanden. Zu den bedeutendsten Zeichnungen eines paläolithischen Menschen gehört der sogenannte «Zauberer» aus der Höhle Trois Frères im Departement Ariège (Südfrankreich).

In eine Wildpferddecke gehüllt, mit einer Tiermaske, einem langen Bart, Wolfsohren und einem Hirschgeweih bannte der «Zauberer» mit magischen Kräften die dargestellten Jagdtiere. Das Wunschdenken der eiszeitlichen Jäger drückt sich in diesen ritualen Szenen des «Jagdzaubers» aus. Seine Wurzeln reichen bis zu jener Zeit der paläolithischen Jägersippen zurück, als durch Analogiezauber, Jagdopfer und -tänze sowie durch magische Handlungen reiche Jagdbeute beschworen wurde. «Man warf im Analogiezauber Jagdwaffen auf die Felsbilder und glaubte, die Waffen würden im wirklichen Jagdgeschehen das Tier wiederum treffen. Aber der Zauber wirkte nur, wenn das Bild das Tier möglichst naturgetreu wiedergab. Daher weisen die Tierbilder der Jägerzeit oft erstaunlich genaue Darstellungen auf», charakterisierte Brentjes (1968) diese Zusammenhänge.

Neuerdings entdeckten sowjetische Archäologen im Ural ein Jägerlager in den Höhlen von Schulgan Tasch, wo ebenfalls rotbemalte Felszeichnungen von elf Mammuten, einem Nashorn, drei Wildpferden, einem Wisent sowie eine «Bär-Menschen-Darstellung» nachgewiesen wurden. Das Alter der Zeichnungen wird auf 15000 bis 18000 Jahre geschätzt. In der urgeschichtlichen Jagdmagie hatte die Abbildung des Tieres nicht die Bedeutung eines Kunstwerkes, sondern galt als Realität. Die damit verbundenen magisch-religiösen Riten und Bräuche blieben bei vielen Völkern bis in die Gegenwart erhalten. Durch die stark emotionelle Wirkung der abgehaltenen Zeremonien sollten die ersehnten Wildtiere auf magischem Wege in eine Realität verwandelt werden oder als «Jagdglückspender» die Jagdgründe immer wieder aufs neue anfüllen. Besonders eindrucksvoll ist das Verhältnis des urgeschichtlichen Menschen zum Bären, dem Bewohner der Höhlen. In vielen Höhlen der Alpen (Drachenloch, Wildmannlisloch, Drachenhöhle u. a.) verehrten die spätpaläolithischen Jäger den Höhlenbären «mit geradezu liebevoller Pietät», wie K. Sälzle in seinem Werk «Tier und Mensch – Gottheit und Dämon» (1965) feststellte. Aber nicht nur der Höhlenbär, sondern auch der Braun-, Eis- und Grizzlybär wurden in den Bärenkult

2 Zauberer und Jagdtiere aus der Höhle von Trois Frères, Südfrankreich

einbezogen. Besonders in der Mythologie der paläoasiatischen (vorwiegend sibirischen) und der subarktischen (nordamerikanischen) Jägerstämme finden wir diesen primitiven Jagd- und Opferkult um den Bären. In festumrissenen Riten erwies man dem erlegten Bären eine hohe Verehrung. Der gefangene Bär wurde nach der rituellen Tötung als Gast behandelt, und der Jäger entschuldigte sich, daß das Tier getötet werden mußte.

Von den Korjaken wird berichtet, daß der Bär bei seinem eigenen Mahle als Gast betrachtet wurde, denn das Bärenfell mit dem Kopf erhielt einen Ehrenplatz. «Man opfert ihm, hält ihm Reden und wird immer ausgelassener, bis endlich das Tier zerlegt, sein Blut getrunken und das Wildbret unter den Anwesenden verteilt wird. Der letzte Akt des Zeremoniells ist die Niederlegung des Schädels an heiliger Stätte oder seine feierliche Beisetzung, wobei oft auch die übrigen Knochen mitbestattet wurden. Bei den Tungusen und Jakuten darf von den Schmausenden kein Knochen zerbrochen werden» (nach Sälzle).

Nach den Vorstellungen der Jäger sollte durch die magischen Handlungen das Tier ins Leben zurückgerufen werden. Man glaubte, daß der Bär sich in einen anderen, jungen verwandelt hätte und so weiterlebe. Deshalb mußte man sich stets mit dem Schutzgeist des getöteten Bären, dem Waldgeist, gut stellen. Aus Alaska wird von den Chugash erzählt, daß die «Seelen der Tiere in neuen Tieren wiedergeboren werden, wenn der Mensch das erlegte Wild recht behandelt habe. So wird aus dem Schädel des Tieres ein neuer Bär wiedergeboren, der den Menschen zugute kommt».

Auf diese Weise förderte das enge Verhältnis zwischen dem steinzeitlichen Jäger und seiner ihn umgebenden Tierwelt auch das folgerichtige Denken der Menschen. Nicht nur, weil der Jäger die typischen und markantesten Verhaltensweisen der Tiere bildlich darstellte, sondern auch, daß er neue Fang- und Jagdmethoden entwickelte, die ein logisches Denken voraussetzten. Nach den rein zufälligen Jagderfolgen wurden durch exakte Beobachtungen der Lebens- und Verhaltensweisen der Tiere die Erfahrungen gesammelt, wo das Wild anzutreffen ist und wie es sich verhält. Als besonders günstig erwiesen sich die Tränken und Wildwechsel. Durch zahlreiche Ausgrabungen ist belegt, daß bereits im Spätpaläolithikum Fangmethoden angewandt wurden, deren Grundprinzipien heute noch in vielen Teilen der Welt üblich sind. Neben der Anlage von Fallgruben sind folgende Fangeinrichtungen bereits im Mesolithikum (Mittelsteinzeit) exakt nachweisbar: Harpunenfallen, Klappfallen, Schlag- und Schwerkraftfallen, Schlingen, Schwippgalgenfallen, Speer- und Tretfallen. Diese Fallensysteme ermöglichten eine rationellere Jagdausübung, da der Jagderfolg kontinuierlicher gesichert war oder vervielfacht wurde und der Jäger dadurch selbst auch Zeit einsparte. Durch die Entwicklung des Mechanismus der Falle, die ja eine der ersten technischen Erfindungen in der Geschichte des Menschen darstellt, war die Nahrungsbeschaffung für die Sippen der Jäger und Sammler wesentlich verbessert worden. Dabei gehörte die Trittfalle zu den interessantesten Fallensystemen. Ihre Verbreitung reichte in der Alten Welt von Afrika bis zum Karakorum-Gebirge und bis zum Amur. Die Beherrschung der Technik der Fallenjagd zählt zu den bedeutendsten Leistungen der Frühgeschichte. Der bekannte Ethnologe Julius E. Lips stellte in seinem Buch «Vom Ursprung der Dinge» fest, daß «der Mensch zum ersten Male eine Maschine erbaute, die während seiner Abwesenheit für ihn arbeitete, und die Intelligenz des Menschen einen Roboter erfand, der mit mechanischer Präzision seine Stelle einnahm. Dieses Zaubergerät war die Tierfalle. Die Falle übernimmt die Funktionen des Wurfnetzes, der Keule, der handgeworfenen Schlinge oder des geschossenen Pfeiles, nur erzielt sie weit bessere und sicherere Resultate. Durch die Konstruktion eines ingeniös gebauten Auslösemechanismus, der auf dem Hebelprinzip beruht, löst die leichteste Berührung eine gut gebaute Falle». Prinzipien der Physik wurden hier bereits angewandt, lange bevor Archimedes geboren war.

Die Trittfalle wird bis zur Gegenwart von vielen asiatischen und afrikanischen Jägern benutzt, wie Exponate auf der Welt-Jagdausstellung 1971 in Budapest zeigten.

Die Anwendung der Fallenjagd führte auch dazu, daß günstige Wildeinstandsgebiete ständig beobachtet und bejagt wurden, so daß die Jägerstationen über einen längeren Zeitraum besiedelt waren. Trotzdem konnten durch die Jagd in der Urgesellschaft die Wildbestände kaum dezimiert oder wesentlich beeinflußt werden. Eine genaue Kenntnis der verwandten Fallensysteme verdanken wir wiederum den bildlichen Darstellungen in einigen Höhlen. Eine interessante Gravierung in der Höhle von Font-de-Gaume stellt ein Mammut in der Fallgrube dar. Einige Forscher nehmen jedoch bei dieser Zeichnung an, daß es sich um ein Totemzeichen einer Jägersippe handelt. Im Gegensatz zur Fallgrube ist bei der Schwerkraftfalle ein einfacher Auslösemechanismus vorhanden (Mittelpfosten), der bei Berührung die Falle zuschlagen läßt. Die Verwendung der Schwerkraftfalle ist besonders bei größeren Wildarten möglich, und sie wurde vorwiegend auf den Wechseln des Wildes angelegt.

Durch eine günstige Kombination von Fallgruben und Fallen auf den Hauptwechseln an Steilhängen, die zu den Wasserstellen führen, erzielten die steinzeitlichen Jäger große Jagdbeute. Eine solche paläolithische Fallgrubenanlage

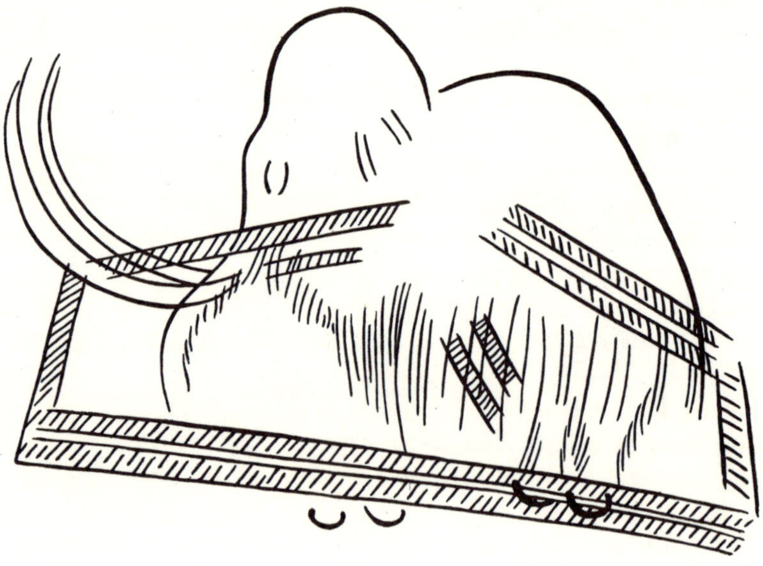

3 Mammut in einer Fallgrube. Höhle Font-de-Gaume, Dordogne, Südfrankreich

wurde durch Zufall in Südfrankreich (Le Moustier) entdeckt. Beim Pflanzen eines Nußbaumes hatte eine alte Frau einen Feuersteinschaber gefunden, den die Prähistoriker ins Solutréen (Periode der Altsteinzeit) datierten. Bei näheren Untersuchungen der Fundstelle in der Nähe des Flusses Vézère fand man mehrere mit Schutt und Steinen angefüllte unscheinbare Gruben, die bis 1,60 m tief und an ihrem oberen Rand bis 2,30 m breit in den gewachsenen Kalkstein hineingetrieben waren, außerdem wurden 21 weitere Fallgruben freigelegt. Das System der Fanganlage war gut durchdacht. Das Wild mußte über ein kleines Plateau, das ungefähr 10 m über dem Flußlauf lag, zur Tränke ins naheliegende Tal ziehen. Die Fallgruben sicherten somit diesen Zwangspaß. Vermutlich war die Hochfläche durch einen Wildzaun abgegrenzt, so daß das Wild über die mit Laub und Zweigen verblendeten Gruben ziehen mußte und hineinstürzte. In wilder Panik sprengten die anderen Tiere den naheliegenden Steilhang hinunter, was ebenfalls den sicheren Tod bedeutete.

Diese Jagdmethode, die Herden der Wildtiere einzukreisen und über Felsabhänge oder Steilwände in die Tiefe zu treiben, wurde bewußt von den jungpaläolithischen Jägern angewandt. Durch solche Kollektivjagden erzielte man größere Nahrungsvorräte und befreite so den Menschen von der ständigen Bedrohung durch den Hunger. Es gibt Fundstätten mit Resten von Tausenden erbeuteter Tiere.

Die berühmteste dieser Fundstellen ist wohl das Knochenfeld am Kalksteinfelsen von Solutré (Dep. Sâone-et-Loire) in Südfrankreich. Unweit der Stadt Lyon fand man am Fuße des Bergmassivs von Solutré auf einer Fläche von 4000 m² eine 10 m mächtige Kulturschicht aus dem Mittel- und Jungpaläolithikum. Innerhalb dieser Siedlungsschicht, die dem Aurignacien (Periode des Jungpaläolithikums) zuzurechen ist, ist eine 2,30 m starke Anhäufung von unzähligen Knochen der Wildpferde festzustellen. Eine Berechnung des fossilen Fundmaterials ergab, daß schätzungsweise 10000 Wildpferde* hier erbeutet wurden. Hunderte Generationen der «Wildpferd-Jäger» haben hier die Herden durch Lärm und Feuer in den Flußniederungen zusammengetrieben, um sie durch geschickt angelegte Zwangspässe auf die Hochflächen hinaufzujagen. In panischer Angst flüchteten die Pferdeherden durchs Gelände. Da es kein Entkommen mehr gab, sprangen die geängstigten Tiere in den steilen Abgrund, wo sie eine leichte Beute der Jäger wurden. Die gleiche Jagdmethode der Treibjagd über steile Felshänge wurde in Norwegen noch bis ins 19. Jahrhundert auf Rotwild angewandt. In der Nähe des Bergmassivs Hornelen erwarteten alljährlich die Bauern der Ortschaft Vingen ungeduldig den Herbstzug der Rothirsche. Sie umstellten die ziehenden Rudel und trieben sie gen Westen über den Bergrücken bis an die steilabfallenden Felswände. Die Hirsche stürzten dann in die tiefen Abgründe am Nordfjord.

In 10 bis 12 m Höhe über der Meeresbucht sind zahlreiche Felszeichnungen von Hirschen aus dem Neolithikum erhalten geblieben. In einem kilometerlangen Fries sind über 400 Hirsche dargestellt, die alle in Richtung des Meeres ziehen. Dieser Jagdfries stellt ein wertvolles Dokument der Jagdgeschichte dar.

Folgende Aufstellung vermittelt eine Übersicht bekannter Fundplätze, und die Angaben zum fossilen Knochenmaterial geben ein relativ zuverlässiges Bild von der Verbreitung der Jagdtiere.

Auffallend ist jedoch, daß Darstellungen des Riesenhirsches in den ostspanischen und südfranzösischen Höhlen selten zu verzeichnen sind, obwohl diese mächtigen Tiere in der damaligen Steppenlandschaft häufig vorkamen.

Während des Pleistozän (Eiszeit) blieb das franko-kantabrische Siedlungsgebiet größtenteils eisfrei. Es entstand dort eine parkähnliche Landschaft mit einzelnen Baumgruppen und einer typischen Grassteppenfauna. Hierhin zogen sich die wärmeliebenden Tierherden vor dem anrückenden Eis zurück, verfolgt von den altsteinzeitlichen Jägerhorden, die hier ihre Rastplätze einrichteten.

Neben dem Waldelefanten (Elephas antiquus) mit seinen mächtigen Stoßzähnen waren der etwas kleinere Steppenelefant (Elephas trogontherii) sowie verschiedene Nashornarten die bevorzugten Beutetiere im Mittelpleistozän.

Zu diesen Wald- und Steppenbewohnern gehörten auch die Steppenhirsche und die Wald-Riesenhirsche (Megaloceros giganteus antecedens). Als typischer Waldbewohner besaß der frühe Wald-Riesenhirsch ein relativ gedrungenes Geweih von einer Spannweite bis etwa 1,50 m, wobei der tellerartige Augsproß eine extreme Verplattung aufwies. Die Bildung der Eissprosse fehlte. Mit zunehmender Klimaverschlechterung und dem Vordringen der Tundra wurden auch arktische Formen der Großsäuger, das wollhaarige Nashorn (Rhinoceros antiquitatis), das Mammut (Elephas primigenius) und später das Ren (Rangifer

Jägerstationen des Paläolithikums

Dolni Vestonice	ČSSR	Eine der größten paläolithischen Jägersiedlungen. Vorwiegend Mammutknochen. Hier wurden die ältesten Tonplastiken der Welt nachgewiesen.
Drachenloch bei Vättis (Hochalpen) 2445 m über NN	Schweiz	500 bis 1000 Höhlenbären vorwiegend im Alter von 2 bis 8 Jahren
Gourdan (Garonne)	Frankreich	über 3000 Rentiere
Ilskaja (Krasnodar-Gebiet)	UdSSR	über 2000 Wisente
Istallosköer (Höhle im Bükkgebirge)	Ungarn	Reste von 2000 Höhlenbären, davon 80% Jungtiere
Meiendorf (Schleswig-Holstein)	BRD	Rentierjägerlager; 111 Rentierstangen, über 1000 Rentiere
Predmost (Mähren)	ČSSR	Reste von über 1000 Mammuten und mehr als 25000 Steinwerkzeuge nachgewiesen
Solutré (Südfrankreich)	Frankreich	Wildpferdjägerstation; über 10000 Wildpferde
Stellmoor b. Ahrensburg	BRD	1300 Rentier-Geweihstangen 40 Beile aus Rentiergeweihen

tarandus), zur begehrten Beute der Horden eiszeitlicher Jäger. In späteren Jahrtausenden wanderten mit dem Zurückweichen des Eises die kälteliebenden Tierarten weiter nach Norden. An Stelle der jungpleistozänen Tundrengebiete entwickelte sich in der Warmzeit zwischen der vorletzten und letzten Vereisung (Eem-Interglazial) im franko-kantabrischen Raum wieder eine typische Steppenvegetation mit einer entsprechenden Fauna. Als charakteristische Vertreter wurden jetzt die Wildpferdarten (vorwiegend Kleinpferde und Tarpane) sowie Wildrinder (Wisent – Bison bonasus – und der Ur oder Auerochse – Bos primigenius) von den jungpleistozänen Jägersippen erbeutet.

Von den Cerviden tritt der Edelhirsch (Cervus elaphus) sowie der Elch (Alces alces) verstärkt im Postglazial (Nacheiszeit) auf. Dazu gesellen sich die «Echten Riesenhirsche» (Megaloceros giganteus germanicus). Mit ihren imposanten Geweihen, die eine Spannweite zwischen 3 und 4 m erreichten, waren diese fossilen Hirsche die größten und eindrucksvollsten aller Geweihträger.

Auf der Welt-Jagdausstellung 1971 in Budapest erregte in der Ehrenhalle «Jagd in der Welt» ein Riesenhirschgeweih aus Großbritannien allgemeines Aufsehen. Von der Ausstellungsleitung mußte zusätzlich ein erklärendes Schild «Fossil» angebracht werden, um weitere Anfragen nach der Herkunft solcher enormen Hirsche zu vermeiden. Was wissen wir von diesen Riesenhirschen?

In der Mitte des 19. Jahrhunderts legte man in den Torfmooren Nordirlands zahlreiche Knochenfunde dieses Großsäugers frei. Von hier aus gelangten die Geweihe in die bedeutenden naturwissenschaftlichen Museen der Welt. Neben diesen verhältnismäßig gut erhaltenen Funden aus Irland – vollständige Skelette bilden auch hier eine Seltenheit – wurden aus Nordeuropa, Sibirien und neuerdings auch aus der Volksrepublik China Riesenhirschfunde bekannt, die beweisen, daß dieses gewaltige Tier noch bis vor 10000 Jahren über die ganze nördliche Welt verbreitet war. Rund 8000 Jahre v. u. Z. starben die letzten Riesenhirsche aus. Auf den Rastplätzen der jungpleistozänen Jägersippen wurde der Riesenhirsch als Beutetier relativ selten nachgewiesen. Der Anteil beträgt noch nicht einmal 2% des gesamten fossilen Knochenmaterials.

Obwohl die Fundstellen eine weite Verbreitung des Riesenhirsches in der postglazialen Steppenlandschaft nachweisen, fehlen authentische Belege der Jagd über den so gewaltig wirkenden Hirsch. Die Mehrzahl der Skelettreste auf den Siedlungsplätzen stammt von weiblichen oder sehr jungen Tieren des Megaloceros. In den weiten Steppen war dieser kapitale Riesenhirsch für den mittelsteinzeitlichen Jäger schwer erlegbar. Die sonst so erfolgreich geübte Treibjagd war auf den vereinzelt ziehenden Riesen kaum anwendbar. Die Methode der direkten Angriffsjagd mit den steinzeitlichen Stoßwaffen war anscheinend ebenfalls wenig erfolgversprechend, da die Fluchtdistanz in der offenen Landschaft kaum zu überwinden war. Die Fernjagd mit der Wurflanze oder Harpune, von der Speerschleuder geworfen, ist am wahrscheinlichsten, so daß der geringe Jagderfolg bei Riesenhirschen nur Gelegenheitsjagden vermuten läßt und der eiszeitliche Jäger diese große Tierart weitgehend mied.

Daß der Riesenhirsch ausgestorben ist, hat rein ökologische Ursachen. Als sein natürlicher Feind wird oftmals der Säbelzahntiger angegeben, da es sich dabei aber vorwiegend um einen Aasfresser handelte, trat hierdurch keine Ausrottung des Riesenhirsches ein. Die Ursache für das Erlöschen verschiedener pleistozäner Tierarten ist nicht in einer Dezimierung durch die urgeschichtliche Jagd oder durch Raubwild zu suchen. Es ist auch nicht der überdimensionalen Größe jener Tiere zuzuschreiben, sondern einer hochspezialisierten Anpassung der Tierwelt an ganz bestimmte Umweltbedingungen. Mit dem Vordringen der postglazialen Bewaldung fand der Riesenhirsch mit seinem gewaltigen Geweih nicht mehr genügend offene Steppenlandschaft vor, so daß die durch die Ausbreitung der Wälder veränderte Umwelt wesentlich zu seinem Aussterben beitrug.

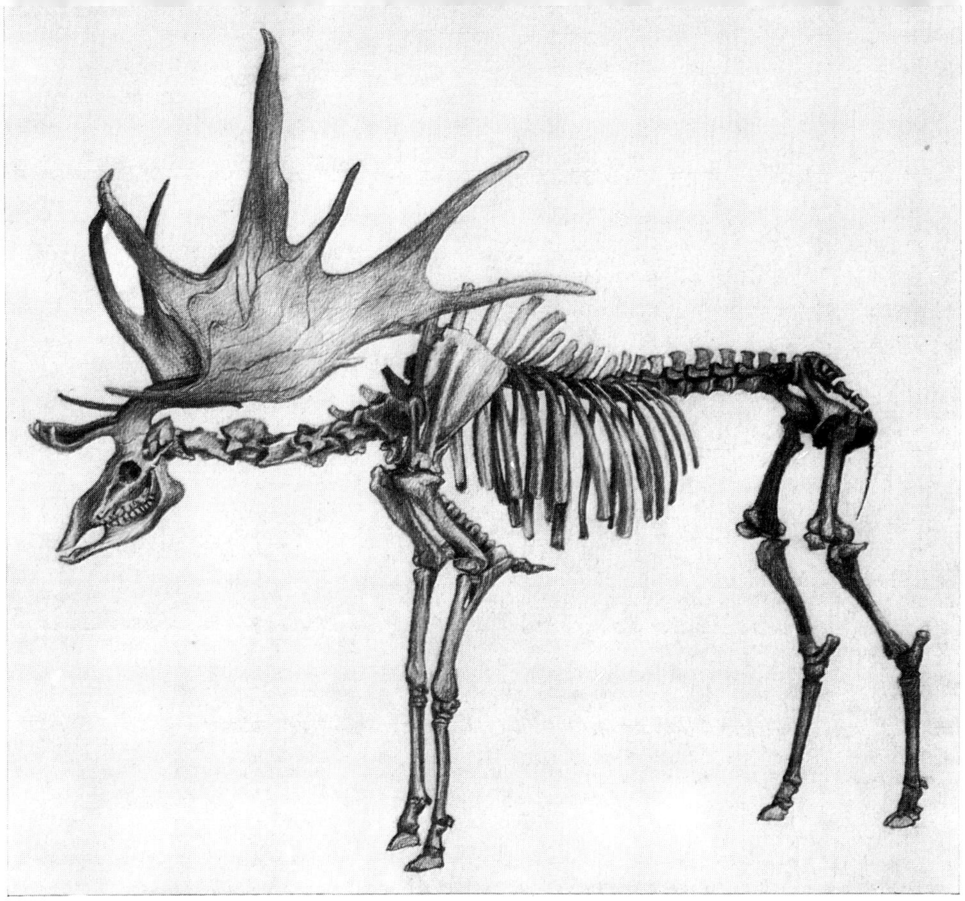

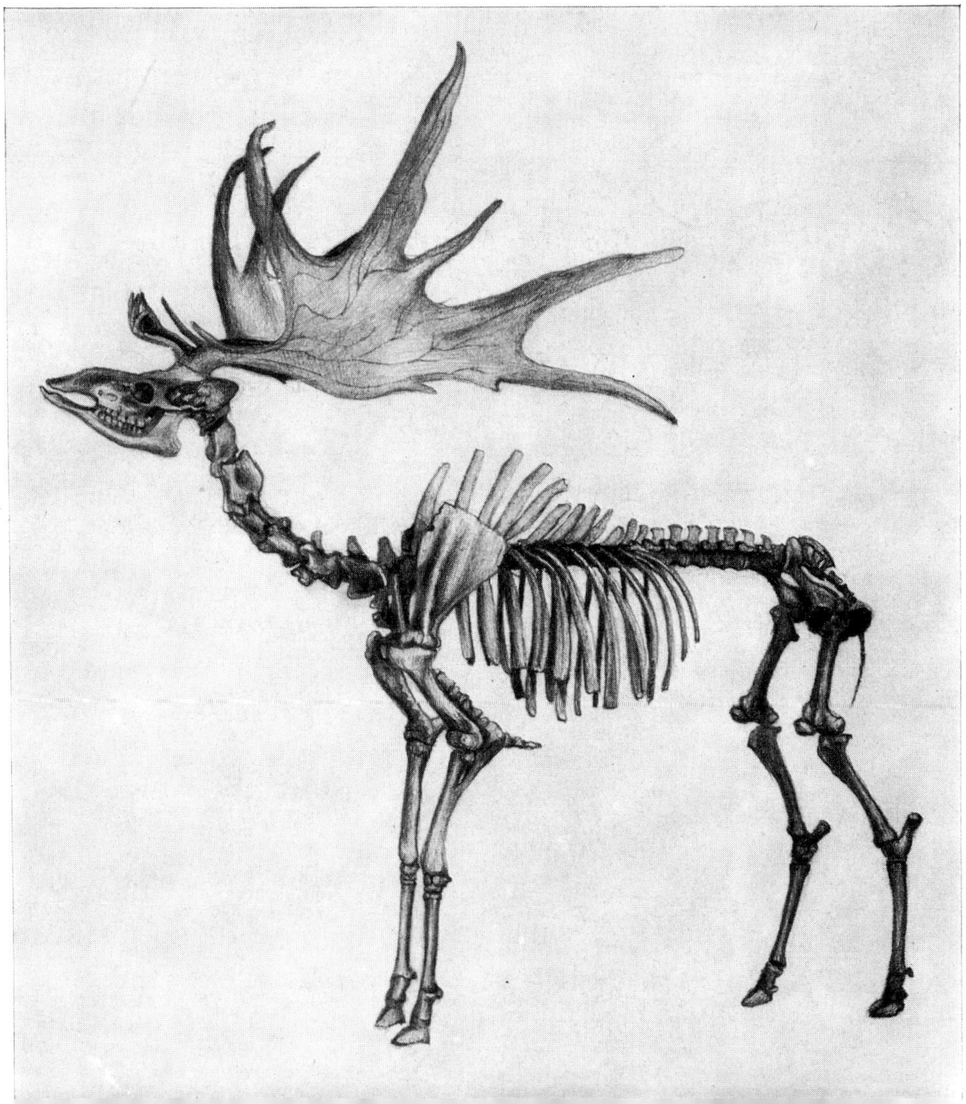

6 Neuaufstellung eines Irischen Riesenhirsches (1959). Durch die Nachbildung der Zwischenwirbelscheiben wurde die Wirbelsäule um 106 mm länger und ergab eine völlig andere anatomische Haltung des Tieres. Oben: Neue Rekonstruktion (Museum Hamburg-Altona), unten: Alte Rekonstruktion

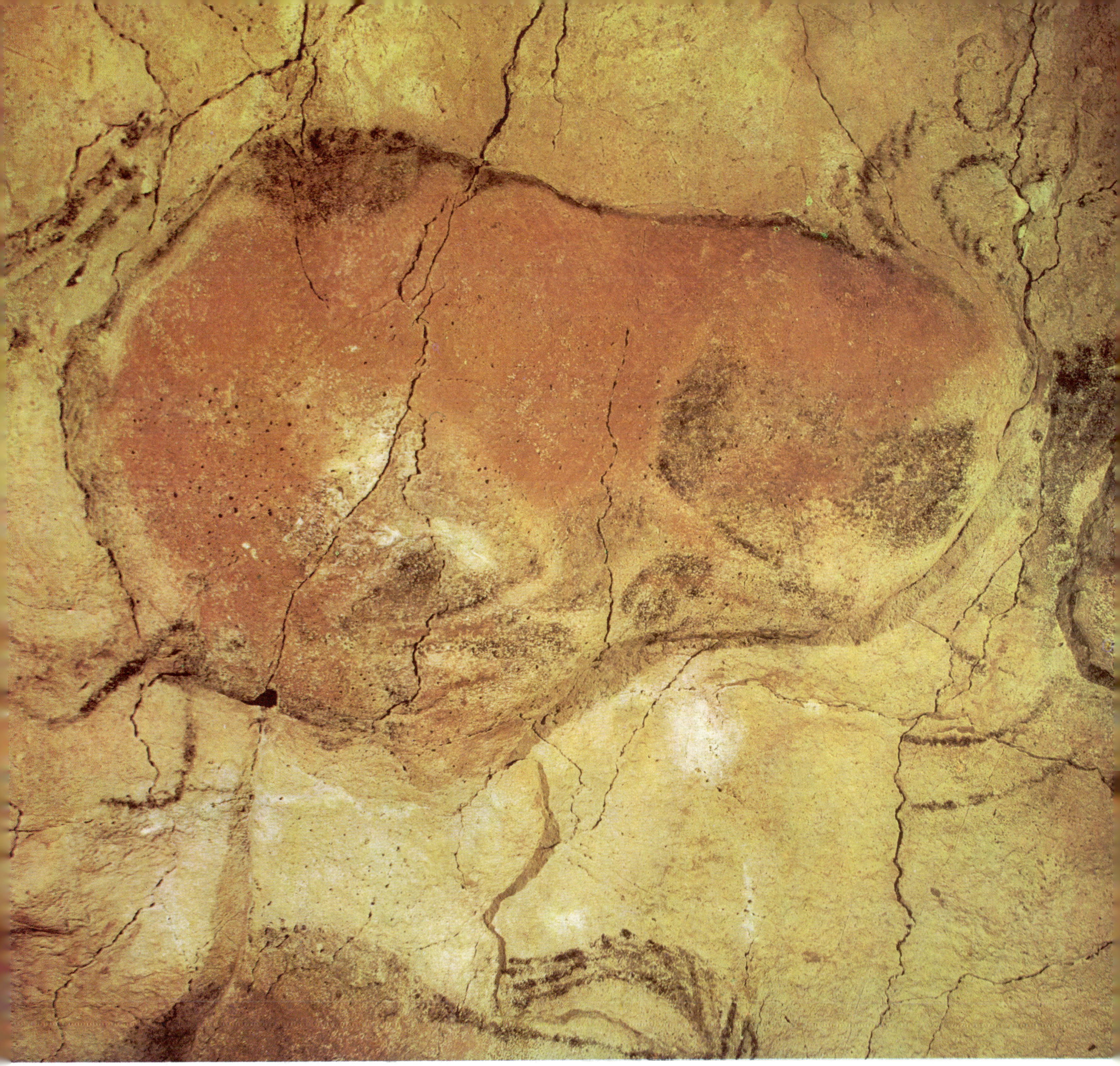

7 Irischer Riesenhirsch mit einer Geweihauslage von 302 cm. München, Deutsches Jagdmuseum

8 Wisentdarstellung. Großer Saal der Tiere in der Höhle von Altamira/Santander, Spanien

9 Rengeweih-Speerspitzen und eine Pferderippe mit Wisent-Zeichnungen aus der Pekárna-Höhle in Mähren. Brno (ČSSR), Mährisches Museum

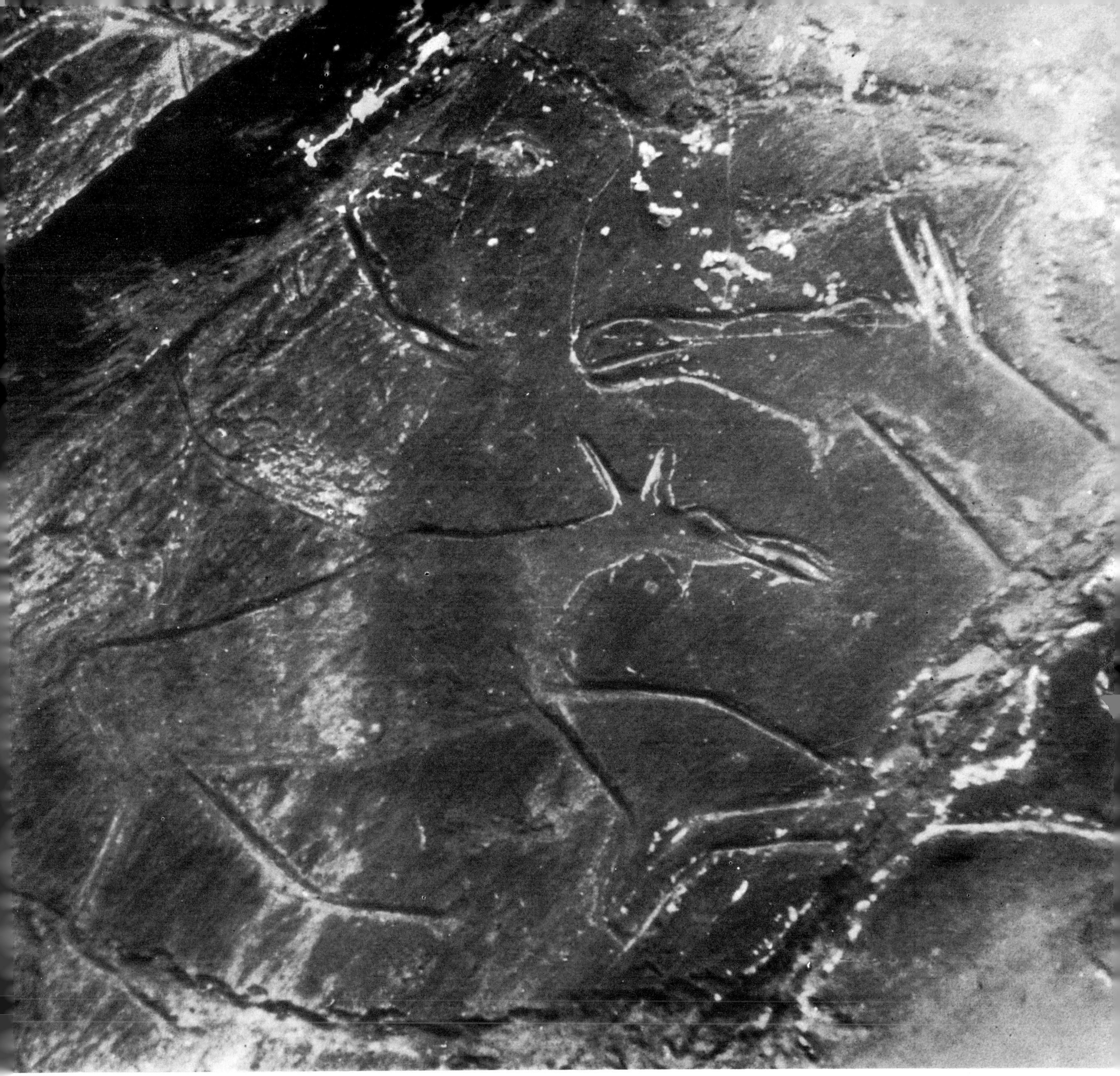

10 *Elche. Neolithische Felsritzzeichnungen am Fluß Tom in Sibirien, UdSSR*

11 Tierzähne als Schmuck. Brno (ČSSR), Mährisches Museum

12 Bronzezeitliche Felsgravierungen von Jägern bei Tanum, Norwegen

13 Jagd auf Antilopen. Felsmalerei der Buschmänner. Burley, Südafrika

Neben den verschiedenen Formen der Treibjagd findet im ausgehenden Paläolithikum die Verwendung von Wurflanzen, Pfeil und Bogen als beherrschende Jagdwaffe immer mehr Verbreitung. Diese neue Waffe führte zur Methode der Fernjagd, vor allem auf Rotwild sowie auf Flugwild. Neueste Untersuchungen des sowjetischen Anthropologen M. M. Gerassimov belegen, daß die prähistorischen Wurflanzen aus dem Stoßzahn des Mammuts hergestellt werden konnten. Er hat nachgewiesen, daß die gekrümmten Stoßzähne des Mammuts, wenn sie etwa eine dreiviertel Stunde in Häute gewickelt im Feuer lagen, weich und biegsam wurden. So ließen sich die Jagdspieße und Wurflanzen leicht anfertigen, da das Elfenbein nach dem Erkalten wieder hart wurde. Erstmalig bezwang der Jäger mit Lanze und Pfeilen den Luftraum, um auch Vögel im Flug zu erlegen.

Zahlreiche Felszeichnungen der Jungsteinzeit (Neolithikum) aus den verschiedensten Teilen der Welt sind Bilddokumente dieser Jagd mit Pfeil und Bogen. Allein in Afrika wurden in den letzten Jahrzehnten über 2000 Fundstellen mit mehr als 100000 imaginativen Felszeichnungen und Höhlenbildern von Jagdtieren entdeckt. Die nordafrikanische Felsmalerei läßt sich in vier abgrenzbare Perioden untergliedern:

Chronologie	*Klima*	*Darstellung der Felszeichnungen*	*Periode in der Kunstgeschichte*	*Beispiel einer Zeichnung*
8000–6000 v. u. Z.	Tropenklima (Sahara war eine Steppenlandschaft)	Tropische Großtierwelt, primitive Tierfiguren und zahlreiche «dämonenartige» Gestalten	«Periode des Büffels» – Zeit der Jäger –	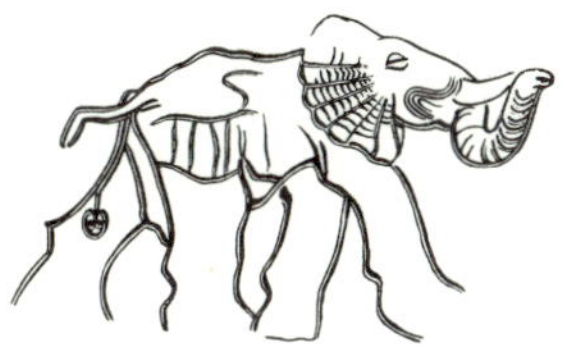
3500–2000 v. u. Z.	Tropisches Wechselklima (Trockenzeiten, Savannenlandschaften)	Höhepunkt der nordafrikanischen Felsdarstellungen, Realistische Tierdarstellungen. – Große Herden der Wildtiere – erste Haustiere (Rinder)	«Periode des Hausrinds» – Zeit der Hirten –	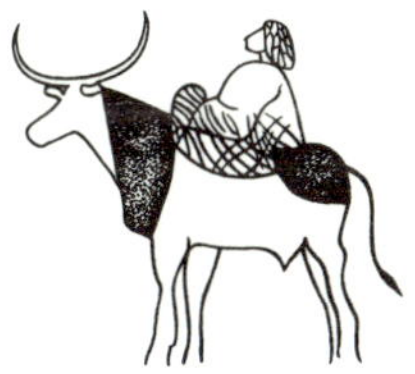
1500–200 v. u. Z.	Trockenklima, Entstehung der großen Wüstensteppen (nur Berge und Oasen bleiben bewohnbar)	Erste Darstellungen von Pferd und Wagen (Biga) – Großtiere verschwinden. Die Wüste der Sahara trennt afrikanische und mediterrane Tierwelt	«Periode des Pferdes»	
200 v. u. Z. bis Gegenwart	Wüstenklima (Passatgürtel), ausgedehnte Sand-, Stein- und Geröllwüsten	Entlang der Karawanenwege plumpe, primitive Tier- und Menschendarstellungen (vorwiegend Dromedare)	«Periode des Kamels»	

Im Gegensatz zu den eindrucksvollen Höhlenzeichnungen der Altsteinzeit stellen die jungsteinzeitlichen Felsbilder sowohl in Spanien, Afrika, Nordeuropa als auch im Nahen Osten vorwiegend den jagenden Menschen in den Mittelpunkt, der das Wildtier verfolgt und erlegt.

Die scharfen Konturen mit den naturgetreuen Farben verschwinden, es entstehen einfarbige rote oder schwarze Figuren mit vortrefflicher Darstellung der typischen Merkmale und Bewegungen der Jäger und der gejagten Tiere. Einen Einblick in die Vielgestaltigkeit der naturnahen Darstellung der prähistorischen Jagd vermittelt nachstehende Übersicht über typische jungsteinzeitliche Felszeichnungen mit Jagdszenen:

Seit über 50000 Jahren zeichnen und malen die Jägervölker Eurasiens und Afrikas ihre Jagdbeute. Auch diese eindrucksvollen prähistorischen Felsritzun-

Kargur Taeh, Libyen
Bedeutende Zahl von Felszeichnungen mit Jagd- und Kriegsszenen

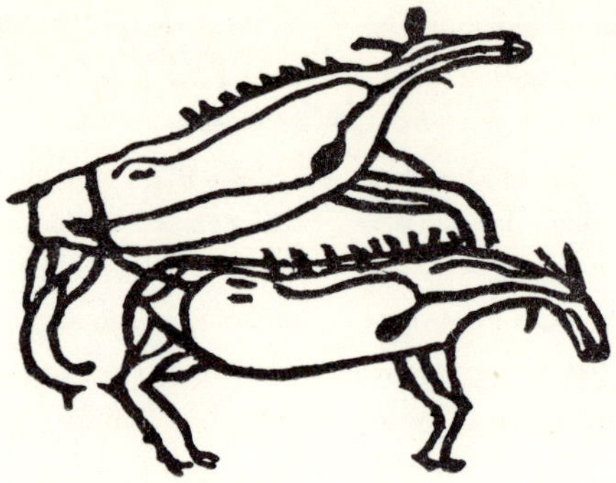

Nordland, Norwegen
Elche bei der Begattung, jungsteinzeitliche Felsritzzeichnung. Die Lage der inneren Organe (Herz) wird mitgezeichnet

Gasulla-Schlucht bei Ares del Maestre, Ostprovinz Castellón, Spanien
In Rot, Schwarz und Braun gemalte Szene einer mittelsteinzeitlichen Wildschweinjagd

Ti-N-Tazarift, Libyen
Diese jungsteinzeitlichen Felsbilder der Sahara stellen Jagd- und Kriegsszenen mit Pfeil und Bogen sowie mit Wurfhölzern dar

Vallorta-Schlucht bei Albocácer, Provinz Castellón, Spanien
Hirschjagddarstellungen des Mesolithikums

Westsibirien, UdSSR
Jungsteinzeitliche Felsritzzeichnung eines Elches am Fluß Tom

Fynkanvatn bei Meløy (Nordland), Norwegen
Jungsteinzeitliche Darstellung von Rentier und Elch. Die Elche sind am buckelartigen Widerrist gut zu erkennen

Chatal Hüyük, Türkei
1961 entdeckter neolithischer Siedlungshügel, Kulträume mit farbigen Jagddarstellungen. Hirsche und Jäger in Rot und Grün

gen und Höhlenzeichnungen sind überzeugende Dokumente zur Jagdgeschichte der Urgesellschaft.

Erst mit dem Übergang vom umherstreifenden Jäger zum seßhaften viehzüchtenden Bauern, bedingt durch die Domestikation einzelner Wildtierarten, bestimmte die Produktionswirtschaft mit Tierhaltung und Pflanzenbau eine neue Epoche in der Menschheitsgeschichte. Dadurch veränderten sich auch Sinn und Zweck der Jagd grundlegend.

Die Jagd im Altertum

4 Artemis und Aktaion. Zeichnung nach einem Vasenbild des «Geras-Malers» auf einer griechischen Amphora des 5. Jh. v. u. Z. Kopenhagen, Thorvaldsen Museum

Vom Wildtier zum Haustier

«Herden von Gazellen, Hirschen, Steinböcken, Antilopen ... ließen sie mich in hochragenden Waldgebirgen in Netzen fangen. Ich brachte Herden davon zusammen und zählte ihre Zahl wie die Herden von Schafen. Vier Elefanten fing ich lebendig.»

Tiglatpileser I. (1112–1074 v. u. Z.), König der Assyrer

Grassteppen, Wüsten und Hochländer Vorder- und Zentralasiens sind uralte Kulturgebiete der Menschheit. Über eineinhalb Millionen Jahre durchstreiften die Horden und Sippen der Jäger und Sammler die Bergtäler, Savannen und Wälder, um das Wild mit ihren primitiven Jagdwaffen zu erlegen und ihren Lebensunterhalt zu sichern. Etwa 5 km² Jagdgrund wurden damals benötigt, um einen Menschen zu ernähren.

Diese Jägergruppen in den ältesten Hochkulturen des Alten Orients haben neben ihrer Jagdbeute auch junge Tiere gefangen, um sie in Notzeiten zu töten und zu verzehren.

Noch aus dem vorigen Jahrhundert wird berichtet, daß die Beduinen Arabiens ähnliche Methoden anwandten, um «lebende Fleischreserven» zu erhalten. Die gefangenen Jungtiere paßten sich nach wenigen Wochen der neuen Umgebung an und suchten selbständig ihr Futter. Aus solchen gefangenen Wildtieren bildeten die Jägernomaden des Vorderen Orients die ersten halbzahmen Herden und wurden ihre Hirten.

Im Jägerlager von Toschka (Oberägypten) fand man aus dem 14. bis 13. Jahrtausend v. u. Z. Arbeitsgeräte (Sichelklingen und Reibsteine), mit denen Wildgetreide bearbeitet wurde, sowie zahlreiche Knochenreste von Gazellen und Antilopen, die vermutlich einige Zeit in Gefangenschaft gehalten wurden. Diese Sippen der Steppenjäger erreichten im 10. Jahrtausend v. u. Z. ihre größte Verbreitung, als sie neben der Jagd bereits Getreideanbau sowie Jagdtierhaltung in kleinen Siedlungen betrieben. Von einer zielgerichteten Haustierhaltung können wir jedoch erst von dem Zeitpunkt an sprechen, als sich die Wildtiere in der Gefangenschaft fortpflanzten, also eine vom Menschen beeinflußte Zucht erfolgte. Dieser Prozeß der Entwicklung vom Wildtier zum Haustier bewirkte die Ablösung der Jagd als Hauptnahrungserwerb durch Tierzucht und Ackerbau. Die gezähmten Herden gingen in den Privatbesitz des Hirten (also immer eines Mannes) über, nicht in den Besitz einer Frau. Diese neue Produktionsform führte zur ersten großen Revolution in der Geschichte der menschlichen Gesellschaft. Sie wird als «neolithische oder agrarische Revolution» bezeichnet. Im Vorderen Orient vollzog sich dieser Prozeß nicht gleichmäßig, sondern zwischen dem 10. und dem 4. Jahrtausend v. u. Z., und endete mit der Bildung der Klassengesellschaft in den Stadtstaaten Mesopotamiens. Dieser Übergang von der Aneignungswirtschaft der Jäger und Sammler zur Produktionswirtschaft der Ackerbauer und Viehzüchter wird durch archäologisches Fundmaterial aus Vorderasien belegt. Während bei den Knochenfunden und Felsbildern aus südtürkischen Höhlen (Beldibi- und Ökeuzlü-Höhle bei Antalya) noch Hirsche und Wildrinder dominieren, werden für die jungpaläolithischen Jägerstationen der Ukraine und in Sibirien bereits domestizierte Wölfe als Begleiter der Jäger vermutet. Trotzdem scheint der Wolfshund nicht, wie bisher angenommen, das älteste Haustier des Menschen zu sein. Erste Funde stammen aus Cayönü bei Ergani in der Türkei (um 9500 v. u. Z.) sowie aus Lemhi County in Idaho (USA, um 9000 v. u. Z.). Bereits aus der Zeit um 8000 v. u. Z. sind Funde von Jagdhunden aus Höhlensiedlungen bekannt, durch die Moorhunde (Torfspitze) als Spür- und Wachhunde nachgewiesen wurden.

Etwa 11 000 Jahre alt ist ein Fund auf der Halbinsel Kamtschatka, wo ein dem Polarhund ähnlicher Haushund 1979 nachgewiesen wurde. Der Hund war in roter Erde, neben einem Obsidianmesser der spätpaläolithischen Jäger, bestattet. Skelettreste eines Haushundes entdeckte man 1979 in einem Grab in Oberkassel bei Bonn. Dieser zur Altsteinzeit gehörende Fund müßte mehr als 14000 Jahre alt sein; der Hund ähnelte einem kleinen Schäferhund.

Aus Theben kennen wir Elfenbeinschnitzereien aus der Zeit zwischen 4400 und 4000 v. u. Z. mit Abbildungen typischer Laufhunde, so daß wir den Laufhund (Slughi) als Stammvater aller Jagd- und Hirtenhunderassen ansehen müssen. Auch bei den Phönikern sind verschiedene Laufhunde mit den unverkennbaren langen Behängen nachgewiesen, so daß die Bracken nicht erst bei den Kelten als beliebte Jagdgefährten des Menschen große Bedeutung erlangten. In Babylon waren es Molosserdoggen, die für die Löwenjagd abgerichtet wurden.

In einer Freilandstation paläolithischer Höhlenjäger im Nordirak wurde das Schaf als frühestes Haustier nachgewiesen. Untersuchungen des Knochenmaterials ergaben, daß drei Fünftel der Hausschafe jünger als ein Jahr waren, während die Alttiere einwandfrei als Jagdbeute angesprochen werden konnten. Dieser Fund aus Zawi Chemi Schanidar wird in die Mitte des 10. Jahrtausends v. u. Z. datiert. Grabungen in Deh Wuran (Südwestiran) um 7000 v. u. Z. und in der Höhle Haua Fteah in Nordlibyen (um 6800 v. u. Z.) beweisen, daß das Schaf als domestiziertes Haustier für die Fleischerzeugung der Hirtenvölker gezüchtet wurde. Während im Irak das Schaf das erste Haustier war, sind es in Anatolien und Syrien die Bezoarziegen, in Palästina und im Iran Gazellen und Antilopen gewesen. Eine Grabinschrift aus Sakkara (6. Dyn.) belegt, daß ein reicher Ägypter außer 3998 Rindern noch 1135 Gazellen, 1308 Säbel- und 1244 Mendelsantilopen in seiner Herde besaß.

Damals entstanden bereits die ersten Wildparks der Welt. Am Tigris legten Archäologen eine Fläche von über 50 km^2 frei, die als Wildgehege diente. Künstliche Kanäle lieferten Frischwasser für die Tiere. Diese Wildparks bildeten gleichzeitig ein wichtiges «Jagdwild-Reservat», auf das die assyrischen und babylonischen Könige gern zurückgriffen, wenn sie großangelegte Jagdveranstaltungen durchführten. Ein Relief aus Ninive zeigt eine Rotwildjagd aus der Zeit des Königs Assurbanipal (668–626 v. u. Z.), bei der das Ausbrechen des Wildes durch hohe Netze verhindert wird.

Neben der profanen Herdenhaltung der Wildtiere erfolgte auch die Domestikation des Wildes für kultische Zwecke. In den heiligen Hainen und Tempeln Indiens und Sumers wurden bereits zahlreiche Antilopen, Gazellen, Elefanten, aber auch Tiger und Vögel als heilige Tiere gehalten und verehrt. Durch die sensationelle Entdeckung der Tempelsiedlung Chatal Hüyük 1958 durch den englischen Archäologen James Mellaart konnte ein großer Siedlungshügel in Anatolien (Türkei) freigelegt werden. Aus dieser Tempel- und Wohnstadt stammen interessante kultische Jagddarstellungen aus der Zeit um 5800 v. u. Z., denn der Tempel mit den Leopardenfriesen und einer Darstellung der «Göttin im Leopardenfell» war den Jägern und Kriegern geweiht.

Jagd und Krieg, die Naturgewalten des Tötens, wurden hier als heilig angesehen. Der gefürchtete Leopard sowie der Wildstier, der Herr der Herde, hatten einem höheren, mächtigeren und übernatürlicheren Wesen zu dienen – einer vergöttlichten Frau. So wurde in Mesopotamien die Kriegs-, Himmels- oder Liebesgöttin «Ischtar» oft in Begleitung von Leoparden oder Löwen dargestellt.

Der Löwenenfries aus farbig glasierter Keramik aus der Prozessionsstraße in Babylon zum Ischtar-Tor zählt zu den hervorragendsten Leistungen der Künstler und Handwerker Babylons in der 1. Hälfte des 6. Jahrhunderts v. u. Z. Diese in den Staatlichen Museen zu Berlin im Original wiederaufgebaute «Prozessionsstraße des Gottes Nabu und des Gottes Marduk» ist mit großartigem Schmelzziegelschmuck versehen. Das ebenfalls als Rekonstruktion mit Originalteilen vorhandene Ischtar-Tor zeigt Stiere und unheimliche Drachen (Muschuschschu). An diesen imposanten Ziegelmauern waren einstmals mehr als 240 Löwen und etwa 575 Stiere und Mardukdrachen abgebildet, wahrscheinlich mit kultischer Bedeutung. Aus einer Inschrift des Königs Nebukadnezar II. (604–562 v. u. Z.) wissen wird, daß sich hier am letzten Tage des Neujahrsfestes eine Götterprozession hindurch bewegte. Der grimmige Löwe war das heilige Tier der Ischtar, während dem Wettergott Adad der mächtige gehörnte Stier und dem Stadtgott Marduk das seltene Fabelwesen (der schuppenleibige Drache mit Schlangenkopf und -hals, Löwenpranken, Hinterbeinen als Adlerfängen und Skorpionschwanz) zugewiesen wurden.

Die Menschen des Alten Orients sahen in den heiligen Tieren nicht nur das Symbol der Gottheit als Wächter der heiligen Bezirke, sondern auch das Sinnbild des Schutzes der Herden der Haus- und Wildtiere vor feindlichen Dämonen und Raubwild. So galt der Löwe nahezu im ganzen Alten Orient als Dämon, den man bezwingen und töten mußte, um damit die Kraft und die Stärke des Bösen zu bannen und alles Unheil abzuwehren. Diese Schutzfunktion, die durch die Jagd verkörpert wurde, oblag vor allem dem König.

5 Löwenköpfiger Dämon mit erlegtem Hasen. Relief aus Sendschirli, 9. Jh. v. u. Z. Berlin, Staatliche Museen, Vorderasiatisches Museum

Löwenjagden der assyrischen Könige

«Ich bin Assurbanipal, der König der Welt,
der König von Assyrien. Zu meinem Vergnügen
habe ich einen wilden Löwen ...
mit der Hilfe des Gottes Assur
und der Göttin Ischtar,
der Herrin der Schlacht,
mit dem Speer ... durchbohrt.»

Assurbanipal (668–626 v. u. Z.),
Inschrift auf einem Jagdrelief

In der älteren Jagdliteratur wird der König Nimrod, der sagenhafte Begründer des Babylonischen Reiches und Erbauer des Babylonischen Turmes, als Stammvater aller Jagd angesehen. Dieser «Nimrod», «der gewaltige Jäger vor dem Herrn» mit seinen enormen Strecken war nicht nur das Vorbild der europäischen Renaissancefürsten, sondern geistert noch heute in den Köpfen vieler Jäger. Wenn bereits im Alten Testament im 10. Kap. des 1. Buches Mose vom gewaltigen Nimrod geschrieben wird, so sieht man hier in ihm nicht nur den großen Jäger, sondern auch den genialen Erbauer verschiedener Städte, wie zum Beispiel Ninive und Kalach.

Als unter Nebukadnezar II. der Turmbau zu Babylon erfolgte, war das Jagdwild zwischen Euphrat und Tigris jedoch bereits bis auf einen geringen Bestand dezimiert. Es ist also falsch, Nimrod als Sinnbild der Jagd im Neubabylonischen Reich zu betrachten. Überzeugender erscheint eine Verbindung mit der Stadt Ninive, am Ostufer des Tigris. In den Trümmern des riesigen Palastes des assyrischen Königs Assurbanipal II. legte man neben seiner Bibliothek mit etwa 20000 Keilschrifttafeln prachtvolle Reliefs aus Alabaster mit Darstellungen von Löwenjagden frei.

Auch bei den Ausgrabungen in Kalach, der Ruinenstadt Nimrud, am Tigris, der damaligen assyrischen Hauptstadt Kalchu, fand man am Palast des assyrischen Großkönigs Assurnasirpal II. (883–859 v. u. Z.) hervorragende Reliefs der Löwenjagden. Diese Jagdszenen zeigen nicht nur eine Darstellung der damals typischen Jagdmethoden, sondern versinnbildlichen auch den Gedanken des Schutzes vor Raubwild und Feinden durch den Herrscher. Bei den seßhaft werdenden Ackerbaustämmen entwickelte sich mit der Jagd auch der Schutz der Herde vor den wilden Tieren und bestimmte das Weltbild der altorientalischen Menschen.

In der frühsumerischen Kunst zeigen zahlreiche Darstellungen den erbitterten Kampf der Hirten gegen die angreifenden Löwen als Symbol des Schutzes der Herde vor dem Raubwild. Hier wird der Hirte als Jäger ohne königliche Insignien dargestellt. Auf einem Siegel wird ein Muttertier der Herde in dem Augenblick abgebildet, «als es liegend sein Kalb zur Welt bringt. Es wäre schutzlos dem Tode preisgegeben, wenn nicht der Hirte mit seiner Lanze gegen den angreifenden Löwen anrennen und ihn vernichten würde». (Seibert, 1969)

Mit der Herausbildung des Königtums in den Stadtstaaten Mesopotamiens wird das Wort «Hirte» im gleichen Sinne wie «Herrscher, König» angewandt. Diese Herde-Hirte-König-Terminologie drückt die bedingungslose Unterordnung der Herde, der Menschen und der Tiere, unter den Hirten, den Herrscher und König, aus, der als von den Göttern dazu berufen angesehen wird. Unter diesem Aspekt müssen wir die zahlreichen Überlieferungen und Darstellungen der Königsjagden auf Löwen, Krokodile, Wildstiere oder Wildesel im Alten Orient betrachten. Hier kämpfte überall der König gegen die wilden Tiere und Feinde des Landes. Deshalb bildeten Jagd und Krieg auch eine Einheit im Denken der altorientalischen Völker, wie wir noch öfter feststellen werden.

Aber noch einen anderen Gesichtspunkt müssen wir berücksichtigen. Neben den frühsumerischen, hethitischen und assyrischen Hirten-Königs-Darstellungen der Jagd, die also profanen Charakter besaßen, finden wir auch zeremonielle Fütterungs- und Jagdszenen durch Priesterfürsten als feierliche und symbolische Handlung der Fürsorge und Betreuung des Wildes. Es waren nicht nur das königliche Jagdprivileg, der Jagdeifer, die Freude und das Vergnügen an der Jagd, sondern auch die mystischen Formen und Zeremonien des uralten Jagdkults, die sich im beginnenden Machtkampf zwischen Priester- und Königsamt widerspiegelten. Bereits auf frühsumerischen Siegeln werden Szenen dargestellt, wie Priesterfürsten als Opfergaben getötete Junglöwen weihen. Auch

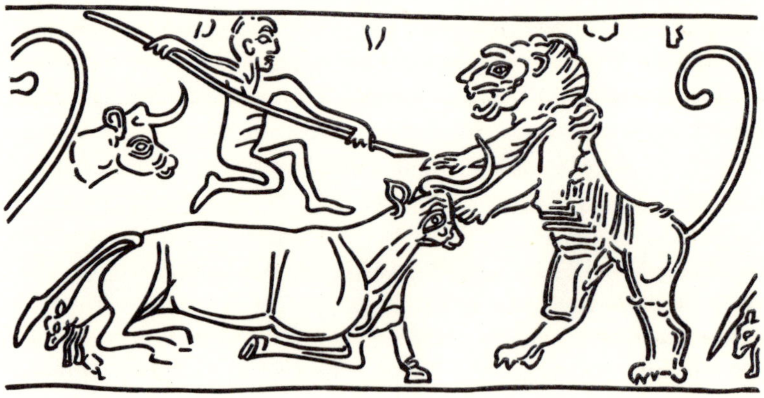

6 Hirt verteidigt eine kalbende Kuh gegen einen angreifenden Löwen. Siegelabrollung, frühsumerisch

7 Trankopfer Assurnasirpals II. nach der Wildstierjagd.
Palastrelief aus Kalach, 9. Jh. v. u. Z. London, British Museum

auf einem Jagdrelief König Assurbanipals wird ein solches Trankopfer durch das Ausgießen von geweihtem Wein über die Leiber der toten Löwen abgebildet.

In den Keilschriftsammlungen der assyrischen Könige finden wir interessante Berichte über erfolgreiche Jagden. Auch hier berufen sich die Könige auf die Gunst der Götter, ohne die ihnen das Jagdglück versagt bliebe.

Vom König Tiglatpileser I. (1112–1074 v. u. Z.) wird berichtet: «Auf Befehl Ninurtas, meines Gönners, habe ich 120 Löwen tapferen Herzens in meinem heldenhaften Kampf zu Fuße getötet und 800 Löwen von meinem Kriegswagen aus erlegt. Allerlei Wild des Feldes und beschwingtes Gevögel des Himmels machte ich zu meiner Jagdbeute.»

Der leichte Kampfwagen, die «Wunderwaffe» der assyrischen Armee, ermöglichte eine neue Form der Großwildjagd, bei der die Fluchtdistanz der Tiere durch den schnell fahrenden Wagen überwunden wurde. Die Verwendung von Metallspitzen auf den Pfeilen erhöhte zusätzlich die Wirkung der Jagd-Fernwaffen.

Neben den in der Jagdliteratur oft abgebildeten Wandreliefs aus dem Palast in Kalach stehen andere, weniger bekannte Darstellungen der Löwenjagd, so die auf einem hethitischen Monument, dem großen Orthostatenrelief aus Saktschegözu in Nordsyrien (heute Vorderasiatisches Museum Berlin).

Vom Streitwagen aus schießt der Bogenschütze auf den Löwen. Alle Personen tragen Panzerhemden, die Pferde sind durch eine Panzerdecke geschützt. Es handelt sich also um assyrische Krieger, die hier die Löwenjagd ausüben, nicht um Jagdpersonal. Das Symbol der Sonnenscheibe über dem Streitwagen zeigt, daß die Sonnengottheit diese Jagd beschützen sollte. Lediglich bei der mit einem Schurz umgürteten Gestalt in der Mitte dürfte es sich um einen Bediensteten handeln. Interessant ist, daß der angreifende Löwe von Soldaten mit der Lanze abgefangen wird, nicht vom König. Der Schuß des Bogenschützen wird nur symbolisch angedeutet, denn er könnte nie den Löwen treffen. Diese Besonderheit ist bei fast allen altorientalischen bildlichen Löwenjagddarstellungen festzustellen.

Auf dem Wandrelief aus dem Palast in Kalach jagt der König Assurnasirpal II. mehrere Löwen. Er steht als Bogenschütze neben dem Wagenlenker auf seinem Jagdwagen, der von drei Hengsten gezogen wird. Überall liegen weidwund getroffene oder von Pfeilen durchbohrte Löwen, der König hat gesiegt. Bei dem bekannten Londoner Wandfries fasziniert die Aussagekraft der Tierdarstellungen. Alle Tiere sind realistisch abgebildet, so daß man einzelne Phasen der Jagd genau erkennen kann. So wurden die Löwen seit Tagen in engen Käfigen festgehalten, um zur Jagd freigelassen zu werden. Die Hundeführer mit ihren schweren Molosserdoggen trieben das Wild zusammen, und der König kämpfte mit Pfeil und Bogen oder mit dem Jagdspieß und Schwert gegen diese «Bestien». Kaltblütig wird hier der Dämon Löwe, der Feind aller Herden, vom König besiegt und getötet. Die von den Pfeilen getroffenen Tiere wälzen sich auf der Erde, bis sie verenden. Kein Tier greift den König direkt an. Der Herrscher siegt immer. Er rühmt sich, daß er «370 Löwen wie Käfigvögel» mit dem Speer getötet habe. Nach der Rückkehr von der erfolgreichen Löwenjagd dankt er im Palast der Göttin Ischtar.

Von Assurnasirpal II. wird weiter berichtet: «In jenen Tagen habe ich am jenseitigen Euphratufer 50 Wildstiere getötet und 8 Wildstiere gefangen. 30 Elefanten tötete ich mit dem Bogen. 275 gewaltige Wildstiere erlegte ich im königlichen Kampf. Durch das Ausstrecken meiner Hand und den Mut meines Herzens habe ich 15 starke Löwen aus den Bergen und Wäldern gefangengenommen.» (Meissner 1911)

Diese prachtvollen, monumentalen Löwendarstellungen aus der Regierungszeit Assurnasirpals II. dienten ausschließlich der Verherrlichung der Siegergestalt des Königs, der an der Spitze eines gewaltigen Militärstaates stehend, auch in den Großwildjagden seine absolute Macht und Herrschaft über alle Tiere, Menschen und Länder bestätigt sehen wollte. Die assyrischen Bildhauer verstanden es, neben den eindrucksvollen Tierdarstellungen auch Details der Waffenausrüstung und der Jagdmethode zu gestalten, so daß diese assyrischen und babylonischen Kunstwerke wertvolle Quellen für die Kulturgeschichte der Jagd bilden.

8 Jagdszene im Gebirge.
Siegelabrollung aus Uruk, 2800–2700 v. u. Z.
Berlin, Staatliche Museen, Vorderasiatisches Museum

14 Ischtar-Tor von Babylon. 1. Hälfte 6. Jh. v. u. Z., 1899–1901 wiederaufgebaut. Berlin, Staatliche Museen, Vorderasiatisches Museum

15 Eberjagd. Siegelabrollung aus Babylon, 6./4. Jh. v. u. Z. Berlin, Staatliche Museen, Vorderasiatisches Museum

16 Stierjagd vom Wagen aus. Orthostatenrelief aus Tell Halaf, 9. Jh. v. u. Z. Berlin Staatliche Museen, Vorderasiatisches Museum

17 Löwenjagd. Orthostatenrelief aus Saktschegözü, 8. Jh. v. u. Z. Berlin, Staatliche Museen, Vorderasiatisches Museum

18 *König Ramses III. auf der Wildstierjagd. Relief auf dem 1. Pylon seines Totentempels in Medinet Habu, 1. Hälfte des 12. Jh. v. u. Z. (20. Dynastie)*

19 *Straußenjagd mit Streitwagen. Goldener Fächer aus dem Grabe König Tut-anch-Amuns (18. Dynastie) im Tal der Könige (Theben). Kairo, Ägyptisches Museum*

20 *Vogeljagd mit Wurfholz. Malerei auf Stuck, um 1400 v. u. Z., aus dem Grab des Neb-Amun. (18. Dynastie, Theben-West). London, British Museum*

23 Figur eines schreitenden Ibis. Bronze, Ägypten, Spätzeit. Berlin, Staatliche Museen, Ägyptisches Museum

24 Röntgenaufnahme einer Ibismumie. Berlin, Staatliche Museen, Ägyptisches Museum

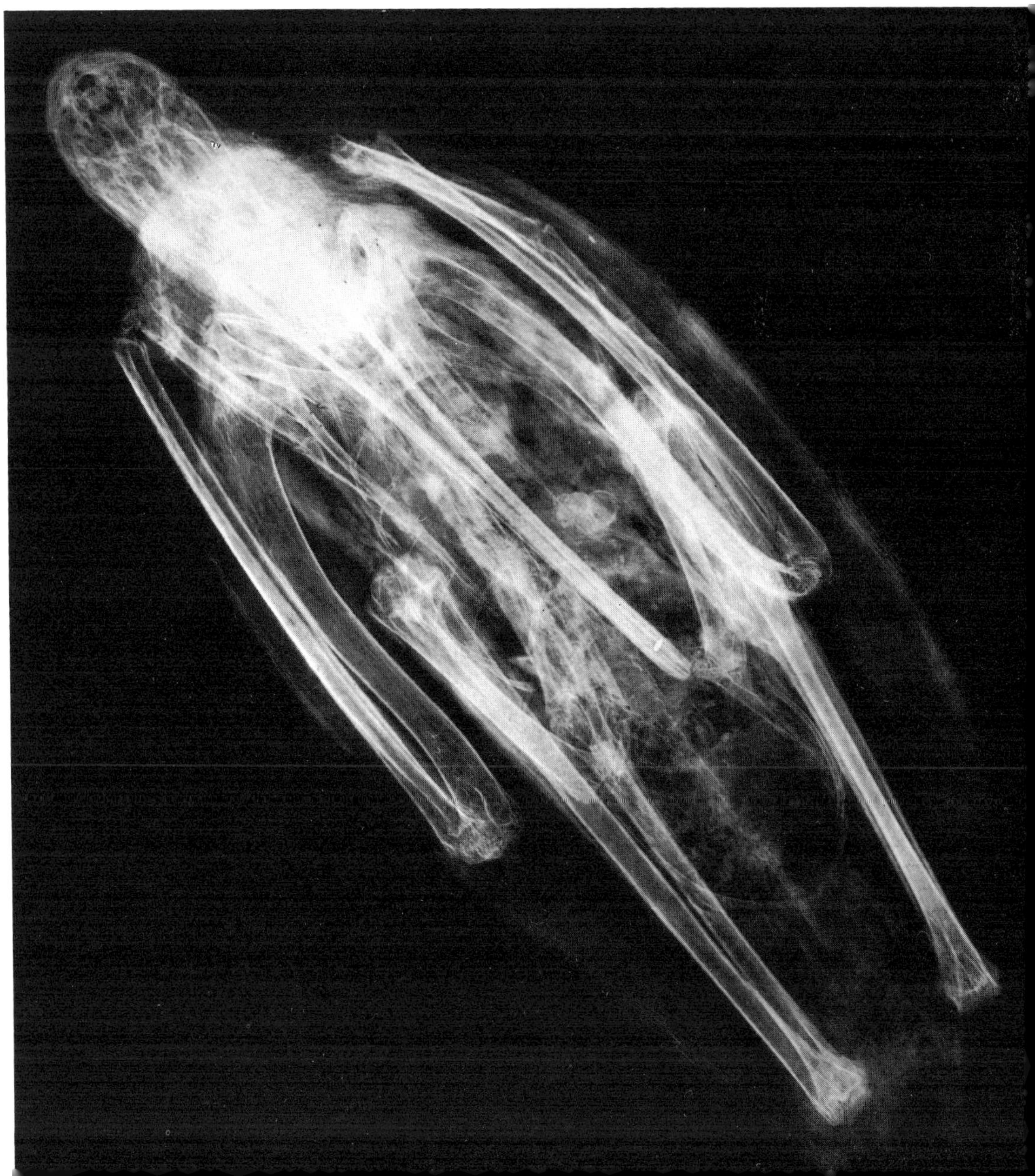

21 König Assurbanipal (668–626 v. u. Z.) auf der Löwenjagd. Alabasterrelief aus Ninive. Berlin, Staatliche Museen, Vorderasiatisches Museum

22 König Assurnasirpal II. (883–859 v. u. Z.) auf der Löwenjagd. Alabasterrelief aus Kalach. Berlin, Staatliche Museen, Vorderasiatisches Museum (Kriegsverlust)

25 Große Hetzjagd in Gegenwart des Kaisers. Detail einer Querrolle. Malerei auf Seide. China, nach 1700. München, Deutsches Jagdmuseum

26 Jagd auf Hirschziegenantilopen. Indische Miniatur der Mogulschule, 18. Jh. Berlin, Staatliche Museen, Islamisches Museum

27 Fütterung von Gazellen. Indische Miniatur. London, Victoria and Albert Museum

28 Große Hetzjagd in Gegenwart des Kaisers. Detail einer Querrolle. Malerei auf Seide. China, nach 1700. München, Deutsches Jagdmuseum

29 Vogelsteller. Indische Miniatur der Mogulschule. Ende 17. Jh. Berlin, Staatliche Museen, Islamisches Museum

30 Angepflockte Hirschziegenantilopen. Indische Miniatur der Mogulschule, Anfang 17. Jh. Berlin, Staatliche Museen, Islamisches Museum

31 Nächtliche Jagdszene auf Gazellen. Indische Miniatur der Mogulschule, 18. Jh. Berlin, Staatliche Museen, Islamisches Museum

Jagdzüge im Alten Ägypten

«Wenn er (der König) aber einen Augenblick zum Vergnügen der Jagd in einem fremden Land verbrachte, dann war die Zahl dessen, was er erbeutete, größer als die Beute des ganzen Heeres. Er tötete sieben Löwen mit Pfeilschüssen in einem einzigen Augenblick.»

Pharao Thutmosis III. (1490–1436 v. u. Z.)
Inschrift am Month-Tempel zu Erment

In der Geschichte Ägyptens reicht die Jagd, als ein Privileg des Vergnügens, des Sportes und der Erholung für die herrschende Klasse, bis ins Alte Reich zurück. Hier war es das Vorrecht der Pharaonen, auf Nilpferde und Wildstiere zu jagen. Aus den Darstellungen in den Opfer- und Kultkammern der Noblen wissen wir, daß ab etwa 2470 v. u. Z. der Fischfang und die Jagd im Nildelta zum Vergnügen der Adligen und hohen Beamten ausgeführt wurden, wobei die Erlegung des Flugwildes mit Netzen oder unter Verwendung des Wurfholzes erfolgte. Die Nilpferdjagd führten jedoch jetzt Bediente aus, da sie für die Vornehmen zu gefährlich war, sie fungierten lediglich als Zuschauer dabei. In der ägyptischen Jagdgeschichte konnte bereits im Alten Reich neben den Treibjagden auf Großwild auch die Verwendung von Fallen nachgewiesen werden. Auf Felszeichnungen in der Sahara sowie am Nil sind Szenen der Fallenjagd erhalten. Besonders eindrucksvoll ist die Wandmalerei aus dem frühen 3. Jahrtausend v. u. Z. in einem Grab aus Hierakonpolis (Nechen) in Oberägypten, auf der deutlich die Zeichnung einer Trittfalle zu erkennen ist. In diese kranzförmige Falle geriet eine Herde von Antilopen, wobei fünf Tiere gefangen wurden. Neben der Trittfalle ist auch die Verwendung von Wurfnetzen, des Wurfholzes sowie von Lockvögeln zur Jagd auf verschiedenen ägyptischen Papyrus-Darstellungen nachgewiesen. Die weiten Sümpfe des Nildeltas mit ihrem ausgedehnten Dickicht von Lotos, Papyrus und Schilf bildeten eines der bevorzugten Jagdreviere im alten Ägypten. Die Papyruspflanzen dienten als wichtiger Faserrohstoff nicht nur zur Herstellung des unentbehrlichen Schreibmaterials, sondern auch zur Anfertigung von leichten Papyrusbooten für Jagd und Fischfang. Das Harpunieren der Fische und Nilpferde sowie das Erlegen von Vögeln mit dem Wurfholz waren die typischen Jagdmethoden im Delta.

Im Alten und Mittleren Reich waren das Erjagen von Vögeln und das Speeren der Fische ein königliches Privileg. Diese Jagdausflüge waren ausschließlich ein erholsames Vergnügen (sdzj he) für den Herrscher, der damit der Marschengöttin Sechmet, der «Herrin der Jagd» bzw. der «Herrin des Vogel- und Fischfanges» diente. Die dabei erzielte Jagdbeute wurde als ein «Geschenk der Göttin Sechmet» an den Herrscher betrachtet.

Seit der 5. und 6. Dynastie beteiligten sich auch Höflinge und hohe Beamte an diesen vergnüglichen Jagdausflügen ins Delta. Sie wurden dabei oft von ihren Frauen, Kindern und Dienern begleitet. In den bildlichen Darstellungen werden Vogeljagd und Fischfang immer gemeinsam abgebildet, wobei im Neuen Reich die Anordnung der Bilder so erfolgte, daß rechts das Fischspeeren und links der Vogelfang mit dem Wurfholz zu erkennen ist. Vorwiegend erlegte man die Vögel während der Brutzeit auf ihren Nestern. Zum Aufscheuchen der Vögel führten die Jäger kleine Raubtiere (Ginsterkatzen oder Ichneumon-Schleichkatzen) mit, die sie in Käfigen hielten. Die Vögel erhoben sich von den Nestern und wurden mit dem Wurfholz erbeutet. Auch die Verwendung von Lockvögeln in der Hand des Jägers ist nachgewiesen, wobei umfangreiches Netzmaterial zum Fang der Tiere eingesetzt wurde. Vom Pharao Haremheb (1342–1338 v. u. Z.) wird berichtet, daß er mit Netzen ganze Schwärme von Vögeln fangen ließ. Es wurden dabei sowohl Wurfnetze als auch Stellnetze verwandt.

Abstreichende Wildgänse und Enten aus dem Papyrusdickicht zählen zu den eindrucksvollsten Tierdarstellungen in der ägyptischen Kunst. Bei den Wasserjagden im Nildelta erbeutete man vorwiegend Nilgänse, damals Fuchsgänse genannt, Grau- und Bleßgänse, verschiedene Reiherarten, darunter Grau-, Purpur- und Silberreiher, Löffler, Bleßhühner, Spießenten und Rotkopfenten. Wildenten wurden relativ selten erlegt, erst seit der 12. Dynastie wird von der Entenjagd bei den Ägyptern berichtet. Auch als Haustier war die Ente im Altertum kaum bekannt, obwohl das Halten und Mästen von Wild und Geflügel bei den Ägyptern schon im Alten Reich beliebt war. Ein Kalksteinrelief aus der 5. Dynastie berichtet vom Füttern von Kranichen und Wildgänsen auf einem Geflügelhof vor etwa 4500 Jahren.

9 Trittfalle. Nach einem Wandgemälde aus dem Grabmal eines Stammesfürsten in Hierakonpolis, Altägypten, Negade-II-Periode, um 3200 v. u. Z.

Unabhängig von zufälligen Jagderfolgen mußte eine kontinuierliche Versorgung der herrschaftlichen Tafeln mit lukullischem Wildgeflügel gesichert sein. So unterhielt die Königin Hatschepsut (um 1500 v. u. Z.) beim Tempel in Dêr el-Báhari einen großen Tiergarten, den «Garten des Ammon», in dem neben heimischen Tierarten auch Großwild aus nordostafrikanischen Steppen und Savannen und sogar indische Elefanten gehalten wurden.

Neben den beliebten Nilpferdjagden und dem Fisch- und Vogelfang im Nildelta war im alten Ägypten die Jagd auf Großwild wenig bekannt. Nach der Ausrottung der Wildbestände in den nordafrikanischen Steppen und Halbwüsten kamen die ägyptischen Herrscher erst wieder seit der 18. Dynastie mit dem Großwild in Berührung. Auf ihren ausgedehnten Kriegs- und Jagdzügen nach Vorderasien lernten sie die Jagdmethoden der assyrischen Könige kennen. In den Ruinen von Tell el-Amarna (um 1350 v. u. Z.), der Residenz des Pharao Amenophis IV., fand man über 350 Tontafeln mit babylonischer Keilschrift mit Berichten über die Jagderfolge der Pharaonen. Danach hat beispielsweise Thutmosis III. in der Steppe von Niya bei einer Jagd 120 Elefanten gestreckt. (Erlegt haben sie vermutlich seine Krieger.) Zahlreiche Darstellungen und Berichte gibt es auch von Löwenjagden der ägyptischen Könige. Sie waren ein ausschließliches Privileg der Pharaonen. Eine interessante Abbildung einer Löwenjagd ist auf der Truhe aus der Grabausstattung des Königs Tut-anch-Amun (1347–1338 v. u. Z.) erhalten. Von den acht Löwen sind bereits sieben von dem jungen Pharao tödlich verwundet worden. Auch das enteilende Jungtier wird mit dem nächsten Pfeil gestreckt. Der triumphale Sieg des Pharaos ist auch hier perfekt.

Über Amenophis III. informiert ein Gedenkskarabäus, daß der König innerhalb von zehn Jahren insgesamt 102 Löwen streckte. In einem anderen Bericht heißt es, daß er an vier Tagen aus einer Herde von 170 Wildstieren insgesamt 96 erlegte. Ramses III. hat Szenen seiner Wildstierjagden am Tempel von Medinet Habu weithin sichtbar anbringen lassen.

Mit der wachsenden Macht der Perserkönige erlangten bei allen Kulturvölkern des Altertums die Jagd und der Fang der Elefanten größere Bedeutung. Die eingefangenen und gezähmten Tiere wurden als Jagd- und Kriegselefanten ebenso wie als Last- und Zugtiere eingesetzt. Mit den berühmten Kriegselefanten der Perser – der Großkönig besaß eine Herde von 9000 Tieren, die die indischen Hilfstruppen zu stellen hatten – leiteten die Feldzüge Alexanders des Großen eine weitere Periode der Geschichte des Jagd- und Kriegswesens ein.

Neben Assyrien, Griechenland und Persien ließ auch Ägypten Elefanten in größerer Anzahl einfangen. Unter dem ägyptischen König Ptolemaios II. Philodelphos (283–247 v. u. Z.) wurden großangelegte Elefantenjagden in Äthopien durchgeführt. Ganze Armeen zogen aus, um Elefanten zu erbeuten. Man jagte die geängstigten Tiere in Fallgruben, um sie dann vom Hafen Saba aus auf speziell konstruierten Elefantenbooten über das Rote Meer nach Ägypten zu transportieren. Auch der Handel mit dem kostbaren Elfenbein verstärkte sich.

Die bekannten karthagischen Kriegselefanten, die in den Punischen Kriegen gegen die Römer eingesetzt wurden, stammten ebenfalls aus Wildfängen in Äthiopien, Libyen oder Mauretanien. Diese militärisch organisierten Unternehmungen zum Wildtierfang führten vor allem in Nordafrika und Vorderasien zur Ausrottung von verschiedenen Großtierarten. So sind damals der europäische Löwe in Griechenland, der Berberlöwe in Nordafrika sowie der vorderasiatische Elefant ausgerottet worden.

Besonders interessant ist das Schicksal des ägyptischen Ibis, der im alten Ägypten verbreitet war und am Ende des Mittleren Reiches ausgerottet wurde.

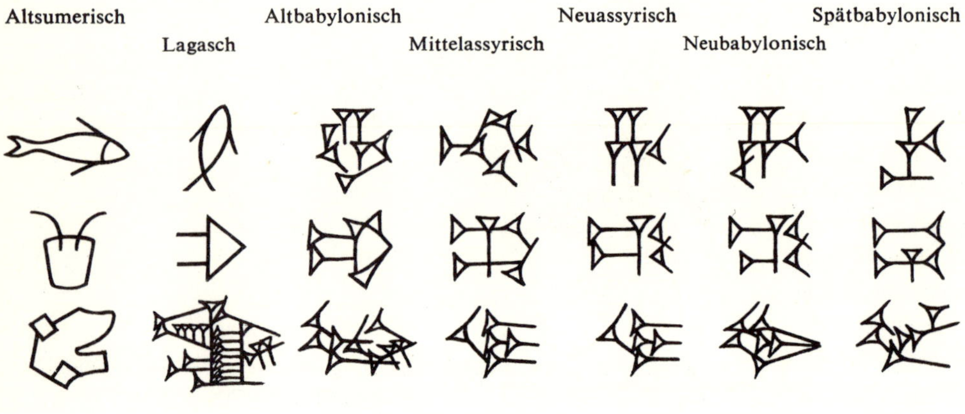

10 Beispiel der Keilschriftentwicklung für die Worte «Fisch», «Stier» und «Löwe»

Der heilige Ibis — der Mondvogel der Ägypter

«Ägypten wäre verloren, wenn es nicht von den Ibissen beschützt würde.»

Claudius Aelian um (200 u. Z.)

Bei den Vogeljagden in den Papyrussümpfen durfte der schneeweiße Ibisvogel weder gejagt noch getötet werden. Im ganzen Land genoß der «heilige Ibis» (Threskiornis aethiopica) große Verehrung.

Auf vorsätzliche Tötung des heiligen Vogels stand im alten Ägypten die Todesstrafe. Der Ibis war dem Mondgott Thoth geweiht und wurde besonders in der Stadt Hermopolis, wo der Mondgott die Ortsgottheit verkörperte, zum Symbol der heiligen Tiere im Land. Der ibisköpfige Gott Thoth galt im Alten Reich als das Sinnbild des Herzens, der Weisheit, der Zeitrechnung, des Kalenders und der Schrift. Deshalb hielt man in vielen Tempeln den heiligen Ibis lebend in großer Zahl. Starb ein Vogel, so wurde er einbalsamiert. Hierbei wurde die Ibismumie herzförmig gestaltet, d. h. Kopf und Hals wurden eingezogen.

Bei Ausgrabungen in Sakkara fand man Tausende von Ibismumien, die dem Grab des Pharao Imhoptep (3. Dynastie) beigegeben worden waren. Auch aus anderen Tempeln sind Ibisfriedhöfe nachgewiesen. So legte man in Hermopolis zahlreiche Gräbergänge frei, in deren Nischen Ibisse in über 4 Millionen Tonkrügen beigesetzt waren. Der schneeweiße, storchenähnliche Vogel mit seinen schwarzen Füßen, dem nackten Hals und Kopf genoß seine Verehrung im Land wohl besonders wegen seiner Nützlichkeit. Wenn die Ibisse im Spätsommer in Unterägypten erschienen, galt das als Zeichen des nahenden fruchtbaren Nilschlammes. Nach der jährlichen Nilüberschwemmung suchten die Sumpfvögel mit ihrem langen, nach unten gebogenen Schnabel systematisch im Schlamm nach zurückgebliebenem Ungeziefer.

In vielen Quellen der antiken Literatur wird berichtet, daß die Ibisse unzählige Insekten, Heuschrecken, Skorpione und Schlangen vertilgt hätten. Die zahlreichen Ibisse in den Tempeln der Städte hätten die vielen Abfälle vor den Fisch- und Fleischläden beseitigt und somit wesentlich zur Sauberkeit und Gesundheit beigetragen.

Die Nützlichkeit des Vogels wurde von den Priestern immer wieder herausgestellt, vor allem auch bei dem Fest der Wasserweihe. Man sagte, wenn die Ibisse Wasser schöpfen, dann sei dieses Wasser mit Sicherheit gesund und rein. Deshalb pflegten sich die ägyptischen Priester mit solchem Wasser zu waschen. Diesen kultischen Handlungen der Priesterschaft war es zu verdanken, daß die ägyptischen Ibisse im Alten Reich als heilige Mondvögel absoluten Schutz im ganzen Land genossen. Das Fleisch des Vogels galt als giftig, lediglich die Leber der Tiere wurde feierlich geopfert. Der heilige Ibis, der im alten Ägypten überall häufig vorkam, ist heute ausgestorben. Die jetzt an der afrikanischen Küste vorkommenden Ibisvögel sind mit den damals lebenden Tieren nicht verwandt, sie wanderten von Süden ein.

Die Vernichtung dieser Tierart ging nicht auf die Jagdleidenschaft des Menschen zurück, sondern auf den Göttermythos des heiligen Ibis. Mit dem Sturz der alten Götter und dem einsetzenden Machtkampf der Priesterschaft kam es zur Vernichtung des Vogels. Die Ausrottung des heiligen Ibis wurde besonders dadurch gefördert, daß im Mittleren Reich eine neue Priesterschaft die Macht an sich riß und den alten Mythos der Ibispriester vernichten wollte. Sie verbreiteten die Legende, daß die Eier des Ibis ein todbringendes Gift enthielten. Man forderte die Bevölkerung zu einem systematischen Zerstören aller Gelege auf. Offenbar gelang es mit dem Gerücht über die giftigen Ibiseier nicht gleich, den alten Kult des heiligen Ibis (Mond)- Vogels zu unterdrücken. Die neue Priesterschaft erklärte deshalb weiter, daß aus den Eiern des Ibis die Basilisken kämen, jene schlangenförmigen Fabeltiere, deren Blick tödlich wirken sollte. Die gefürchtete Ägyptische Augenkrankheit, eine chronische Bindehautentzündung, breitete sich bereits damals im ganzen Land aus. Heute wissen wir, daß der Erreger der gefährlichen Augenkrankheit Onchozerkose die Kriebelmücke (Simuliidae) ist. Diese fliegenähnliche kleine Mücke mit ihren spitzen, blutsaugenden Mundwerkzeugen ist der Überträger von Knäuelfilarien (Onchocerca volvulus), kleinen parasitären Fadenwürmern, die sich im Bindegewebe des Menschen festsetzen. Diese Mikrofilarien dringen in die Hornhaut

11 Ibisköpfige ägyptische Gottheit Thoth mit der Jahresrispe in der Hand. Aus: Wilkinson, I. G., 1878

des Auges ein und führen zur Erblindung. Die Larven dieser Kriebelmücken schwimmen im seichten Wasser bzw. werden an den Wasserpflanzen festgesponnen. Haben die heiligen Ibisse diese Mückenlarven mit Vorliebe gefressen, so daß sich die heimtückische Augenkrankheit verstärkt ausbreiten konnte, als die Ibisse vernichtet worden waren? Die Angst vor dem basiliskischen Blick und dem damit verbundenen Verlust des Augenlichtes führte jedenfalls dazu, daß eine Zerstörung und Vernichtung aller Gelege und Nester des heiligen Ibis in Ägypten einsetzte.

Ein im Volk sehr beliebtes und verehrtes heiliges Tier zu dezimieren und auszurotten war also nur auf diese Weise möglich, der Ibisvogel selbst durfte weiterhin nicht getötet oder vernichtet werden.

Bei vielen Völkern sind die heiligen Tiere, die nicht gejagt oder getötet werden dürfen, sehr beliebt. Besonders in den ostasiatischen Ländern beeinflussen Religionen (Buddhismus und Hinduismus) und mythische Legenden das Verhältnis zwischen Mensch und Tier. So verbietet die Lehre des Hinduismus insgesamt das nutzlose Töten der Tiere, wogegen die über 2500 Jahre alte Lehre des Buddhismus aus ethischen Gründen die Verehrung zahlreicher heiliger Tiere im Lande fordert. Rinder und Gazellen gehören vor allem dazu.

Indische Legenden vom Gazellenkönig Nigrodha

«Auch den übrigen gewähren wir Schonung, Herr!
So werden also nur die Gazellen hier im Park Schonung erlangen,
was aber sollen alle anderen machen?
Auch ihnen gewähre ich Unverletzlichkeit, Herr!»

Aus dem Buch «Jatakam», 12. Erzählung

In der altindisch-buddhistischen Literatur werden in den Erzählungen, die im Buch «Jatakam» zusammengefaßt sind, interessante Legenden über das Verhältnis zwischen Mensch und Wildtier überliefert. In der 12. Erzählung schildert der sagenhafte Gazellenkönig Nigrodha den Menschen die Lehre Buddhas über den Sinn der Jagd sowie über die Notwendigkeit des Schutzes der Tierwelt. Diese alte indische Sage richtet sich nicht nur gegen die höfischen Prunkjagden und die damit verbundenen Jagdfronden, sondern weist bereits auf die ethische Verantwortung des Jägers für die freilebende Tierwelt hin. Es ist eine der ältesten Überlieferungen über den Sinn und Zweck des Schutzes und der Hege der Wildtiere. Nach dieser Legende empfing Nigrodha, als ein weiser Bodhisattva (ein späterer Buddha), sein neues Leben im Leib einer Gazelle.

«Goldfarbig ging er aus dem Schoß der Mutter hervor. Wie Edelsteine waren seine Lichter, wie Silber seine Hörner und das Geäse weich und leuchtend wie rotes Tuch. Dabei glänzten die Hufe wie gelackt ... So lebte er als Gazellenkönig Nigrodha, von fünfhundert Gazellen umgeben, im Walde.

Nicht weit von ihm weilte ein anderer Gazellenkönig, Sakha genannt. Auch er war goldfarbig und führte eine Herde von fünfhundert Gazellen.

Zu jener Zeit war der König von Benares leidenschaftlich der Gazellenjagd ergeben. Dazu ließ er Tag für Tag Städter und Landleute aufbieten, ohne Rücksicht auf ihre Arbeit zu nehmen. Da dachten sich die Leute: ‹Dieser König stört uns bei unserer Beschäftigung. Wie wäre es, wenn wir im Park Futterplätze für die Gazellen anlegten, Wasser für sie herbeischafften, viele der Tiere in den Park trieben, dann das Tor schlössen und sie so dem König übergäben?›

Und so taten sie, gingen darauf zum König und sagten zu ihm: ‹Herr, wenn ihr uns Tag für Tag für eure Jagden in Anspruch nehmt, richtet ihr unsere Arbeit zugrunde. Wir haben daher die Gazellen aus dem Walde herbeigetrieben und euren Park damit gefüllt. Nehmt von jetzt ab mit diesen Gazellen vorlieb.› Damit verabschiedeten sie sich vom König.

Der König eilte in den Park und betrachtete die Gazellen. Als er die beiden Goldgazellen sah, gewährte er ihnen Unverletzlichkeit. Seitdem erlegte er manchmal selbst eine Gazelle und nahm sie mit sich, oder er überließ es seinem Koch, dies zu tun. Sooft aber die Tiere die tödlichen Waffen der Jäger sahen, ergriffen sie in Todesfurcht die Flucht. Die aber vom Pfeil getroffen wurden, brachen zusammen und verendeten. Dies berichtete die Gazellenherde dem Bodhisattva. Dieser rief daher Sakha, den anderen Gazellenkönig, zu sich und sprach zu ihm:

‹Mein Lieber, viele unserer Gazellen gehen zugrunde. Wenn aber schon gestorben werden muß, so sollen die Gazellen wenigstens nicht mehr mit Pfeil und Bogen erlegt werden. Es soll vielmehr eine nach der anderen an die Reihe kommen, einen Tag eine aus meiner Herde, den anderen eine aus der deinen. Das durch Los betroffene Tier mag dann den König oder seinen Koch am Parkeingang erwarten. Dort soll es sein Haupt zur Erde legen und den Tod erwarten. So ist dann das Leid der Verwundung von den anderen genommen.› Und so geschah es von nun an.

Eines Tages aber kam die Reihe an eine trächtige Gazelle aus der Herde des Sakha. Sie begab sich zum König und sagte: ‹Herr, ich trage ein Junges. Wenn ich es geboren habe, wird auch uns beide einmal das Todeslos treffen. Verschone mich daher für dieses Mal!› Aber Sakha erwiderte darauf: ‹Es ist unmöglich, dein Los anderen zuteil werden zu lassen. Dir wird widerfahren, was dir beschieden ist. Deshalb geh!› Da sie bei ihm keine Hilfe fand, begab sie sich zu dem Bodhisattva und klagte ihm ihr Leid. Als er sie angehört hatte, sagte er: ‹So geh denn! Ich will das Los an dir vorübergehen lassen.› Und er begab sich darauf an das Parktor, ließ sich nieder und beugte sein Haupt zur Schlachtstätte. So fand ihn der Koch, und als er ihn erblickte, dachte er: ‹Der Gazellenkönig, dem Unverletzlichkeit gewährt ist, harrt des Todes. Wie ist das nur möglich?› Und eilig berichtete er darüber dem König.

Sogleich bestieg dieser seinen Wagen und eilte mit großem Gefolge herbei. Als er den Bodhisattva gewahrte, sagte er: ‹Lieber Gazellenkönig, habe ich dir nicht Schonung gewährt? Warum liegst du an diesem Platz?›

Der Bodhisattva erwiderte: ‹O großer König, eine trächtige Gazelle kam zu mir und bat, ihr Los solle einen anderen treffen. Ich aber kann das Todesleid nicht auf einen anderen übertragen. Deshalb gebe ich selbst für sie mein Leben hin!›

Darauf sprach der König: ‹Lieber goldfarbener Gazellenkönig, ich habe noch keinen Menschen gefunden, der so voll Geduld, Freundlichkeit und Mitleid war. Daher bin ich dir gnädig gesinnt. Steht darum auf, denn dir und jener Gazelle gewähre ich Unverletzlichkeit.›

‹Zwei haben Unverletzlichkeit erlangt. Aber was sollen die übrigen tun, o Fürst der Menschen?›

‹Auch den übrigen gewähren wir Schonung, Herr!›

‹So werden also nur die Gazellen hier im Park Schonung erlangen, was aber sollen alle anderen machen?›

‹Auch ihnen gewähre ich Unverletzlichkeit, Herr!›

‹O Großkönig, die Gazellen sollen also Schonung erlangen. Was aber sollen die übrigen, die gleichfalls auf vier Beinen schreiten, tun?›

‹Auch ihnen gewähre ich Unverletzlichkeit, Herr!›

‹O Großkönig, all diese Tiere sollen also Schonung erlangen. Was aber sollen die Scharen der Vögel tun?›

‹Auch ihnen gewähre ich Unverletzlichkeit, Herr!›

‹O Großkönig, auch die Scharen der Vögel werden also Schonung erlangen. Was sollen dann die im Wasser schwimmenden Fische tun?›

‹Auch ihnen gewähre ich Unverletzlichkeit, Herr!›

Nachdem auf diese Weise Bodhisattva den König um Schonung aller Tiere gebeten hatte, erhob er sich und unterwies den König mit Buddha-Anmut in der Lehre. Darauf verweilte er noch einige Tage im Park und begab sich dann, von seiner Gazellenschar umgeben, wieder in den Wald.»

Diese indische Legende entstand vor mehr als 2100 Jahren. Gazellen bilden im Tierreich eine eigene Unterfamilie mit 59 verschiedenen Unterarten. Die Schönheit und Gewandtheit dieser schlanken, leicht gebauten Tiere wurde in zahlreichen Legenden und Gedichten im Alten Orient gepriesen. Im Nahen Osten (Palästina, Syrien, Irak, Arabien) waren es vorwiegend die Edmi- oder Echtgazellen (Gazella gazella), die gejagt wurden, wogegen in den Wüstengebieten Vorder-, Mittel- und Nordostasiens die Kropfgazelle (Gazella subgutturosa) weit verbreitet war. In den offenen Savannengebieten Indiens und Westpakistans lebten einst unzählige Hirschziegenantilopen, die – auch Sasin genannt – ebenfalls zu den echten Gazellen gerechnet werden. Ihr markantes Aussehen trug mit zur Vernichtung der großen Wildbestände bei. Die etwa 40 kg schweren, schwarzen Böcke tragen ein bis zu 60 cm langes Schraubengehörn, so daß der kapitale Bock zu einer begehrenswerten Jagdbeute wurde. Die sandgelben Weibchen dagegen sind gehörnlos. Die Jungböcke sind grau und werden erst mit zunehmender Geschlechtsreife schwarz gefärbt.

Mit einem angepflockten starken Bock ließ sich ein Rudel Hirschziegenantilopen leicht anlocken, so daß der Jagderfolg, besonders bei der Nachtjagd, gewährleistet war, ein Tatbestand, der mit zur Vernichtung der in freier Wildbahn lebenden indischen Hirschziegenantilope beitrug. Heute ist diese Gazelle in der Savannenlandschaft bereits fast ausgerottet.

Neuerdings hat man in Texas (USA) Hirschziegenantilopen aus Indien eingeführt und dort auf Wildfarmen in großen Herden gezüchtet (mehr als 4000 Tiere). So leben gegenwärtig mehr Hirschziegenantilopen in Texas als in den indischen Savannen.

Ähnlich verlief das Schicksal des Milu, eines Sumpfhirsches aus Nordchina.

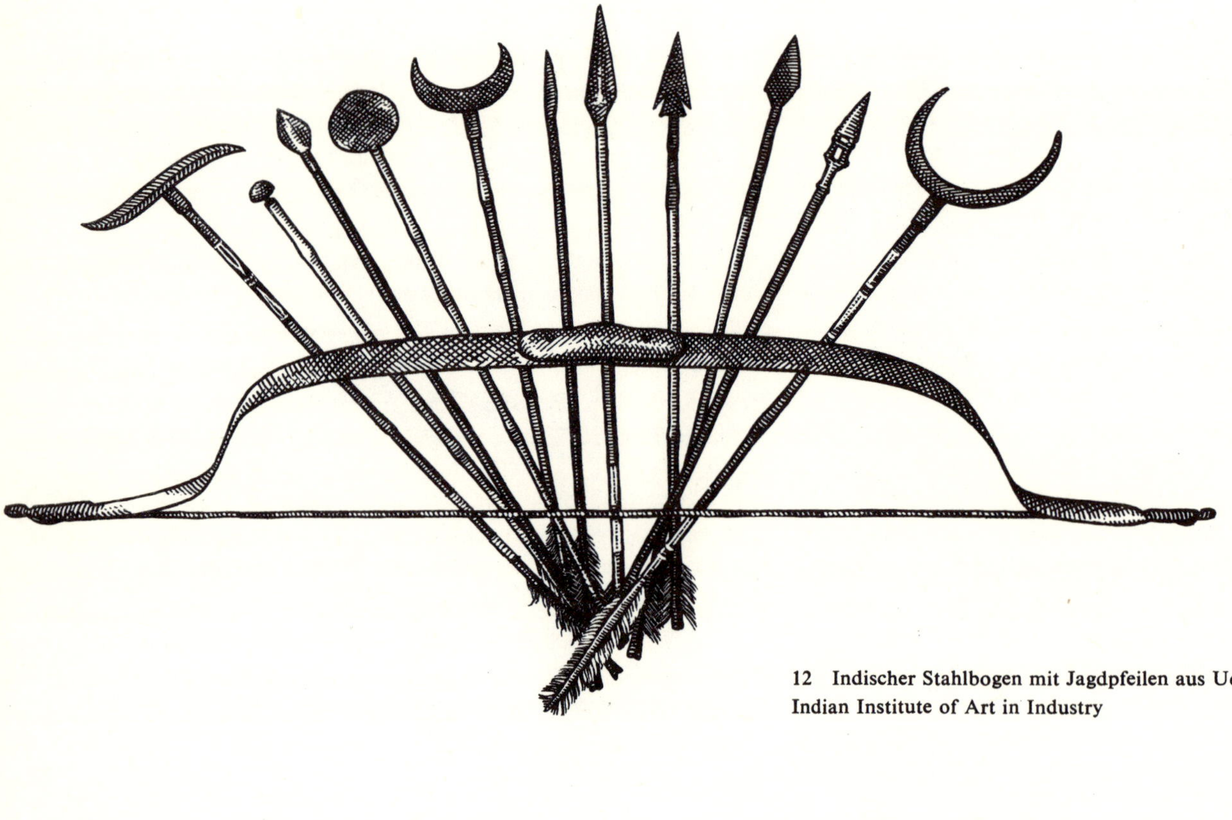

12 Indischer Stahlbogen mit Jagdpfeilen aus Udaipur, Rajasthan, Kalkutta, Indian Institute of Art in Industry

Unbekannte Hirsche im Jagdgarten des Kaiserpalastes zu Peking

«Das Hauptstück dieser Schiffsladung ist der ‹Sse-pu-hsiang›, eine Art großes Rentier, bei dem das Weibchen kein Geweih trägt. Lange Zeit habe ich mich bemüht um ein Exemplar dieser interessanten Hirschart, die den Naturforschern noch unbekannt ist.»

Armand David (1886)

Aus Aufzeichnungen der ältesten chinesischen Literatur geht hervor, daß die Jagd nicht nur große wirtschaftliche Bedeutung besaß, sondern gleichzeitig der Kriegsertüchtigung diente. So heißt es beispielsweise über eine Frühjahrsjagd in der Shang-Dynastie (1750 v. u. Z.): «Im zweiten Monat ist allgemein Jagd, die, weil sie vornehmlich den Wildschweinen galt, Übung im Waffengebrauch verlangte, auch gefährlich sein konnte, daher für den Krieg vorbereitete.»

Die Jagd war somit auch im alten China eine Vorübung für den Krieg, da sie zu Ordnung und Gehorsam erzog. So schlossen sich die Herbstjagden den großen Herbstmanövern an, nach der Truppeninspektion fanden die großangelegten Treibjagden statt.

Die Jagd unterstand im alten China dem Ressort des Kriegsministeriums. Als Kerntruppe des Kaisers galten die Bogenschützen.

Besonders unter der Herrschaft der Han-Dynastie im 2. Jahrhundert v. u. Z. erreichte die Kunst des Bogenschießens ihren Höhepunkt. Zahlreiche Abbildungen demonstrieren die Jagd mit Pfeil und Bogen als Privileg der Großwürdenträger des Landes.

Hierbei wurde in den Sumpf- und Flußniederungen Nord- und Mittelchinas vor allem der Milu gejagt und in der freien Wildbahn völlig ausgerottet. Lediglich in den Wildparks fanden einige Hirsche ihr letztes Domizil.

Von einer erfolgreichen Jagd aus der Zeit um 1120 v. u. Z. berichtet eine andere altchinesische Handschrift. Damals wurden bei einer Hofjagd erlegt: 22 Tiger, 2 Wildkatzen, 5235 Hirsche, 12 Nashörner, 721 Yaks, 151 Braunbären, 118 Graubären, 352 Wildschweine, 18 Dachse, 16 Elche, 50 Moschustiere und 3508 Sikahirsche. Diese enorme Strecke war sicherlich nur möglich, weil die Jagd im Tierpark Chou Wu-Wangs stattfand, der durch den Sturz des letzten Shang-Kaisers aufgelöst wurde. Um 1150 v. u. Z. war dieser 400 ha große Wildpark, der «Park der Intelligenz», zwischen Peking und Nanking angelegt worden. Neben Säugetieren wurden auch zahlreiche Vögel, Schildkröten und Fische gehalten.

Diese Tiergärten dienten ausschließlich dem Ziel, der Herrschaft Freude und Entspannung zu bereiten. Sie waren gleichzeitig die größten Jagdreviere im Land. Der berühmteste ist der Kaiserliche Jagdgarten Nan-Hai-tsu, südlich der Residenz von Peking. Um 1400 u. Z. wurde er mit einer 3 m hohen und 75 km langen Mauer umgeben, so daß über 500 Jahre kein Unbefugter diese «verbotene Stadt» betreten konnte. Spezielle Beamte, die yu-jen, züchteten und pflegten das Wild, während die Förster, die yü, die Aufsicht im Jagdgarten ausübten. Über die Tierbestände wußte man in der Öffentlichkeit sehr wenig.

Durch einen Zufall erfuhr die Welt von der Entdeckung einer bis dahin unbekannten Tierart, des Milu. Der französische Jesuitenpater Armand David Lehrer an der Missionsschule zu Peking, entdeckte im Jahre 1865 bei einem Spaziergang eine kleine Lücke im Mauerwerk des Jagdgartens des Kaiserpalastes. Durch diese beobachtete er, daß unter alten Zedernbäumen Hirsche ästen, die der erfahrene Naturwissenschaftler nicht kannte. Sollte der Pater bei seinem Morgenspaziergang an diesem Septembertag 1865 tatsächlich eine neue Hirschart entdeckt haben, die bisher der Fachwelt verborgen war? Seine zufällige Beobachtung ließ ihn nicht eher ruhen, bis er die ersten exakten Beweise in der Hand hielt.

Die Chinesen nannten die Tiere «Sse-pu-hsiang», d. h. «Keines von vieren, aber vier in einem» (Weder Hirsch noch Ziege, weder Esel noch Rind). Die Tiere wurden von den Tatarenwachen im Kaiserpalast streng behütet und waren der Allgemeinheit völlig unbekannt.

Durch die Vermittlung der französischen Botschaft in Peking erhielt David Ende Januar 1866 als ehrenvolles Geschenk drei dieser wertvollen breithufigen Großtiere aus dem Kaiserlichen Jagdgarten. Überglücklich nahm er sofort Urlaub und begab sich an Bord des Schiffes, um die Tiere selbst nach Europa zu bringen. Auf der langen Schiffsreise starben zwei dieser Tiere, so daß nur noch ein lebender Hirsch in Paris ankam. Er wurde zur Sensation. Professor Milne-Edwards bestätigte, daß dieses Tier in der freien Wildbahn schon längst ausgestorben sei. Zu Ehren des Entdeckers nennt man es «Père-Davids-Hirsch» (Elaphurus davidianus).

Das Geweih hat eine merkwürdige Form: Die beiden vorderen «Stangen» sind die Augsprossen, während die zwei Hauptstangen nach hinten wachsen. Bei einigen Milus wurde beobachtet, daß sie bereits Ende Februar, Anfang März ein Sommergeweih schieben, das sie im Mai/Anfang Juni fegen und bereits im Oktober wieder abwerfen. Im November schieben die Hirsche dann das kleinere Wintergeweih. Es wird im Januar gefegt und nur bis Ende Februar getragen. Diese Doppelgeweihigkeit findet man bei anderen Hirscharten sehr selten.

In den europäischen Tiergärten erregten die Davidshirsche bald allgemeines Aufsehen. 1869 vermittelte der englische Botschafter in Peking, Sir Rutherford Alcock, dem Londoner Zoologischen Garten ein Paar Hirsche. Auch der Berliner Zoo baute seit 1876 eine kleine Herde auf, die unter dem Spitznamen

«Olle Chinesen» bekannt war; bis 1913 wurden in Berlin 23 Tiere aufgezogen. Unter den Abbildungen vom Davidshirsch wird ein Aquarell von Adolph Menzel erwähnt, das diesen seltenen Hirsch darstellen soll. Es ist im Kinderalbum unter dem Titel «Hirsche im zoologischen Garten» 1884 erschienen und gibt die charakteristischen Merkmale eines Milus wieder. Bisher ist dieses Gemälde in der zoologischen und Jagdliteratur nicht farbig veröffentlicht worden, da das Blatt nach 1945 als verschollen galt. Es ist aber im Kupferstichkabinett der Staatlichen Museen zu Berlin unter der Katalog-Nr. 1028 erhalten und trägt neben der Signatur von Adolph Menzel die Jahreszahl 1863. Danach könnten es keine Davidshirsche sein, da diese ja erst 1865 entdeckt wurden. Auf diese Tatsache verwies F. Bolle bereits 1957 und nahm an, daß Menzel um 1883 das Bild verändert hat, um den seltenen Davidshirsch abzubilden und zu veröffentlichen, von dem damals die Welt sprach. Eine Kontrolle unter UV-Licht (1975) ließ nach Angaben von Frau Dr. Riemann keine nachträgliche Veränderung oder Übermalung am Original durch den Künstler erkennen. Eine Durchsicht der Skizzenbücher von Adolph Menzel, die ebenfalls in den Sammlungen des Kupferstichkabinettes erhalten sind, ergab, daß Menzel im Jahre 1863 den Hirsch als Rothirsch skizzierte, bei dem aber weder das Geweih noch die Läufe so deutlich zu erkennen sind wie im Aquarell. Dagegen ist das weibliche Tier im Vordergrund im Skizzenbuch einwandfrei als Damtier anzusprechen und ja auch im Aquarell so dargestellt worden. Die Frage, ob es nun ein Davidshirsch ist oder nicht, bleibt also weiterhin bestehen. In den nordchinesischen Sümpfen und Schilfwäldern am Lwan-ho-Fluß suchten verschiedene zoologische Expeditionen nach dem Milu, alles blieb aber erfolglos; die Davidshirsche waren in der freien Wildbahn seit 3000 Jahren ausgerottet. Im Jahre 1894 erreichte eine neue Hiobsbotschaft Europa. Verheerende Hochwasser hatten den Kaiserlichen Jagdgarten bei Peking überflutet und die Tierbestände vernichtet. Nur wenige Hirsche überlebten diese Naturkatastrophe und siedelten sich danach wieder im alten Revier an.

Als im Jahre 1900 der Aufstand der Bauern und Handwerker, die Ihotuan-Bewegung – auch Boxeraufstand –, niedergeschlagen wurde, fanden um den Kaiserlichen Jagdgarten erbitterte Kämpfe statt, bei denen durch die europäischen Truppen mehr als 100 Davidshirsche vernichtet wurden. 1901 lebte nur noch ein Weibchen im Pekinger Zoo, das 1920 starb.

Auch in den europäischen zoologischen Gärten waren die Zuchterfolge gering, 1914 starb der letzte Hirsch im Tierpark Carl Hagenbeck in Hamburg-Stellingen. Wieder schien eine Wildart auf der Welt endgültig ausgerottet zu sein, bis eines Tages eine Nachricht die Fachwelt erneut aufhorchen ließ: Der englische Herzog von Bedford in Woburn Abbey hatte es sich zur Lebensaufgabe gestellt, die letzten Davidshirsche auf Erden zu retten und vor dem Untergang zu bewahren. In seinem privaten Wildpark hatte er bereits 1898 elf Davidshirsche aus verschiedensten europäischen Zoos angesiedelt, die sich in den sumpfigen Niederungen und auf den weiten Äsungsplätzen (im Gegensatz zu den zoologischen Gärten) schnell vermehrten. 1922 lebten dort schon 64 Davidshirsche, deren Zahl 1932 auf 182 und 1950 auf etwa 400 Tiere angewachsen war. Im Zuchtbuch «World Register of Père David's Deer», das im Whipsnade-Tierpark bei London im Auftrage der IUCN (Internationale Union für den Schutz der Natur und der natürlichen Hilfsquellen) geführt wird, ist der Gesamtbestand aller Milus der Erde erfaßt.

Nach dem zweiten Weltkrieg gelang es auch dem Tierpark Berlin-Friedrichsfelde, den Davidshirsch systematisch zu züchten, den wir inzwischen bereits wieder in 69 Tiergärten der Erde vorfinden. 1971 waren in der ganzen Welt genau 600 Exemplare registriert, wobei im gleichen Jahr 141 Kälber gesetzt wurden. Wir können mit Freude feststellen, daß es dank der internationalen Zusammenarbeit der zoologischen Gärten gelungen ist, den Davidshirsch zu retten. Daß das möglich war, verdanken wir aber letztendlich einem einzelnen, einem Jäger, dessen Lebenswerk die Rettung der Hirsche war. Aus dem Woburn-Park in Großbritannien traten 1954 Davidshirsche wieder die Reise in die alte chinesische Heimat an, so daß heute auch im Pekinger Zoopark diese seltene Hirschart wieder zu sehen ist.

13 Kopfstudie eines starken Davidshirsches. Zeichnung von Michael Kiefer

32/33 *Das Lager nach der Jagdpartie. Detail einer Querrolle. Malerei auf Seide. China, nach 1700. München, Deutsches Jagdmuseum*

34 Davidshirsche im Tierpark Berlin-Friedrichsfelde

35 A. v. Menzel: Hirsche im Zoo. Aquarell im Kinderbuchalbum. Berlin, Staatliche Museen, Kupferstichkabinett und Sammlung der Zeichnungen

36 Davidshirsch im Bast

37 Auf der Jagd im Tschangpai-Gebirge in der Provinz Kirin (Nordostchina)

38 Li-Su-Schütze mit Armbrust am Yo-wa-lon-Paß. Leipzig, Museum für Völkerkunde

39 Römischer Sarkophag mit Jagdreliefs. 3. Jh. u. Z. Potsdam, Park von Sanssouci, Römische Bäder

40 Meleager und Atalante (Rubensschule). Die Jagd auf den Kalydonischen Eber. 1. Hälfte 17. Jh. Staatliche Museen Dessau, Schloß Mosigkau

41 Diana von Ephesos. Römische Kopie des Kultbildes aus dem Artemistempel von Ephesos. Neapel, Museo Nazionale Archeologico

42 Wildschweinjagd. Römisches Mosaik. Chiusi, Museo Etrusco

43 Alexander der Große und sein General Krateros im Kampf mit dem Löwen. Mosaik, Ende des 4. Jh. v. u. Z. Pella (Makedonien)

44 Gladiator im Kampf mit einem Panther. Fußbodenmosaik einer römischen Villa, um 250 u. Z. Bad Kreuznach, Museum

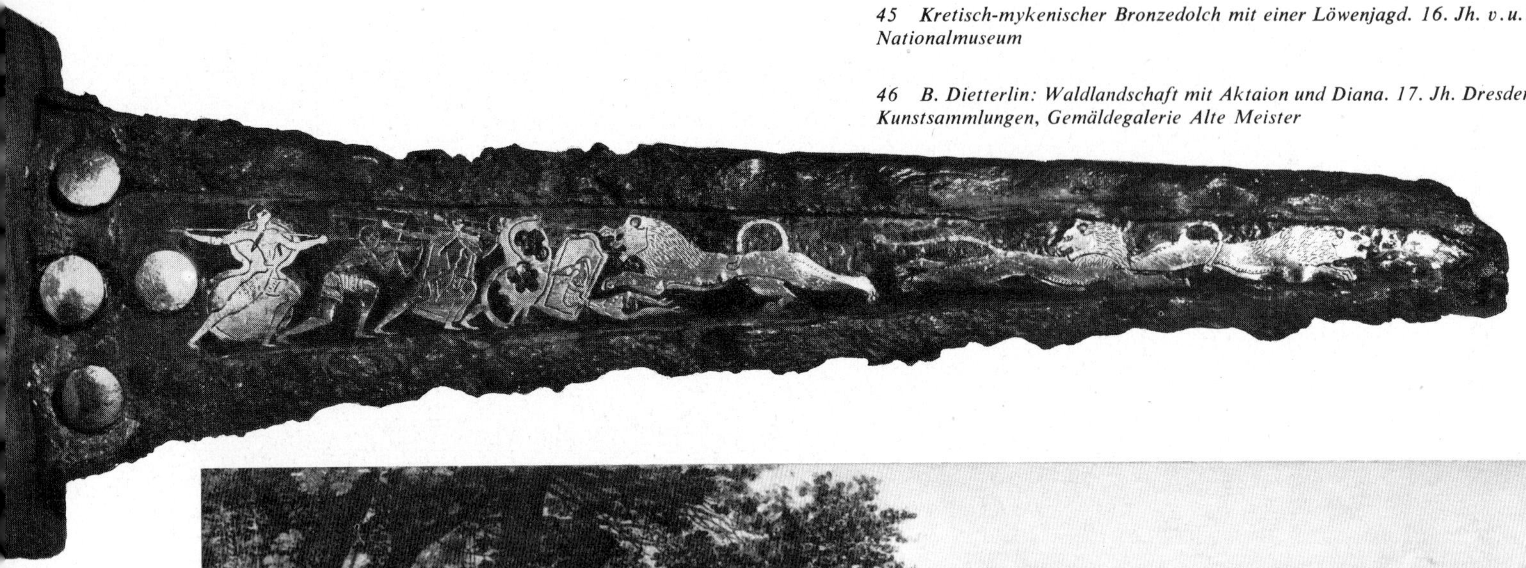

45 Kretisch-mykenischer Bronzedolch mit einer Löwenjagd. 16. Jh. v.u.Z. Athen, Nationalmuseum

46 B. Dietterlin: Waldlandschaft mit Aktaion und Diana. 17. Jh. Dresden, Staatliche Kunstsammlungen, Gemäldegalerie Alte Meister

47 Habibullah v. Meshed: Junger Stutzer mit Flinte. Persische Miniatur, 17. Jh. Berlin, Staatliche Museen, Islamisches Museum

48 Bronzebecken mit Gold- und Silbereinlagen. Mesopotamien (Mosul), 2. Hälfte 13. Jh. Berlin, Staatliche Museen, Islamisches Museum

49 König Chosrau II. auf der Jagd, Iranische Silberschale, vergoldet, 6. Jh. u. Z. Paris, Bibliothèque Nationale, Cabinet des Medailles

50 Orientalische Prunkdolche des 15.–18. Jh. Dresden, Staatliche Kunstsammlungen, Historisches Museum

51 Schnappschloßgewehr mit Silbertauschierung. Türkisch, 17. Jh. Diese Waffe war ein Geschenk der Zarin Katharina II. an August den Starken von Sachsen anläßlich seiner Krönung in Krakau. Dresden, Staatliche Kunstsammlungen, Historisches Museum

Abbildungen nächste Seite:

52 Diana. Elfenbeinarbeit. Leningrad, Ermitage

53 Artemis von Versailles. Römische Replik nach einem griechischen Werk 340 v. u. Z. Paris, Louvre

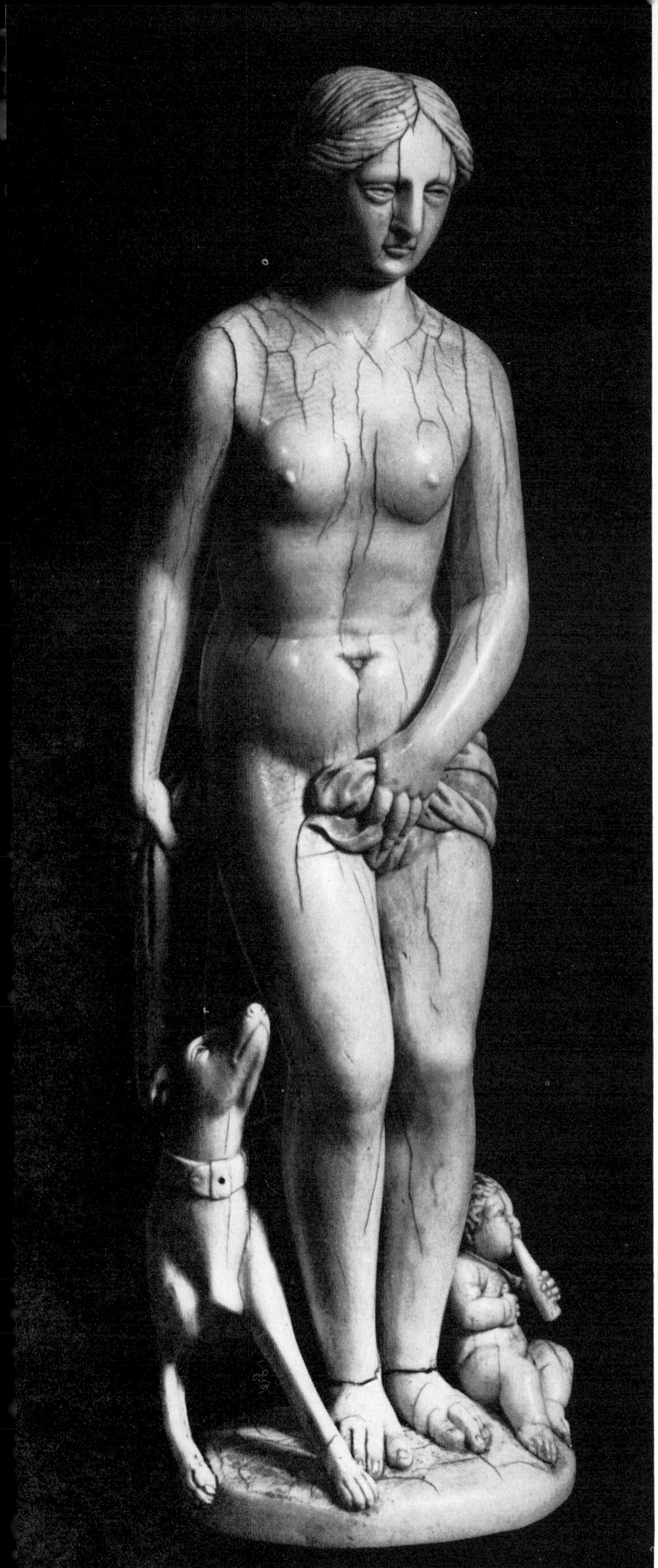

Artemis und Diana, die antiken Göttinnen der Jagd

«Artemis sing ich, mit goldenen Pfeilen,
die lärmende, wilde, reine Jungfrau,
die bogenerfreute, den Schrecken der Hirsche,
die auf schattigen Höhn und windigen
Felsgebirgen froh der Jagd ergeben,
gespannt den goldenen Bogen,
schmerzliche Pfeile entsendet.»

Homerische Götterhymnen (7. Jh. v. u. Z.)

Die Zwillingsschwester des griechischen Sonnengottes Apollon war die Göttin der Jagd Artemis, bei den Persern Anähita, bei den Römern Diana genannt.

Als Tochter des Zeus und der schönen Leto genoß die jungfräuliche Artemis bei den Griechen große Achtung und Anerkennung. Als Herrin der Tiere, Göttin der Keuschheit und der Fruchtbarkeit wird sie mit Bogen, Köcher und Fackel in Begleitung von Nymphen und Rehen dargestellt.

In den finnischen Mythen finden wir ebenfalls Erzählungen über die schöne Gattin des Waldgottes Tapio, die die Waldtiere beschützt. Es scheinen zwischen den nordischen Waldgöttern und den antiken Mythen der Jagdgöttin Artemis engere Beziehungen zu bestehen, als bisher angenommen wurde.

An der Westküste Kleinasiens ließ im 6. Jh. v. u. Z. der reiche Lydierkönig Kroisos (Krösus, 560–546 v. u. Z.) in Ephesos zu Ehren der Göttin Artemis ein Heiligtum errichten, den Artemistempel, eines der Sieben Weltwunder der Antike.

Aus Herodots Berichten wissen wir, daß unter der Leitung des Baumeisters Chersiphron aus Knossos und seines Sohnes Metagenes dieses gigantische Bauwerk entstand. Das Heiligtum der Jagdgöttin Artemis wurde mit einem von 127 Säulen getragenen Tempel umgeben.

Im Jahre 356 v. u. Z. legte ein Wahnsinniger im Tempel von Ephesos Feuer, das Artemision versank in Schutt und Asche. Mit dieser Tat wollte er seinen Namen für die Nachwelt unvergessen machen, es war Herostratos. Unter Alexander dem Großen wurde das Heiligtum der Jagdgöttin Artemis an gleicher Stelle wiederaufgebaut, bis es im Jahre 263 u. Z. von den Goten völlig zerstört wurde. Heute liegt es verfallen und versunken in der verlandeten Bucht unweit des Ägäischen Meeres. Die Trümmer wurden 1863 durch den englischen Ingenieur Wood entdeckt und vorwiegend durch das Österreichische Archäologische Institut ausgegraben. Neuerdings sind Pläne bekannt geworden, wonach der Tempel in seiner ursprünglichen Form wieder aufgebaut werden soll. Im Museum von Ephesos finden wir letzte Zeugen dieses gigantischen Artemisions.

Artemis wurde nicht nur als die Göttin der Jagd und als Mutter der hilflos schweifenden Tiere angesehen, sondern auch als Herrscherin der freien, unverletzbaren Natur und als Beschützerin der Nacht. Als Herrin der Tiere wurde sie meist im Zusammenhang mit Löwen, Rindern, Böcken und Hirschen dargestellt, wobei die Biene als das heilige Tier der Göttin galt.

Die Artemisgestalt lebt in der Homerschen Sagenwelt durch die Legende vom Schicksal des Aktaion, eines Jünglings, der leidenschaftlich jagte und auch viele Tiere erlegte. Man sagte von ihm, er habe «sogar geprahlt und seine Meisterschaft in der Jagd höher gestellt als die der Göttin … Nicht lange danach zog Aktaion eines Tages mit seinen Gefährten und einer Meute von fünfzig Hunden ins Gebirge, ihr Weg führte sie auch in die Gegend, wo die Göttin häufig weilte. Manche meinten, der Zufall habe es so gewollt, andere aber glaubten, die erzürnte Göttin selbst habe den Jäger an diese Stelle gelockt. Denn sie wollte Aktaions Verderben.

Warum sind die Hunde so unruhig? Warum winseln sie unaufhörlich? Was ist mit dieser Gegend? Was geht hier vor? In der Nähe sah er ein Bächlein im Grase blinken. Die entblößte Artemis badete in der Quelle …

Der Jüngling stand da, all seiner Sinne beraubt, und konnte sich nicht satt sehen. ‹Wie schön du bist, Göttin›, stammelte er. ‹Laß dich noch einen Augenblick bewundern, nur einen Augenblick!›

Die Nymphen aber schrien ‹Flieh, Aktaion, flieh! Sieh nicht hierher! Flieh, Aktaion, flieh!›

Artemis sprach: ‹Nichtswürdiger, du hast dich vermessen, ein besserer Jäger zu sein als ich, du verdientest, daß ein Pfeil dein Herz durchbohrt. Aber du sollst deinen Frevel noch ärger büßen!›

Und sie nahm mit beiden Händen Wasser aus einem Kupfergefäß und besprengte Aktaions Augen damit. Kaum hatte das Wasser Aktaion berührt, da wurde er zu einem Hirsch. Er flüchtete in vollem Lauf, seine Hunde aber, die ihn nicht erkannten, setzten ihm nach.

‹Was tun?› dachte der Jüngling bei sich. Er hatte nämlich sein menschliches Bewußtsein behalten und wußte, daß er in einen Hirsch verwandelt war, weil er im Bach seine neue Gestalt erblickt hatte. Denn Artemis wollte, daß er bei vollem Verstand alle kommenden Qualen bis zum schrecklichen Ende erlebte.

‹Ich bin Aktaion!› rief er seinen Hunden zu, die ihn durch den Wald hetzten. Doch aus seinem Munde kam statt der Worte nur ein dumpfes, entsetzliches Röhren. Die Hunde verfolgten ihn weiter, und der arme Hirsch rannte nun auf der Flucht durch die Gefilde, wo er einst als Aktaion selbst noch Wild gejagt hatte.

Endlich kreisten die Hunde ihn ein. ‹Ich bin Aktaion›, wollte er wieder rufen, ‹laßt mich gehen, ich bin euer Herr!›

Doch die Meute fiel ihn an und riß ihn nieder. Dann verbellten sie, weil sie Aktaion herbeirufen wollten, damit er den besiegten Hirsch sähe und sich darüber freue. Den treuen Tieren konnte niemand sagen, daß es ihr geliebter Herr selbst war, der da als Hirsch vor ihnen lag und sie aus feuchten, brechenden Augen ansah.»

Soweit die Übersetzung* der antiken Legende von dem leidenschaftlichen Jäger, die auf den römischen Dichter Ovid (43 v. u. Z.–17 u. Z.) zurückgeht. Im III. Buch seiner «Metamorphosen» beschreibt er die Geschichte des Aktaion. Im Hrabanus-Maurus-Codex aus dem 11. Jh. u. Z. in Monte Cassino ist die antike Legende der Artemis ebenfalls enthalten.

In Kreisen der Jäger und Naturschützer unserer Tage wird immer wieder betont, daß die ethischen Prinzipien der Jagd und des Schutzes der freilebenden Tierwelt ein Symbol der modernen Jagd sind. Spiegeln sich aber nicht bereits in vielen orientalischen Erzählungen sowie in den griechischen Göttersagen erste Gedanken einer weidgerechten Jagd wider? Diese Legenden gingen im Volk von Mund zu Mund und erzählten vom wahren Sinn der Jagd.

Aus den Berichten Homers wissen wir, daß die Menschen jener Tage großen Wert auf das Weidwerk legten. Sie mußten sich vor Raubwild schützen, und die Jagd auf Wildbret brachte ihnen einen großen Teil ihrer Nahrung. Gleichzeitig war es ihnen eine Lust, den Bogen zu spannen, die Speere zu schleudern und dem Wild wieder und wieder nachzustellen.

Das Wild galt in Hellas und Rom als herrenlos, denn das Jagdrecht war weder persönlich noch zeitlich festgelegt. Lediglich im Umkreis von Athen war es verboten, nachts zu jagen, damit nicht «gewerbsmäßige Fleischmacher das Wild ausrotteten».

Das klassische Altertum kannte keine Jagdgesetze und Schonzeiten für das Wild.

Nach der Jagd, so schrieb Homer, wurde «von der Tochter des Zeus und der Leto, der keuschen Göttin Artemis erzählt. Hymnen wurden ihr gesungen und Opfer und Gaben dargebracht, die der stolzen Göttin der Jagd wohlgefielen».

In den griechischen Sagen wird auch oft von der Kallisto als Jagdgefährtin der Artemis erzählt, jener Jägerin, die von der eifersüchtigen Hera in eine große Bärin (Arktos) verwandelt wurde.

Den Kult der Artemis übernahmen später die Römer. Aus dieser Zeit stammt die römische Marmorkopie der sogenannten «Artemis von Versailles», jener Statue der Artemis, die in der 2. Hälfte des 4. Jh. v. u. Z. nach einem griechischen Original angefertigt wurde. Diese Plastik befindet sich im Louvre und war zur Welt-Jagdausstellung 1971 in Budapest zu sehen. Servius Tullius (578 bis 534 v. u. Z.), der legendäre sechste König der Römer, hatte im Zuge seiner politischen Reformen auf dem Aventinischen Hügel in Rom einen Dianentempel nach dem Vorbild des Artemision erbauen lassen. Dieser für ganz Latium zuständige Tempel war der Diana, der Beschützerin der Frauen, der Jagd, der Vegetation und Göttin des Mondes geweiht.

Besonders im 2. Jh. v. u. Z. erstarkte in Rom der hellenistische Einfluß. Die griechischen Götter, das olympische Pantheon, wurden offizieller Bestandteil der römischen Ideenwelt. Auch bei Capua und Aricia, an der berühmten Via Appia, befanden sich vielbesuchte Kultstätten mit einem Heiligtum der Diana. So ging der Jagdkult der Artemis nun endgültig auf die römische Diana mit ihrem Tempel auf dem Aventinischen Hügel über.

Der römische Kult der Diana fand nicht nur im Mutterland, sondern auch in den Provinzen, z. B. den Jagdgebieten der Ardennen, starken Widerhall. Hier fand man zahlreiche Altäre, die der «Diana Arduenna» geweiht waren. Die Verehrung der keltischen Göttin Arduina, der Göttin der Wildschweine, wurde als Kult der Diana weitergeführt und später durch den neuen Dianenkult der französischen Könige ersetzt. In der Mitte des 16. Jh. richtete König Heinrich II. (1547–1559) im Schloß Anet der Jagdgöttin Diana eine neue Weihestätte ein. Aus dieser Zeit stammen auch zahlreiche Dianendarstellungen, so von Benvenuto Cellini die berühmte «Nymphe von Fontainebleau», die heute im Louvre steht.

In der jagdfreudigen Zeit der Renaissance und des Barock waren diese antiken Jagdthemen ein beliebtes Bildmotiv, von dem vor allem die venezianischen Maler Tizian, Tiepolo und Tintoretto zu hervorragenden Kompositionen angeregt wurden. Auch von Rubens, de Ryckere u. a. sind eindrucksvolle Gemälde nach diesen antiken Legenden bekannt.

* Nach A. Mitru, «Die Sage des Olymp», Bukarest 1962

Gladiatorenspiele und Kampfjagden im alten Rom

«Kayser Hadrianus und Galienus hat solche teuffelische Kampfjagden auch offters gehalten, welches Kayser Antonius Caracalla aber mit weinenden Augen nicht sehen können und solche Menschen-Blut-Kampff-Jagden verdammt und verflucht.» *H. F. v. Fleming (1724)*

Der Stiftungstag des Dianentempels, der 13. August, war einer der wenigen Feiertage der Sklaven. An den verschiedenen Festtagen im alten Rom durften auch die Sklaven die prunkvollen Festspiele mit den Wagen- und Pferderennen im Circus Maximus oder die Gladiatorenspiele im Amphitheater des Flavius, dem Kolosseum mit seinen 50000 Zuschauerplätzen, besuchen. Unter dem Motto «panem et circenses» (Brot und Zirkusspiele) inszenierten die römischen Kaiser großartige «venationes» (Tierhetzen zur Volksbelustigung), um sich damit bei den Plebejern beliebt zu machen. Wie allgemein bekannt, bildeten neben Wagenrennen die Gladiatorenkämpfe, die seit dem Jahre 264 v. u. Z. in den Arenen Roms veranstaltet wurden, die Hauptanziehungspunkte für alle Schichten des Volkes. Wir kennen drei Formen dieser Kampfspiele: den erbitterten Zweikampf auf Leben und Tod der unterschiedlich bewaffneten Gladiatoren bzw. Gruppenkämpfer, Kampfjagden der Gladiatoren mit wilden Tieren, den «Bestien», bzw. Tierkämpfe untereinander und die aufwendigen Naumachien, Seekämpfe oder Seeschlachten in künstlich überfluteten Arenen bzw. speziell dafür angelegten Becken.

Uns interessieren in diesem Zusammenhang die Kampfjagden. Die bekannten Gladiatorenschulen zu Capua und Ravenna bildeten nicht nur die verschiedenen Zweikämpfer, wie die «myrmillones» (die Schwertkämpfer) oder die «retiarri» (die mit Fangnetz und Harpune) aus, sondern auch spezielle Gladiatoren für die Tierkämpfe, die sogenannten «bestiarii».

Es war eintönig geworden, «den ganzen Tag nur Menschen gegeneinander kämpfen zu lassen», deshalb hetzte man auch die Bestien in die Arena. Entweder man ließ einen Menschen gegen wilde Tiere kämpfen, oder man ließ die Tiere selbst aufeinander los. «Aber noch interessanter war es den Zuschauern, wenn eigens dafür ausgebildete Tierkämpfer den wilden Tieren entgegentraten oder wenn ein zum Tode Verurteilter, entblößt und nur mit einem Knüppel bewaffnet, mit einer ausgehungerten Bestie zu ringen und einen aussichtslosen Kampf zu führen hatte.» (O. Keller, 1887)

So veranstaltete beispielsweise der erste römische Kaiser Augustus (63 v. u. Z. bis 14 u. Z.) zur Stärkung seiner politischen und sozialen Position innerhalb der Sklavenhaltergesellschaft «zum Vergnügen des Volkes» großangelegte Schauspiele, bei denen über 10000 Gladiatoren eingesetzt waren. Nach den Berichten im 9. Buch des römischen Historikers Titus Livius (59 v. u. Z.–17 u. Z.) sind bei diesen Kampfspielen in den römischen Arenen über 3500 afrikanische Wildtiere getötet worden.

Das Volk feierte den Veranstalter der Schaujagden besonders, wenn bis dahin unbekanntes Wild in die Arenen getrieben wurde. So fanden neben Löwen, Bären, Tigern und Geparden auch afrikanische Großtiere wie Elefanten, Giraffen, Nashörner, Flußpferde besonderen Beifall.

Vom Kaiser Probus wird berichtet, daß er 1000 afrikanische Strauße bei einem einzigen Jagdspiel in die Arena treiben ließ. Weiterhin setzte man auch wilde Stiere, Auerochsen, Elche und Wölfe aus den nördlichen Ländern für diese Kampfjagden in Rom ein.

Von Plinius wissen wir, daß zu den Kampfspielen auch Elche aus den Waldgebirgen der «Barbaren» nach Italien geholt wurden. Im Herzynischen Wald der römischen Provinz Germanien, also im Gebiet zwischen Rhein und den Karpaten, kamen damals noch Elche in größerer Anzahl in der freien Wildbahn vor.

Julius Caesar, der berühmte römische Feldherr (100–44 v. u. Z.) berichtet in seinem V. Buch «De bello gallico» («Über den Gallischen Krieg») interessante Einzelheiten über die Begegnungen mit Elchen und die Fangmethoden. Es gibt wohl kaum einen Jäger, der diese Geschichte Caesars über den Elchfang nicht mit Lächeln zur Kenntnis nimmt. Da es mit die ersten Jägerlatein-Fabeln sind, soll auszugsweise zitiert werden:

«Im hercynischen Wald befinden sich Tiere, die Elche genannt werden, deren Gestalt und Farbe denen der Ziegen nicht unähnlich aussehen, nur an Größe sollen sie diese übertreffen. Sie haben Beine ohne Knöchel und Gelenke», fährt Caesar fort, «und sie legen sich weder zum Ausruhen nieder, noch können sie sich, wenn sie durch irgendeinen Zufall hingefallen sind, wieder aufrichten. Die Bäume dienen ihnen als Lagerstätten, an diese lehnen sie sich an und genießen ein wenig Ruhe. Wenn die Jäger an ihren Fährten festgestellt haben, wo sich die Tiere aufzuhalten pflegen, untergraben sie an diesen Orten alle Bäume an den Wurzeln oder sägen die Bäume so weit an, daß ihnen das Aussehen bleibt, als stünden sie fest. Wenn sich nun die Elche hier anlehnen, reißen sie die wackligen Bäume durch ihr Gewicht um und fallen zugleich selbst.»

Die Jäger brauchen nach Caesar also nur noch hinzugehen, die Elche zu fesseln, aufzuheben und die mit einer Spannweite von fast 2 m Geweihten zu den Kampfjagden in die Amphitheater zu treiben. Plinius übernahm in seiner «Naturalis historia» diese Erzählung Caesars und übertrug diese Geschichte auf den «alces», der in Skandinavien lebte. Plinius unterscheidet in seiner «Naturalis historia» zwischen Land-, Wasser- und Lufttieren; wogegen in der Antike die Tierwelt allgemein in Haustiere (also nützliches, eßbares Wild) und wilde Tiere, die Bestien, unterteilt wurde. Die Bedeutung des lateinischen Wortes «bestia» hat sich mehrmals gewandelt. Waren zuerst die Tiere insgesamt damit bezeichnet, so rechnete man später nur die «wilden, reißenden Tiere», also das Raubwild, dazu. Im modernen Sprachgebrauch wandeln wir sogar das Wort «bestialisch» in «viehisch, unmenschlich» ab.

Die naturphilosophischen Erkenntnisse der Zoologie gingen auf die Lehre der «Tierkunde» des griechischen Philosophen Aristoteles zurück. Naturwissenschaftliche Kenntnisse über das Jagdwild waren im Gegensatz zum Wissen über die Fische und Pferde bis zur Spätantike noch gering ausgebildet. Aus den Schilderungen über die Kampfjagden sowie durch die Darstellungen auf römischen Fresken, Reliefs und Mosaiken aus Pompeji und vor allem aus der Villa Erculia in Piazza Armerina auf Sizilien können wir jedoch unser Wissen über Fang, Transport und Haltung der Wildtiere im alten Rom vervollständigen.

Nach dem Römischen Recht war das wilde Tier in der freien Landschaft frei, jeder (natürlich mit Ausnahme der Sklaven) konnte es also fangen oder jagen.

«Eigen kann nur das sein, was in meiner Gewalt ist», besagte das Römische Recht, deshalb gehörte das Wild dem, der es fing, schlug oder erlegte.

Im Imperium Romanum erhielten die römischen Legionäre den Auftrag, bei ihren Eroberungszügen auch Kriegsgefangene und wilde Tiere für die Schaukämpfe in Rom zu requirieren. Aus den Reisebeschreibungen des griechischen Geographen und Historikers Strabon (um 63 v. u. Z.–20 u. Z.) wissen wir von umfangreichen römischen Expeditionen in Zentralafrika (nilaufwärts bzw. durch die Sahara), durch die Arabische Wüste und von Entdeckungsfahrten auf dem Atlantik bis zu den Kanarischen Inseln und weit in den Nordatlantik.

Der «lanista», der Unternehmer, Fechtmeister und Manager der Gladiatoren, hatte ebenfalls für die Beschaffung der wilden Tiere zu sorgen, so daß neben dem Sklavenhandel ein reger Tierhandel mit verschiedenen Großtieren einsetzte. Besonders die prächtigen Berberlöwen aus Nordwestafrika (Gätulien – heute Algerien und Mauretanien) fing man dort in großer Zahl. Ihr Bestand war bald ausgerottet. Auch der nordafrikanische Atlaselefant starb damals aus. In der Menagerie des Kaisers Augustus soll über 40 Jahre ein Flußpferd (Hippopotamus amphibius) gelebt haben. Vom indischen Gesandten erhielt Kaiser Augustus einen Königstiger sowie eine lebende Pythonschlange geschenkt. Fast vier Jahre brauchte man, um die Tiere aus dem indischen Dschungel nach Rom zu transportieren. Seit dem Jahre 58 v. u. Z. wurden in Rom regelmäßig Flußpferde bei den Kampfspielen eingesetzt.

Um diese wilden Tiere lebend nach Rom zu bringen, benötigte man erfahrene «magistros» (Tierfänger und Wärter). Der Tierfang war vor allem auf Fallgruben orientiert, wo man z. B. junge Ziegen oder Schafe anband, um durch ihr Meckern den Löwen anzulocken. Auch verwandte man verschiedene Arten von Netzen und Tüchern (laxarum vestium) zum Tierfang. Der Transport des gefangenen Wildes erfolgte vorwiegend auf dem Wasserweg mit schnellen Ruderschiffen. Deshalb spielten die Kenntnisse der Wildtierhaltung eine wichtige Rolle, um den Tiertransport möglichst schnell und ohne größere Verluste zum Hafen Ostia und von dort nach Rom zu bringen. So hat nach Plinius der Römer Lupinus als erster eine zielgerichtete Wildtierfütterung vorgenommen.

In den Kellern der Amphitheater hielt man die Raubtiere in Zwingern bzw. richtete spezielle Tiergärten, die Menagerien, ein, um die Tiere für die nächsten Kampfspiele bereitzuhalten. Wenige Tage vor dem blutigen Schauspiel ließ man die Raubtiere hungern, um sie besonders «scharf und gierig» zu machen.

Einen Eindruck von den bei Kampfjagden eingesetzten Tierarten vermittelt nebenstehende Übersicht.

Seltene Tiere wurden besonders gepflegt und nach Verletzungen sorgfältig behandelt, so daß die Tierheilkunde, die Veterinärmedizin, die bereits bei den Griechen besonders für die Pflege der Pferde entwickelt worden war, bei den Römern zu einem hohen Wissensstand kam und auch auf das jagdbare Wild immer mehr Anwendung fand.

Das Personal für die Wildtierfütterung und -haltung in den Zwingern der Amphitheater bestand nicht nur aus besonders geschulten Sklaven, sondern auch aus erfahrenem Jagdpersonal. In Rom waren wie in Griechenland die berufsmäßigen Jäger, «venatores» genannt, bereits organisiert.

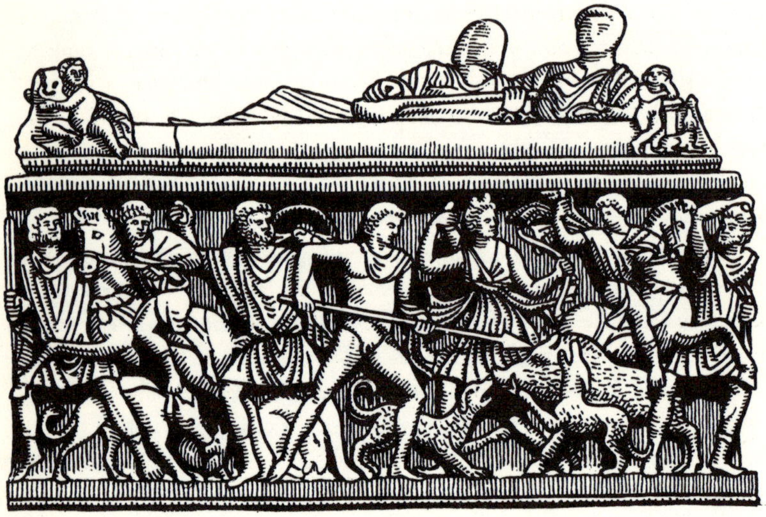

14 Die Kalydonische Eberjagd. Zeichnung nach einem Marmorsarkophag aus dem 3. Jh. u. Z. Rom, Museo Nuovo im Konservatorenpalast

In der späten Kaiserzeit war das Einfangen und Töten von Löwen grundsätzlich verboten. Erst durch ein Edikt von Kaiser Honorius (393–423 u. Z.) war es seit 414 als kaiserliches Privileg gestattet, wieder Löwen zu jagen; der Löwenhandel blieb jedoch untersagt. Das Verbot der Kampfjagden mit wilden Tieren setzte erst im 6. Jh. ein, als durch Kaiser Anastasius (491–518) die Kampfjagden unter Androhung von Strafen untersagt wurden.

Nach diesen altrömischen Vorbildern fanden vom 15. bis 18. Jh. an zahlreichen deutschen und spanischen Fürstenhöfen «Kampfjagden» statt, die in den heutigen Stierkämpfen in Südwesteuropa ihre Fortsetzung finden. Stierspiele waren bereits im Altertum im östlichen Mittelmeerraum, vor allem auf der Insel Kreta, beliebt. Seit der Mitte des 18. Jh. werden sie in Spanien nach dem noch heute gebräuchlichen Ritual durchgeführt. Im Gegensatz zu diesen im römischen Imperium entwickelten Jagdformen entstanden und dominierten im persischen Großreich neue Formen der Jagdausübung, die Prunkjagden.

Veranstalter der Kampfjagden (Regierungszeit)	*Anlaß der Feierlichkeiten*	*Tierarten bei den Kampfjagden*
Marcus Flavius Nobilor 186 v. u. Z.	Aetholischer Krieg 10tägige Prachtspiele	Löwen- und Pantherjagd
P. C. Scipio Nasica und P. Lentulus, adlige Ädilen, 168 v. u. Z.	zirzensische Spiele	63 Panther, 40 Bären und Elefanten
Zensor Eneus Domitinus Ahenobarbus	Zircus	100 Bären kämpften gegen 100 Jäger
Diktator L. SULLA (138–78 v. u. Z.)	Anläßlich seiner Wahl zum Prätor im Jahre 93 v. u. Z.	Viele seltene Tiere aus Afrika, darunter 100 Löwen
Konsul POMPEIUS (106–48 v. u. Z.)	Kampfspiele im Zircus	über 600 Löwen; besondere Attraktivität: Kampf eines Nashorns gegen Elefanten
Pompejus (2. Konsulat)	Zircus	Kampf von Gätulern (Afrikanern) mit Elefanten
Julius Caesar 3. (Konsulat)	Zircus Im Jahre 45 v. u. Z.	20 Elefanten gegen 500 Mann zu Fuß
Kaiser AUGUSTUS (27 v. u. Z.–14 u. Z.)	26 Kampfjagden «Zum Vergnügen des Volkes»	fast 10000 Gladiatoren kämpften; 3500 Tiere getötet, darunter 200 Löwen
Kaiser TRAJAN (98–117 u. Z.)	Nach dem Sieg über die Daker (106) ließ er 123 Tage Kampfspiele feiern	über 10000 Kriegsgefangene als Gladiatoren eingesetzt; über 11000 wilde Tiere getötet
GORDIAN I Kaiser MARCUS ANTONIUS	237 u. Z.	1000 Braunbären an einem Tag getötet
Kaiser PHILIPPUS ARABS (244–249 u. Z.)	Vom Krieg gegen die Perser brachte er für die Kampfjagden nach Rom:	32 Elefanten, 10 Elche, 10 Tiger, 30 Leoparden, 60 Löwen, 40 Wildpferde

Jagdszenen auf persischen Silberschalen und Damaszener Klingen

«Es kreiset bei uns in der Runde die goldene Schale,
mit mancherlei Bildern von persischer Hand geschmückt.
Auf ihrem Grunde spiegeln sich Chosras, und auf ihren Wänden eilen Antilopen,
den Pfeilen der Reiter zu entfliehen.»

Abu Nuwas (um 747–815 u. Z.)

Die persischen Großkönige, die «Herrscher über alle Menschen vom Aufgang bis zum Untergang der Sonne» beeinflußten mit ihren Prunkjagden entscheidend die höfische Jagdausübung sowie die Jagdkunst.

Kambyses und Kyros, die bedeutendsten Könige der Dynastie der Achämeniden, sahen in der Ausübung der Jagd lediglich eine Fortsetzung des Krieges. Sie hielten die großen Treibjagden ab wie eine militärische Übung. Bei diesen persischen Prunkjagden setzte man 7000–8000 Menschen ein, um das Wild aus weitem Umkreis zusammenzutreiben. In ausgedehnten Wildparks hielt man die Hirsche, Wildesel, Sauen, Antilopen und Rehe in großen Herden.

Diese Wildparks in den königlichen Domänen nannten die Griechen «Paradeisos». In diesen persischen Paradies-Parks wurde bereits eine geordnete Wald- und Jagdwirtschaft betrieben, um die Herden der Wildtiere am Leben zu erhalten, bis die Hofjagd begann. Es gab sogar Baumschulen, in denen ausländische Pflanzen akklimatisiert wurden, um die Futterversorgung für die Tiere zu gewährleisten.

Tausende von Begleitern des Großkönigs waren im Gefolge für eine große Hofjagd. Nachdem der König den ersten Schuß abgegeben hatte, setzte das große Gemetzel ein. Mit Speer und Säbel sowie mit Pfeil und Bogen wurde das eingekesselte Wild, vorwiegend vom Pferd aus, niedergemacht. Die Verwendung des Pferdes bei der Jagd erlebte in Persien einen Höhepunkt. Auf zahlreichen altpersischen Teppichen und Reliefs sind solche Szenen der prunkvollen Hofjagden abgebildet. Aber auch unter den Sassaniden (3.–7. Jh. u. Z.) und arabischen Kalifen war die Jagd vorrangiges Thema der Kunst, vor allem in der Metallkunst. Besonders die flachen Silberschalen mit den prachtvollen Jagddarstellungen sind überzeugende Leistungen des höfischen Kunsthandwerkes in Persien. Diese Kostbarkeiten der Metallkunst zeigen Jagden auf Löwen, Panther, Bären, Keiler, Hirsche, Gazellen und Antilopen, aber auch auf Büffel, Wildstiere, Wildesel und Widder hetzten die sassanidischen Herrscher.

Wir erkennen bei den Darstellungen der Löwenjagd unter Schapur II. eine völlig andere künstlerische Auffassung als bei den assyrischen oder ägyptischen Löwenjagddarstellungen.

Diese flachen, silbernen, teilweise vergoldeten Trinkschalen befinden sich heute in den verschiedenen Sammlungen der Welt. Die Kunst der prachtvollen Metallverarbeitung und Darstellungen von Jagdszenen haben sich bis zur Gegenwart erhalten. Auf der Budapester Welt-Jagdausstellung 1971 zeigte der Iran hervorragende Silberschalen, die an die Traditionen der persischen Metallhandwerker anknüpfen.

Die Stadt Damaskus entwickelte sich als ein bedeutendes Zentrum der vorderasiatischen Metallkunst. Zweihundert Jahre nach dem Untergang des Weströmischen Reiches vereinten sich unter dem Zeichen der Religion des Propheten Mohammed (um 570–632) die arabischen Stämme im Vorderen Orient. Die Kalifen von Bagdad, die «Kalifat Allah», (die «Stellvertreter Gottes auf Erden»), eroberten mit ihren Heeren vom 7. bis 11. Jh. die alten orientalischen Kulturländer von Nordafrika bis Indien.

Im Jahre 635 erstürmten die Araber auch Damaskus. Die hohe Blüte der arabisch-islamischen Wissenschaft, Kultur und die Geschicklichkeit der Handwerker ließen hier in der Stadt Damaskus ein neues Zentrum der Waffenschmiedekunst entstehen. Die Dolch- und Degenklingen aus damasziertem Stahl, die sogenannten Damaszener Klingen, mit ihrer hervorragenden Elastizität und beispiellosen Härte wurden zum Wunschtraum vieler Jäger.

Die Technik dieser Prunkwaffenherstellung beruht auf dem Zusammenschweißen verschiedener Stahlstäbe mit unterschiedlicher Festigkeit. Diese dann schraubenförmig verdrehten Stahlstücke erhielten durch das Ausschmieden und Ätzen ihre geflammte, damastähnliche unregelmäßige Zeichnung und Farbe.

Die durch Einlegen von Edelmetalldrähten bzw. durch massive Goldeinlagen, die in die Rillen eingehämmert wurden, gebildeten Darstellungen hoben sich vortrefflich von dem tiefblauen Stahlgrund ab. Die arabischen Prunkjagdwaffen erhielten durch diese Tauschierung eine hervorragende künstlerische Aussagekraft. Schäfte, Griffe und Beschläge wurden durch den Besatz mit Juwelen und kostbaren Edelsteinen weiter verziert, so daß die orientalischen Jagdwaffen zu Symbolen des märchenhaften orientalischen Reichtums wurden. Diese Damaszener Klingen und die juwelenbesetzten arabischen Prunkjagdwaffen gingen als vielbegehrte Handelsware und als Geschenke in alle Teile der Welt. Viele bilden noch heute bewunderte Ausstellungsstücke in den Kunst- und Geschichtsmuseen. Die bei den Persern und den Arabern blühende Kunst des Reitens und Jagens wurde zum Vorbild für die frühmittelalterliche Jagdausübung in Europa.

Jagd und Tierschutz im Mittelalter

15 Hetzjagd. Zeichnung nach einer Miniatur der Handschrift «Vie et Histoire de Saint Denys» um 1250. Paris, Bibliothèque Nationale

Jagd-Kapitularien Karls des Großen

«Beständig übte er sich im Reiten und Jagen, wie es die Sitte seines Volkes war.»

Einhard «Vita Caroli», um 830

Mit der Erstarkung der königlichen Zentralgewalt und der Entfaltung der feudalen Produktionsverhältnisse entstand in Westeuropa unter der merowingischen und karolingischen Dynastie das fränkische Großreich.

Das karolingische Imperium reichte im 8. und 9. Jh. u. Z. vom Ebro bis zur Theiß und von der Nord- und Ostsee bis zur Apenninenhalbinsel. Die karolingischen Pfalzen und die Klostergüter bestimmten das gesellschaftliche und wirtschaftliche Geschehen auf dem Lande. Hier hatte der Fleiß der Bauern aus der großen Wildnis mit ihren ausgedehnten Mooren und Sümpfen, Wäldern und Ödland fruchtbare Kulturlandschaft geschaffen.

Grundlage der königlichen Hausmacht bildete der gewaltige Grundbesitz der Karolinger. Zahlreiche Edikte, Kapitularien und Regalien sorgten für straffe Handhabung der Naturalwirtschaft im Rahmen der feudalen Grundherrschaft. Das spiegelte sich auch im Jagdrecht wider, das einen entscheidenden Wandel erfuhr.

Nach dem Recht der verschiedenen westgermanischen Stämme waren der Fischfang und die Jagd in der Markgenossenschaft frei. Wer zum Waffentragen berechtigt war, durfte auch den Tierfang frei ausüben. Grundsätzlich hatte der König zu jener Zeit (bis ins 5./6. Jh.) noch keine Sonderstellung in der Jagdausübung, obwohl der Adel die Jagd bereits als sportliche Betätigung ansah. Jagdverbote und Schonzeiten für das Wild lassen sich im germanischen Volksrecht nicht nachweisen.

Mit der Entstehung und Ausbreitung der Bannforste beginnt eine neue Periode im Jagdrecht des frühen Mittelalters. Der Begriff «forestis» taucht erstmalig in einem Diplom aus dem Jahre 648 für die königlichen Wälder in den Ardennen auf. Vom fränkischen König Dagobert stammt diese Verordnung, die zu den ältesten Jagdgesetzen Europas zählt.

Unter der erstarkten karolingischen Hausmacht wurden die Forste zu geschützten Hofjagdrevieren, die als Bannforsten zum Bodenregal des Königs gehörten. Durch den Eigentumsanspruch des Herrschers auf den gesamten herrenlosen Grund und Boden, die Wüstungen und Gewässer entstanden im 8. und 9. Jh. die großen zusammenhängenden königlichen Waldbesitzungen. In diesen Wäldern stand der Wildbestand unter dem Forstbann, und der König behielt sich allein die Jagd in seinen Forsten vor.

Die karolingischen Herrscher stellten aus leidenschaftlicher Liebe zur sportlichen Jagd prunkhafte Hofjagden in den Mittelpunkt des jagdlichen Geschehens. Diese fränkischen Königsjagden wurden zum Vorbild des späteren, auf der absolutistischen Landeshoheit beruhenden Jagdwesens.

Die Schaffung großer zusammenhängender Jagdreviere, die auf Grund des königlichen Wildbannes nicht betreten oder bejagt werden durften, ermöglichte die höfische Jagdausübung. Kapitularien Karls des Großen legten beispielsweise als Strafen für die Übertretung des Königsbannes in den Forsten die Summe von 60 Schillingen fest. Damals kostete eine Kuh einen Schilling, eine Stute drei Schillinge, ein Hengst sechs Schillinge, ein Jagdfalke drei bis zwölf Schillinge, so daß der Geldwert der Strafe enorm hoch lag.

Die Kapitularien regelten als vom König erlassene Verordnungen seit 779 das öffentliche Leben im Frankenreich. Zu den bekanntesten Erlassen gehören «capitulare de villis» sowie «capitulare de missis». Hier wird ausführlich die Bewirtschaftung der Kron- und Kammergüter beschrieben bzw. werden konkrete Anweisungen für die Beauftragten des Königs festgelegt. Daraus lassen sich auch Bestimmungen über die Jagdausübung ableiten. In dem «Inventar der Kammergüter» wird u. a. aufgeführt, daß dort Pfauen, Fasanen, Enten, Tauben, Rebhühner, Turteltauben, aber auch Elstern, Dohlen und Stare lebend zu halten sind. Die Verpflichtungen zur Betreuung der Jagdfalken, Sperber und Adler sowie der Jagdhunde werden im Kapitel 36 der «Landgüterordnung» besonders erwähnt. Die Jäger waren bereits vorbildliche Spezialisten wie «bersarii» (für Hochwildjagden), «veltrarii» (für Windhunde) und «beverarici» (Biber- und Otternfänger) sowie Falkner und Wolfsjäger. 789 verbietet der König allen Bischöfen, Äbten und Äbtissinnen den Besitz aller Jagdtiere.

Karl der Große war seit seiner Jugend ein eifriger Jäger. Noch im hohen Alter von 72 Jahren übte er die Jagd aus. Zahlreiche schriftliche Quellen berichten von Jagdaufenthalten und Jagdausflügen des Königs. Hier einige Beispiele: im Sommer 802 auf Rot- und Schwarzwildjagd in den Ardennen; 803 im Böhmerwald auf Auerochsen; von Ende September bis Anfang November 804 in den Ardennen auf Rotwildjagd; vom Juli 805 bis zum Herbst fanden Jagden statt, die sich von Aachen über Diedenhofen bis nach Metz in den Vogesen erstreckten. Bei einer Wisentjagd in den Ardennen wurde der König von einem wütenden Stier am Bein verletzt und seine Schuhe und Hosen zerfetzt. Seinem Schwiegersohn Angilbert verdanken wir die epische Schilderung einer Hofjagd Karls des Großen. Sie ist in der St. Gallener Handschrift aus dem Jahre 799 enthalten und «Carolus Magnus et Leo Papa» betitelt.

In dem schön gelegenen Jagdpark Brühl in der Nähe der Residenz Aachen, einem seiner Lieblingsreviere, pflegte er «zu erjagen das Wild mit Hunden und schwirrenden Pfeilen». Die Lobpreisungen und Verherrlichungen des Herrschers im poetischen Stil der Antike sind typisch für die Beichte über höfische Feudaljagden im frühen Mittelalter. Das Hofgefolge versammelte sich am frühen

Morgen vor der königlichen Residenz. In das geschäftige Treiben der Diener mischte sich das Schreien des Fußvolkes und das Wiehern der ungeduldig wartenden Pferde. Des Königs Roß war reich mit Gold und anderem Metall geschmückt. Unter Trompetenklang verließ der König an der Spitze einer stattlichen Schar Grafen und Herren die Stadt. Nach der Legende soll der König die Eitelkeit seiner adligen Begleiter oft hart bestraft haben, indem er die Jagd durch dichtes Gestrüpp führte, so daß das Gefolge mit zerfetzten Gewändern heimkehrte.

Jünglinge trugen das Jagdgerät, Speere mit Eisenspitzen und vierfach gesäumte Netze. Sie führten auch zusammengekoppelte Hunde, schwere Saupacker, mit sich. Im Jagdrevier wurden die Hunde gelöst und suchten eifrig in Hecken und Dickungen. «Reiter umkreisten das Holz, entgegen der flüchtigen Rotte stellte sich die Schar»; es war also ein eingestelltes Jagen, das auf Schwarzwild veranstaltet wurde. «Endlich wurde im Tal ein Keiler hochgemacht. Noch hatten nicht alle Hunde eine Spur aufgenommen, nur einige Packer hetzten ihm nach.» Freudig lärmend verfolgten die Jäger das Wild, die Sauhunde durch den Klang ihrer Hörner ermunternd. Flüchtend versuchte das wehrhafte Schwein zu entkommen, aber die Meute ließ nicht ab und stellte endlich den müden Keiler auf einer Bergkuppe. Mutig suchte das Wild sich seiner Verfolger zu erwehren und wirbelnd flogen, getroffen vom Schlag des wütenden Schweines, die Hunde durch die Luft.

Inzwischen hatten Jäger den Keiler erreicht; der König selbst fing ihn ab, durchbohrte mit dem Schwert des Wildes Brust und taucht ihm den eisigen Stahl hinein in das Herz. Kaum war der getroffene Keiler zuckend verendet, als der König die Fortsetzung der Jagd befahl «... Unzählige Rotten von Sauen waren die Beute des Tages. Überall sinken gefällt zur Erde viele Leiber der Tiere. Die Strecke wurde vom König an das Gefolge verteilt. Dann wandte sich die Jagdgesellschaft nach einem für das Jagdmahl auserkorenen schattigen Platz in der Nähe eines Quells. Hier waren reichlich geschmückte Zelte aufgeschlagen, in denen das Gastmahl bereitet wurde. Falerner Wein stärkte die müden Jäger, bis sie längst nach Sonnenuntergang schlaftrunken am Boden Ruhe suchten.»

Diese Parkjagden der Karolingerzeit fanden an den Fürstenhöfen bis ins 18. Jh. ihre Nachahmer.

Die Jagdsignale wurden für Jäger und Hunde auf dem Olifant, einem mit Jagdszenen reichverzierten Elefantenzahn, geblasen. Der Ruf des Jagdhornes war der Sage nach sehr weit zu hören, obwohl nur wenige Töne geblasen werden konnten. Diese kostbaren Jagdhörner besaßen zum Teil Mundstücke und Beschläge aus Gold sowie in den Gehängen Edelsteinschmuck. Das Tragen eines Elfenbeinjagdhornes war ein Zeichen besonderer Würde und nur dem Hochadel vorbehalten.

Kostbare Olifanten werden heute noch in den großen Museen oder in den Schatzkammern bedeutender Kathedralen und Jagdsammlungen aufbewahrt. Im Aachener Domschatz befindet sich ein Olifant, den Karl der Große von Harun al Raschid geschenkt bekommen haben soll (Abb. 61), obwohl Zweifel an der Echtheit bestehen, da die Schnitzereien aus dem 10. Jh. zu stammen scheinen. Besonders eindrucksvoll sind auch die zahlreichen Darstellungen von Elfenbeinhörnern, die bei der Jagd im frühen Mittelalter getragen wurden.

Ein 40jähriger indischer Elefant war damals eine echte Sensation im Frankenreich. Karl der Große erhielt ihn im Jahre 801 vom Kalifen von Bagdad, Harun al Raschid, als Staatsgeschenk. Dieser Elefant mit dem Namen Abul Abbas traf am 20. 7. 802 von seinem Mahout begleitet in Aachen ein, wo er in einem speziell errichteten Holzbau überwinterte. In jedem Frühjahr zog er in einer prächtigen Schaufahrt durch das Frankenland, um in Speyer, Straßburg, Verdun, Augsburg und Paderborn die Größe und die Macht Karls des Großen zu repräsentieren. Im Jahre 810 setzte man ihn als «Kriegselefanten» an der friesischen Küste gegen die Wikinger und Dänen ein. Im Heerlager Karls des Großen in Verden an der Aller erkrankte der Elefant an Rheuma und Lungenentzündung und verstarb auf dem Rückweg bei Münster im Jahre 810.

Von Schonzeiten des Wildes oder dem Schutz besonderer Wildarten wird in den Kapitularien Karls des Großen nichts berichtet.

Anders verhält es sich mit dem Schutz der Wälder. Aus dem Streit zwischen dem Kloster St. Gallen und den zum Kloster gehörenden Bauern geht hervor, daß in der Waldnutzung (Holzschlagen, Viehweiden und Schweinemästen), die «pagenses» (Bauern) oft durch die klösterlichen Förster ermahnt wurden, «nicht maßlos Eichen zu fällen; die Bauern würden damit sich und das Kloster schädigen».

Jagdverbote für den Klerus

«Überdies verbieten wir allen Dienern Gottes die Jagd und das Umherschweifen in den Wäldern mit Hunden. Auch dürfen sie keine Habichte und Falken halten.»

Zweiter Beschluß des Concilium Germanicum am 21. 4. 742

Obwohl allen Geistlichen die Ausübung der Jagd offiziell verboten war, betrieben viele geistliche Würdenträger die Jagd so leidenschaftlich wie die weltlichen Feudalherren. Bereits auf dem Konzil in der Stadt Agde (Südgallien) im Jahre 506 wurde aber den Priestern, Bischöfen und Diakonen verboten, Jagdhunde und Falken zu halten. Auf zahlreichen anderen Konzilen wurde das Jagdverbot für die Geistlichkeit erneut bestätigt, da die Jagdleidenschaft der Kirchenfürsten immer wieder überhand nahm. Auch der heilige Bonifatius beschwerte sich 747 beim Papst Zacharias über viele unwürdige Geistliche sowie Bischöfe, die ihrer Jagdleidenschaft nachgingen. Durch Fälschung zahlreicher Urkunden versuchten die Klöster unter dem Vorwand, «mit dem Leder die Bibel zu binden und mit dem Wildbret die Schwachen zu stärken», das Jagdrecht zu erlangen. So soll in einem Diplom von Karl dem Großen am 26. 3. 800 dem Abt und den Mönchen des Klosters St. Bertin erlaubt worden sein, die Rotwildjagd in ihrem eigenen Wald durch Bediente ausführen zu lassen, «um sich auf diese Weise Felle und Leder für Handschuhe und Gürtel und zum Einbinden der Bücher zu beschaffen».

Der Bischof Jonas von Orléans (821–844) erhob heftige Anklage gegen die geistlichen Würdenträger sowie gegen den Adel, da sie «viel Geld für Beizvögel und Jagdhunde, zu wenig dagegen für die Armen ausgeben». Er wies ferner auf die harte und grausame Behandlung hin, die der Adel um seines Vergnügens willen der armen Bevölkerung zufügte. Die Herren versäumten sogar über ihrer Jagdleidenschaft oft den Besuch der Messen und schadeten damit ihrem Seelenheil.

Aus dem 11. Jh. berichtete Adam von Bremen in seiner Hamburgischen Kirchengeschichte, daß viele Bischöfe und Äbte sich kaum noch um die geistlichen Obliegenheiten ihres Amtes kümmerten. Die Lösung der weltlichen Aufgaben nahm sie voll und ganz in Anspruch, daß sie Predigt und Seelsorge vernachlässigten. Sie unterschieden sich im Auftreten und Handeln kaum noch von den weltlichen Fürsten. Sie gingen lieber zur Jagd als zur Messe, bestiegen lieber das Streitroß als die Kanzel.

Der Bischof Interville von Auxerres ließ einen Falkenwärter kreuzigen, weil er einen Vogel aus der Falknerei des Bischofs verkaufte. Aus Ungarn wird berichtet, daß auf dem Konzil zu Ofen (Budapest) im Jahre 1278 Ladislaus der Heilige die Ordensbrüder von der Jagd und der Falknerei ausgeschlossen habe. Albertus Magnus (1193–1280), der heiliggesprochene Bischof von Regensburg, erhob Anklage, daß «etliche Falkner einer lebenden Henne einen Schenkel herausrissen, um dem Falken ein schmackhaftes Gericht zu geben, am anderen Tag dann den anderen». Er tat es nicht etwa, um die Tierquälerei an den Hühnern anzuprangern, sondern mit der Begründung, daß am zweiten Tag das Fleisch «von wegen der Hitze, so der Schmerz erwegt» nicht mehr für den Falken gut geeignet sei.

Noch im 16. Jh. forderte der Rat der Stadt Münster (Westfalen), daß die Geistlichkeit nicht jagen solle, «denn das ‹ius canonicum› hat viele Stellen, die den Geistlichen das Jagen verbieten; sie müssen ohne Unterlaß den Kirchengeschäften mit Beten, Lesen, Verwalten der kirchlichen Güter und dergleichen nachgehen. Von diesen Berufen werden sie durch die Jagd abgehalten. Hunde und Falken dürfen auch von geistlichem Einkommen und Gütern nicht beköstigt werden».

Kaiser Maximilian I. (1459–1519) sprach am 21. Okt. 1509 ein erneutes Jagdverbot für den Klerus aus und drohte damit, den Mönchen die Kutte abzunehmen, sollten sie bei der Jagd angetroffen werden.

In dieser Periode der Auseinandersetzungen um das Jagdrecht der Geistlichkeit entstand die Legende vom heiligen Hubertus.

Der St.-Hubertus- und Eustachius-Kult

«Und da er in den Wald kam, um zu jagen, sah er viele Hirsche, und sah einen gar schönen unter den anderen, der leuchtete aus allen.
Dieser Hirsch kehrte sich um und sprach: ‹Hubertus, warum jagst Du mich?›»

Jesuitenpater Robert «Historie St. Huberti», 1621

Den 3. November, den St.-Hubertus-Tag, feierte man mit prunkvollen Messen und prächtigen Jagdfesten.

Nach der legendären Überlieferung verirrte sich an diesem Tage der leidenschaftliche Jäger Hubertus bei einer Jagd in den Ardennen. Plötzlich sichtete er einen kapitalen Hirsch, der zwischen den Stangen ein leuchtendes Kruzifix trug. Gleichzeitig vernahm er mahnende Worte, daß er der hemmungslosen Jagd entsagen und sich zum Christentum bekennen solle. Er war der Legende nach so beeindruckt, daß er den höfischen Jagddienst verließ, um sich in ein Kloster bei Maastricht zurückzuziehen. Aus jenen Jahren stammen dann auch die ersten authentischen Nachrichten über ihn.

Hubertus soll um 658 geboren sein, sein Vater Bertrand war Herzog von Aquitanien. Er trat in den Dienst am Hofe Pépins von Héristal, der ein leidenschaftlicher Jäger war. Hier lernte er die Grausamkeiten der Jagd kennen und zog sich deshalb in das Kloster Maastricht zurück, wo er vom Bischof Lambertus von Tongeren zu einer Pilgerfahrt nach Rom aufgefordert wurde. Vom Papst Sergius I. soll er um 700 zum Bischof von Lüttich geweiht worden sein, da der alte Lambertus von Meuchelmördern getötet wurde. Am 30. Mai 727 verstarb Hubertus in Vura (Tervueren) in Brabant und wurde in Lüttich beigesetzt und als «Apostel der Ardennen» als Volksheiliger verehrt.

Erst 100 Jahre später sprach man ihn heilig und überführte seine Gebeine ins Kloster Andagium (Andain) in den Ardennen. Hier führten Benediktinermönche das Kloster, auf den Fundamenten der alten Andage-Kirche entstand die St.-Hubertus-Basilika. Seit 827 ist der Name der Abtei Saint Hubert erwähnt. Sie wurde zum vielbesuchten Wallfahrtsort.

Hier wurden die berühmten Jagdhunde der Klostermeute geweiht und mit dem Brandstempel des goldenen Hubertusschlüssels gekennzeichnet. Der Abt des Klosters St. Hubert hatte bis zur Französischen Revolution jährlich dem König von Frankreich sechs abgeführte Leithunde aus der Klostermeute kostenlos zur Verfügung zu stellen.

Zur Lebensgeschichte des heiligen Hubertus liegen schriftliche Quellen vor, die ein Klosterbruder 17 Jahre nach dessen Tode verfaßte. Aus dieser Lebensbeschreibung «Vita Sanct Huberti» geht aber nicht eindeutig hervor, daß der Bischof vorher die Jagd überhaupt leidenschaftlich ausübte. Erst seit dem 10. Jh. wird der heilige Hubertus als Schutzpatron der Jäger bezeichnet.

Interessant ist, daß in der Stadt St. Hubert in den Ardennen die Bruderschaft der Schlächter und Metzger («Genootschap van de Beinslagers») im 12. Jh. St. Hubertus zum Schutzheiligen ihrer Innung wählte und alljährlich am 3. November einen Festumzug zur Kathedrale veranstaltete. Damals wurde nicht erwähnt, daß er als Schutzheiliger der Jagd besonders geehrt wurde. Die Verbreitung der Legende vom Hirschwunder schreibt man erst dem 15. Jh. zu, also jener Zeit, als die Gründung verschiedener Hubertus-Ritterorden erfolgte und Hubertus immer mehr zum Ideal des humanistisch vorgebildeten Jägers wurde.

Erst 1621 erschien von Jesuitenpater Robert in seiner «Historie St. Huberti» die Beschreibung des Wunders mit dem goldenen Kreuz. Der 3. November als der Tag des Hubertusfestes, der gleichzeitig als der Abschluß der hohen Jagd galt, wird sogar erst seit 1744 gefeiert.

Am Hubertustag 1444 gründete Herzog Gerhard V. von Jülich den bayrischen St.-Hubertus-Ritterorden, da er an diesem Tag eine Schlacht gewonnen hatte. Dieser Orden hatte zunächst mit der Jagd überhaupt nichts zu tun, erst 300 Jahre später beging man an Stelle des Gründungstages die St.-Hubertus-Feiern als Jagdfeste.

Das St.-Hubertus-Fest wurde «mit Jagdplaisirs und anderen Lustbarkeiten» oft tagelang gefeiert. Es besaß einen hohen moralischen Wert, denn es richtete sich gegen das «wilde Jagen», diente dem Schutz des Wildes und dem Ansehen der Jagd und veranschaulichte die Liebe des Jägers zu den Tieren. Obwohl die prunkvollen Hubertusfeste mit den höfischen Hubertusjagden in der Praxis diesen Grundgedanken oft verfälschten, hat sich der Brauch bis heute erhalten. Wohl feiern wir mit dem 3. November nicht mehr den Abschluß der Hochwildjagd, aber der St.-Hubertus-Brauch mahnt zu einer weidgerechten Jagdausübung, zu einer bewußten Wildhege sowie zum Schutz des Tieres und seiner Umwelt. So bilden diese heutigen Hubertusfeiern, ob sie wie in den westeuropäischen Ländern mit einer St.-Hubertus-Messe in einer der Kathedralen eröffnet werden oder wie in den osteuropäischen Staaten mit einer Hubertusjagd oder Reitjagd mit anschließendem Schüsseltreiben (Jagdessen), doch einen positiven Bestandteil in unserem kulturellen Erbe.

Die Feier des St.-Hubertus-Tages in der belgischen Stadt St. Hubert in den Ardennen ist ein Volksfest der Bauern, Handwerker und Kaufleute, die hier den Schutzheiligen der Metzger und der Landbevölkerung feiern. Erst seit 1960 erscheinen auch die Jäger (vor allem aus der Bundesrepublik Deutschland) im Festumzug, so daß heute «St. Hubertus den guten Geist der Metzger, der Jäger und darüber hinaus der Landbevölkerung darstellt».

Der literarische Inhalt des Hirschwunders findet sich bereits in der Legende um den römischen General Placidus. Er war Heermeister zur Zeit des römischen Kaisers Trajan und als leidenschaftlicher Jäger bekannt. Nach der Begegnung mit dem Wunderhirsch ließ er sich als Christ taufen und wurde später als Eustachius heiliggesprochen. Dieser Eustachius-Kult mit dem Hirschmotiv geht wiederum vermutlich auf indisch-buddhistische Literaturvorlagen aus dem 3. Jh. v. u. Z. zurück. Hier wird von einem goldenen Hirsch berichtet, dessen Lichter wie Edelsteine glänzten und der ein silbernes Geweih trug.

Zeitgenössische Quellen der Eustachius-Legende lassen sich nicht nachweisen, so daß sie jagdhistorisch erst im Hochmittelalter an Bedeutung gewinnen. Die Reliquien in der Pfarrkirche Saint-Eustache zu Paris sind sicherlich ohne weitere Bedeutung. Der Gedenktag des heiligen Eustachius ist der 20. Oktober.

Die ersten bildlichen Darstellungen des Hirschwunders stammen aus den Jahren zwischen 1138 und 1147, sie sind im Chorbuch des Klosters Zwiefalten enthalten. (Die Handschrift befindet sich heute im Besitz der Württembergischen Landesbibliothek in Stuttgart.)

Die Motive des Hirschwunders und des heiligen Hubertus wurden in den nachfolgenden Jahrhunderten von zahlreichen Künstlern dargestellt und in engere Beziehung zur Jagd gebracht. Die Legende des Eustachius wird in den Glasfenstern der Kathedrale von Chartres in eindrucksvoller Weise dargestellt. Diese gotische Glasmalerei aus dem Anfang des 13. Jh. ist mit «Placidus» bezeichnet und nicht wie später allgemein üblich als Eustachius oder Hubertus.

Die Vision des Heiligen und Märtyrers Eustachius beschrieb Ende des 13. Jh. der genuesische Erzbischof Jacobus de Varagine in der «Legenda aurea».

16 St. Hubertus. Niederrheinischer Metallschnitt, um 1470

Von der Kunst, mit Vögeln zu jagen

«Ich zog mir einen Falken
wohl länger als ein Jahr
ihr wißt, wie zahm und sittig
der schöne Vogel war.
Als ich ihm sein Gefieder
mit Golde reich umwand,
hob er sich in die Wolken
und flog in fernes Land.»

Der von Kürenberg (um 1150–1170)

Durch die Kreuzzüge kam der europäische Feudaladel mit den verschiedenen arabischen und byzantinischen Jagdmethoden in Berührung.

In Asien beheimatet, war die Falkenjagd als vornehmer und ritterlicher Sport an allen Kaiserhöfen beliebt; ein kostspieliges Vergnügen mit zeremoniellem Prunk und festgelegten Bräuchen und Vorschriften.

Die verschiedenen Methoden der Falkenjagd können hier nicht eingehend beschrieben werden; es werden nur einige kulturgeschichtlich interessante Aspekte erläutert. Die ältesten Quellen, die von der Beizjagd berichten, gehen auf den chinesischen König Wen-Tang von Tschu zurück, der am See Tong-Ting in der Provinz Human zwischen 689 und 675 v. u. Z. große Beizjagden veranstaltete.

Auch aus dem alten Feudalstaat Korea wird berichtet, daß niemand die edlen Greifvögel verfolgen durfte und alle Falken im Land unter dem absoluten Schutz des Landesherren standen.

In Japan wurde die Falkenjagd erst im Jahre 335 vom 16. Kaiser Mintoku eingeführt, wobei bereits auf 43 verschiedene Beizvogelarten zurückgegriffen wurde.

Im 8. und 9. Jh. gab es beispielsweise im Kriegsministerium des japanischen Kaiserhofes ein selbständiges Amt für die Falkenjagd. Fünf bekannte japanische Großfamilien führten nach alten Vorschriften und Traditionen die Lehre und Ausbildung in der Falknerei durch. Aus diesen «Falkner-Familien» des Hochadels entwickelten sich im Hochmittelalter große Falknerschulen, auch Falknerhöfe genannt, in denen spezielle Methoden des Falkenfanges, der Zähmung und Pflege des Falken sowie Kenntnisse über die verschiedenen Phasen der Falkenjagd vermittelt wurden. Auch entstand zur damaligen Zeit bereits eine umfangreiche Fachliteratur über die Falkrerei. Allein aus Japan sind mehr als 600 bedeutende Veröffentlichungen über die Falkenkunde und -jagd bekannt, darunter ein 81bändiges Werk des Kaisers Mintoku.

Zur Zeit Dschingis-Khans (1155–1227) erreichte die Falknerei in Asien einen weiteren Höhepunkt. Über 7000 Falkner-Familien unterstanden unmittelbar einem Prinzen des mongolischen Herrscherhauses. Dschingis-Khan forderte, «die Jagd fleißig zu betreiben, da sie die Schule des Krieges ist». Er bildete Jägerregimenter, wobei die Leibgarde durch die Falkner gestellt wurde. Auch hier unterstand die gesamte Falknerei direkt dem Kriegsministerium. Der goldene Falke war auch das Botenzeichen der Kuriere des Cha-Chans.

Seit 1304 beherrschten ausschließlich persische Prinzen die asiatische Falknerei. Die persische Falknerei wurde zum Vorbild der abendländischen Beizjagden.

So berichtete Marco Polo aus der 2. Hälfte des 13. Jh., daß die Falkenjagd in ganz Asien, vom Schwarzen Meer bis nach China, sehr beliebt war: «Sie haben Falken und Gerfalken in großer Zahl, tragen den Vogel auf der rechten Faust, binden ihm einen kleineren Wurfriemen an den Hals, der herabreicht etwa bis zur Mitte des Leibes. Wenn sie die Vögel auf Raub loslassen, so drücken sie Kopf und Körper etwas nach unten.»

Marco Polos Berichte über die Beizjagden des Kaisers von China im Mandschuland besagen, daß das Jagdlager aus mehr als 10000 Zelten bestand und über 2000 Falkner bei der Jagd eingesetzt waren.

Vom türkischen Sultan Amurat II. (Ende des 14. Jh.) wird erzählt, daß er mehr als 6000 Falkner besaß; der Großsultan Bajazid (1389–1402) hatte 7000 Falkenjäger und 6000 Hundewärter in Dienst. In Mitteleuropa wird die Falkenbeiz im 3. Jh. bekannt. Als einen der ersten schriftlichen Nachweise finden wir bei Paulinius von Pella, der im 4. Jh. in Bordeaux lebte, einen «speciosum accipitrem» erwähnt, und in den Gesetzen des Königs Gundobad (um 505 u. Z.) wird die Falkenjagd im Kap. 98 der «Leges Burgundiorum» beschrieben.

Über Strafen wegen unerlaubten Nachstellens nach den Jagdvögeln wird bereits um 530 im Kap. 36 der «Lex Ribuaria» berichtet. Aber erst im Hochmittelalter entwickelte sich die Beizjagd in Europa sprunghaft. Ausdruck dessen ist das Entstehen des ersten Falknerlehrbuches durch Kaiser Friedrich II. (1194 bis 1250).

Um 1260 wird das Buch mit dem Titel «De arte venandi cum avibus» («Von der Kunst, mit Vögel zu jagen») von seinem Sohn König Manfred bekannt gemacht.

Kaiser Friedrich II., der auf den Kreuzzügen auch die vorderasiatischen Falkenhöfe kennenlernte, war als einer der leidenschaftlichsten Falkenjäger bekannt. In seinem umfassenden Werk sind exakte Naturbeobachtungen und detaillierte Verhaltensweisen der verschiedenen Falkenarten genau festgehalten und durch Zeichnungen, die vermutlich nach eigenhändigen Skizzen des Kaisers angefertigt wurden, belegt. Dieses Buch kann mit Recht als eine der ersten wissenschaftlich-ornithologischen und jagdhistorischen Darstellungen in Europa angesehen werden.

Interessant ist die wechselhafte Geschichte dieser Handschrift. Das Original dieses prachtvollen Codex des Kaisers mit seinen Hunderten von Miniaturen ging 1248 bei der Belagerung von Parma verloren. Eine Teilabschrift, vermutlich zwischen 1258 und 1266 durch König Manfred in Auftrag gegeben, war lange Zeit im Besitz der Pfalzgrafen von Rhein und wurde danach in der Heidelberger Universitätsbibliothek aufbewahrt. Im Dreißigjährigen Krieg gelangte sie als Kriegsbeute in den Besitz des Herzogs Maximilian von Bayern (1573 bis 1651), der sie im Jahre 1623 als Geschenk an den Vatikan nach Rom brachte, wo sie in der Bibliothek bis heute erhalten ist. 1596 erschien die erste gedruckte Ausgabe von M. Velserus (Prätorius). Eine moderne vollständige Faksimileausgabe des Codex stammt aus dem Jahre 1968. Eine weitere Kopie aus der Zeit um 1300 wurde direkt ins Französische übertragen, und die Miniaturen wurden der Zeit entsprechend ergänzt.

17 Herzog Heinrich von Meißen auf der Falkenjagd. Manesse-Handschrift, um 1300. Heidelberg, Universitätsbibliothek

Zahlreiche Lehr- und Jagdbücher des 15. bis 18. Jh. beschreiben ausführlich die Beizjagd in Europa. Als ältestes gedrucktes Jagdbuch der Welt gilt das 1531 in Augsburg erschienene Buch mit dem Titel «Meysterliche stuck von Bayssen und Jagen», das nur noch in einem Exemplar vorhanden ist (seit 1971 liegt eine Faksimileausgabe davon vor). Auch andere bedeutende Falknerlehrbücher sind in den letzten Jahren wieder in originalgetreuen Nachdrucken erschienen.

Neben Albertus Magnus' Buch «Von den Falken und Habichten» wurden vor allem in dem «New Falcknereybuch» von Johann Wolff 1584 die französischen Falknerlehrbücher von Jean de Franchieres, Mallopin, Cassianus, Guillaume Tardiff, Artelouche von Alagona und von Charles de Arcussia ins Deutsche übersetzt. In London erschien 1576 George Tubervilles Buch von der Falknerei. In der altrussischen Literatur wird die Falkenjagd in der Handschrift «sadonstschina» des Rjasnew Sofonia (15. Jh.) erwähnt und dort besonders der Mut, die Kraft und die Gewandtheit der Falkner und Tierfänger gelobt.

Im «New Jagd- und Weydwerck» von Tardibus aus dem Jahre 1582 forderte man vom Falkner, daß er: «Gerade, freundlich, sanftmütig, holdselig, von vielen anderen guten lieblichen Gebärden und Sitten sein muß. Er soll mutig und freundlich, zum Falkenweidwerk und Beizen überaus trefflich und gute Lust haben.

Wenn der Falke untätig ist, so soll er nicht zornig werden und ihn darob übel anschreien, schelten, ihn etwa zucken, stoßen oder schlagen, sondern fein sanftmütig und geduldig sein, den Fehler des Falken aber mit Hilfe von sittsamer und bescheidener Behandlung wieder gutmachen und ihn fein ordentlich und meisterlich abrichten, er soll arbeitsam sein, keine Mühe und Arbeit bei Tag und Nacht scheuen, immer an seine Falken denken, weder Wind und Wetter, Hitze oder Kälte dürfen seine Arbeitsfreudigkeit beeinflussen.» Das sind Grundsätze, die auch heute noch Beachtung finden sollten.

Die Falkenbeiz dominierte im Spätmittelalter an allen Fürstenhöfen, wobei auch die Damen sich an der Ausübung der Falkenjagd beteiligten. So betrieb die englische Königin Elisabeth (1558–1609) die Beizjagd mit großer Freude. Das Amt des Oberfalkenmeisters hatte damals in England ebenfalls eine Dame inne, Mary von Canterbury.

Neben kostbaren Pferden, Waffen und Schmuck war der abgerichtete Jagdfalke als repräsentatives Geschenk eines der attraktivsten staatspolitischen Handelsobjekte. Besonders aus den osteuropäischen Jagdrevieren, die durch die feudale Ostexpansion neu erschlossen wurden, lieferte man zahlreiche Falken an die verschiedensten Fürstenhöfe. Die 1396 gegründete Falkenschule des Hochmeisters des Deutschen Ritterordens in der Marienburg wurde zum Hauptlieferanten. So erhielten:

1401 der König von Böhmen, der König von Polen, der Herzog und die Herzogin von Österreich, der Kurfürst von Rhein, der Markgraf von Meißen, der Graf von Württemberg, der Burggraf von Nürnberg;

1402 der Herzog Luitpolt, der Bischof von Freysing, Herzog Wilhelm von Österreich, der Herzog von Sachsen, der Erzbischof von Mainz;

1405 die Herzöge von Cleve, Holland, Geldern, Sachsen sowie die Erzbischöfe von Köln, Mainz und Trier Jagdfalken als Staatsgeschenke.

1408 gingen über 80 Falken an den Papst, den König von Portugal usw. Der Kaiser in Wien erhielt davon allein 14 Tiere. 1509 übersandte man dem Kaiser in Wien zwölf, dem Papst acht, an die Könige von Frankreich, England und Portugal je sechs, dem Herzog von Sachsen vier Falken. Zwischen 1533 und 1569 wurden insgesamt 1 818 Jagdfalken vom Hochmeister des Deutschen Ordens an auswärtige Fürsten und Herren verschenkt. Aber auch andere Herrscherhäuser beteiligten sich an diesem Handel mit Jagdfalken. So sandte der Kurfürst von Brandenburg im Jahre 1615 dem Kaiser in Wien 18, dem König von Frankreich zwölf, dem König von England zehn, dem Prinzen von England 18, Moritz von Sachsen zwölf, Jacob Moravius in England zwei und dem Kurfürsten Johann Sigismund neun Falken.

Aus Ungarn gingen Jagdfalken als Ehrengeschenke vor allem an den belgischen Königshof. Der Herzog von Burgund soll 1396 für nur zwölf Grönlandfalken seinen Sohn aus der Gefangenschaft eingetauscht haben. Aus dem gleichen Jahr wird vom König Karl IV. aus Frankreich berichtet, daß er seine beiden gefangenen Marschälle de Baucicault und de la Trémoille vom türkischen Sultan für fünf Gerfalken freikaufte.

In Europa wurde am häufigsten der Wanderfalke (Falco peregrinus) zur Jagd abgerichtet. Besonders geschätzt waren aber die echten Jagdfalken (Falco pusticulus), die in verschiedenen geographisch getrennten Rassen vorkommen, wovon sogenannte Island- Grönland- und Gerfalken die bekanntesten sind. Die dänischen Falkenjäger stellten dem Vogel in Grönland nach und sandten ganze Schiffsladungen Falken nach Europa. Dieser Handel mit weißen Jagdfalken brachte der Insel bis ins 18. Jh. enorme Einnahmen. Ferner wurde ein reger Falkenhandel vom Johanniterorden auf der Insel Malta betrieben. Hier hatten die Ritter jährlich weiße Gerfalken nach Wien zu schicken. Auch der russische Zar beteiligte sich an diesem Falkenhandel. So wird berichtet, als Afanassi Niktin im Jahre 1468 nach Indien reiste, daß der tatarische Gesandte Schirwanschin Assanbekow ihn mit 90 Gerfalken des Großfürsten Iwan begleitete. Besonders unter dem Zaren Iwan IV. Grosny (1533–1584) wurde in der wald- und wasserreichen Umgebung von Moskau mit Gerfalken gebeizt. Dem jungen Falkner Trifon Patrikejew war ein weißer Falke entflogen. Der Zar gab ihm drei Tage Zeit, das verschwundene Tier zurückzubringen, sonst würde er mit dem Tode bestraft. Der Legende nach ließ sich der erschöpfte Falkner am Abend des dritten Tages in der Nähe eines kleinen Hügels nieder und schlief ein. Im Traum erschien ihm sein Schutzheiliger, der Heilige Trifon, der ihm erklärte, wo sich der Vogel des Zaren versteckt hielt. Aus Dankbarkeit für seine wunderbare Rettung ließ der Bojar Trifon Patrikejew später eine kleine Kapelle errichten, die Trifon-Kirche in Moskau-Naprudnoje. Auf einem Fresko wird ein weißer Gerfalke auf dem Handschuh der rechten Faust dargestellt. Das Original dieses Gemäldes befindet sich heute in der Tretjakow-Galerie, Moskau.

Der Bestand an Edelfalken ging im späten Mittelalter rapide zurück, so daß die Nachfrage nach Jungvögeln kaum befriedigt werden konnte.

Am französischen Königshof erlebte die Falknerei im 16. Jh. ihre absolute Glanzperiode. Unter Franz I. (1515–1547) wurden dort über 300 Beizvögel gehalten. Der «Grand fauconnier» des Königs, René de Cossé, war als Oberfalkenmeister Kommandeur von 15 Edelleuten, 50 Falkenmeistern und zahlreichen anderen Bedienten. Der Oberfalkenmeister besaß das alleinige Recht des Falkenverkaufes in Frankreich und belegte jeden gekauften oder eingeführten Falken mit einem Zoll.

18 J. E. Ridinger. Der Herbst. Staatliche Kunstsammlungen Greiz, Kupferstichkabinett

Zwischen den Jägern und Falknern herrschte am Hofe ein erbitterter Konkurrenzkampf, den man wie folgt schlichtete: Mit dem Einsetzen der Falkenmauser im Frühjahr begann die Vorherrschaft der Jäger. Am 3. Mai stürzten die grüngekleideten Jäger unter Hörnerklang auf den Hof oder vertrieben symbolisch mit grünen Zweigen die Falkner. Es begann die Zeit der Hirschjagden, die bis zum 14. September dauerte, «dann taugten die Hirsche nichts mehr». Die grauen Falkner zogen darauf wieder im Schloßhof ein, wobei die Jäger ihre Hunde in die Zwinger sperren mußten. Im März war der Höhepunkt der Beizjagden. Zu den schönsten Jagderlebnissen gehörte die Reiherbeiz. Der Markgraf Wilhelm Friedrich von Ansbach-Bayreuth hatte 1755 innerhalb von 25 Jahren folgende Strecke in der Beizjagd erzielt: 37238 Stück Wild insgesamt, davon 4174 Reiher, 1763 Milane, 14087 Rebhühner und 5059 Hasen, 6563 Krähenvögel.

Mit dem Aufkommen der Feuerwaffen, vor allem nach der Erfindung des feinkörnigen Schrotes, wurde der Bestand an Greifvögeln weiter dezimiert, so daß die Falkenjagd als sehr kostspieliges Vergnügen bald und für lange Zeit an Bedeutung verlor.

Interessant ist, daß damals bereits gefangene Reiher beringt wurden. So hat Kurfürst Friedrich August von Sachsen 1751 einen Reiher gebeizt, den er 1741 schon einmal nach einer Beiz freigelassen hatte. Dieser Vogel war sieben Jahre vorher von einem türkischen Großsultan nach einer Beize mit einem Ring versehen und wieder freigelassen worden.

Die Kunst der Beizjagd wird heute wieder in vielen Staaten betrieben, wobei die ausdrucksreiche Sprache der Falkner weiter gepflegt wird. Entsprechend den alten Lehrbüchern der Falknerei wird auch die Armatur des Falkners (Ausrüstung mit Falkenhandschuh, Tasche, Langfessel mit Geschühriemen und Schelle, Federspiel, Falkenklappe mit Trosch usw.) größtenteils vom Falkner selbst nach den historischen Vorlagen angefertigt. So werden die positiven Jagdbräuche der Falknerei in der Gegenwart weiter betrieben. Es gibt kaum eine Jagdart, die so interessant ist wie die Beizjagd, die ein sehr enges Verhältnis zwischen Mensch und Tier voraussetzt. Der Falke ist eben mehr als nur ein «wilder Gesell».

Die Erfahrungen der alten Falkoniere werden in allen modernen Lehrbüchern über die Falknerei gepriesen und zahlreiche ältere Ausgaben über die Beizjagd heute noch als Faksimileausgaben im Buchhandel vertrieben. Schauen wir einmal hinein in einige dieser alten Jagdlehrbücher.

54 Wandmalerei mit Hirschjagd. Paestum, Museum

NVDVS PE
NON REDIT
TVS

55 Damen bei der Jagd mit Frettchen. Miniatur aus dem Psalter der Königin Mary, England, um 1340. London, British Museum

56 Theoderich (Dietrich v. Bern) auf der Hirschjagd. Fassadenrelief am Westportal von San Zeno in Verona, 2. Hälfte des 12. Jh.

57 Scheide des Jagdmessers Karls des Großen. Aachen, Domschatz

58 Minnekästchen mit der Jagd der wilden Leute. Rheinisch, um 1470. Wien, Kunsthistorisches Museum

59 Bayrischer St.-Hubertus-Ritterorden. München, Schatzkammer der Residenz

60 Pisano, gen. Pisanello: Die Vision des heiligen Eustachius. Um 1439. London, National Gallery

61 Jagdhorn Karls des Großen. Inschrift: «deyn eyn». Elfenbein, 9. Jh. Aachen, Domschatz

62 Hubertusmesse. Die Bläser von «Saint Hubert» blasen auf ihren Jagdhörnern die Hubertusmesse von Obry, während im Schatten der Burgmauer der Geistliche auf einem alten steinernen Altar das seltene religiöse Zeremoniell abhält.

63 E. Grawert: Hubertusjagd im Grunewald mit Friedrich Wilhelm IV., 1857. Berlin (West), Staatliche Schlösser und Gärten, Jagdschloß Grunewald

64 Krummstab des Ordenspriors des St.-Hubertus-Ritterordens. München, Schatzkammer der Residenz

65 L. Cranach d. Ä.:
Der heilige Eustachius.
Federzeichnung, um 1530.
Boston, Museum of Fine Arts

66 Meister der Pollinger Tafeln: Kreuzaltar der Klosterkirche zu Pollingen. Jäger mit Armbrust und Ruf-horn begleiten Herzog Tassilo von Bayern beim Ausritt zur Jagd. Anfang des 15. Jh. München, Alte Pinakothek

67 Raja Dhyan Singh beim Aufbruch zur Falkenjagd. Indische Malerei, um 1830. London, Victoria and Albert Museum

68 Das Lager nach der Jagdpartie. Detail einer Querrolle mit dem Lager der Falkenjäger. Malerei auf Seide. China, nach 1700. München, Deutsches Jagdmuseum

72 *Grönlandfalke. Zeichnung von M. Wolf. Aus: H. Schlegel «Traité de Fauconnerie» Leiden, Rijksmuseum van Natuurlijke Historie*

73 *Kasachischer Jäger mit Steinadler*

74 *Russischer Falkenjäger. Zeichnung von Samokisch. Aus: N. Kutepow «Die großfürstliche und Zarenjagd» St. Petersburg 1896*

69 *Reiherbeize. Detail einer japanischen Querrolle. Um 1800. München, Deutsches Jagdmuseum*

70 *«Kaiser Akbar und sein Sohn Djehangir mit einem Jagdhabicht». Indische Miniatur, um 1700. Berlin, Staatliche Museen, Islamisches Museum*

71 *Joh. H. Tischbein d. J.: Falkenjäger. Radierung, 1785. Berlin, Staatliche Museen, Kupferstichkabinett und Sammlung der Zeichnungen*

75 F. Traini: Herr mit Falken. Ausschnitt aus dem «Triumph des Todes», um 1355. Pisa, Camposanto

76 «Jagdhabicht». Indische Miniatur. Berlin, Staatliche Museen, Islamisches Museum

77 Würgfalken. Miniatur aus dem Falkenbuch Friedrichs II., 1. Hälfte 13. Jh. Vatikan, Biblioteca Apostolica

78 Ch. A. Hirsch: Markgräflicher Falkner. 1752. Ansbach, Kreis- und Stadtmuseum

in virtutibus eius: laudate eũ
secundũ multitudinem ma-
gnitudinis eius. Laudate eũ
in sono tube: laudate eum in
psalterio et cythara. Laudate
eum in tympano et choro: lau
date eum in cordis et organo.
Laudate eum in cymbalis be
nesonãtibus: laudate eum in
cymbalis iubilationis: omis
spiritus laudet dñm. Gloria.
Antiphona. Pulchra es et de-
cora filia hierusalem: terribi-
lis ut castrorum acies ordinata.

Von der Hirsch Sch
weins Hasen Fuchs und Dachs Jagt.
Item von Hunden Irer Art. Auch allerhanndt
Recepten und Kunnsten etc.
Mehr von der Wolffs Jagt.
Das Erst beschriben durch Jacoben von Fouil
loux Das annder durch Joh: von Clamor
gan Beede vom Adel auss Frannckhreich.
Alles Karolo dem Neundten Konig zugeschribe
Inn die Teütsch Weÿdmannisch Sprach und
Art pracht Anno etc 1580
31380.

79 *Gebetbuch Kaiser Maximilians I. Federzeichnungen von L. Cranach, 1515. München, Bayerische Staatsbibliothek*

80 *Titelblatt eines Jagdlehrbuches von 1580. Deutsche Übersetzung von Jacques de Fouilloux' «La Vénerie». Dresden, Sächsische Landesbibliothek, Handschriften-abteilung*

81 *J. Collaert: Kupferstich nach J. Stradanus, Antwerpen, 1578. Berlin, Staatliche Museen, Kupferstichkabinett und Sammlung der Zeichnungen*

82 Gemsenjagd.
Aus: Weißkunig, Illustration von Hans Burgkmair d. Ä., 1512–1517

83 Atelier des Breviariums von Bedford. Miniatur aus Gaston Phœbus' «Le livre de la chasse». Paris, Bibliothèque Nationale

84 Die Jagd auf den Rehbock. Ausschnitt eines Teppichs von Chatsworth House, Derbyshire. Arras, Mitte 15. Jh. London, Victoria and Albert Museum

85 Die Wildschweinjagd. Ausschnitt eines Teppichs mit der Bären- und Wildschweinjagd. Arras, Mitte 15. Jh. London, Victoria and Albert Museum

86 Hirschjagd. Aus dem Jagd- und Fischereibuch Kaiser Maximilians I., Innsbrucker Meister (Jörg Kölderer?), um 1504. Wien, Österreichische Nationalbibliothek

In alten Jagdlehrbüchern geblättert

«Man sollte das Wild mit Edelsinn und Vornehmheit erlegen,
damit man gute Unterhaltung hat und mehr Tiere übrig bleiben.»

Gaston Phoebus (1391)

Das Jagdrecht war im 12. und 13. Jh. in fast allen europäischen Staaten als festumrissene Gesetzgebung in Urkunden, Kapitularien oder Jagdregalien schriftlich fixiert worden. Als erste zusammenfassende Veröffentlichung der Jagdgewohnheiten und -methoden entstand 1338 unter dem Titel «Le livre du Roy Modus» eine kleine Handschrift, die heute in der belgischen Nationalbibliothek in Lüttich aufbewahrt wird.

Das französische Lehrgedicht über die Rotwildjagd «La chasse du cerf», das um 1275 von einem Unbekannten verfaßt wurde, zählt neben den bereits erwähnten speziellen Darstellungen über die Beizjagd zu den ältesten jagdhistorischen Handschriften in Europa. Dieses Exemplar befindet sich in der Nationalbibliothek zu Paris. Die beiden ältesten Jagdbücher enthielten keine Illustrationen, ihr Text wurde von späteren Jagdlehrbüchern immer wieder übernommen.

In den «Unterweisungen des Kiewer Fürsten Wladimir Monomach an seine Kinder» aus dem 12. Jh. wird die Jagd den Erfolgen auf den Schlachtfeldern gleichgesetzt, und die sittlichen Ideale der Jagd werden besonders gewürdigt.

Als wichtigste Darstellung der französischen Jagdverhältnisse im 14. Jh. gilt die Handschrift des «Gaston Phoebus», die ebenfalls in der Nationalbibliothek in Paris liegt.

Der Franzose Gaston III., Comte von Foix und Béjarn, lebte von 1331 bis 1391 im Schloß zu Orthez am Rande der Pyrenäen. Mit seinen 600 Jagdpferden und einer Meute von 1600 Windhunden für die Hetzjagden galt er als einer der bedeutendsten Jäger in Europa. 1357/58 war er bei den Ordensrittern auf der Marienburg, wo er auf Wolf, Wisent und Elch jagte. Hier lernte er auch die Wandmalereien und Reliefdarstellungen mit den eindrucksvollen Jagdszenen kennen. Aus Ostpreußen ging er nach Frankreich zurück. Seine auffallende Erscheinung mit dem lockigen Haar brachte ihm den Beinamen Phoebus – der Strahlende – ein. Als einer der ersten beschrieb er die damals üblichen Jagdmethoden und gab 1370 das erste Jagdlehrbuch unter dem Titel «Le livre de la chasse» heraus. Es war Philipp dem Kühnen von Burgund gewidmet und wurde eines der beliebtesten Jagdtraktate des Mittelalters.

Diese Handschrift ist unter dem Namen «Gaston Phoebus» später sehr oft vervielfältigt und auch übersetzt worden (1507). Etwa 40 Abschriften sind bekannt. Die interessanteste ist jene, die heute in der Pariser Nationalbibliothek aufbewahrt wird und 87 Illustrationen aus der Werkstatt des Breviariums des Herzogs von Bedford zwischen 1405 und 1410 zeigt. Diese instruktiven Miniaturen auf Pergament stellen die verschiedensten Jagdszenen dar. Hierbei nimmt die Rotwildjagd eine bevorzugte Stellung ein. «Die Menschen erlegen die Hirsche mit Hunden, Windhunden, Netzen, Stricken und anderer Ausrüstung; in Fallgruben, mit Pfeilen, anderen Fallen und durch die Parforcejagd» schrieb Gaston.

Im Mai 1391 starb er nach einer Bärenjagd bei einem Jagdgelage im Walde von Sauveterre in der Provinz Navarra.

Edward, der zweite Herzog von York, der sich wegen seiner Verschwörung gegen den König seit 1406 in Haft im Schloß Pevensey befand, übersetzte dieses französische Jagdlehrbuch ins Englische. Unter dem Titel «The Master of Game» lag die Handschrift 1410 fertig vor. Der Verfasser war als Wildmeister des englischen Königs Edward I. mit den englischen Jagdverhältnissen sehr gut vertraut, so daß in seinem Buch nicht die Rotwildjagd, sondern die Hasenjagd als bekannteste englische Jagdart der Veröffentlichung vorangestellt wurde.

In den folgenden Jahrhunderten erschienen die verschiedensten Jagdlehrbücher und Jagdregister. Das Bedürfnis der Herrschenden, ihre erfolgreichen Jagdmethoden und Streckenberichte in repräsentativen Folianten schriftlich fixiert und reich illustriert zu sehen, nahm sprunghaft zu. Aus der Vielzahl dieser Jagdbücher, die als Handschriften erschienen, z. T. in mehreren Exemplaren, sei besonders auf das «Jagdbuch» Kaiser Maximilians I. (1493–1519) verwiesen.

Der «letzte Ritter» und große Jäger des Spätmittelalters gründete als Förderer des Humanismus eine der bedeutendsten europäischen Büchersammlungen (heute Österreichische Nationalbibliothek zu Wien), in der auch die Jagdliteratur der damaligen Zeit zusammengetragen wurde. Er selbst ließ seine Jagderlebnisse in einem «Geheimen Jagdbuch» zusammenstellen. Auch in dem Prosawerk «Weißkunig» (1515 erschienen) wurden verschiedene abenteuerliche Jagddarstellungen zusammengetragen und als Heldentaten des Kaisers verherrlicht. Maximilian rühmte sich besonders als Meisterschütze mit der Armbrust. Er will von 104 abstreichenden Wildenten 100 erlegt haben. Besonders eingehend wird die Gemsenjagd in den Alpen beschrieben. Er erließ strenge Schonzeiten für Gemsen und Steinböcke, aber auch für Reiher, Enten und Feldhühner; er setzte spezielle Beamte ein, die diese Gesetze zu überwachen hatten. Im Interesse der Jagd betrieb er eine intensive Hege und veranlaßte umfangreiche Wildschutzmaßnahmen.

Zur Illustration und graphischen Gestaltung seiner Bücher wurden die bekanntesten Künstler der damaligen Zeit herangezogen. So zeichnete Lucas Cranach d. Ä. die Wildtiere für die Randleisten im Gebetbuch des Kaisers Maximilian, auch Albrecht Dürer schuf eindrucksvolle Buchseiten dazu. Die Holzschnitte im «Weißkunig» stammen von Hans Burgkmair, die farbigen Miniaturen im Jagd- und Fischbuch des Kaisers von dem Innsbrucker Künstler Jörg Kölderer, um nur einige Beispiele zu nennen.

Mit der Erfindung der Buchdruckerkunst und der Verbesserung der Holzschnitt- und Kupferstichtechnik erfolgte eine schnellere und weitere Verbreitung der Jagdliteratur. Als erstes gedrucktes Jagdbuch der Welt gilt, wie bereits erwähnt, das 1531 in Augsburg herausgegebene Werk «Meysterliche stuck von Bayssen und Jagen».

Obwohl es den Buchdruck gab, erschienen noch längere Zeit weitere Handschriften als Jagdlehrbücher, die erst viel später gedruckt wurden. Eines der bedeutendsten Werke des 16. Jh. ist das Jagdbuch des Franzosen Jacques de Fouilloux, das 1561 unter dem Titel «La Vénerie» erschien. 29 verschiedene französische Ausgaben liegen vor sowie drei in deutscher Sprache. Auf der Grundlage des «Gaston Phoebus» wurden hier die französischen Jagdmethoden exakt beschrieben, wobei das Buch des jungen französischen Königs Karl IX. (1550–1574) «La Chasse Royale» ebenfalls benutzt wurde. Dieses Buch über die Rotwildjagd erschien erst 1625 gedruckt. In diesem Jagdtraktat beschrieb der Verfasser auch die damals gebräuchlichen Jagdsignale, die auf dem Hifthorn sowie auf dem kleinen Einschleifenhorn (einem Vorgänger des späteren «Fürst-Pleß-Horn») bei der Rotwildjagd gegeben wurden. Dabei stellte er fest: «Heutzutage gibt es wenig Menschen, die gut auf dem Jagdhorn zu blasen verstehen, wie das die Vorfahren taten!» Interessant ist, daß diese Jagdsignale nicht als Noten geschrieben waren, sondern der Rhythmus des entsprechenden Signals wurde durch lange und kurze Rechtecke auf dem Bild dargestellt, das die entsprechende Jagdszene schildert. In einer solchen «Morseschrift» erschien 1394 in Südfrankreich die erste Handschrift der Jagdmusik, «Hardouin», der Herr von Fontains-Guerin war der Verfasser des in Versen gesetzten «Trésor de Vénerie», jenes Lobliedes auf die hohe Kunst des Jagens. 14 verschiedene Jagdsignale wurden für die Hochwildjagden in den Wäldern von Anjou und Maine als Bildschrift erläutert.

19 Jagdsignal aus Hardouin «Trésor de Vénerie». Die Töne werden durch lange und kurze, helle und dunkle Rechtecke wiedergegeben.

In England wurde das «Buch von der Jagd» 1576 von George Tuberviller herausgegeben, indem er sein «Buch von der Falknerei» mit der englischen Übersetzung von «La Vénerie» zusammenfaßte. Eine deutschsprachige Ausgabe kam 1590 in Straßburg unter dem Titel «New Jägerbuch des Jacob von Fouilloux» heraus (1972 erschien eine Faksimile-Ausgabe dieses Werkes). In den folgenden Jahren nahm die Jagdliteratur in allen Ländern enorm zu, so daß hier nur auf einige Veröffentlichungen verwiesen werden kann. Eine zusammenfassende Bibliographie der deutschsprachigen Jagdliteratur legte K. Lindner 1974 vor, danach erschienen zwischen 1480 und 1850 etwa 1200 Jagdbücher in mehr als 2000 Auflagen; zur französischen Jagdliteratur liegen mehrere bibliographische Zusammenfassungen vor (Mouchon, Souhart, Thiebaud) sowie eine interessante Textauswahl zur Geschichte der Jagd in Frankreich von Finbert. Über die englischsprachige Jagdliteratur informiert am besten die bei Brander «Die Jagd von der Urzeit bis heute», München 1972, enthaltene Bibliographie.

Ältere Quellen über die Jagdliteratur der osteuropäischen Länder sind wenig bekannt. Als ältestes polnisches Jagdlehrbuch wird ein Werk über die Vogeljagd aus dem Jahre 1584 in Kraków erwähnt. Das erste russische Jagdbuch erschien 1768 in St. Petersburg; es war eine russische Übersetzung von G. F. Möllers Buch, das 1753 in Frankfurt a. d. Oder gedruckt wurde. Es folgte dann 1779 die russische Übersetzung des dreibändigen Buches von H. F. von Göchhausen unter dem Titel «Der vollkommene Jäger oder die Kenntnis über alle Erfordernisse der Flinten und anderer Jagd». In der russischen Belletristik sind dagegen Jagdschilderungen sehr häufig zu finden.

Aus dem vorliegenden jagdlichen Schrifttum des 16.–19. Jh. gewinnt man den Eindruck, daß «das Deutsche als die Weltsprache der Jagd bezeichnet» werden kann. Diese Feststellung eines bekannten englischen Jägers und Jagdwissenschaftlers mag für die jagdliche Literatur der Neuzeit gelten, bis zur Renaissance jedoch trifft diese Einschätzung auf keinen Fall zu.

Jagd und Wild im Absolutismus

20 Eberjagd. Zeichnung nach einem Augsburger Spiegel. Mitte 18. Jh. München, Bayerisches Nationalmuseum

Die Renaissance der Jagd

«Es ist alle Tage Jagdtag,
aber nicht alle Tage Fangtag»

Hans Sachs (um 1555)

Anfang des 16. Jh. setzten sich in Mitteleuropa die Ideen des Humanismus und der Renaissance allgemein durch. Ausgehend von Italien, beeinflußten vom 14. bis 16. Jh. diese fortschrittlichen Strömungen zunehmend das geistig-kulturelle Leben in allen Staaten. Im Besinnen auf die Kultur der Antike wurden in Wissenschaft, Kunst und Literatur hervorragende Leistungen vollbracht, indem man versuchte, alles Edle und Schöne in der Natur des Menschen und seiner Umwelt zu ergründen. An verschiedenen Fürstenhöfen und in den Universitätsstädten entstanden Zentren dieser humanistischen Bewegung, wo neben der Beherrschung der Sprache und der Pflege der Kunst umfassende Kenntnisse in Ökonomie und Naturwissenschaften gefordert wurden. Renaissance und Reformation bestimmten in Europa mit ihren gewaltigen sozialen, politischen, ökonomischen und kulturellen Veränderungen das Leben jener Zeit.

Durch diese Strömungen wurde auch die Jagd beeinflußt, denn sie wurde jetzt nach ökonomischen Prinzipien organisiert und nach naturwissenschaftlichen Erkenntnissen betrieben. In der Jagdliteratur wird oft das 16. bis 18. Jh. als die Blütezeit des edlen Weidwerks gerühmt oder, wie Campe es nannte, als «das goldene Zeitalter nach Leidenschaft und Leiden». Betrachten wir diesen Zeitabschnitt kritisch, so müssen wir feststellen, daß es eine Periode war, die sowohl von Leidenschaften, aber noch mehr durch Leiden geprägt wurde.

Aus den Jagdordnungen des 16. Jh. können wir exakt ablesen, wie die Jagd damals organisiert war und welche Prinzipien von den Renaissancefürsten zur Jagdausübung befohlen wurden, um sie mit dem neu aufkommenden ökonomischen Denken zu verbinden. Im 16. Jh. wurde in speziellen Jagdregalien juristisch festgelegt, wie das Hoheitsrecht des Wildbannes («ius banni ferenti») auszulegen ist, wonach der «Regent alles das zu besorgen hatte, was das Wohl des Staates ... in Ansehen der wilden Thiere und der Jagd erfordert». Der Regent erließ dazu spezielle Jagdordnungen, bestimmte nach seinem Willen die Jagdzeiten und schädlichen Wildarten, setzte die Strafen für die Wilddiebe fest usw.

Das Jagdrecht («ius venandi») gab ihm die alleinige Berechtigung, die Jagd «überall dort auszuüben, wo nicht Privatpersonen die Jagdgerechtigkeiten seit unvordenklichen Zeiten besaßen oder durch landesherrliche Beleihung erhalten hatten».

Wald, Wild und Jagd erlangten daher im 16. Jh. erhöhte Bedeutung und wurden zum festen Bestandteil der Geschäftsgebaren der Renaissancefürsten. Durch die Zentralisierung der Jagdgebiete erfolgte die Schaffung großer Hegebezirke nach merkantilen Gesichtspunkten. Auch als Rohstoffquelle erhielt der Wald zunehmende Bedeutung, er wurde zum Hauptlieferanten für die sich rasch entwickelnden Manufakturen. Bau- und Grubenholz, Pottasche, Gerbrinde und Holzkohle benötigten die Bergwerke, Metall- und Glashütten sowie die Textilfabriken in großen Mengen, wogegen die Salzsieder riesige Mengen Brennholz verbrauchten. Der Holzhandel wurde in den überregionalen Warenaustausch einbezogen. Durch die Bewirtschaftung bisher wenig genutzter Landflächen und Wüstungen für die Forstwirtschaft wurden Waldbau und Jagd intensiviert.

Bereits seit dem 14. Jh. verschlechterte sich die wirtschaftliche Situation auf dem flachen Lande zusehends. Diese Agrarkrise wirkte sich vor allem auf den Absatz von Getreide aus, noch nicht so sehr auf die tierischen Produkte. Erst mit der weiteren Bevölkerungszunahme in den Städten im 15. und 16. Jh. stieg die Nachfrage nach Lebensmitteln (Fleisch, Fett, Beeren, Pilze, Honig), Leder und Pelzen sowie nach Brenn- und Bauholz, so daß sich auch die Preise erhöhten. Zu dieser Zeit begann das große Geschäft mit dem Wild und dem Wald.

Eine grundlegende Verbesserung der tierischen Produktion war durch das System der Dreifelderwirtschaft und die Methoden der spätmittelalterlichen Haustierhaltung in Mitteleuropa nicht gewährleistet, da nicht genug Winterfutter zur Verfügung stand. In der Viehzucht überwog nach wie vor eine extensive Waldweidewirtschaft mit einem relativ geringen Milch- und Fleischaufkommen. Lediglich durch die Schweinemast in den Trauben- und Stieleichenwäldern war eine gewisse Viehhaltung möglich, denn für eine intensive Stallhaltung fehlte auch hier die Futtergrundlage in den Wintermonaten. Die Schweinemast in den Wäldern erlangte besonders nach dem Dreißigjährigen Krieg wieder an Bedeutung, als die Landesherren um jeden Preis große Geldsummen aus dem Wald ziehen wollten. Nach der Brandenburgischen Forstordnung von 1622 mußten je Schwein, das in den Wald getrieben wurde, 1 Taler und 12 Silbergroschen von jedem Amtsuntertanen, 1 Taler und 18 Silbergroschen von dem Städter und 2 Taler von dem Ausländer an die Forstkasse gezahlt werden. Nach einem «Patent wegen Betreibung der Churfürstl. Mast-Höltzer» von 1672 durften alle Hausschweine im Umkreis von 5 Meilen nur in die kurfürstlichen Wälder getrieben werden, so daß allein in der Kurmark jährlich etwa 20000 Schweine in den Laubwäldern zur Mast waren. Die Schweinemast wurde bis etwa 1750 in Preußen betrieben; um 1780 weideten aber auf 100 ha Forstfläche immerhin noch etwa 190 Stück Rindvieh. 1784 weideten in den Wäldern der Schorfheide (nördl. Berlins) 9408 Rinder, 2402 Pferde sowie

45726 Schafe. Mit dieser intensiven Haltung der Haustiere in den Wäldern wurden die ökologischen Bedingungen für das Wild wesentlich eingeschränkt. Die Wildtiere zogen sich immer weiter in die unberührte «Wildnis» zurück, wenn dies noch möglich war. Hinzu kamen immer wieder «große Viehsterben» unter den Haustieren.

Anders war es dagegen bei den Wildbeständen. Sie lieferten schneller und vor allem billiger als die Haustiere die sehr gefragten tierischen Rohstoffe. Im Jahre 1512 kaufte beispielsweise das Kammeramt des Hochmeisters des Ordensstaates alle erbeuteten Wildhäute und Felle für 16 Schillinge je Haut vom Amtsjäger auf. Er verkaufte en gros 15 Wisentbullenhäute für 18 Mark, 30 Häute von Wildpferden, Elchen, Wisentkühen und -kälbern für 15 Mark. Der Orden verdiente an jeder Wisenthaut 44 Schillinge. Außerdem wurde das Wildfleisch eingesalzen in die Stadt zum Verkauf transportiert. So lieferte man im Jahre 1565 nach Königsberg «46 Faß Hirschwildbret, 7 Faß Elchwildbret, 6 Faß Auerwildbret, 3 Faß Wildschwein-Wildbret sowie $^{3}/_{4}$ Tonnen Elch- und Hirschmäuler». Für die Volksernährung spielten die großen Mengen Wildbret eine bedeutende Rolle, besonders in den Bergbaugebieten war Wildfleisch sehr gefragt. Aus den Unterlagen* geht hervor, daß im «Churfürstlichen Provianth- und Rauchhause», das sich beim Jägerhof in Alt-Dresden befand, in der Zeit vom 1. 1. bis 31. 12. 1669 folgendes «frischgesalzene und geräucherte Wildbret» geführt und zum Verkauf an die Bevölkerung angeboten wurde:

861 Stück Rotwild	20 Indianische Gänse	170 Füchse
616 Stück Schwarzwild	4 Schwäne	55 Dachse
646 Hasen	15 Bären	17 Biber
751 Rebhühner	74 Wölfe	27 Fischotter
65 Auerhähne	15 Luchse	13 Eichhörnchen

Bemerkenswert ist dabei jedoch, daß für die kurfürstliche Hofküche in Dresden vorwiegend Raubwildfleisch bereitgestellt wurde. Denn zur gleichen Zeit gab man an die «Churfürstliche Hoffeküche zum Vorspeisen aus: 7 sieben Achtel Bären, a 11 Zentner und 88 Pfund, eingebeitztest nebst Bärenköpfe und 24 Clauen, 52 Wölfe, 10 Luchse, 12 Füchse ganz zum braten und 52 Füchse zum kochen» (1 Zentner = 51,420 kg).

Ähnliche Zahlen liegen auch aus dem Jahre 1637 vor, wo ein Bestand von «6 Zentner geräuchertes Wolfswildbret, 10 Schrötte alten Bähren Wildbret, 10 Schrötte Wildbret von Tigerthieren, 3 geräucherte Luchse, 30 geräucherte Füchse, 2 geräucherte Wilde Katzen sowie 5 Zentner ungefähr geräuchertes Wolfswildbret» im Rauchhaus vorhanden war.

* Nach Akten über abgeliefertes Wildbret zwischen 1636 und 1737. Dresden, Sächsische Landesbibliothek, Handschriftenabteilung, Man. R 17-42

21 J. E. Ridinger: Im Saugarten. «Wie die wilden Sauen in einem angelegten Saugarten gefangen werden.» Durch ausgestreutes Futter werden die Schweine in den Fanggarten gelockt, sie berühren beim Fressen einen Draht, der den Auslösemechanismus an den Türen betätigt, so daß beide Türen im Fanggatter zuschlagen. Radierung, Mitte 18. Jh. Berlin, Staatliche Museen, Kupferstichkabinett und Sammlung der Zeichnungen

Diese Vorliebe für das Raubwildfleisch an den Hofküchen geht wohl vor allem auf die weitverbreiteten abergläubischen Vorstellungen zurück, daß die Kraft und die Schlauheit der Tiere auf den Menschen übergeht, wenn er das Fleisch der Tiere verspeist. Große Wildbretmengen wurden auch bei den Festlichkeiten an den Fürstenhöfen verspeist, so bei der Vermählungsfeier des polnischen Herzogs Johann Sigismund im Jahre 1594*:

«3 Wisente, 20 Elche, 10 Rothirsche, 22 Stück Kahlwild, 36 Wildschweine, 29 Frischlinge, 2 Bären, 48 Rehe, 272 Hasen, 5 Wildschwäne, 123 Auerhähne, 279 Birkhühner, 433 Haselhühner, 47 Rebhühner, 413 Wildenten.»

Enorme Wald- und Wildbestände waren daher das Ideal der herrschenden Feudalklasse. Um dieses Ziel zu erreichen, wurden vorübergehend Schonzeiten für bestimmte Tierarten erlassen. So erfolgte am 2. 7. 1572 der Erlaß einer mecklenburgischen «Polizey- und Land-Ordnung», in der konkrete Schonzeiten für Hasen, Wildenten, Gänse, Trappen, Rebhühner und anderes Federwild festgelegt waren. Nach dieser Verordnung durfte von Fastnacht bis Jacobi (Februar/März bis 25. Juli) kein Wild gefangen, geschossen oder gepirscht, auch sollten keine Gelege, Eier oder Junge, dieser oder anderer Vögel ausgenommen werden. Weiterhin war die Jagd im hohen Schnee auf alle Wildarten untersagt, auch sollte kein Hase in der Sasse geschossen werden.

In einem Mandat vom 4. 2. 1575 und einer späteren Ergänzung vom 22. 3. 1598 wurde vom Herzog Friedrich Wilhelm von Weimar bei Strafandrohung festgelegt, «daß die Untertanen, seien sie von Adel oder sonst, sich hinfüro des Waidwerks mit der Eule, Kloben, Leimstangen oder anderen Vogelfangs und Verderbung der Jungen Bruth oder Eyer, auch sonst alles Fangens, Schießens oder Niederwaidwerktreibens in der verbothenen Zeit, also von Fastnacht an bis auf Bartholomäi (24. August) gentzlich enthalten» sollten. Interessant ist dabei, daß die Strafe 100 Scheffel Hafer betrug sowie 50 Gulden. Von diesem Betrag sollte die Hälfte das Amt und die andere Hälfte «derjenige erhalten, der solchen Verbrecher oder Übertreter anzeigen wird». Vom 6. 3. 1582 stammt vom Kurfürsten in Brandenburg ein «Verboth des Schiessens der Schwanen».

Auch der Handel mit Schwanenfedern (Daunen) war in den meisten Staaten fürstliches Privileg. Jäger und Fischer mußten die Wildschwäne alljährlich lebend am königlichen Hof abliefern, wo die Tiere gerupft und wieder freigelassen wurden (England 1590; Preußen bis Ende des 18. Jh.). In der Württembergischen Forstordnung von 1588 waren besonders die Falken geschützt. Im Jahre 1606 stellte der preußische Landtag in Königsberg fest, daß überall im Lande ein «großer Mißbrauch, so im Jagen, Hetzen, Schießen und an der Fischerey zu ungewöhnlichen Zeiten stattfindet. Damit sich das Wild und der Fisch mehren soll, wird vom Landtag einhellig verwilligt, daß der Fischerey in der Leych und im Strich so wohl das Schiessen des Federwildbretes alß auch die Hetze und Jagen zu ungewöhnlicher Zeit, nehmlich von Fastnacht an bis Bartholomäi, denen vom Herren- und Adelsstand bey Strafe von 10 Gulden Ungarisch verbothen seyn soll ... Handelt aber wider solch Verboth ein gemeiner Mann, der oder dieselben sollen, weil ihnen außer dem Schießen auch Hetzen, Jagen und alles andere Weydewerck verbothen, der Röhr (Gewehr) verlustig seyn und daneben mit der Thurm-Strafe belegt werden». Wir erkennen in dieser Anordnung den typischen Unterschied im Strafmaß bei der feudalen Jagdrechtsprechung. Solche Widersprüche nährten die Unzufriedenheiten der armen Landbevölkerung und trugen mit zu den revolutionären Erhebungen Anfang des 16. Jh. in weiten Teilen Europas bei.

Um diese neuen Ziele der Renaissancefürsten in der Forst- und Waldwirtschaft durchzusetzen, benötigte man qualifiziertes und hochspezialisiertes Fachpersonal. Zur systematischen forst- und jagdwirtschaftlichen Nutzung der Wälder entwickelten sich im 16. Jh. die Berufe des Jägers und des Försters. Analog zu den städtischen Handwerkszünften vollzog sich in diesen Berufen eine spezielle Entwicklung. Der Beruf des Jägers verlangte ein Spezialwissen und eine umfangreiche langjährige Ausbildung. Die Lehrzeit des Jägers betrug mehr als drei Jahre. Im ersten Lehrjahr war er Jäger- oder Hundejunge. Im zweiten Lehrjahr führte er die Bezeichnung Jägerbursche und durfte das Jagdhorn an der Hornfessel tragen. Nach dem dritten Lehrjahr schloß er als Jägerbursche mit der Prüfung eines hirsch- und holzgerechten Jägers ab und erhielt als äußeres Zeichen den Hirschfänger überreicht. Im Gegensatz zur Ausbildung der Jäger hatte der Jagdjunker es relativ einfach, sich für die höhere Jägerlaufbahn zu qualifizieren. Dies war aber nur den Angehörigen des höheren Adels vorbehalten, die als Jagdpagen oder Jagdsekretäre begannen und dann zum Jägermeister ernannt wurden. Diese Rangfolge der Jäger ist auch auf den Darstellungen der sogenannten «Jägeraufzüge»* deutlich zu erkennen.

Ein hirschgerechter Jäger hatte an 20 bis 72 Zeichen die richtige Fährte des zu bejagenden Hirsches festzustellen und das Tier an Fährte, Losung und sonstigen Zeichen mit dem «Leithund» jederzeit wieder aufzufinden.

Auch die Haltung der Jagdhunde erforderte spezielles Personal. Im Jahre 1592 hielt man im Zwinger des Herzogs Heinrich von Braunschweig über 600 Rüden für die Sauhatz; der Herzog von Zweibrücken in der Pfalz verfügte über mehr als 1000 Jagdhunde. Für jeweils 20 Hunde war ein Jägerbursche zuständig. Von der Ausbildung der Jäger schrieb Fleming 1724: «Die Hundejungen sollen nicht gleich das Maul hängen lassen, wenn es ab und zu ein paar Ohrfeigen setzen sollte, maßen ein solcher Junge nicht gleich daran stirbt. Er soll zeitig Futter für die Hunde zurechtmachen, den Stall reinigen, ihn mit frischem Stroh bestreuen. Sollte sich aber ein solcher Junge auf die faule Seite legen und vor der Zeit zu trinken und zu spielen lernen, lange schlafen und so fort, so sei es nur billig, wenn er von dem Vorgesetzten mit der Hetzpeitsche aus dem Bett und zur Ordnung getrieben wird.»

Damals bildeten sich neben den Bräuchen der Jagdhundeführung zahlreiche jagdliche Verhaltensnormen heraus, wie die um die Weidgerechtigkeit, um die

* «Wildbretgeschenke zu Hochzeiten, Taufen u.s.w. 1590–1693». Merseburg, Zentrales Staatsarchiv, Historische Abteilung II, Königliches Hausarchiv, HA Rep. 18 Tit. 16 Nr 2

* «Abriß vnd Verzeichnis aller Inventionen vnd Auffzüge, welche an Faßnachten Anno 1609, als Christian den Andern Johann Casimir vnd Johann Ernst, Hertzogen zu Sachsen so wol Christian Marggraff zu Brandenburg besuchet, vff die im Churf. Schloßhoff zu Dreßden auffgerichtete Rennbahnen gebracht worden. Verfertigt durch Daniel Bretschneider, Bürger und Mahlern zu Dreßden.» Dresden, Sächsische Landesbibliothek, Handschriftenabteilung, Man. J 18

Weidmannssprache und die der Bruchzeichen. Wenn heute die Weidmannssprache mehr als 6000 verschiedene Ausdrücke kennt, so hatte sich diese Fachsprache der Jäger bereits im 16. Jh. herausgebildet. In schriftlichen Jagdordnungen und Chroniken finden wir viele Bezeichnungen, die sich bis heute erhalten haben. Mit der Einführung neuer Jagd- und Fangmethoden und Waffentechnik entstanden natürlich neue Begriffe. Im 15./16. Jh. führte die sprunghafte Entwicklung der Waffentechnik zu einer grundlegenden Änderung der Fang- und Jagdmethoden in der Jagdwirtschaft. Auch durch das Erscheinen der ersten gedruckten Jagdlehrbücher fanden die praktischen Erfahrungen über die zweckmäßigste Jagdausübung mit den neuen Jagdwaffen größere Verbreitung. Seit der Mitte des 14. Jh. sind Handfeuerwaffen bekannt. Schmiedeeiserne Handbüchsen mit Luntenzündung waren die ersten Feuerrohre, mit denen eine neue Phase der Waffentechnik eingeleitet wurde. Hakenbüchsen, Arkebusen und Musketen sind Prototypen der Handfeuerwaffen, mit denen Ende des 15. Jh. bereits 300 Schritt weit geschossen wurde.

Für die Jagd waren die Luntenschloß-Musketen nicht geeignet, weil die übelriechenden brennenden Lunten weit zu sehen waren und vom Wild gewittert werden konnten, jeder abgegebene Schuß veranlaßte das Wild im weiten Umkreis zur Flucht. Nach wie vor blieben daher der Jagdspieß und die Armbrust die Hauptjagdwaffen.

Der Jagdspieß, auch Saufeder genannt, vorwiegend für die Sau- und Bärenjagd bestimmt, besteht aus einer langen lanzettförmigen Spitze mit scharfem Blatt und einem kräftigen Schaft aus zähem Holz, jeder Schaft mußte aus einem gewachsenen Stämmchen gefertigt werden. Zur besseren Haftung in der Hand wurde der Schaft mit schmalen Lederstreifen bewickelt, aufgerauht, gebuckelt oder mit großköpfigen Messingnägeln beschlagen. Unter dem Blatt hing quer zum Schaft an einem Lederriemen ein Knebel aus Horn oder Holz, der «Auflaufknebel», oder es war ein Steg am Eisen befestigt, um ein Verfangen des Spießes durch zu tiefes Eindringen in das Tier zu verhindern.

Anstelle der Saufeder wurde für die Sauhatz neben dem gewöhnlichen Jagdschwert als Stichwaffe der Schweinsdegen benutzt, bei dem ebenfalls auf verschiedene Weise ein zu tiefes Eindringen verhindert wurde. Diese Blankwaffe des berittenen Jägers kam im ausgehenden 15. Jh. auf und war bis Ende des 16. Jh. als Jagdwaffe beliebt. Das Jagdschwert des 15. und 16. Jh. wurde durch den Hirschfänger abgelöst, der als Schmuck- und Stichwaffe der Jäger bis in die Gegenwart getragen wird.

Aus den verschiedenen Jagd-, Schatz- und Rüstkammern der Fürstenhöfe sind reichverzierte Jagdspieße und -schwerter überliefert.

Waren Spieß und Jagdschwert die wichtigsten Jagdwaffen im Nahkampf, so bildeten Pfeil und Bogen sowie die Armbrust die typischen Fernwaffen für die Jagd auch dann noch, als die Handfeuerwaffen bereits weit verbreitet waren.

Obwohl die Armbrust in China schon seit dem 2. Jh. v. u. Z. bekannt war, verwandten die Römer erst wieder im 4. Jh. u. Z. armbrustartige Fernwaffen. Danach wird in den schriftlichen und bildlichen Quellen des 10. Jh. die Arm-

22 Kugelarmbrust (Balester) aus Nußbaumholz. Italienische Arbeit, Ende 16. Jh. Dresden, Staatliche Kunstsammlungen, Historisches Museum

brust wieder als Kampf- und Jagdwaffe belegt. Besonders nach den Kreuzzügen findet sie in Europa verstärkte Anwendung. Damals bestand ein päpstliches Verbot, sie als Kriegswaffe einzusetzen, und die Ritterschaft sah sie als eine «unchristliche» Waffe an.

Im 14. und 15. Jh. bildeten dann aber die Armbrustschützen den Kern des Fußvolkes in den Söldnerheeren. Vor allem die Schweizer Armbrustschützen, auch Armbruster genannt, waren als Söldner im Ausland sehr begehrt. Frankreich und England setzten noch bis ins 17. Jh. Armbrust- und Bogenschützen als Eliteeinheiten ein, das japanische Heer sogar bis 1869. Englische Bogenschützen schossen in der Minute 10 bis 12 Pfeile, wobei schwere Pfeile bis 150 m weit reichten. Bei Armbrustschützen betrug die Reichweite 300 bis 500 m, wobei eine Treffsicherheit bis 200 m erreicht wurde. Die Bolzen durchschlugen auf kürzerer Entfernung ohne weiteres Helme und Plattenpanzer der Ritter. Die Armbrust war speziell für die Jagd eine vorzügliche Waffe mit hervorragenden Eigenschaften: große Reichweite, relativ schnelle Schußfolge, Zielgenauigkeit und vor allem Lautlosigkeit. Nachteil der Armbrust war ihr relativ großes Gewicht.

Die Jagdarmbrust bestand aus der Säule, dem Bogen mit der Sehne, der Nuß und der Abzugvorrichtung. Der Bogen war aus massivem Holz bzw. mehreren Horn- und Fischbeinschichten zusammengesetzt. Seit dem 15. Jh. sind auch Stahlbögen bekannt. Der Bogen war mit starken Hanfstricken an der Säule befestigt. Hervorragende Intarsienarbeiten aus Metall oder Elfenbein an der Säule stellten vorwiegend Jagdszenen dar.

Die Abzugvorrichtung, die entweder aus einem langen Hebel oder einem kurzen Fingerabzug bestand, wurde später mit einem Stecher (Feinabzug) versehen. Die Nuß, eine drehbare Walze, meist aus Bein, löste den Schuß. Die Sehnen bestanden aus 60 bis 80 dünnen Hanffäden bzw. aus gedrilltem Darm. Seit dem 14. Jh. wurde auch ein einfacher Spannhaken, der Geißfuß, verwandt. Später kamen die deutschen Zahnstangenwinden sowie die englischen Winden in Gebrauch. Damit war ein mechanisches Spannen der schweren Armbrust möglich, was aber relativ langsam vor sich ging.

Geschossen wurde mit spitzen Stichbolzen (Pfeilen) oder stumpfen Schlag- und Prellbolzen (vorwiegend zur Betäubung der Tiere). Zur Hochwildjagd, besonders bei Rotwild- und Saujagden, wurden auch zweizinkige Pfeile benutzt, um eine größere Schußverletzung zu erzielen.

Eine Sonderform der Jagdarmbrust stellte der sogenannte Balester oder Kugelschnepper dar. Diese in Italien entwickelte leichte Armbrust war nach dem Prinzip der antiken Wurfmaschinen konstruiert und verschoß mehrere Blei- oder Tonkugeln gleichzeitig. Zwischen den Doppelsehnen befand sich ein Säckchen, aus dem die Kugeln herausgeschleudert wurden. Den «Kugelschnepper» setzte man vorwiegend zur Jagd auf Federwild ein. Neben dem italienischen Balester verwandte man auch einen leichten «deutschen Schnepper».

Die Jagdwaffen und das Jagdzeug wurden im Zeughaus der Renaissance-Jägerhöfe und der Lust- und Jagdschlösser aufbewahrt.

87 Schloß Fontainebleau war Mittelpunkt des königlichen Jagdgebietes in der Nähe von Paris.

88 Schloß Weikersheim, Rittersaal. Kassettendecke mit Jagddarstellungen B. Katzenberger aus Würzburg, an den Wänden Trophäen auf präparierten Decken. 1586

89/90 Hetzjagden auf der Elbe beim Jägerhof in Dresden. 1614. Schloß Moritzburg bei Dresden

Von Der Schulenburg.
ar Schwolenzkhi.
Von Chur.
Heinrich Von Güntradt.
Hanns Georg Von Osterhausen.
Sebastian Von Berbißdorff.
Hanns Chaspar Corbitz.
George Von Wolffframbsdorff.
Hanns Beer.
Wendel
Sebastian
Sigemundt

Ander Fuchß Kasten.
Ander Haasen Kasten.

91/92 D. Bretschneider: Jägeraufzug auf dem Schloßhof zu Dresden 1609 («Abriß vnd Verzeichnis aller Inventionen vnd Auffzüge, welche an Faßnachten Anno 1609, Als Christian den Andern Johann Casimir vnd Johann Ernst, Hertzogen zu Sachsen so wol Christian Marggraff Brandenburg besuchet, vff die im Churf. Schloßhoff zu Dreßden auffgerichtete Rennbahnen gebracht worden. Verfertigt durch Daniel Bretschneider, Bürger und Mahlern zu Dreßden»). Dresden, Sächsische Landesbibliothek, Handschriftenabteilung

93/94 Rapport des Jägermeisters beim Herzog Johann Casimir im Jagdzimmer auf der Veste Coburg und Hirschjagd mit Armbrust und gabelförmigen Pfeilen. Blatt 2 und Blatt 27 aus Wolfgang Birkners Jüngerem Jagdbuch, nach 1639. Gotha, Landesbibliothek

97 *Drei Jagdspieße: rechts Bärenspieß, französische Arbeit, um 1590; Mitte Jagdspieß, sächsische Arbeit, 1727; links Bärenspieß, französische Arbeit, um 1590. Dresden, Staatliche Kunstsammlungen, Historisches Museum*

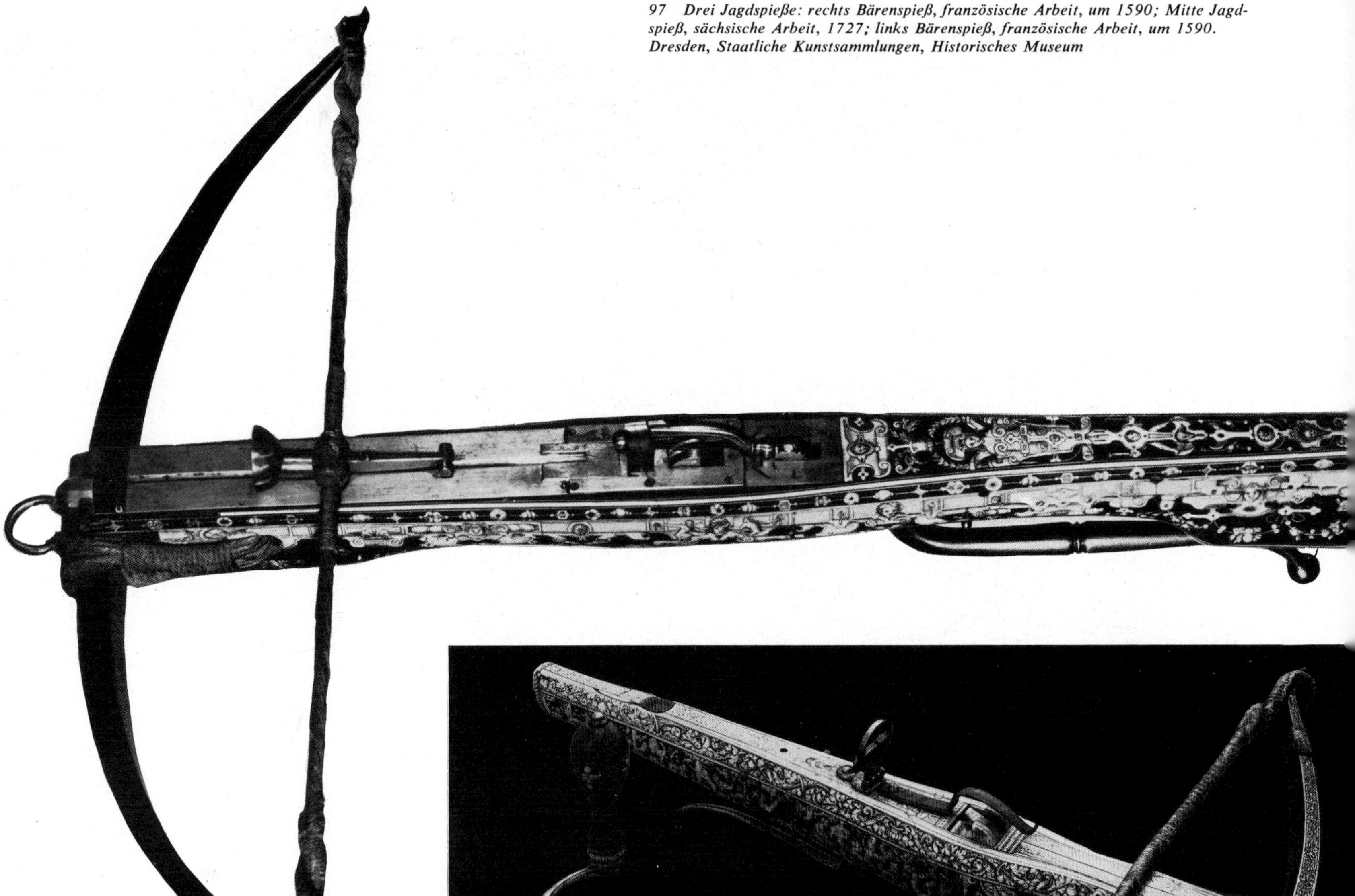

95 *Kombinierte Armbrust Ferdinands von Tirol Wien, Kunsthistorisches Museum*

96 *Armbrust mit deutscher Zahnstangenwinde. Deutsche Arbeit, 2. Hälfte 16. Jh. Dresden, Staatliche Kunstsammlungen, Historisches Museum*

98 Philipp Galle: Entenfang. Radierung nach Hans Bol, 1582. Blatt aus einer Folge von 54 Jagddarstellungen mit dem Titel: Venationes, Piscationes et Aucupii Typi. Florenz, Biblioteca Nazionale

99 Bernhard van Orley: Hirschjagd (Monat September). Um 1530. Brüsseler Wirkteppich aus der Serie der «Jagden Maximilians». Paris, Louvre

Die Jagd im Spiegel der Renaissancekunst

«So oft die Fürsten Dich mit zur Jagd nehmen, führest Du irgendeine Tafel mit Dir, welche Du inmitten der Jagd vollendest, oder Du zeichnest, wie Friedrich einen Hirsch aufjagt oder Johannes ein Schwein verfolgt, was bekanntlich den Fürsten kein geringeres Vergnügen gewährt als die Jagd selbst.»

Christoph Scheurl, Festrede für Lucas Cranach, 1508

Neue Impulse erhielten auch die künstlerischen Darstellungen der Jagd, denn die Jagd beherrschte das Leben und Vergnügen der Renaissancefürsten. Während noch im 15. Jh. die Jagddarstellungen vor allem auf eindrucksvolle französische und burgundische Miniaturmalereien zur Illustration von Gebetbüchern und Handschriften beschränkt blieben, entstanden mit der weiteren Entfaltung des höfischen Repräsentations- und Luxusbedürfnisses in der Hochrenaissance neue Formen der Jagdbilder mit einer realistischen Landschafts- und Tierdarstellung.

Ohne naturalistisch zu wirken, vollzog sich dieser Wandel parallel zur jeweiligen künstlerischen und gesellschaftlichen Entwicklung in den einzelnen europäischen Ländern. So entstanden hervorragende Jagdszenen mit spezifischer Thematik und in den verschiedensten Techniken der angewandten Kunst, beispielsweise:
in den französischen Jagdschlössern interessante Gemälde, die sogenannten «Jagdstücke»; am Mittelrhein Jagddarstellungen als Glasmalereien; in Brüssel hervorragende Jagdwirkteppiche; in Süddeutschland zahlreiche Jagd- und Scheibenbücher mit wirkungsvollen Kupferstichen und Radierungen; in Nürnberg oder Dresden prächtige Goldschmiedearbeiten mit Jagdmotiven; in Flandern eindrucksvolle «Jagdstaffagen» sowie in Holland stimmungsvolle «Jagdstilleben».

Als Anfang des 16. Jh. französische Baumeister und Architekten an der Loire Schlösser für den Hofadel errichteten, erreichte die französische Profanbaukunst im Übergang von der Gotik zur Renaissance einen weiteren Höhepunkt. Mit der Übernahme der Dekormotive der italienischen Renaissance entwickelte sich ein spezifischer französischer Baustil, der nach König Franz I. benannt wurde. Die Renaissance-Profanbauten setzten nicht die Traditionen der alten feudalen Zufluchtsburgen fort, sondern waren zumeist Jagd- und Lustschlösser, die als Stätten der Erholung und des unbeschwerten Vergnügens in unmittelbarer Nähe der Jagdreviere lagen.

Die Schloßbauten in Chambord und Fontainebleau wurden zum Prototyp der Renaissance-Jagdschlösser, die im 16. und 17. Jh. im sogenannten Henrideux-Stil erbaut wurden. Diese französische Renaissance-Architektur wurde durch die prunkvolle Schloßarchitektur und die künstlerisch gestalteten Parkanlagen des Barock zur Zeit Ludwigs XIV. abgelöst, in der das Jagdschloß zur repräsentativen Residenz umgebaut wurde. Während das berühmte Schloß in Versailles ursprünglich als königliches Jagd- und Lustschloß im Renaissancestil gedacht war, erfolgte die Fertigstellung 1678 als monumentaler Barockpalast. Dieses Schloß wurde das Vorbild einer neuen Periode der Schloß- und Parkarchitektur in ganz Europa.

Neben diesen berühmten französischen Jagdschlössern entstanden im 16./17. Jh. vor allem in England und Deutschland bedeutende Jagdbauten.

Es ist unmöglich, mit wenigen Aufnahmen einen Eindruck oder gar Überblick über die Fülle der Bauformen und Bauten zu geben, die fast in allen europäischen Ländern als Jagdschlösser entstanden, deren Architektur und Innenausstattung mit zu den bedeutenden künstlerischen Leistungen des 16. und 17. Jh. in der europäischen Renaissance-Baukunst zählen.

Künstlerische Verwirklichung jagdlicher Themen finden wir in den Renaissance-Jagdschlössern in zwei Hauptformen: einmal den Jagdfriesen, zum anderen den Wirkteppichen.

Der Jagdfries wurde in den Haupträumen des Schlosses direkt auf den frischen Putz aufgetragen. Unter einem bestimmten Thema wurden vorwiegend bewegte Jagdszenen dargestellt oder verschiedene Bewegungsstudien einzelner Wildarten gezeigt. Häufigstes Motiv war das Rotwild, wobei oft der Hirsch lebensgroß dargestellt wurde, gelegentlich sogar mit echten Trophäen dekoriert. Solche repräsentativen Darstellungen erforderten talentierte Tiermaler. Da der Jagdfries als Wandmalerei nicht auswechselbar war, traten häufiger Ölgemälde als «Jagdstücke» oder Wandteppiche an seine Stelle. Vor allem gewannen in der Renaissance die Bildteppiche sprunghaft an Bedeutung. Diesen Wandschmuck konnte man ständig wechseln, so daß ganze Serien von Teppichen angefertigt wurden. In den Repräsentationsräumen der neuen Lust- und Jagdschlösser fanden diese gewirkten Wandteppiche im 16. und 17. Jh. große Verbreitung. Sie dienten nicht nur als Wandschmuck, sondern auch gleichzeitig als Schutz gegen die Kälte.

1565 wurden am Dresdner Hof insgesamt 230 verschiedene Bildteppiche, damals «Tapezirei», also Tapisserie, genannt, im Inventar aufgeführt. Im polnischen Königsschloß auf dem Wawel in Kraków befinden sich unter den Kunstschätzen des Königs Sigismund II. August Jagiello zahlreiche flämische Wandteppiche mit eindrucksvollen Tierdarstellungen. Diese Tierverdüren stammen aus der Zeit zwischen 1553 und 1565. Flämische und niederländische Wirker stellten sie in Manufakturbetrieben her. Als Vorlagen für diese Wirkteppiche entwarfen bekannte Künstler die Bildkartons in Originalgröße.

Zu den bedeutendsten Künstlern zählt der niederländische Maler Bernhard van Orley (1492–1542), der die Entwürfe für die Serie der Wirkteppiche, die die Jagden des Kaisers Karl V. darstellen, zeichnete. Diese Serie ist unter dem Namen «Jagden Maximilians» bekannt und befindet sich heute im Louvre in Paris sowie im Jagdschloß Fontainebleau. Diese Teppiche wurden um 1530 in Brüssel im Atelier von Franz Geubels gewirkt.

In späteren Jahrzehnten wurden die Wirkteppiche einfach als Gobelins bezeichnet, benannt nach der französischen Herstellerfirma, die 1667 das Geheimnis des Scharlachrot-Färbens löste. Paris wurde durch die königliche Manufaktur zum neuen Zentrum der Gobelinherstellung.

Infolge der Glaubenskämpfe im 16. Jh. wurden zahlreiche niederländische und französische Wirker aus ihrer Heimat vertrieben. Sie gründeten in vielen europäischen Residenzstädten neue Teppichmanufakturen.

Auch der flämische Maler Jan van der Straet (1523–1605) arbeitete in Florenz, wo er sich Johannes Stradanus oder Giovanni della Strada nannte. Hier schuf er für den Herzog von Florenz hervorragende Entwürfe für Wirkteppiche. Diese Jagdteppiche für das Schloß Poggio a Caiano sind heute im Palazzo Vecchio in Florenz zu sehen.

Die Jagd spiegelt sich aber gleichzeitig im gesamten künstlerischen Schaffen des 16. und 17. Jh. wider. Lucas Cranach, Hans Burgkmair, Albrecht Dürer,

23 L. Cranach d. Ä.: Hirschjagd, Holzschnitt, 1506. Weimar, Schloßmuseum

Hans Holbein, Jost Amman zählen zu den großen Meistern der Renaissance, die fast alle Werke schufen, die in der Kunstgeschichte des Weidwerks Bedeutung erlangten. Hans Holbein d. J. (1497–1543) malte als Hofmaler des englischen Königs Heinrich VIII. hervorragende Bildnisse seines Herrschers bei der Falkenbeiz. Die realistischen Zeichnungen von Hans Burgkmair (1473 bis 1531) in Augsburg dienten als Vorlagen für die Holzschnitte im «Weißkunig» des Kaisers Maximilian.

Der berühmte Maler Lucas Cranach d. Ä. (1472–1553) war seit 1505 als sächsischer Hofmaler in Wittenberg tätig. In seiner Werkstatt schufen er und sein Sohn Lucas Cranach d. J. (1515–1586) bedeutende Jagdgemälde und Holzschnitte. Aus dem künstlerischen Schaffen Cranachs sind uns heute noch mehr als 800 Werke überliefert, darunter etwa 40 Bilder und Zeichnungen mit Jagd- und Wildtierdarstellungen. Eindrucksvoll sind vor allem seine Panoramadarstellungen der sächsischen Großjagden. Bereits in dem Holzschnitt «Hirschjagd», 1506, der zu den frühesten großen Holzschnitten in Deutschland gehört, werden die verschiedenen Phasen einer höfischen Großjagd gezeigt, wobei Landschafts-, Tier- und Menschendarstellungen glücklich miteinander verschmelzen. Die Jagdgemälde stellen vorwiegend lebendige Jagdszenen während einer bestimmten Hofjagd dar, wobei der Jagdherr mit seinen Jagdgästen hervorgehoben ist. So zeigt das Gemälde von 1544 eine Hofjagd auf Hirsche, Schweine und Füchse vor dem Schloß Torgau, die vom Kurfürsten Johann Friedrich von Sachsen für den Kaiser Karl V. veranstaltet wurde. Das Gemälde befindet sich heute im Prado von Madrid.

Andere Tafelbilder mit Jagdszenen befinden sich im Kunsthistorischen Museum Wien (1529: Hirschjagd des Kurfürsten Friedrichs des Weisen vor dem Schloß Torgau); Museum of Arts Cleveland (früher Jagdschloß Moritzburg bei Dresden, 1540: Eine Hofjagd auf Hirsche und Bären vor dem Schloß Torgau); oder Gemälde von 1544 im Kunsthistorischen Museum Wien, 1545 im Prado Madrid bzw. 1546 im Nationalmuseum Stockholm.

Auch auf vielen anderen Öl-Tafelbildern sind eindrucksvolle Szenen mit Jagdtieren dargestellt, so z. B. auf den von 1525 in Köln «Die heilige Magdalena» mit kämpfenden Rothirschen; 1527 «Kardinal Albrecht von Brandenburg als hl. Hieronymus» (Staatl. Museen Berlin-West), wo Rehe, Biber, Hasen, Löwen und Hirsche abgebildet sind; 1551: «Der schlafende Herkules mit den Pygmäen» (Staatl. Kunstsammlungen Dresden, Galerie Alte Meister) mit Hirschdarstellungen oder das 1571 geschaffene Altarbild in der Kapelle des Jagdschlosses Augustusburg (Bezirk Karl-Marx-Stadt).

Besonders imposant sind auch Cranachs Holzschnitte, Feder- oder Temperazeichnungen, wie z. B. die Randzeichnungen zum Gebetbuch Kaiser Maximilians I. (1515: Staats-Bibliothek München) oder die interessante Kopfstudie nach einem toten Luchs (ehem. Dresden). Weiterhin sind hier zu nennen seine Aquarell- und Deckfarbenmalerei-Arbeiten, wie das «Tote Reh» (um 1525, Louvre, Paris) oder «Zwei Seidenschwänze» (um 1530) und «Vier Rebhühner» (um 1532, beide: Staatl. Kunstsammlungen Dresden, Kupferstichkabinett), um nur einige Beispiele aufzuführen.

Weniger bekannt sind Cranachs Jagdtücher und Vorlagen für Wandteppiche der verschiedenen Jagdschlösser, so hat er 1555 ein Tuch von der am 4. 7. 1555

24 Bäuerliche Feldarbeit. Holzschnitt in S. Brants Vergil-Ausgabe. Straßburg 1502

25 Petrarca-Meister: Freie Jagd als bäuerliche Forderung. Holzschnitt, 1519/20

veranstalteten Jagd in Schweinitz (an der Elster) angefertigt; 1559 zeichnete er Jagdtücher, die der Herzog Johann Georg zum Reichstag nach Augsburg mitnahm; 1564 sind Tücher mit Hirsch- und Schweine-Jagdszenen dem Grafen Peter Ernst zu Mansfeld geliefert oder 1573 dem dänischen König. Wandbilder auf Leinen fertigte Cranach auch für die Jagdschlösser Lichtenberg (1548 mit der Darstellung «Die Hasen fangen die Jäger») oder 1551 für das Jagdschloß Wolfersdorf (bei Stadtroda/Thüringen) an.

Aus schriftlichen Quellen wissen wir, daß der Maler an den Jagden persönlich teilnehmen mußte, um entsprechende Szenen zu skizzieren. So erhielt Cranach d. J. am 3. 12. 1583 eine Einladung zur Sauhatz. Am 13. 10. 1583 erlegte der Kurfürst August im Forst von Colditz ein starkes Schwein, das er von Cranach gezeichnet haben wollte. (Laut Schreiben vom 27. 11. 1583 mit der Bestellung von sechs Wildschweindarstellungen für den Kurfürsten, mehr als zwölf Bildanforderungen sind in den Akten von diesem «Colditzer Wildschwein» nachgewiesen.)

Die zahlreichen Holzschnitte von Jörg Breu (1510–1547) in Augsburg, von Jost Amman (1539–1591) in Nürnberg, Tobias Stimmer (1539–1584) in Schaffhausen oder den Gebrüdern Beham, die wegen ihrer revolutionären Gesinnung 1525 aus Nürnberg verbannt wurden, stellten ebenfalls eindrucksvolle Szenen aus dem Jagdleben dar.

Damit war selbstverständlich das Thema Jagd noch lange nicht ausgeschöpft. Gläser und Pokale, Tafelgeschirr wie Platten mit getriebenen Darstellungen und Möbel weisen Jagdmotive auf und zeigen die allgemeine Beliebtheit des Themas.

Besonders eindrucksvoll sind die großen, ovalen Elfenbein-Jagdschüsseln vom Ende des 17. Jh., die von dem Elfenbeinschnitzer und Büchsenschäfter Johann Michael Maucher (1645–um 1700) gestaltet wurden (Abb. 102/103). Diese über 70 cm langen und fast 60 cm breiten Hirschhorn-Schüsseln mit Elfenbeinfurnier und eindrucksvollen Hochrelief-Darstellungen von jeweils sechs Jagdszenen stellen die Legende von Aktaion und Artemis in verschiedenen Motiven dar. Varianten dieser aus Süddeutschland stammenden Arbeiten befinden sich heute in den Sammlungen der Museen in Wien, Braunschweig, Bologna und Leningrad.

Im Gegensatz zu den prunkvollen Repräsentationsstücken in den fürstlichen Lust- und Jagdschlössern fanden in den Bürgerhäusern neben Holzschnitten und Radierungen vor allem bunte Jagddarstellungen auf Glasscheiben besondere Verbreitung. Hierbei werden nicht nur Jagdszenen der höfischen Jagdgesellschaften oder verschiedene Wildtiere dargestellt, sondern vorwiegend Motive der Niederwildjagd. Hier macht sich der Einfluß des erstarkenden Bürgertums in den Städten bemerkbar, das in den wenigsten Fällen das Jagdrecht auf Hochwild besaß. Diese bunten Glasscheiben findet man in den Erkerfenstern der spitzgiebligen Bürgerhäuser am Mittelrhein und in Südwestdeutschland.

Darstellungen des einfachen Jägers oder des Bauern finden wir relativ selten in der Renaissancekunst. Lucas Cranachs Porträt «Kopf eines bäurischen Jägers» (eine um 1515 entstandene Aquarellstudie) oder die Holzschnitte in Sebastian Brants Ausgabe des Vergil (Straßburg 1502) bzw. die des Petrarca-Meisters (1519/20) bilden eine Ausnahme.

«Daß wir der Jagdfron frei sein wollen»

«Wasser, Wild, Wald und Haid, Wildbann, Vogelfang, Pirschen und Fischerei, So seitdem von Fürsten, Herren und Pfaffen gebannt gewesen, sollen frei und offen sein, so daß jeder Bauer holzen, jagen und fischen mag, ohne Bann noch Hinderung allzeit und überall.»

Joß Fritz, aus den Forderungen des «Bundschuh», 1502

Ein Abbild des Prunks und Glanzes feudaler Jagdvergnügen ist der Nachwelt durch die großartigen Werke der Kunst überliefert. Spärlicher dagegen sind die Dokumente, die vom Leben derer berichten, die die Hauptlast dieser Vergnügen zu tragen hatten. Vergilbte Annalen, Petitionen und Gerichtsakten geben Zeugnis von der traurigsten Periode des Jagdwesens; oft sind dies erschütternde Dokumente über Not und Leid der Bauern. Unter den auferlegten Jagd- und Spanndiensten, den harten Jagdfronden, den verlorengegangenen Jagdrechten, den ernormen Wildschäden, den verwüsteten Feldern und Wiesen stöhnten die Bauern und leibeigenen «Unterthanen». Not, Erbitterung, Verzweiflung bereiteten den Boden der Revolution vor. Die hohen Wildbestände, die harten Strafen für Wildfrevel sowie die Fronarbeit bei den vielen Jagddiensten trugen mit dazu bei, daß im 16. Jh. «Der Bauer stund auf im Lande», um von der Fron frei zu sein.

Erbitterte Anklagen wurden überall erhoben. Am Vorabend des Bauernkrieges in Deutschland drangen die mahnenden Worte Martin Luthers gegen die Jagdwillkür der Fürsten an die Öffentlichkeit. In einer Predigt heißt es:

«Unsere Fürsten sündigen nicht allein damit, daß sie ihrem Amt nicht genug tun und sich der armen Untertanen nicht annehmen, sondern sündigen ganz schwerlich, daß sie mit ihrem vielen unmäßigen Jagen die armen Leute bestehlen, den Bauern und Ackerleuten die Früchte verderben.

Machen ihnen den Acker gar wüster und man darf auf keinerlei Weise das Wild aus den Äckern und Gärten wegtreiben, sondern es muß frei Schaden tun, und den Acker, so mit großer Mühe und Arbeit gebaut und gewässert ist, verwüsten.

Daselbst liegt nicht allein der Schutz darnieder, daß sie den Untertanen keine Hilfe tun, sondern man tut ihnen noch großen Schaden, welchem sie doch abhelfen sollten. Derohalben wird endlich der Türke oder ein anderer Jäger kommen, der den deutschen Fürsten beide, die Netze und die Spieße, die sie auf der Jagd brauchen, so mit Gewalt aus der Hand nehmen werden.»

Es waren aber nicht die Türken, die mit Gewalt den Jagdspieß aus der Hand der deutschen Fürsten nahmen, sondern im Frühjahr 1525 stürmten die Bauernhaufen in Oberschwaben, Württemberg, Franken und Thüringen die Burgen und Jagdschlösser der Fürsten. In den «Zwölf Artikeln – aller Bauernschaften und Hintersassen der geistlichen und weltlichen Obrigkeit in Oberschwaben» wurde u. a. folgende Forderung erhoben:

«Vierter Artikel: Zum Vierten ist es bisher im Brauch gewesen, daß kein armer Mann Gewalt gehabt hat, das Wild im Walde, den Fisch im Wasser, den Vogel in der Luft zu fangen, was uns ganz unziemlich und unbrüderlich dünkt, eigennützlich und dem Wort Gottes nicht gemäß.

Auch hegt in etlichen Orten die Obrigkeit uns zu Trutz und mächtigen Schaden, weil wir leiden müssen, daß uns das Unsere, was Gott dem Menschen zu Nutz hat wachsen lassen, die unvernünftigen Tiere zu Unnutz mutwillig verfressen, und wir sollen dazu stillschweigen, was wider Gottes und dem Nächsten ist.»

Auch in dem Artikelbrief der Schwarzwälder Bauern vom Frühjahr 1525 wurden diese Forderungen erhoben, um die Jagddienste einzuschränken. Die gerechten Forderungen der Bauern richteten sich vor allem gegen die von ihnen unentgeltlich zu leistende Jagdfron.

Folgenden unbezahlten Jagddiensten hatten die Untertanen nachzukommen:

Spann- und Fuhrdienste, um das umfangreiche Jagdzeug, Wildbret und den Troß zu fahren, Treiberdienste in der Treiberwehr bei Hof- und Hauptjagden sowie bei Wolfsjagden, Handdienste beim Bau der Jagdeinrichtungen und Jagdschlösser.

So haben die Dorfbewohner beim Bau des Jagdschlosses Augustusburg (Erzgebirge) von 1568–1573 «uffm Schloß Schutt aufgeladen, in Kellern gemauert, altes Holz und Bredt zusammen getragen, die Weiber, Töchter unndt Meid 1100 Thonnen Leihm (Lehm) in Körbenn» zur Baustelle heraufgeschleppt und «die Wildbahnen auf den Heyden wieder aufzuhauen, zu pflügen, hacken und schüppen; Gehege auszuschneiden, alte Zäune um die Gehege auszubessern und dergleichen Art Arbeit».

«Daß wir der Jagdfron frei sein wollen», forderten die Stühlinger Bauern (Südwestdeutschland) am 6. 4. 1525 in einem Beschwerdeartikel an ihre Herrschaft. Im Artikel 24 heißt es zu den Jagddiensten:

«... item Wildzäune herstellen, Treiberdienste leisten, die Seile zum Wildfang führen, und wenn Wildbret gefangen wird, es in das Schloß bringen; auch müssen wir zu Zeiten das Wildbret aus dem Schloß gen Thann (Elsaß), gen Engen (Baden) oder nach anderen Orten fahren, wohin zu bringen es unserem gnädigen Herrn gefällt ...

Auch müssen wir Jagdhunde aufziehen, so lange das den Amtleuten gefällt, was uns nicht allein an unserer Nahrung beeinträchtigt, sondern auch Schaden bringt an unseren jungen Hühnern und anderem Geflügel.

Wir bitten dahin zu erkennen, daß wir dieselbigen Jagdhunde aufzuziehen und zu halten nicht verpflichtet sind, sondern davon frei sein wollen.»

Aber nicht nur die Bauern, sondern auch das «Wildbret soll frei sein». Im Artikel 41 heißt es dazu:

«Es ist uns bei hoher Strafe verboten, so daß wir das Wild weder fangen noch jagen noch verscheuchen sollen und dürfen. Und wenn einer das Gebot übertritt und ergriffen wird, so sticht man ihm die Augen aus oder martert ihn sonstwie nach der Herrschaft oder der Amtleuten Willen und Gutdünken.

Wir bitten dahin zu erkennen, daß wir künftig vermöge der göttlichen und zu Recht bestehenden Gesetze ohne Strafe alles Wild, hohes und niederes, mögen jagen, schießen und fangen und zu unserer Notdurft gebrauchen ...

Zum mindesten sollten wir das Recht haben, ... Büchsen und Armbrüste, die uns bisher verboten sind, tragen dürfen, auch nicht mehr verpflichtet sein, den Hunden, wie bisher, Bengel (Knüppel) anzuhängen.»

Wehe dem Bauern, der das Wild aus seinen Feldern und Gärten zu verscheuchen suchte, oder gar mit den Hunden hetzte. Er wurde als Wildfrevler grausam bestraft.

Herzog Ullrich von Württemberg verfügte im Jahre 1517:

«Jedem, wer der sei, der mit Büchsen, Armbrust oder dergleichen Geschoß in das Herzogs Gejägde und Wildbänne, in Hölzern oder sonst zu Feld, an Orten, zum Waidwerk geschickt, außerhalb rechtlicher Straße, oder sonst verdächtig gehen oder wandeln würde, ob er gleich nicht schieße, dem sollen beide Augen geblendet werden.»

Einen Wildfrevler ließ er im gleichen Jahr lebend in ein Hirschfell nähen und dann von Hunden hetzen.

Von Erzbischof Michael von Salzburg wird die gleiche Greueltat durch den Eisenacher Generalsuperintendenten M. Nic. Rebhan 1621 wie folgt beschrieben:

«Anno 1537 ist durch offenen Druck und Gemälde ausgegangen, eine erbärmliche Geschichte von einem Erzbischof oder vielmehr greulichen Unmenschen, Wüterichen und Thyrannen ‹Michael› genannt, zu Salzburg.

Er ist sonderlich und gleichsam töricht aufs Jagen gewesen. Einen Mann, der beschuldigt war, einen Hirsch gewildert zu haben, hat er nicht allein in ein sehr böses Gefängnis setzen lassen, sondern auch seinem Richter befohlen, ihn zum Tode zu verurteilen. Da aber der Richter, so gewissenhafter und frommer als sein Herr gewesen, solches verweigert und sich entschuldigt, hat der gottlose Bischof sich selbst auf den Richterstuhl gesetzt und über den armen Mann ein noch mehr denn barbarisch Urteil gefällt:

Man solle ihn in des gefundenen Hirsches Haut einnähen mit Hunden hetzen, doch mit der Bedingung oder vielmehr giftigen Gespött, wenn er den Hunden entrinnen könne, wie ein Hirsch, so soll er frei sein. Darauf ist er zur Exekution geschritten. Hat auf offenem Marktplatz eine Jagd angestellt, den armen in die Hirschhaut genähten Menschen, der seine Seele Gott befohlen, vorführen lassen. Selbst in das Jagdhorn gestoßen, die englischen Hunde angehetzt und laufen lassen, welche den jammervollen Mann für ein Wildtier erbärmlich zerfleischt und zerrissen haben, welches alles der Tyrann mit Lust angeschaut.»

26 Bauern verscheuchen das Wild von den Feldern. Holzschnitt, 1517

Mit glühender Leidenschaft trat der revolutionäre Theologe Thomas Müntzer (1490–1525) gegen die Willkür des Feudaladels auf. In seinen Schriften und Predigten, die, wie es damals üblich war, in ein religiöses Gewand gekleidet und mit zahlreichen Bibelzitaten versehen waren, verbreitete er die sozialen Ideen und politischen Forderungen einer echten Volksreformation im Land. In seiner «Fürstenpredigt» (1523) klagte Müntzer die geistlichen und weltlichen Herren scharf an und prophezeite einen großen Bauernaufstand.

Der «Apostel der Armen und Bedrückten» prangerte das offene Unrecht an, denn «die Herren machen das selber, daß ihnen der arme Mann Feind wird. Sie nehmen alle Kreaturen zum Eigentum. Die Fische im Wasser, die Vögel in der Luft, das Gewächs auf Erden. Alles müssen ihres sein. Darüber lassen sie dann Gottes Gebot ausgehen unter die Armen und sprechen: Gott hat geboten, du sollst nicht stehlen! Für sich selber aber halten sie dieses Gebot nicht dienlich. Darum schinden und schaden sie den armen Ackersmann, den Handwerksmann und alles, was da lebt. Wenn er sich dann vergreift an dem Allergeringsten, so muß er hängen.»

«Wie kann das auf die Dauer gut werden? So ich das sage, muß ich aufrührerisch sein!» Dieser «aufrührerische Geist» Thomas Müntzer weilte im Winter 1524/25 in Südwestdeutschland und übte dort wesentlichen Einfluß auf die Abfassung der «Artikelbriefe» der Bauern im Hegau und im Schwarzwald aus.

Im April und Mai 1525 stürmten die Bauernhaufen im Oberrheingebiet die Schlösser der Feudalherren und gaben das Signal zum Sturm auf die Burgen und Jagdschlösser am Rhein, im Elsaß, in Württemberg, Baden, Schwaben, Unterfranken und in der Rheinpfalz. Überall im deutschen Land nahm die Volksbewegung des Großen Deutschen Bauernkrieges spontan zu, bis die einzelnen Bauernhaufen, die wenig Unterstützung durch das Bürgertum erhielten, von den verbündeten Truppen der Fürsten vernichtend geschlagen wurden. Mit unermeßlichem Terror und blutiger Verfolgung rächte sich der Adel an den aufständischen Bauern. Tausende fielen dem Blutbad und der Willkür zum Opfer. Noch größere Not und Leid zogen wieder ein auf dem Lande. Neben den Abgaben verschärften sich auch die Spanndienste und die Jagdfron wieder. Aus war der Traum, «daß wir der Jagdfron frei sein wollen!».

1587 schrieb ein Prediger in Thüringen: «Würde einmal einer zusammenzählen, wieviel hunderttausend Menschen in deutschen Landen alljährlich Wochen, selbst Monate lang von ihrer Arbeit abgehalten werden, um der Jagdwütigkeit der Fürsten und Herren zu dienen, so würde er nicht mehr fragen, warum der Boden weniger statt mehr Erträge denn sonst trägt.»

In seinem «Opus oeconomicum» bemerkt Colerus 1632 dazu:

«Die Jäger tun den Leuten großen Schaden mit wilden Tieren im Getreyde sowie mit ihren Rossen und Hunden. Will geschweige, daß offt die armen blosse ungekleideten Leute im harten Winter mit hinaus auf die Jagd müssen, und draußen für dem Netze so gefrieren, daß man ihnen hernach die Schenkel ablösen muß, oder daß man sie tot oder erfroren hinter den Bäumen findet.»

Auch dies blieb: Wer sich am herrschaftlichen Wild vergriff, wurde als Wilddieb hart bestraft oder auf der Stelle erschossen. Wer wollte danach noch etwas anderes beweisen?

In einer Verfügung aus dem Jahre 1669 in der Mark Brandenburg heißt es, daß das Erschießen von Wilderern an Ort und Stelle in den kurfürstlichen Wildbahnen erfolgen soll und daß kleinere Wilddiebereien «exemplarisch mit harten Leibes-Straffen» verfolgt werden sollen. Unzählige Beispiele gibt es, wie grausam und unbarmherzig mit den sogenannten «Wilderern» verfahren wurde. So ließ ein Abt von Kempten einen Wilderer, der im Winter gestellt wurde, nackt an einen Pfahl im Wasser binden, so daß er dort unter größten Qualen einfror und starb.

Kurfürst August von Sachsen ließ 1584 verkünden: «daß hierführo die Strafe der Wildprets-Diebe und Schützen, auch derer, wo diesselben hausen, hegen oder Ihnen wissentlichen einigerley Weise Unterschleif geben, in Unseren Landen der Galgen seyn soll.»

Grundsätzlich galt das Tragen einer Waffe in den fürstlichen Wildbahnen, Gehegen oder Revieren schon als Wilddieberei, ohne daß dabei ein Erlegen von Wild nachgewiesen werden mußte.

Pulver und Blei
bestimmen die Entwicklung der Jagdwaffen

«Die höchste Büchsenschußweite beim Pürschen ist auf 100 Schritt anzunehmen. Wer ohne Not weiter hinschießt, ist kein gerechter Jäger.»

Dietrich aus dem Winkell

«Handbuch für Jäger, Jagdberechtigte und Jagdliebhaber», Leipzig 1806

Im 16. Jh. beeinflußten die naturwissenschaftlichen und technischen Erkenntnisse der Renaissance auch entscheidend die Waffentechnik. Neben dem Radschloß wurde bereits das Schnappschloß entwickelt; durch die Einarbeitung von Zügen im Lauf sowie des Stechers im Abzug erhöhte sich die Treffsicherheit der Jagdgewehre; auch wurden schon mehrschüssige Jagdwaffen konstruiert, um nur einige der wichtigsten technischen Erneuerungen dieser Zeit in der Waffentechnik zu nennen.

Mit der Spezialisierung der Waffenherstellung durch verschiedene hochqualifizierte Handwerker wie Büchsenmacher, Gewehrschlosser, Laufschmiede, Eisenschneider, Büchsenschäfter, Gelbgießer, Vergolder, aber auch Goldschmiede, Elfenbeinschneider und Graveure entstanden erste große Zentren der Jagdwaffenproduktion. Die Handwerker schlossen sich zu Innungen zusammen, so entstand 1555 in Suhl (Thüringen) die Innung der Büchsen- und Rohrschmiede und 1563 die der Gewehrschlosser, Sporer und Windenmacher. Nur durch diese Spezialisierung und Arbeitsteilung war es möglich, daß die Jagdwaffenherstellung bereits im 16. Jh. in den verschiedensten europäischen Staaten zu hoher technischer und künstlerischer Perfektion gelangte. Die Jagdwaffen und das Jagdzubehör aus dem 16. Jh. bis 18. Jh. sind von hervorragender Qualität und Zeugnisse eines anspruchsvollen kunsthandwerklichen Könnens von höchster Präzision und technischer Güte.

Betrachten wir diese Entwicklung etwas näher:

Anfang des 16. Jh. wurde in Italien, nach anderen Quellen in Deutschland, das Radschloßgewehr erfunden. Von Leonardo da Vinci stammt die älteste Zeichnung eines Radschloßmechanismus. Der nach dem Prinzip des modernen Reibfeuerzeuges erzeugte Funke entzündete das Zündkraut auf der Pulverpfanne. Durch eine Bohrung im Lauf brachte die Flamme die Treibladung des Vorderladers zur Explosion. Da die Pulverpfanne durch einen Deckel geschützt war, konnte der Jäger das geladene Gewehr mit sich führen, was beim Luntenschloß nicht möglich war.

Bei den Jagdgewehren befindet sich die Radschloßkonstruktion vorwiegend an der Außenseite der Schloßplatte. Durch Aufziehen eines gehärteten Stahlrädchens mit einem Schlüssel spannte der Schütze eine zweiarmige Blattfeder. Drückte er den Abzug, der bereits mit Stecher und Sicherung versehen war, so wurde das mit Kerben und Rillen versehene Rad in Drehung versetzt, das schleifend am Schwefelkies (Pyrit) den Zündfunken erzeugte.

Die Gewehrschäfte haben verschiedene Formen. Die Radschloß-Jagdbüchsen, die «Pirschrohre», besitzen meistens den sogenannten «deutschen Schaft» mit kurzem geradem Kolben. Nach 1600 entwickelte man für die Jagd ein leichteres Radschloßgewehr mit kleinerem Kaliber. Diese Teschings oder Tschinken mit ihrem kurzen und abwärts geneigten Schaft und Kolben von italienischer, französischer oder spanischer Form konnten gegen die Schulter gedrückt werden, während das bei der deutschen Schäftung nicht möglich war, sie wurde nur an die Wange gelegt. Die Tschinke war vor allem ein Damengewehr; der Name wurde vom Herstellungsort Teschen (Český Těšin/Böhmen) abgeleitet.

Seit dem Ende des 15. Jh. sind gezogene Läufe im Jagdgebrauch; die gewundenen Züge wurden in der Mitte des 16. Jh. eingeführt. Bei den Jagdgewehren mit Radschloßzündung unterscheiden wir folgende Typen:

schwere Radschloßbüchse	Pirschrohr mit gezogenem Lauf für den Schuß mit der Kugel;
leichte Radschloßbüchse	(Tesching oder Tschinke) mit gezogenem oder glattem Lauf;
Radschloßflinte	mit glattem Lauf für den Schuß mit Schrot oder gehacktem Blei;
Karrenbüchse	Spezialgewehr für Flugwild, insbesondere auf Gänse, Enten und Trappen, mit überlangem Lauf (3 m), auf Karren montiert.

Für die Entwicklung der Waffentechnik spielte die Jagdwaffe bis ins 18. Jh. eine weitaus dominierendere Rolle als das Militärgewehr. Die Prunkliebe und Jagdleidenschaft der Fürsten verlangten nach zweckmäßigeren, leichteren und vor allem funktions- und treffsicheren Waffen. So wurden bereits im 16. und 17. Jh. mehrläufige Jagdwaffen für Schrot und Kugelgeschosse entwickelt. Es kamen die sogenannten Wender auf, bei denen sich zwei Läufe um einen Bolzen drehen ließen. Beide Läufe wurden jedoch meist nur von einem Schloß gezündet. Man kannte damals bereits Kipplaufgewehre, Zwillings- und Bockgewehre, Drillinge und Vierlinge (mit drei oder vier Läufen). Auch waren Waffen mit Trommelmagazin bekannt, womit man bis zu vier Schuß durch einen Lauf abfeuern konnte. Weiterhin wurden spezielle Windbüchsen für Schalenwild konstruiert. Sie besaßen meist einen kugelartigen Behälter mit komprimierter Luft (etwa 30 bis 35 at), die die Triebkraft für etwa 20 Schuß lieferte. Die kostbaren Radschloßjagdgewehre wurden aus repräsentativen Gründen mit prunkvollem Dekor versehen. In die dunklen Kirschbaum- und Nußbaumschäfte wurden Intarsien und Gravuren aus Bein, Perlmutter, Gold- und Silberdrahtornamenten eingelegt. Darunter gibt es herrliche Jagd- und Tierdarstellungen. Besonders in Augsburg und Nürnberg entstanden für den Hof Kaiser Karls V. (1519–1558) Meisterwerke der künstlerischen Waffenverzierung.

Vom deutschen Maler, Kupferstecher und Goldschmied Heinrich Aldegrever (1500–1562), einem Schüler Albrecht Dürers, und von der Münchener Künstlerfamilie Sadeler stammen zahlreiche Entwürfe und Vorlagen für die verschiedenen Büchsenschäfte. Auch vom flämischen Maler Jan van der Straet sowie aus dem «Künstlerbüchlein» des Nürnberger Graphikers Jost Amman wurden vielfach Jagdmotive von den Büchsenmachern übernommen. Fast alle bedeutenden Kupferstecher und Holzschneider des 16. Jh. schufen kunstvolle Waffenentwürfe, die in Musterbüchern zusammengefaßt und von den Handwerkern eindrucksvoll umgesetzt wurden. Durch diese enge Zusammenarbeit zwischen hervorragenden Künstlern und geschickten Waffenhandwerkern entstanden prachtvolle Jagd- und Luxuswaffen mit interessanten Jagddarstellungen und ornamentalen Motiven.

Aus den Musterbüchern des französischen Zeichners, Goldschmiedes, Kupferstechers, Ziseleurs und Graveurs Etienne Delaune (1518–1583) übertrug man ebenfalls vortreffliche Einzeltiere (Hirsche, Rehe, Hunde, Hasen, Eichhörnchen) als Gravierungen auf die Gewehrläufe. Im 17. Jh. bestimmten die künstlerischen Arbeiten von Theodor de Bry, Philippe Cordier Daubigny und vor allem der berühmten französischen Büchsenmacher und Graveure Jean Baptiste Bérain (1639–1711) und Bertrand Piraube die Formen und den Reichtum der Verzierungen der Luxusjagdwaffen.

Anfang des 17. Jh. wurde im Jagdwesen das Radschloß durch ein neues Zündsystem, das Steinschloß, abgelöst. Das Prinzip eines Steinschlosses (1612 in Frankreich erfunden) ist dem das Radschlosses ähnlich, nur daß hier bewegliche Hähne, in denen Schwefelkies oder Feuerstein (Flint genannt) eingeklemmt waren, auf den geriffelten Feuerstahl der Pulverpfanne schlugen. Unsere Bezeichnung Flinte stammt also von diesen Steinschloßgewehren.

Man unterscheidet vier Prototypen, und zwar: mit spanischem oder holländischem Schnapphahnschloß, mit schwedischem Schnapphahnschloß, mit «English lock» und mit französischem Batterieschloß.

Besonders die Jagdgewehre mit dem Mechanismus des spanischen Schnapphahnschlosses waren weit verbreitet und wurden noch bis vor wenigen Jahren von afrikanischen Stämmen benutzt. Die in Spanien hergestellten Gewehrläufe galten als die besten der ganzen Welt. Zentrum der spanischen Waffenindustrie war neben Madrid und Sevilla vor allem die Stadt Eibar.

Die französischen Jagdgewehre mit Batterieschloß waren meist sehr prunkvoll verziert, besonders die Luxuswaffen des Königs Ludwig XIII. Das französische Batterieschloßgewehr verwandte man als Militärgewehr noch bis ins erste Drittel des 19. Jh. Die Gewehre waren sehr robust gebaut. So ergaben Schußversuche aus dem Jahre 1806, daß von «zwei Gewehren, die bereits im Jahre 1789 das Abfeuern von je 10000 Schuß aushielten, eines erst beim 14443. Schuß riß, das andere noch nach 15000 Schüssen» hielt. Oder ein anderes Beispiel: Vom preußischen König Friedrich Wilhelm I. wird berichtet, daß er an manchen Tagen zwölf Stunden auf Rebhuhnjagd war und dabei je Tag über 600 Schuß abfeuerte. Seine Büchsenspanner reichten ihm ständig neu geladene Flinten, so daß stets mehrere Jagdgewehre in einer Garnitur dem Schützen zur Verfügung stehen mußten.

Die prunkvolle Ausstattung der Jagdwaffen wurde ergänzt durch die dekorative Gestaltung der Jagdutensilien. So fertigte beispielsweise der Dresdner Hofgoldschmied Gabriel Gipfel Anfang des 17. Jh. hervorragende Jagdgarnituren für die sächsischen Kurfürsten an. Im allgemeinen gehörten zu einer Jagdausrüstung neben den Gewehren Hirschfänger, Weidbesteck, Pulverflasche, Jagdtasche, Hundehalsband und Rufhörner, die alle mit dem gleichen Dekor ausgestattet waren.

Wertvolle Jagdgarnituren bildeten auch repräsentative Staatsgeschenke an ausländische Herrscherhäuser. So befinden sich sächsische Weidbestecke in den Jagdkammern des polnischen und englischen Königshofes bzw. unter den Schätzen des Zaren in der Rüstkammer des Moskauer Kreml.

27 Jägerbursche mit Falken und Hakenbüchse. 16. Jh.

Insbesondere zeichnen sich die Weidbestecke und Jagdgarnituren des 16. und 17. Jh. durch reiche ornamentale Dekors und farbenprächtigen Edelsteinbesatz aus. Die mit Smaragden oder Türkisen besetzten Weidbestecke des Kurfürsten Johann Georg I. von Sachsen zählen zu den unübertroffenen Meisterwerken.

Zum Weidbesteck gehörten das Weidblatt, auch Weidplötze oder Haumesser genannt, sowie verschiedene Messerchen, Gabeln, Spicknadeln und ein Wetzstahl zum Schärfen der Klingen. Diese Utensilien wurden in den Besteckfächern der Scheide untergebracht, die mit silbervergoldeten und emaillierten Beschlägen versehen war. Wie das Weidbesteck waren auch Jagdtasche und Pulverflasche reich verziert.

Nach der Jagd wurde das erlegte Wild von den Würkknechten aus der Decke geschlagen und zerlegt. Das weidgerechte Zerwirken des Wildes wurde genau beachtet. Beim anschließenden Jagdessen verwendete man das Jagdbesteck (es gab spezielle Tranchier-, Tafel- und Gartenbestecke) und ein Tafelservice mit Jagddarstellungen. Auch Gläser und Humpen trugen Jagdabbildungen. Besonders im 17. Jh. wurde dabei das Wildtier sehr realistisch dargestellt, wie es auch die verschiedenen Pokale veranschaulichen.

Einen Höhepunkt erreichten die kunsthandwerklichen Arbeiten im Dienste der absolutistischen Prunkjagden im Barock.

Das Halali der absolutistischen Prunkjagden

Auf, auf, edle Weidleut, Herrn, Ritter, Reiter und Knecht.
Auf, alle guten Gesellen, So mit mir heut aufs Jagen wöllen.
Auf, auf, edle Damen und Jungfrauen, Laßt uns heute das brave
Jagen beschauen, Mit Fleiß, Vergnügen und ohne alles Grauen.

Weidspruch aus der Jagdchronik des Herzogs Casimir von Coburg 1564–1633

In Mitteleuropa entfaltete sich zwischen 1600 und 1750 als beherrschende Stilrichtung der Barock, der für das geistige und kulturelle Leben des aristokratisch-höfischen Absolutismus kennzeichnend war. Die Meisterwerke der Barockkunst dienten mit allen ihren künstlerischen Mitteln vor allem den Fürstenhöfen, dem Adel und der Kirche und spiegelten die spätfeudale Gesellschaftsordnung und die absolute Staatsmacht jener Zeit wider. Ein Drang nach Bewegung, Rhythmus, Licht und Farbe kennzeichnet den Prunk und die Prachtentfaltung der höfisch-aristokratischen Gesellschaft und ihr selbstbewußtes, auf hohe Repräsentation und Monumentalität bedachtes neues Lebens- und Kunstgefühl.

Diesen Idealen der absoluten Fürsten, in denen sie ihre unermeßliche Macht als «Herrscher von Gottes Gnaden» erfüllt sehen wollten, mußten sich nicht nur alle Untertanen fügen, sondern auch die Gärten, Parks und die Tierwelt sollten sich diesem absoluten Machtwillen unterordnen. Die barocken Schloßparks wurden im typischen Gartenstil des französischen Hofes gestaltet, in dem neben der «Kunstgärtnerei» der Reiz des Fremden und Exotischen durch den Bau von Lustpalais, Orangerien und Menagerien für repräsentative Zwecke gefördert wurde.

Diese Tendenzen und wichtige künstlerische Strömungen im Europa des 17. Jh. prägten auch die künstlerischen Darstellungen der Jagd. Hier sind an erster Stelle der italienische Barock, der holländische Realismus und der französische Klassizismus zu nennen.

Zu den eindrucksvollen Zeugnissen der Jagd in der Kunst des 17. Jh. gehören die flämischen Jagdstücke oder Jagdstaffagen. In der zweiten Hälfte des 16. Jh. war Antwerpen beherrschendes Zentrum der flämischen Kunst. Peter Paul

Rubens (1577–1640) war der herausragende Vertreter der flämischen Malerschule, und sein Schaffen beeinflußte auch wesentlich die Jagdmalerei. Entsprechend seinem Gesamtschaffen spiegeln sich auch in den Jagdbildern vorwiegend zwei Themenkomplexe wider, einmal die antike Mythologie, zum anderen das figurenreiche Jagdgeschehen. Wie die meisten Bilder von Rubens sind auch die Jagddarstellungen effektvoll und kontrastreich. Auf Grund seiner spezifischen Malweise zeigen seine Jagdgemälde üppige farbige Massenszenen voller Bewegung und Leidenschaft. Die verschiedenen Figuren sind von überzeugender Dynamik. Der Bildaufbau wurde von Rubens selbst entsprechend dem barocken Geschmack komponiert, ohne daß das Gemälde den Anspruch auf eine wirklichkeitsgetreue Jagddarstellung erheben wollte. Die Tiere wurden zum Teil von verschiedenen Schülern gemalt, die im einzelnen gute, naturgetreue Details erzielten. Diese insgesamt pathetisch-theatralisch wirkenden barocken Jagdszenen dienten ausschließlich der Repräsentation in den Schlössern der Auftraggeber.

Der Lieblingsschüler Rubens' war van Dyck (1599–1641). Er hat vor allem in der Porträtmalerei seinen Lehrmeister übertroffen. Seine großen Erfolge erreichte er besonders am englischen Hof Karls I., wo er zahlreiche Porträts des Hofadels malte. Verschiedene Gemälde zeigen, in zarten Farbnuancen gehalten, typische Jagdkleidung der damaligen Zeit, z. B. «Karl I. im Jagdkostüm» (Louvre). Auch diese Jagdbilder sind ausschließlich wegen des Schaueffektes und der Repräsentation entstanden.

Zu den flämischen Malern großformatiger Jagdstücke und Tierstilleben mit Jagdwild zählen auch Paul de Vos (1590–1678) und Jan Fyt (1611–1661). Als fähigster Schüler in Rubens' Werkstatt galt jedoch Frans Snyders (1759–1657), er schuf vor allem eindrucksvolle Stilleben.

Zu dem turbulenten Luxusleben in den Lust- und Jagdschlössern gehörten Jagdfeste mit tagelangen Gelagen. Hierzu wünschte man als Wandschmuck in den Speisesälen farbenprächtige überdimensionale Darstellungen von Früchten, Wildbret, Geflügel, Krebsen usw.

Snyders' Gemälde stellen deshalb vorwiegend üppige überladene Festtafeln mit erlegten Wildarten in den verschiedensten Kombinationen mit Früchten dar. In meisterlicher Manier ausgeführt, ist das «Jagdstilleben» eine typisch flämische Erscheinung, wogegen die späteren holländischen Stilleben anspruchsloser Jagdgeräte und Jagdbeute harmonisch geordnet darstellen. Alle Stilleben zeichnen sich aber durch eine große Wirklichkeitsnähe und Detailtreue aus. Besonders Snyders' ausdrucksvolle Stilleben sind von einer überzeugenden, realistischen Darstellung und mit scharfen Kontrasten gezeichnet. Seine großflächigen Bilder waren vorwiegend für die Speiseräume der fürstlichen Schlösser bestimmt, wogegen die holländischen Stilleben und Tierstücke in den Wohnungen der Jäger und Bürger zu finden waren und den Alltag des Jägers widerspiegelten. Holland war im 17. Jh. das Musterland für eine hochentwickelte Viehzucht. So ist es verständlich, daß das «Tierstück» und das Stilleben in der holländischen Malerei große Beachtung fanden. Maler wie Paulus Potter, Melchior de Hondecoeter oder Jan Weenix d. J. verstanden es meisterhaft, das Haustier naturalistisch wiederzugeben. Ihre Tierstücke wurden lediglich von den Jagd- und Küchenstilleben überragt. Bei den Jagdstilleben wurde das Jagdwild des Bürgers, das Reh, der Hase, der Jagdfasan und das Flugwild mit exakter Präzision gemalt, oft im Zusammenhang mit Jagdwaffen und Geräten. Hierzu gehören auch die Bilder von Adrian Cornelius Beeldemaeker (1625–1701) sowie von Christoph Pierson (1631–1714), in denen der Jäger oder die Jagdutensilien für die Niederjagd anschaulich dargestellt werden.

In Frankreich dagegen entfaltete die absolutistische Monarchie unter Ludwig XIV. eine prunkvolle, dekorative Ausstattung der pompösen Schloß- und Parkanlagen. Als bekanntestes Ensemble ist neben dem Park- und Schloßkomplex von Versailles (mit seiner 580 m langen Schloßfassade) das Schloß Vaux-le-Vicomte bei Melun zu nennen, das in den Jahren zwischen 1657 und 1661 errichtet wurde. Hier schuf André Lenôtre (1613–1700) erstmalig die geometrische Parkanlage mit den kugel- und kegelförmig beschnittenen Bäumen und Hecken sowie den dekorativen Blumenrabatten. Wasserspiele, Grotten und Tiermenagerien sowie zahlreiche Statuen, Vasen und Reliefs charakterisieren die französischen Parkanlagen des 17./18. Jh., die zum Vorbild zahlreicher Gärten und Parks in Mitteleuropa wurden. Auch hier hatte sich die Natur bedingungslos dem Willen des Herrschers unterzuordnen.

In den barocken oder klassizistischen Palais, die dem jagdlichen Vergnügen dienten, finden wir neben den pompösen, großformatigen Jagdgemälden der flämischen Schule und den eindrucksvollen Repräsentationsporträts auch Tierbilder französischer Maler. An erster Stelle und als Vorbild für andere sind hier die Tierporträts der Lieblingshunde Ludwigs XIV. zu nennen, die François Desportes (1661–1743) schuf. Er war als Zwölfjähriger Schüler beim flämischen Tiermaler Nicasius und ging 1695/96 nach Warschau an den Hof des polnischen Königs Johann III. Sobiesky. In Paris wurde er Mitglied der Akademie der Künste und schuf hervorragende Tier- und Jagdstücke, so für das Jagdschloß Anet des Herzogs Vendôme oder ab 1702 im Jagdschloß Marly, wo er die Porträts der wertvollsten Hündinnen aus der Meute König Ludwigs XIV. zeichnete. Er weilte oft mit bei der Jagd, um Bewegungsstudien der Tiere zu skizzieren. Spätere Jagdbilder aus seinem Schaffen befinden sich im Schloß Meudon oder dienten als Vorlagen für Wandteppiche für das Jagdschloß Choisy.

Der bekannteste französische Künstler dieser Periode, der eindrucksvolle Jagdszenen schuf, ist jedoch Jean-Baptiste Oudry (1686–1755). Unter seiner Leitung entstanden die riesigen Gemälde (352 × 667 cm) der Parforcejagden, die sich noch heute im Schloß Fontainebleau befinden. Besondere Verdienste erwarb sich J.-B. Oudry als Oberinspektor der «Gobelin-Teppich-Manufaktur». Diese königliche Gobelin-Manufaktur in Paris stellte damals alle Teppiche, Möbel und Juweliererzeugnisse für die königliche Hofhaltung her. Die dekorative Gestaltung der Ensembles nach dem System von ganzen Garnituren wurde auch bei den Wirkteppichen erreicht, so daß immer mehrere Stücke zu einer Raumausstattung gehörten. Die riesigen Teppiche der Serie «Jagden des Königs Ludwig XV.», die zwischen 1733 und 1746 nach Entwürfen von J.-B. Oudry entstanden, stellen die Parforcejagden im Walde von Compiègne bei Fontainebleau dar. Die Teppiche befinden sich heute in den Sammlungen des Louvre, eine weitere Ausgabe im Palazzo Pitti in Florenz. Oudry arbeitete als Direktor der Manufaktur von Beauvais auch für den dänischen und schwedischen Königshof sowie für den Herzog Christian Ludwig von Mecklenburg-Schwerin. 43 Gemälde von ihm befinden sich noch heute in den Staatlichen Kunstsammlungen Schwerin.

Neben den Jagdgemälden finden im 17./18. Jh. zahlreiche Kupferstiche mit Jagdszenen und verschiedenen seltenen Wildtieren enorme Verbreitung und zierten die Wände der Jagdschlösser. Hier ragt vor allem das Schaffen von Johann Elias Ridinger (1698–1767) heraus, der in Augsburg als Tiermaler und Graphiker zahlreiche Jagdgemälde, Zeichnungen, Radierungen und Druckgraphiken herstellte. Mehr als 1600 Stiche sind vom Künstler bekannt, darunter eindrucksvolle Tier- und Jagddarstellungen, u. a. zählen dazu die Serien:
«Großer Herren Lust in allerhand Jagen» (8 Bl.), 1722;
«Vorstellungen der vortrefflichen Fürsten-Lust oder der edlen Jagdbarkeiten» (36 Bl.), 1729;
«Gruendliche Beschreibungen und Vorstellungen der wilden Thiere» (8 Bl.), 1733–1738;
«Vorstellungen ... wie alles Wild ... gefangen wird» (30 Bl.), 1750;
«Besondere Ereignisse und Vorfallenheyten bey der Jagt» (46 Bl.), 1752;
«Die von Hunden behaetzte Jagtbaren Thiere» (21 Bl.), 1761;
«Die Jäger und Falkoniers mit ihren Vorrichtungen» (26 Bl.), 1764;
«Vorstellungen der Hirschen ... als anderer besonderlicher Thiere, welche von grossen Herren selbst gejagt, lebendig gefangen oder gehalten worden» (101 Bl.), 1768;
«Abbildungen interessanter Jagdtiere und zoologischer Abnormitäten» (aus der Zeit zwischen 1615 und 1765), 1740–1767.

Die Titel der einzelnen Serien sind sehr umfangreich wie nachstehendes Beispiel zeigt: «Abbildungen der Jagtbaren Thieren mit dessen Faehrten und Spuhren, Wandeln, Gänge, Absprünge, Widergänge, Flucht und anderer Zeichen mit viel Fleiß, Zeit und Mühe nach der Natur gezeichnet, samt einer Erklärung darüber» (23 Bl.), 1737/38. Diese Kupferstichtafeln waren ein beliebtes Anschauungsmittel für den lernenden Jäger; sie wurden 1825 unter dem Titel «Naturhistorisches Original-Thierwerk» zusammenfassend herausgegeben. Ridingers Werke zählen bis heute zu den am weitesten verbreiteten und bekanntesten Jagddarstellungen in Mitteleuropa.

«Großer Herren Lust an allerhand Jagen»

«Grossen herren und schoenen frawen, soll man woll dienen und ubel trawen.»

Inschrift auf einer Zahnstangenwinde, 1556,
Historisches Museum zu Dresden

Fast alle Fürsten und Landesherren übten damals nicht nur die Jagd mit Leidenschaft aus, sondern gestalteten vor allem die Prunk- und Festinjagden zu repräsentativen Jagdfesten aus. Die Jagd wurde damit zu pomphaft-theatralischen Veranstaltungen herabgewürdigt, die nach festgelegtem Zeremoniell vor sich gingen und dabei zur allgemeinen Ergötzung der Hofgesellschaft entarteten. Denn die Jagd hatte sich mit ihren verschiedenen Jagd- und Fangmethoden bedingungslos den Prinzipien des Absolutismus unterzuordnen, galt es doch, den gesteigerten Ehrgeiz der Fürsten nach gewaltiger Beute, enormen Strecken, repräsentativen Trophäen und Abnormitäten zu befriedigen, um auch hierdurch den Beweis des Außerordentlichen zu erbringen.

Das Halali der höfischen Prunkjagden wurde zum Symbol der prunkvollen Jagdfeste als einer ewigen Kette des Vergnügens. «Ha la lit!» (französisch) heißt: Ha, da liegt er! (der Hirsch) – die Jagd ist zu Ende. «Da gab es Parforcejagden auf Hirsch und anderes Hochwild in den Forsten des Landes, Sauhatz im Saugarten, Hasen-, Fasanen- und Rebhühnerschießen im Großen Garten, Kampfjagden mit wilden Tieren im Schloßhof, Fuchsprellen auf der königlichen Stallbahn im Schloß», schrieb man in Dresden über die typischen Jagdarten.

Im 17. und 18. Jh. unterscheiden wir folgende höfische Jagdformen: das «Deutsche Jagen» (Haupt-Jagen) ist eine Hetzjagd als «eingestelltes Jagen» mit verschiedenen Formen des Laufes (Hetzgarten), das «Französische Jagen», die Jagd «par force», das «Pürschen» in freier Wildbahn oder in Pirschanlagen, das «Bestätigungsjagen», das «Wasserjagen» sowie die «Lust-Kampfjagden». Hinzu kamen die sogenannten «Gnadenjagden», denn es war eine besondere Gnade oder Vergünstigung, wenn man vom Fürsten oder Jagdherren zu einer der Jagden eingeladen wurde.

Entsprechend den verschiedenen Holz-, Jagd- oder Weidwerkordnungen wurden die Rechte der Jagdherren festgelegt, die zur Erhaltung des Wildbestandes und zum Schutze der Jagd dienen sollten. Nach diesen Jagdedikten war die Jagd in Hohe und Niedere Jagd untergliedert, wogegen sie in Kursachsen auch in «Hohe, Mittel- und Nieder-Jagd» unterteilt war. Nach einem Mandat aus dem Jahre 1717 konnten folgende Wildarten in Sachsen gejagt werden:

Bei der Hohen Jagd:

Bären (Ursus arctos), Hirsche (Cervus elaphus), Tannhirsche – Damhirsche (Dama dama), Luchse (Lynxlynx), Schwäne (Cygnus olor), Trappen (Otis tarda), Kraniche (Grus grus), Auerwild (Tetrao urogallus), Fasanen (Phasianus colchicus), Große Rohrdommel (Botaurus stellaris), Focken-Nachtreiher (Nycticorax nycticorax).

Bei der Mittel-Jagd:

Rehe (Capreolus capreolus), Wildschweine (Sus scrofa), Wölfe (Canis lupus), Birkwild (Lyrurus tetrix), Haselwild (Tetrastes bonasia), Großer Brachvogel (Numenius arquata).

Zur Nieder-Jagd:

Hasen (Lepus europaeus), Füchse (Vulpes vulpes), Dachse (Meles meles), Biber (Castor fiber), Fischotter (Lutra lutra), Marder (Martes martes, Martes foina), Wildkatzen (Felis silvestris), Elthiere oder Iltisse (Mustela putorius), Eichhörnchen (Sciurus vulgaris), Wiesel (Mustela erminae), Hamster (Cricetus cricetus), Schnepfen (Scolopacidae), Rebhühner (Perdix perdix), Wildgänse (Anser), Wildenten (Anas), Reiher (Ardea cinerea), Taucher (Podicipedea), Seemeven – Möven (Laridae), Wasserhühner – Teichhuhn (Gallinula chloropus), Bleßhuhn (Fulica atra), Wildtauben (Columba), Kiebitze (Vanellus vanellus), Wachtel (Coturnix coturnix), Kleiner Brachvogel – auch Saathühner oder Drittgen genannt – (Gattung schwer bestimmbar), Ziemer – Krammetsvögel – dazu gehören: Wachholderdrossel (Turdus pilaris), Stockziemer – Ringdrossel (Merula torquata), Schnerre – Misteldrossel (Turdus viscivorus), Amsel (Turdus merula), Zippe – Singdrossel (Turdus philomelos), Pfeifdrossel – Rotdrossel (Turdus iliacus), Schnez – Wachtelkönig (Crex crex), Lerchen (Alaudidae) und «andere kleine Vögel, wie sie Namen haben mögen».

Somit waren damals wohl alle Vogelarten jagdbar und wurden in großen Mengen gefangen.

Der Landesherr besaß das ausschließliche Recht der Hohen Jagd, wogegen er die Mittel- und Nieder-Jagd abgetreten hatte. 1629 wurden beispielsweise in Kursachsen an 133 Tagen im Jahr Hofjagden durchgeführt und dabei 6161 Stück Wild erlegt.* Bei diesen 167 Hofjagden hat der Kurfürst jedoch nur an 6 Tagen persönlich teilgenommen; trotzdem wurde ihm aber alle Jagdbeute des Jahres als persönlicher Jagderfolg vom Chronisten zugeschrieben.

* «Vorzeichnis was Ihre Churf. Durchl. zu Sachsen in Viertzig Jahren von den 11. July Anno 1611 bis auff den 20. Dez. Anno 1650 an Hohen und Niedrigen Wildbret in Jagen, Pirschen, Streiffen und Hetzen geschossen, gefangen und gehatzt.» Dresden, Sächsische Landesbibliothek, Handschriftenabteilung, R 7b

Mit dem Erstarken der Macht des Landadels in der Mitte des 18. Jh. wurde dem Adel zum Teil auch die Hohe Jagd auf seinem Grund und Boden zugestanden, wie es in Mecklenburg 1755 im Landes-Grundgesetzlichen Erbvergleich bestätigt wurde. Hiernach mußte der Herzog «ein für allemahle» alle Vorrechte der Jagd an die Ritterschaft abtreten. Auch der Domänenpächter konnte von seinem Landesherren die Nieder-Jagd, zum Teil auch einzelne Abschüsse aus der Hohen Jagd, pachten. In allen Staatswäldern blieb jedoch die gesamte Jagd im Besitz des Landesherren und wurde durch die Oberjägermeister verwaltet. Das Wild verkaufte man in den Städten, so hieß es in einer Anordnung des Preußenkönigs Friedrich II. von 1747, daß für 10000 Taler und 1751 nochmals für 5000 Taler Rot- und Schwarzwild «zum Verkaufe todtgemacht» werden soll.

Auf den Territorien der Städte, die im 18. und 19. Jh. zum Teil größere Waldungen und Feldmarken aufkauften, war die Jagd durch entsprechende Magistratsbeschlüsse geregelt, hier waren eigene Stadtförster und Jäger angestellt. Die Jagd auf Niederwild wurde jährlich verpachtet oder an bestimmte

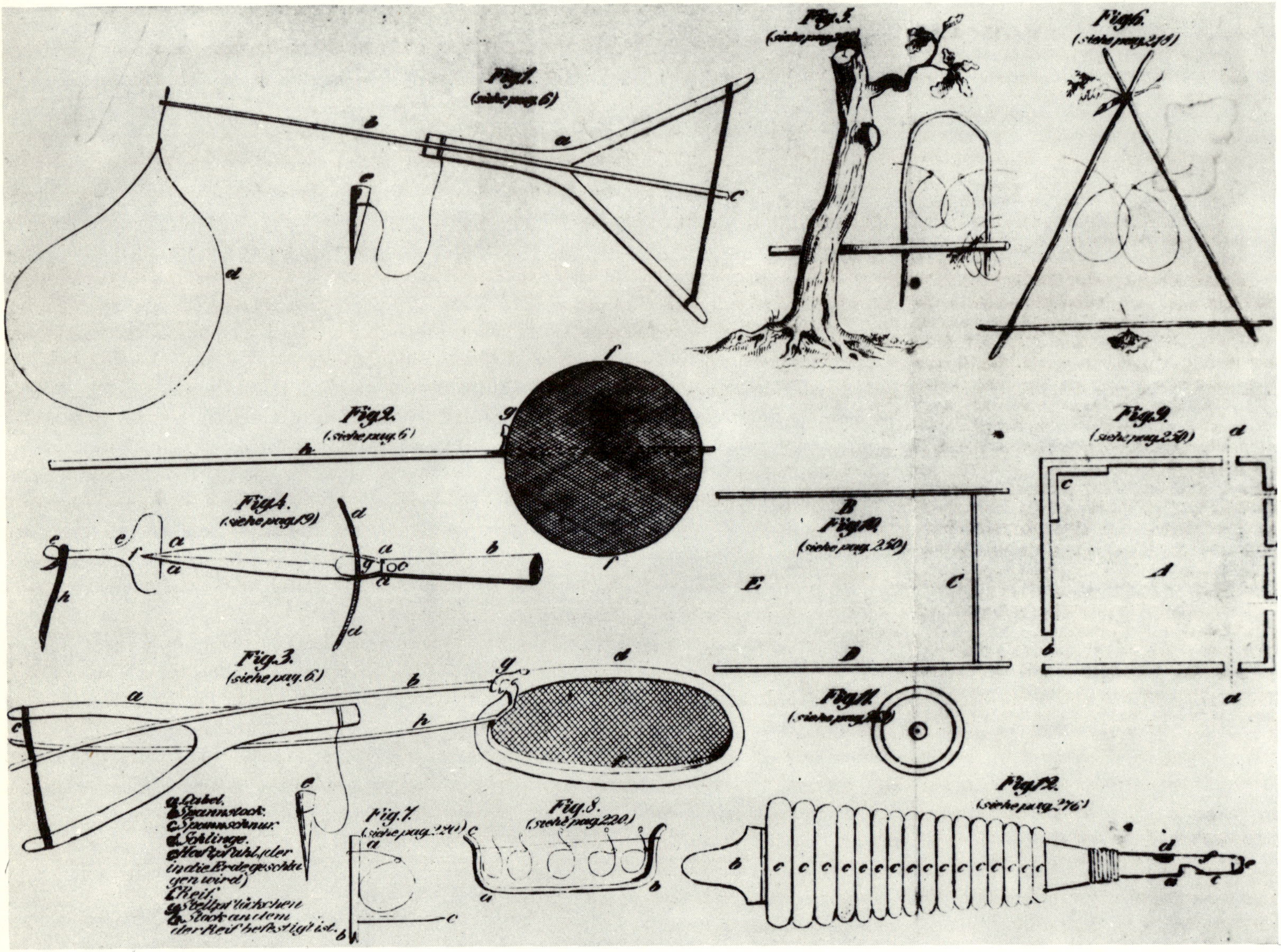

28 Vogelfanggeräte. Abbildung aus Ch. L. Brehm, «Der vollständige Vogelfang ...», Weimar 1855

Personen vergeben. Der Singvogelfang und die Raubwildbekämpfung waren dagegen für viele Bürger in den Städten möglich. Besonders der Singvogelfang spielte im 17., 18. und 19. Jh. eine bedeutende Rolle als die «Jagd des kleinen Mannes». Mit Vogelnetzen, Leimruten, Dohnen (Schlingen aus Pferdehaaren), Fußschlingen, Keschern (Stange mit Netz) oder mit Vogelherden wurden seit Jahrhunderten die Vögel gefangen. Der bekannte deutsche Ornithologe Johann Friedrich Naumann beschrieb noch 1849 sehr ausführlich den Vogelfang in Mitteldeutschland. So stellten die Vogelsteller ihre teuren Lockvögel, die zum Teil geblendet waren, in den Vogelherden auf, um vor allem zur Herbstzugzeit Tausende von Kleinvögeln einzufangen. Die Vögel wurden gerupft, auf Spieße gesteckt, zum Verkauf auf den Markt gebracht. Als Thüringer Spezialität gab es als Mittagessen «Kleine Vögelchen mit Klößen». Besonders Lerchen, Krammetsvögel und Wachteln waren sehr gefragt. Die Vogeljagd mußte im 18. Jh. oft auch auf Befehl der Obrigkeit zur Schädlingsbekämpfung ausgeführt werden, z. B. gegen Sperlinge und Krähen. Nach einem Edikt der Regierung von Lippe-Detmold vom 23. 7. 1665 waren die Bauern angewiesen, jährlich eine bestimmte Anzahl von Sperlingen zu schießen oder zu fangen und die Vogelköpfe in den Amtsstuben der Vogteien vorzulegen. Auch in der Stadt Halle (Saale) wurden 1701 die Sperlinge in «Acht und Bann» gelegt und sollten vernichtet werden. Vom preußischen König Friedrich Wilhelm I. erging vom 11. 12. 1721 und vom 8. 1. 1731 eine Verfügung, wonach jeder Bauer im Jahre 12, der Kossäth 8 und jeder Hufner 6 Sperlingsköpfe an die Obrigkeit abzuliefern hatte. So wurden 1736 in Preußen 359928 Sperlinge in den Abrechnungsbüchern erfaßt. Bis 1767 erfolgte in Preußen diese jährliche Großjagd auf den Sperling. Wie viele Singvögel dabei als Sperlinge irrtümlich erschlagen wurden, weiß sicherlich keiner.

In Europa haben sich vor allem die romanischen Länder am Mittelmeer, an den Hauptzugstraßen der Vögel, auf den Vogelfang spezialisiert. So entwickelte man in Italien eine Vielzahl von Fanggeräten, den Brescianella (ein Vogelherd mit Lockvogel um Baumgruppen), den Roscolo (der mit Netzen mehrere Kilometer Wald umstellte), womit die Vogelfänger täglich Tausende von Vögeln fingen. In den Bergen wurden die Passata oder Copertoni eingesetzt, um die niedrig fliegenden Vögel mit Netzen einzufangen. Von den Leimruten kennen die Italiener die kleinere Paniuzze, von etwa 30 cm Länge, sowie den Panie, wo mehrere Leimruten zusammengebunden wurden. Häufig wurden die Leimruten so eingesetzt, daß man mit Lockvögeln, Laternen oder Eulen die Singvögel anlockte. Zum Fang der Wachteln und Drosseln verwendete man auch die Lacci, ein aus Pferdehaaren hergestelltes Netz mit Schlingen, in denen sich die Vögel erdrosselten. So fing ein Vogelsteller am 4. Oktober 1901 am Gardasee etwa 5000 Vögel an einem Tag, darunter etwa die Hälfte Drosseln. Im Hafen von Marseille verlud man 1895 etwa acht Millionen Wachteln, die aus Messina und Brindisi eingeführt waren. Allein vom 1. bis 10. Mai exportierte man aus Messina über eine halbe Million lebende Wachteln in kleinen Kästen von je 100 Stück nach England und Frankreich. Aus dem Hafen von Alexandria wurden 1897 über zwei Millionen Wachteln lebend nach Europa verschifft. Aber auch zahlreiche Kleinvögel wie Finken, Meisen, Lerchen, Goldhähnchen, Grasmücken usw. wurden seit Jahrhunderten alljährlich auf den italienischen Märkten verkauft. Angaben von jährlich 600000 bis eine Million Kleinvögel je Stadt waren keine Seltenheit.

Der heilige Franz von Assisi lebte 1182–1226 in Italien, er ist unter anderem dadurch bekannt, daß er – wie in seiner Vogelpredigt zu Bevagna («Meine Brüder Vögel ...») – die Ehrfurcht und Achtung vor allem Leben, also auch der Tierwelt, predigte. Ihm zu Ehren feierte man am 4. Oktober große Feste. Welche Ironie, daß dabei Zehntausende von Singvögeln verspeist wurden!

Dieses Vogelmorden in Italien reicht bis in die Gegenwart. Nach einer Notiz in der Jagdzeitschrift «Diana» wurden beispielsweise im Jahre 1972 in der Region Friaul in 451 Vogelherden 2250000 Vögel gefangen sowie durch 883 Leimrutenfänger über 264900 Vögel erbeutet. Noch heute werden jährlich in Sardinien durch 1600 bis 1700 Vogelfänger mit Pferdehaarschlingen etwa 2 Millionen Vögel erdrosselt. Zahlreiche Jäger und Tierfreunde haben sich dagegen gewandt und eindringliche Proteste veröffentlicht. So bildete sich in Turin ein Internationales Anti-Jagd-Komitee (Comitato Internazionale Anticaccia). Bereits um 1910 entstand in Italien die Gesellschaft «Pro Avibus», die für einen umfassenden Vogelschutz eintrat.

Jedoch geht ungeachtet der zahlreichen Proteste der Naturschutzorganisationen verschiedener Staaten dieses Vogelmorden im Mittelmeerraum weiter. In einem «Situationsbericht über den Vogelschutz in Europa» wurde 1976 festgestellt, daß in Italien jährlich etwa 80 Mill. Vögel bei der Hüttenjagd erlegt und 100 Mill. Vögel andersweitig geschossen, 40 Mill. Vögel mit Netzen gefangen und 30 Mill. mit Leimruten erbeutet werden. In Südfrankreich sind es weitere 40 Mill. Vögel, in Ägypten 5 Mill. sowie in Tunis, Marokko, Griechenland und Malta nochmals 1 Mill. Vögel, die jährlich gefangen oder geschossen werden. Addiert man diese Zahlen, so ergibt dies das erschütternde Bild, daß im Mittelmeerraum jährlich etwa 300 Mill. Zugvögel erbeutet werden. Nach einer Schätzung der Ornithologen ziehen jährlich etwa 600 Mill. Zugvögel über den Mittelmeerraum, so daß jeder 3. bis 2. Vogel vernichtet wird. Die Richtigkeit dieser Zahlen wird auch durch folgende Fakten bestätigt: In Italien gibt es etwa 5 Mill. Jagdflinten und mehr als 2,2 Mill. aktive Jäger verschießen im Jahr etwa 1,3 Milliarden Schrotpatronen. Rechnet man etwa 40% für Tontaubenschießen ab und nur 30% Treffer, dann werden jährlich etwa 200 Mill. Vögel durch die Jäger in Italien erlegt.

Mit «Jagd» im guten Sinne des Wortes hat dieser Vogelfang nichts mehr gemeinsam; auch wenn dabei z. T. die gleichen Methoden angewandt werden, die in der Geschichte der Jagd eine Rolle gespielt haben. Wenden wir uns deshalb der Behandlung der einzelnen Formen der höfischen Jagd im 17. und 18. Jh. zu.

Das «Deutsche Jagen», ein Hauptjagen

«Wenn nun ein jagdbarer Hirsch aus dem Jagen auf dem Lauffe kommt, so wird er angeblasen und durch diesen angenehmen Ton bis zum Schirme getrieben, allwo er von der hohen Herrschaft gefället und gepürscht wird.»

H. W. Döbel «Neu eröffnete Jäger-Practica», 1746

Die klassische Jagdmethode auf Schalenwild im 17. und 18. Jh. bildete an den deutschen Fürstenhöfen das «teutsche oder eingestellte Jagen», das als typische Hetzjagd in der Form eines Hauptjagens durchgeführt wurde.

Diese «Schieß-Jagden» fanden als beliebte höfische Jagdform zu Beginn des 18. Jh. immer mehr Ausbreitung. Sie waren für den Jagdherren und für seine hohen Gäste vor allem bequemer und ungefährlicher. «Früher», schrieb Fleming im Jahre 1719, «entstand, wenn die großen Herren und Potentaten auff der Jagd zumeist zu Pferde mit flüchtigen Hunden das angeschossene Wild eyfrig verfolgten, manches Unglück. Deshalb sann man auf eine bessere Erfindung und auf eine für die Herrschaft vergnügtere, sichere und lustigere Manier, so nemlich die wilden Tiere auff einem Platz (den Hetzgarten) zu bringen, woselbst die Herrschaft ihrer mit Lust erwarthet, dieselben sich vorjagen lassen, und in der Herankunfft und dem Vorbeylauffen mit herrlicher Vergnügung zu schießen.» So wurde das eingestellte Jagen zum jagdlichen Höhepunkt an den Fürstenhöfen; es fand vorwiegend zur Feistzeit der Hirsche (August/September) statt. Nachdem die Anzahl des Wildes sowie die verschiedenen Wechsel, Einstände und Fluchtwechsel durch die Jäger festgestellt waren, hatte der Jägermeister vor seinem Herrn Bericht zu erstatten und zu melden, mit wieviel Wild in den einzelnen Jagen zu rechnen sei. Um für das Hauptjagen genügend Wild zu haben, bedurfte es langer Vorbereitung. Unzählige Fuhren Jagdzeug mußten herangeschafft werden, um das Wild aus den umliegenden Waldgebieten zusammenzudrücken. Nach einem genauen Plan wurde Jagen um Jagen mit Netzen umstellt und das Wild unter «dem großen Waldgeschrey: Jo ho, hoch do ho!» zusammengetrieben.

Ein riesiges Aufgebot von Förstern und Jägern sowie von Bauern, die zur Jagdfron verpflichtet wurden, war nötig, um ein großes Hauptjagen vorzubereiten. Diese Treiberdienste fielen vorwiegend in die Erntezeit. Aus dem Jahre 1730 wird berichtet, daß für eine große Hofjagd für König Friedrich Wilhelm I. von Preußen mehr als 600 Forstbeamte und über 4000 Treiber bereitgestellt werden mußten. Das Netzmaterial (Netze, Tücher, Jagdlappen), mit dem man eine Strecke von mehr als 110 km Wald und Feld umstellen konnte, wurde mit 90 Wagen, mit je 4–6 Pferden bespannt, ständig umgesetzt. War das Wild auf einem verhältnismäßig engen Raum – in der sogenannten «Kammer» – zusammengetrieben, wurde es mit festem Zeug umstellt und Tag und Nacht von den Jägern bewacht, bis die große Jagd begann.

Die Abjagungs-Zeremonie bei einem eingestellten Jagen verlief wie folgt: Große Rolltücher verdeckten die Kammer mit dem «Lauff». In der Mitte des «Lauffes» befand sich der Leibschirm für die hohen Herrschaften, von dem aus das Wild beschossen wurde. Daneben stand der Schirm für die Leibhunde zum Hetzen des angeschossenen Wildes sowie ein «Verbergeschirm» für den Fall, daß «von den hohen Herrschaften eine Person ganz alleine sein will, wenn ihnen was Nothdürftiges ankäme!»

Die Entfernung zwischen Schirm und Netz sollte, wie die Abbildungen verschiedener Formen der Hetzgärten zeigen, nicht mehr als 70 Schritt zählen.

Die hohen Herrschaften kamen unter Jagdmusik mit ihren Kutschen bis zum Schirm gefahren. Nach dem Frühstück stellte man sich am Schirm zum Schießen bereit. Auf Befehl des Oberjägermeisters wurde das Rolltuch kurz geöffnet, und die ersten Hirsche wurden mit den Hunden hineingehetzt. Dort flüchtete das Wild um den Schirm herum und wurde von der Herrschaft beschossen. Wurde der Hirsch nicht gleich gestreckt, schrieb Döbel 1746, sondern nur «verwundet, daß er nicht gleich stürzen und enden wollte, so wurden ein paar Hetzhunde aus dem Leibschirm genommen und derselbe damit gehetzt».

Die jagdbaren Hirsche wurden mit dem Hirschfänger, die schlechten aber mit dem Genickfänger abgefangen. Alles gefällte und gefangene Wildbret wurde auf der rechten Seite des Schirmes mit dem Geweih und den Köpfen gegen den Schirm gestreckt. Die besten Hirsche vorne und obenan; das Wildbret wurde mit grünen Brüchen bedeckt.

Waren alle Hirsche und das andere Wild aus dem Jagen und den Kammern heraus, dann bliesen die Jäger mit ihren Flügel- und Hifthörnern das große Halali, die Jagd war zu Ende. «Sofort gehet der Oberjägermeister zu den Fürsten und Herren, in der Hand Brüche habend, präsentiert dem Fürsten den Bruch und steckt ihm solchen auf den Hut. Desgleichen müssen alle Cavaliere und hohen Damen Brüche aufstecken.»

Die Streckenberichte solcher Hauptjagen sind erschütternd. «1748 wurden während eines Haupt-Jagens in Leonberg/Württemberg von 800 Stück Wild über 500 gestreckt, die anderen nach diesem Gemetzel freigelassen.»*

* In der Jagdliteratur werden immer 8000 Stück Wild angegeben, was wohl auf einen Schreibfehler zurückzuführen ist. Bei der Hofjagd am 8. 10. 1748 in Leonberg, die anläßlich des Jagdfestes für die Herzogin von Württemberg als Wasserjagd veranstaltet wurde, waren nach Quellen nur 800 Stück Rot- und Schwarzwild in den Kammern. Beim Dianafest 1790 sollen durch die Jäger von Karl Eugen von Württemberg (1737–1793) aber 8923 Stück Wild und (oder darunter) 2192 Stück Schwarzwild erlegt worden sein.

100 L. Cranach d.Ä.: Wildschwein. Zeichnung, um 1530. Dresden, Staatliche Kunstsammlungen, Kupferstich-Kabinett

101 Peter Candid: Kupferstich nach einem Entwurf für den Jagdteppich im Bayerischen Nationalmuseum. München, Deutsches Jagdmuseum

102/103 J. M. Maucher: Elfenbeinschüssel mit der Darstellung von Diana und Aktaion in der Mitte und Jagdszenen am Rand. Ende 17. Jh. Leningrad, Ermitage

104 Glaspokal mit geschnittener Bärenjagdszene. Schlesien oder Böhmen, Ende 17. Jh. Berlin, Staatliche Museen, Kunstgewerbemuseum

105 Glashumpen mit Jagdszenen in Emailmalerei. Umschrift: «Jäger sauf dich voll, so laufen dir die Hunde woll», deutsche Arbeit, 1585. Berlin, Staatliche Museen, Kunstgewerbemuseum

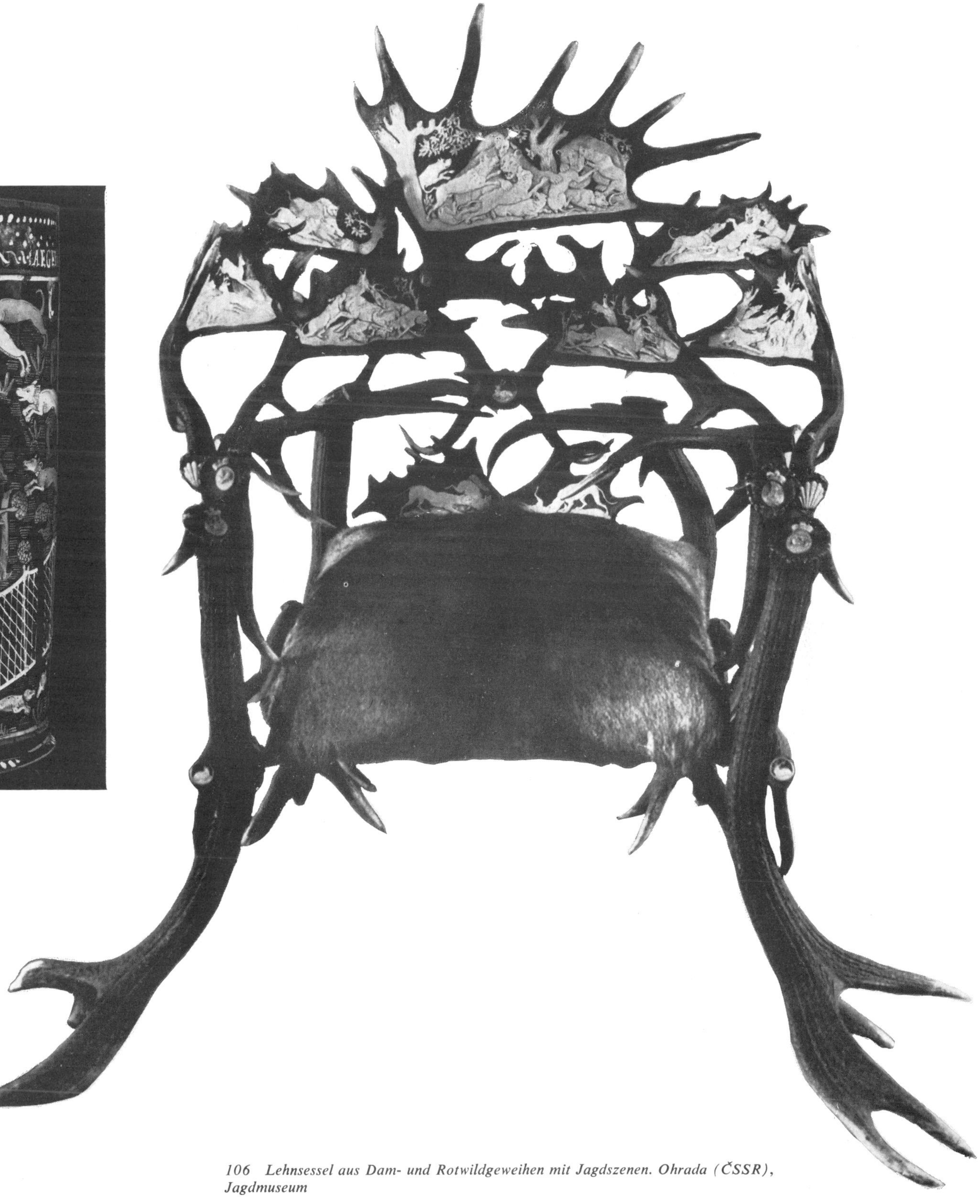

106 Lehnsessel aus Dam- und Rotwildgeweihen mit Jagdszenen. Ohrada (ČSSR), Jagdmuseum

107 L. Cranach d. Ä.: Bildnis eines bäurischen Jägers. Aquarell, um 1515. Basel, Öffentliche Kunstsammlungen, Kupferstichkabinett

108 Hirschjagd, Glasfenster im Kreuzgang des Klosters Muri, Schweiz, 1562

109 Gabriel Gipfel: Jagdgarnitur mit Türkisbesatz. Dresden, 1607. Dresden, Staatliche Kunstsammlungen, Historisches Museum

110 Radschloßbüchse, sogenannte Kurländer Tschinke. Teschen, Anfang 17. Jh. Dresden, Staatliche Kunstsammlungen, Historisches Museum

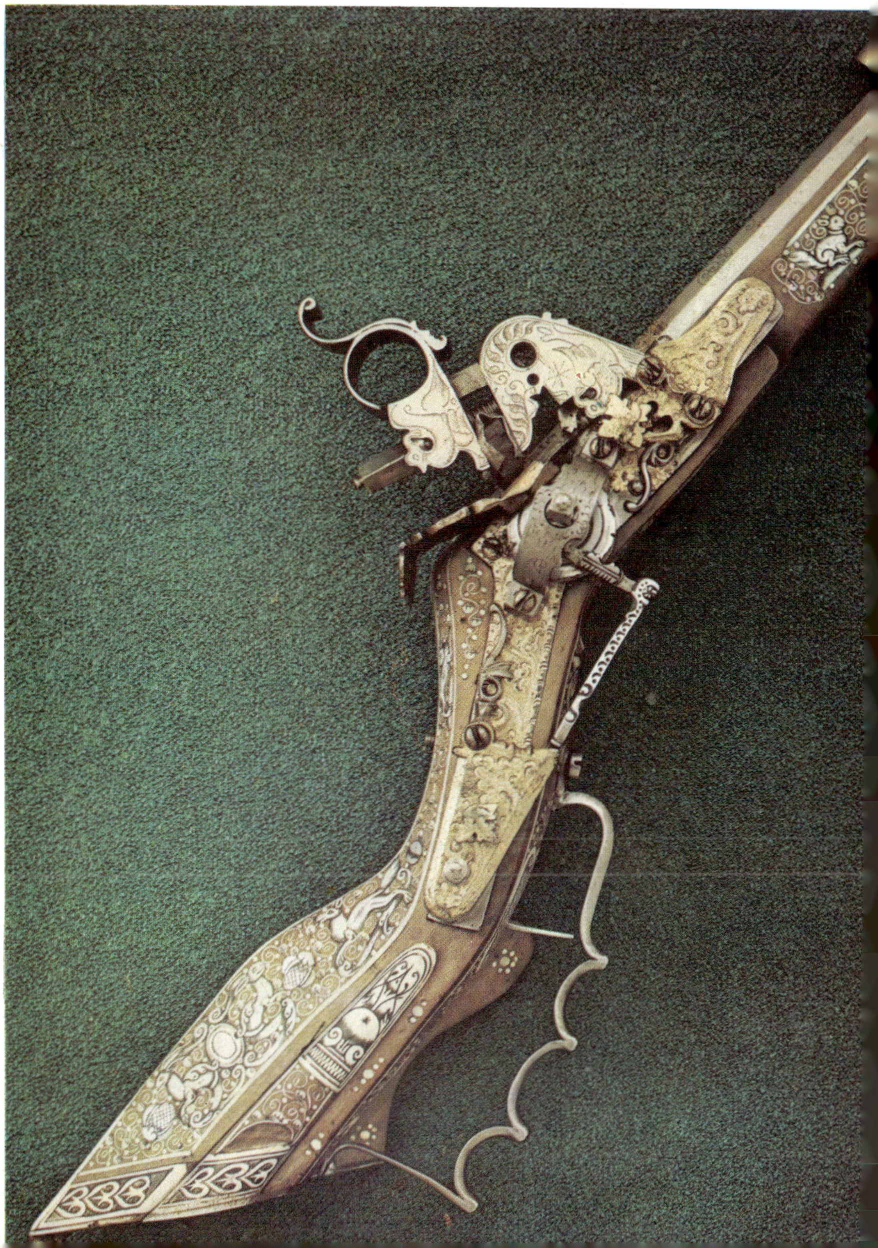

111 M. Merian: Wildgehege. Radierung aus: Ansichten von Schwalbach. Berlin, Staatliche Museen, Kupferstichkabinett und Sammlung der Zeichnungen

112 Fronpflichtige Bauern beim «Aufstellen der hohen Tüchter und Garne vom Zeugwagen» (Detail), Blatt 4. Wolfgang Birkners Jüngeres Jagdbuch, nach 1639. Gotha, Landesbibliothek

113 Frans de Hamilton: Stilleben mit Jagdutensilien. Ende 17. Jh. Berlin (West), Staatliche Schlösser und Gärten, Jagdschloß Grunewald

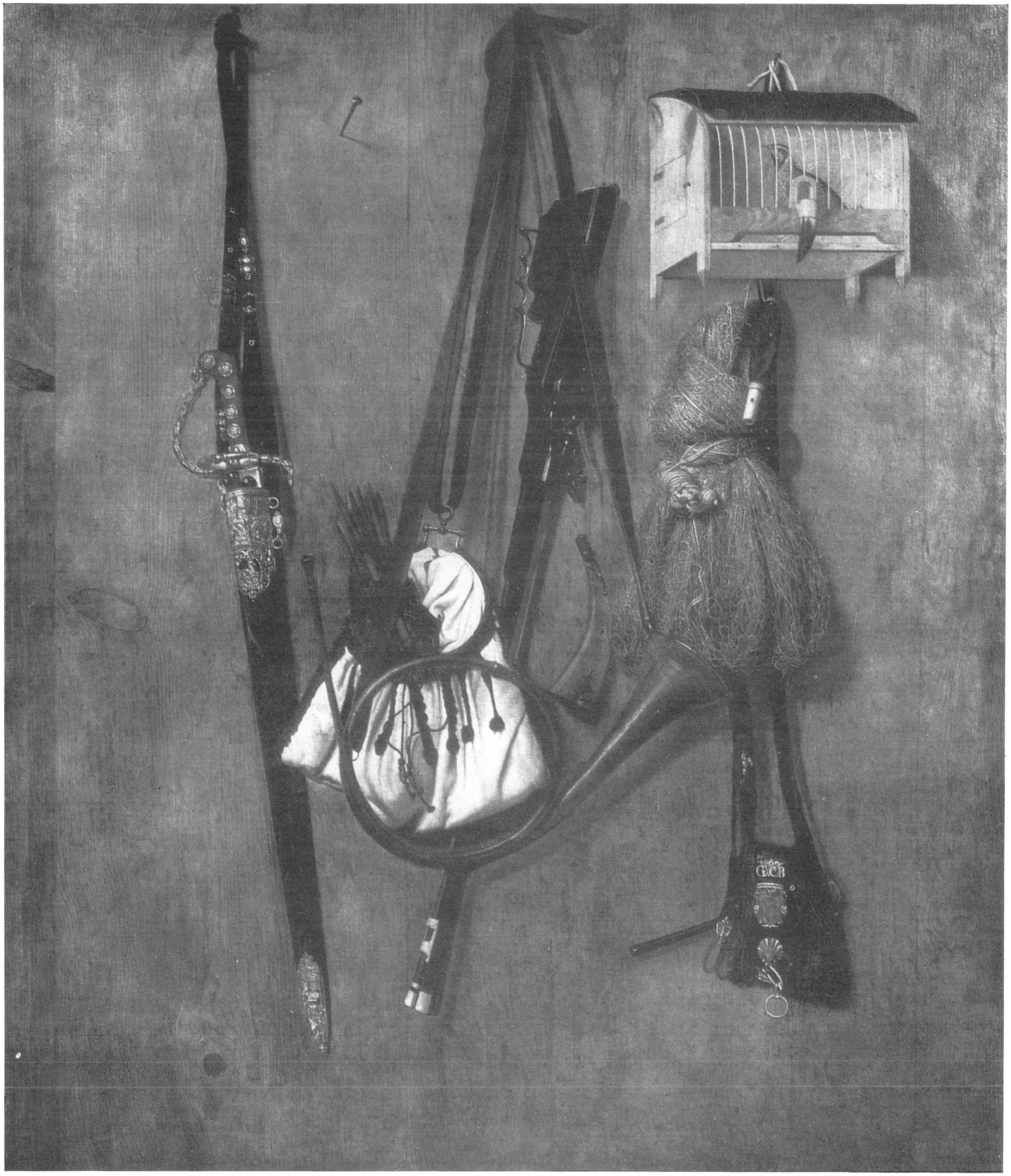

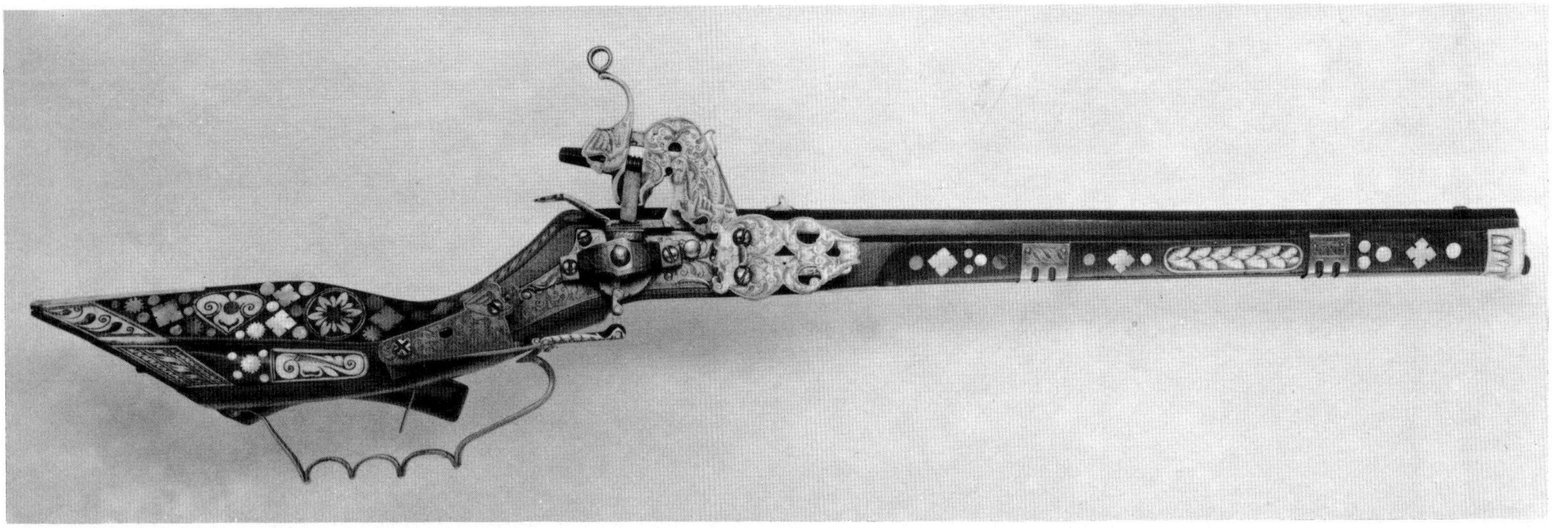

114 Tschinke mit außenliegendem Radschloß. Anfang 17. Jh. Suhl, Waffenmuseum

115 Fünfschüssige Revolverflinte mit Steinschloß. Um 1720. Dresden, Staatliche Kunstsammlungen, Historisches Museum

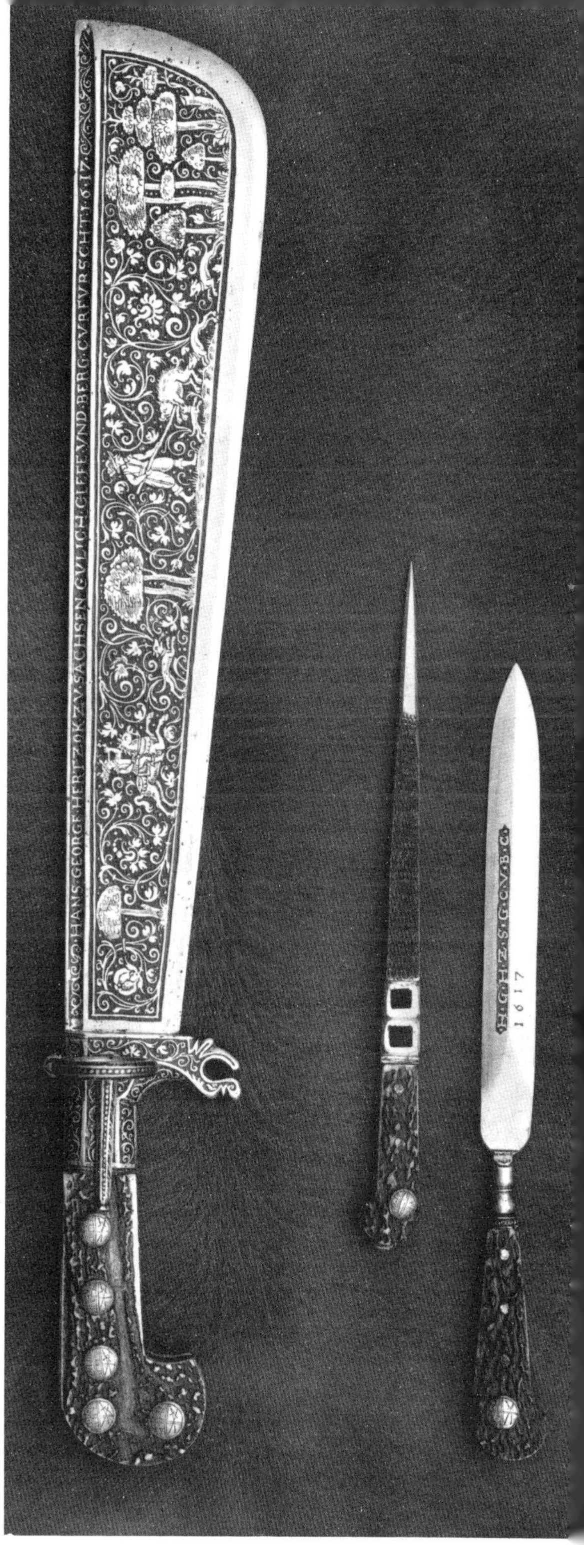

116 Gartenbesteck, bestehend aus Weidplötze, Schabeisen, Pfropfbohrer, Säge, verschiedenen Messern und Wetzstahl. Dresdener Arbeit, 2. Drittel 16. Jh. Dresden, Staatliche Kunstsammlungen, Historisches Museum

117 Weidbesteck mit Weidblatt und Besteckmesser. Deutsche Arbeit, 1617. Dresden, Staatliche Kunstsammlungen, Historisches Museum

118 Pulverflasche aus Elfenbein mit dem Aufbruch Endymions zur Jagd. Augsburg, um 1690. München, Schatzkammer der Residenz

119 Pulverflasche mit Kugelbeutel und Gehänge. Sächsisches Wappen mit Initialen (= Christian II. Herzog zu Sachsen, Churfürst). Deutsche Arbeit, Anfang 17. Jh. Dresden, Staatliche Kunstsammlungen, Historisches Museum

120 Festsaal im Jagdschloß Ohrada. Tische und Stühle aus Geweihen und Rotwilddecken, 18. Jh.

121 Abraham Hondius: Wildschweinjagd. 2. Hälfte 17. Jh. Florenz, Galleria Palatina

122 J. A. Corvinus: Prospect des Königl. Pohln. und Churfürstl. Sächß. schönen Jagd und Lust Schlosses Moritzburg. Kupferstich, nach 1726. Dresden, Stadtmuseum

123 P. P. Rubens: Die Wildschweinjagd. Dresden, Staatliche Kunstsammlungen, Gemäldegalerie Alte Meister

124 Jean-Baptiste Oudry: Erlegtes Wild. 1721. Schwerin, Staatliches Museum

125 Vittorio Cignaroli: Parforcejagd auf Rotwild. Um 1770. Jagdschloß Stupinigi bei Turin

126 Wildschweinjagd mit Netzen. Hinterglasmalerei, Ende des 18. Jh., Augsburg

127 J. Bruegel d. Ä.: Erzherzog Albert und Isabella im Park des Schlosses Coudenberg. Antwerpen, Rubenshaus

128 François Desportes: Hühnerjagd. Die Hündinnen «Bonne, Nonne und Ponne» aus der Meute König Ludwigs XIV. Paris, Louvre

129 M. Carree: Zusammengetriebenes Rotwild. Anfang 18. Jh. Berlin (West), Staatliche Schlösser und Gärten, Jagdschloß Grunewald

Die Hauptjagen während der Geburtstagsfeier des Königs Friedrich von Württemberg (1812) in Bebenhausen beschrieb der Lyriker Friedrich von Matthisson, und Friedrich Müller zeichnete diese grausigen Szenen, die mit der weidmännischen Kunst nichts mehr zu tun hatten, da dem Wild keine Chance zur Flucht gelassen wurde: «Den größten und imposantesten Eindruck boten unstreitig die enormen Wildmassen dar, die wie Katarakte, wovon Keiler, Bachen, Hirsche, Rehe und anderes Gethier gleichsam nur Tropfen bildeten, hernieder an der schroffen Abdachung des Gebirgsrückens mit ihrem unwiderruflich geworfenen Todesloose stürzten. Schließlich fand noch mit dreieinhalbhundert Hatzhunden von kräftigstem Schlag, die wie Ritter gepanzert waren, eine in zehn Hatzabteilungen organisierte Sauhatz statt.

Es wurde eine Strecke von 823 Stück Wild erzielt, darunter 116 Hirsche. Das blutige Vergnügen kostete in allem mehr als eine Million Mark.»

Solche eingestellten Jagden wurden bis zum Ende des 19. Jh. betrieben. Zur Kaiserjagd in der Schorfheide (nördlich von Berlin) wurde eine gesonderte Waldeisenbahn gebaut, um den Schützen- und Wildtransport zu erleichtern. Hier steht auf einem Gedenkstein: «Kaiser Wilhelm II. faellete allhier am 20. IX. a. d. 1898 allerhöchst Seinen 1000 Edel Hirsch von XX Enden». Bei der letzten Königlichen Hofjagd im Grunewald am 16. 12. 1901 wurden zwischen 11.00 und 16.00 Uhr insgesamt 739 Stück Damwild geschossen, davon erlegte der deutsche Kaiser Wilhelm II. insgesamt 39 starke Schaufler, der russische Thronfolger 27. Das Hofjagdrevier Grunewald wurde 1902 aufgelöst und die letzte Parforcejagd vor den Toren Berlins geritten.

29 Der «Lauff» eines Hauptjagens mit dem Leibschirm in der Mitte. Im Vordergrund das Erlegen von Rotwild mit der Wurflanze. Aus: Fleming, »Der Vollkommene Teutsche Jäger», 1719

Die Jagd «par force» — das französische Jagen

«Volez! Volez! mes chiens! après! après mes valets! mes amis! bonne chasse!» (Fliegt, fliegt, meine Hunde! Ihnen nach, meine Diener, meine Freunde! Gute Jagd!)

Jagdruf zum Beginn einer Parforcejagd

«Prendre à force de chiens!» bedeutet: jagen, fangen mit der Kraft von Hunden; deshalb wird die Parforcejagd schon in der alten französischen Jagdliteratur wie folgt charakterisiert «ein Stück Wild gewaltsam mit den Hunden zu jagen, bis es sich ermüdet stellt, ohne geschossen oder sonstwie mit der Waffe verletzt worden zu sein». Es gibt wohl kaum eine Jagdmethode, die in der Jagdliteratur so umfangreich beschrieben und erläutert wurde wie die französische Hetzjagd.

Nach dem Vorbild der Steppenvölker Eurasiens jagten die sassanidischen Könige, die persischen Schahs und die türkischen Sultane ebenso auf schnellen Pferden hinter der kläffenden Hundemeute, die den hochflüchtigen Hirsch erbarmungslos verfolgte, wie die arabischen Emire, die keltischen oder burgundischen Edelleute und die Adligen der Karolingerzeit.

«The paradise on earth is to be found on horseback» – Dieser Leitspruch forderte einen unermeßlichen Aufwand an Jägern, Pferden und Hunden und machte die Hetzjagd auf ein bestimmtes Stück Wild, das stundenlang von Reitern und Hunden verfolgt wurde, zum Idol der fürstlichen Jagdleidenschaft.

Besonders unter den französischen Königen erreichte die Parforcejagd solche Perfektion, daß ein festumrissener zeremonieller Ablauf der «chasse à Courre de france» gegeben war. So hetzte der König Ludwig IX. (1226–1270) vorwiegend mit weißen Laufhunden aus dem Orient, während Ludwig XII. (1498–1515) graufarbene Meuten bevorzugte. Den größten Luxus bei den höfischen Parforcejagden entfalteten die französischen Könige Heinrich IV. (1589–1610) und Ludwig XIV. (1647–1715).

Setzten die eigentlichen Hetzjagden noch vorbildliches weidmännisches Können des Jagdpersonals voraus und forderten von allen Teilnehmern noch Geschicklichkeit, Mut und Ausdauer beim Reiten, so wurden die prunkvollen Parforcejagden immer mehr zum ungefährlichen Vergnügen. Durch die sternförmige Anlage spezieller Reit- und Fahrwege im Wald ging die Hetzjagd nicht mehr über Stock und Stein, sondern die Herrschaften konnten sogar im Jagdwagen an der Parforcejagd teilnehmen. Im Mittelpunkt der Schneisen befand sich ein Jagdhaus (z. B. Jagdhaus Stern bei Potsdam oder das sogenannte Hellenhaus bei Moritzburg [Dresden]). Der bekannte Jagdschriftsteller Heinrich Döbel schreibt in seiner «Jäger-Practica»: Sollte der «Fürst und Herr aber bei der Jagd mitreiten, so kann er sich doch hierinne in acht nehmen und hat nicht nöthig, durch Dick und Dünne gleich denen Jäger zu jagen, sondern neben und bei der Jagd zu bleiben, dabei er dennoch den angenehmen und wohlklingenden Laut der Hunde, Jäger und des Jagdhorns hören und vernehmen kann. Denn diese Arbeit, die Jagd zu dirigieren, und die Hunde in Ordnung zu halten, gehöret für die dazu bestellten Jäger, Piqueurs und Besuchsknechte.»

Zu einer mittleren Parforcejagd gehörte folgendes Personal (Angaben der kursächsischen Hofjägerei 1737 zu Dresden/Hubertusburg): 1 Commandant, 1 Vice-Commandant, 1 Jagdjunker, 2 Jagdpagen, 1 Oberpiqueur (Oberjäger), 4 Piqueurs (Jäger zu Pferde), 4 Besuchsknechte (Jäger zu Fuß mit Fährtenhunden), 1 Bereiter (für Fürstenpferde), 1 Stallknecht, 1 Jagdsattler, 1 Schmied, 1 Roßarzt, 2 Kutscher, 1 Wagenmeister, 12 Reitknechte, 1 Jagdbäcker, 6 Jagdbläser und Musikanten sowie 88 Parforcepferde, 273 Hunde (darunter 200 alte Hirschhunde zum Hetzen, 51 junge Hirschhunde, die von den Hundejungen geführt wurden) sowie die 22 Leithunde der Besuchsknechte.

Herzog Ernst August von Sachsen-Weimar unterhielt 1748 insgesamt 1100 Jagdhunde und 373 Reitpferde für die Jagd.

Jede jagende Hundemeute hatte ihr eigenes feines «Geläut», das heißt, es wurde sehr viel Wert auf die Zusammenstellung der verschiedenen Laufhundrassen innerhalb der Meute gelegt. So erhielt man ein helles lebendes Glockenspiel vom Gebell der jagenden Hunde. Im Prinzip liefen immer drei verschieden große Hirschhunde in einer französischen Meute:

kleinere Laufhunde von der Rasse der Bassets oder Porcelaines;

mittelgroße Hunde, wie die Bleu de Gascogne (bei denen man wiederum eine Grand- und eine Petit-Art unterschied);

sowie große, hochläufige Hetzhunde von der Rasse des Weißen Billy oder die verschiedenen Brackenarten mit ihrem tiefen «Hals».

Besonderer Wert wurde aber auf den «hellen» und den «jauchzenden und schmelzenden» Hals gelegt, also auf die niedrigen und mittelgroßen Laufhunderassen. Diese bis 40 cm großen Hunde stellen den Hauptanteil der jagenden Hunde einer französischen Parforcemeute des 18. und 19. Jh., während früher etwas größere und schwerere Brackenschläge und Bluthunde in der Meute bevorzugt wurden, also solche Rassen wie die «Chiens Blancs du Roy» oder die schwarz-roten «Chiens de Saint Hubert». Diese feinnasigen Bluthunde (daher auch Schweißhunde genannt) wurden später vor allem als Leit- und Lancierhunde zum Aufspüren des Wildes eingesetzt. Dagegen blieben die feinnasigen Bracken mit ihrem lockeren Spurlaut bis in unsere Tage die typischen Lauf- und Hirschhunde.

Der traditionelle Ablauf einer Parforcejagd war wie folgt festgelegt: Dem Jagdherren, also dem «Dirigeant» einer solchen Hetzjagd, hatte der Ober-

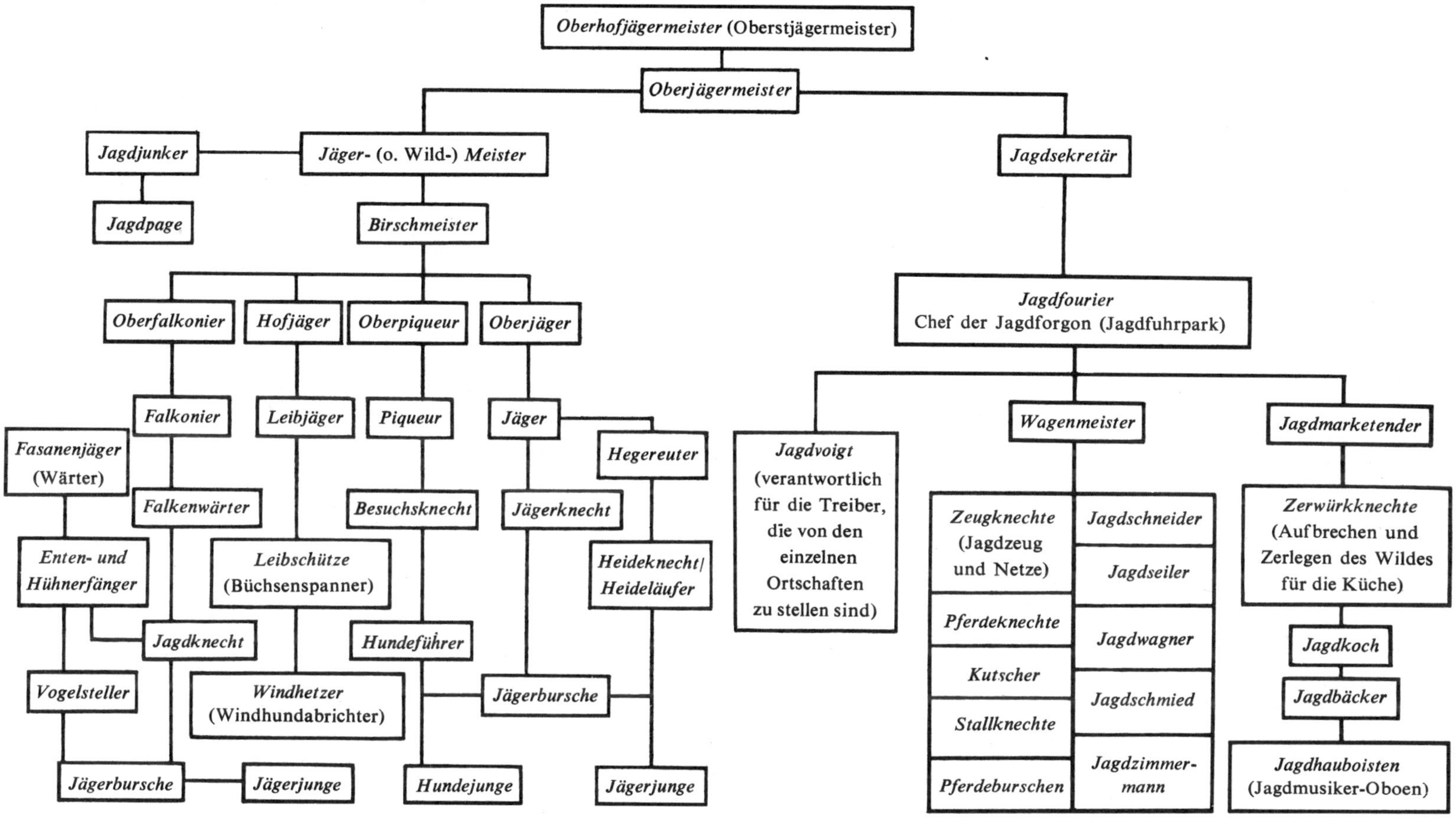

30 Par-force-Hunde. Aus: Fleming, «Der Vollkommene Teutsche Jäger», 1719. Teutscher Jagd Hund. Pohlnischer Jagd Hund. Frantzösich Par Force Hund. Englischer Par Force Hund.

piqueur zu melden, welche starken Hirsche gegenwärtig im Revier standen; dazu mußten die Besuchsknechte mit ihren Lancierhunden (fährtensichere Leithunde) die Einstände des Wildes vorher absuchen, um die Endenzahl der einzelnen Hirsche genau zu bestimmen und die Losung der Tiere im Pulverhorn dem Jagdherren vorzuweisen. Nach diesem Rapport vor dem Jagdherren bestätigte dieser den «zu jagenden guten Hirsch».

Nachdem die Hilfsjäger, die Hundewärter und Hundejungen mit ihren Hirschhunden in Koppeln (also kleinen Gruppen) auf dem zu vermutenden Hauptwechsel des Wildes verteilt waren, um so jederzeit ausgewechselt werden zu können, und auch neue Pferde durch die Reitknechte bereitgehalten wurden, konnte die Parforcejagd beginnen. Nachdem die Anjagdfanfare ertönte, jagte die Meute der Hunde, geführt durch die hirschgerechten Jäger (Piqueurs), und die Reiter hinter dem aufgebrachten Hirsch her. Hatten die Hunde die rechte Fährte aufgenommen, wurde «gute Jagd» von den Piqueurs geblasen, wogegen das Signal «hourvari» eine «schlechte Jagd» bedeutete, das heißt, die Fährte war verloren. Mit den kurzstieligen Parforcepeitschen, die eine drei bis vier Meter lange lederne Schnur haben, wurde die Meute angehalten und von neuem versucht, die rechte Fährte wieder aufzunehmen.

Im Durchschnitt dauerte eine Hetzjagd etwa zwei Stunden, aber ein erfahrener Hirsch lief auch sechs bis neun Stunden, ehe die Meute das ermattete Tier stellen konnte. Der zu Tode geängstigte Hirsch nahm den Kampf gegen die angreifenden Hunde auf, wie zahlreiche Gemälde immer wieder zeigen. War der Hirsch dann von den Hunden gestellt, wurde der Fürstenruf auf dem Parforcehorn geblasen, und der Jagdherr fing den Hirsch mit der blanken Waffe ab. «Ist der Hirsch aber sehr böse, wie öfters geschieht», schreibt ein Jagdklassiker jener Zeit, «so kann man den großen Herren nicht zum Fang heranführen, sondern es muß einer der Piqueurs oder Besuchsknechte sich von hinten an den Hirsch heran machen und ihm dem Couteau de chasse hessen (mit dem Weidmesser die Hessen durchschlagen) dies heißt Jarret coupiren, alsdann kann man den Herren oder hohen Fürsten zum Fang heranführen.»

Hierbei ertönte die Halali-Fanfare, das «lo mort», die Jagd war vorbei. Als Trophäe wurde dem Jagdherren nicht das Geweih des Hirsches überreicht, sondern der rechte Vorderlauf als Ehrengeschenk. Erst danach erhielten auch die Hunde ihre verdiente Belohnung, die «Curée», in Deutschland nannte man es «Genossen machen». Auf der Decke des erlegten Hirsches breitete man die Innereien, Hirn, Schweiß und Teile des Wildbrets aus, und auf ein Signal hin stürzten sich die Hunde auf das Fleich, um es gierig herunterzuschlingen.

Solche kostspielige Ausrüstung einer speziellen Parforcejägerei, die ja neben der Falknerei und der deutschen Hofjägerei unterhalten wurde, konnten sich nur wenige Fürstenhöfe erlauben. Für den niedrigen Adel und den Bürger war das unmöglich. In ganz Deutschland gab es um 1720 nur zehn Parforce-Jagdequipagen:

- die Königliche Englische am Kurfürstentum Hannover in Celle;
- die Mecklenburgische in Schwerin;
- die Königlich-Preußische in Potsdam;
- die Königlich-Polnische im Kurfürstentum Sachsen in Dresden/Hubertusburg;
- die Fürstlich Anhalt-Dessauische in Dessau-Mosigkau;

31 Leithund bei der Arbeit. Aus: Fleming, «Der Vollkommene Teutsche Jäger», 1719

- die Fürstlich-Anhalt-Bernburgische in Ballenstedt am Harz;
- die Herzoglich-Weimarische in Weimar;
- die Herzoglich Württembergische zu Ludwigsburg und Schlothweise;
- die Fürstlich Waldegkische in Arnholzen;
- die Landgräflich Hessen-Darmstädtische in Darmstadt.

Zu den eindrucksvollsten künstlerischen Darstellungen der Parforcejagden gehören die riesigen Wandbilder im Jagdschloß Fontainebleau bei Paris. Diese durch den Maler Jean-Baptiste Oudry geschaffenen Ölbilder von fast zehn Meter Länge schildern Hirschjagden in der Umgebung von Compiègne. Diese Bilder der Parforcejagden des Königs Ludwig XV. dienten als Vorlagen für die stimmungsvollen Wirkteppiche, die in der Gobelinmanufaktur von Paris hergestellt wurden.

In den Jagdschlössern fanden nach den Parforcejagden die großen Jagdfeierlichkeiten statt, vor allem das Dianenfest und die Hubertusfeier. Diese barocken Jagdschlösser mit ihrer prunkvollen Innenausstattung waren nicht mehr mit den intimen Lustschlössern des 16. und frühen 17. Jh. vergleichbar, sondern anspruchsvolle Jagdpalais, umgeben von pompösen Parkanlagen, künstlichen Seen, Hetzgärten, Menagerien und Jägerhöfen. Alljährlich fanden hier die höfischen Jagdfeste statt. Damals entstanden an zahlreichen absolutistischen Fürstenhöfen neue repräsentative Jagdschlösser, so daß wir heute in vielen Landschaften solche jagdhistorischen Bauwerke als Museen oder Jägerhöfe besichtigen können.

Diese luxuriösen Jagdfeste waren Festinjagden, also Festspiele mit prunkvollen Jagdlagern, Tiergehegen und theatralischen Wasserhetzjagden, die besonders zu Jubiläums- oder Hochzeitsfeierlichkeiten mit enormem Kostenaufwand stattfanden. Mehr als 4 Millionen Gulden betrug die Summe, die für ein Dianenfest am 18. 9. 1719 am Dresdener Hof zu Ehren der Hochzeit des Sohnes Augusts des Starken mit der Kaiserstochter verausgabt wurde.

Vom aufkommenden Bürgertum wurde gegen diese barbarischen Jagdmethoden der Parforcejagden an den absolutistischen Fürstenhöfen erbitterte Anklage erhoben. Zu den eindruckvollsten Flugschriften der jungen Literatur der deutschen Aufklärung zählte das Flugblatt vom berühmten «Magus aus Norden», Johann Georg Hamann (1730–1788), das «Schreiben eines parforcegejagten Hirsches an den Fürsten, der ihn parforce gejagt hatte». (Nach anderen Quellen wird diese Flugschrift dem Dichter Matthias Claudius, 1740–1815, zugeschrieben.) Sie hat folgenden Wortlaut:

«Durchlauchtigster Fürst, gnädigster Fürst und Herr! Ich habe heute die Gnade gehabt, von Eurer wohlgeborenen Hochfürstlichen Durchlaucht parforce gejagt zu werden; bitte aber unterthänigst, daß Sie gnädigst geruhen, mich künftig damit zu verschonen. Euer wohlgeborene hochfürstliche Durchlaucht sollte nur einmal parforce gejagt sein, so würden Sie meine Bitte nicht unbillig finden. Ich liege hier und mag meinen Kopf nicht aufheben, und das Blut läuft mir aus Maul und Nüstern. Wie können Ihre Durchlaucht es doch übers Herz bringen, ein armes unschuldiges Tier, das sich von Gras und Kräutern ernährt, zu Tode zu jagen?

Lassen Sie mich lieber totschießen, so bin ich kurz und gut davon. Noch einmal, es kann sein, daß Euer Wohlgeborene Durchlaucht ein Vergnügen an Parforcejagden haben; wenn Sie aber wüßten, wie mir das Herz schlägt, Sie tätens gewiß nicht wieder.

Der ich die Ehre habe zu sein mit Gut und Blut bis in den Tod, usw. usw. usw.»

Gänzlich ist diese Jagdart auch heute noch nicht aus der Übung, in Frankreich findet diese Hetzjagd auf Hirsche noch immer statt.

Vom «Pürschen» und von barocken Pirschanlagen

«Das Pürschen ist nicht nur für Große Herren, sondern auch für die Jäger ein großes Plaisir und von Nutzen.»

H. W. Döbel «Neu eröffnete Jäger-Practica», 1746

Mit der Verbesserung der Waffentechnik im 16. Jh. und der zunehmenden Verwendung des schweren «Pirschrohres» oder «Schießeisens» als Jagdwaffe fanden die «Schießjagden» im 17. Jh. immer größeren Anklang. Waren die eingestellten Jagen lediglich ein Abschießen des Wildes auf engstem Raum, so erforderte das Pirschen in der freien Wildbahn, bei dem man dem Wild unbemerkt näher zu kommen suchte, um es dann durch einen Schuß zu erlegen, hohes weidmännisches Können. Im Gegensatz zum «teutschen Jagen» hatte das Wild bei der Pirschjagd eine echte Chance zur Flucht. Deshalb zählt der Pirschgang auf Hochwild seit je zu den interessantesten, schönsten und weidgerechtesten Jagdarten.

Da das Pirschen und Ansitzen aber auch damals schon nicht immer erfolgreich war und schon der kleinste eigene Fehler den Jagderfolg gefährdete, mußten im 17./18. Jh. die Jäger versuchen, für ihre Jagdherren «sichere» Pirschplätze anzulegen, wo ein Jagderfolg gewährleistet war. Die Jäger- und Hegemeister erhielten deshalb den Auftrag, für die Pirsch der hohen Herrschaften geeignete Revierteile auszuwählen, um dort spezielle «Pürschplätze» einzurichten.

Vorwiegend wurden auf den Brunftplätzen zusätzliche Futterstellen («Wildäcker») angelegt, um das Wild an diese Plätze zu gewöhnen. Um ein Auswechseln des Wildes aus dem Waldrevier zu verhindern, ließ man hohe, feste Wildzäune errichten. So hat der brandenburgische Kurfürst in der Mitte des 16. Jh. einen 80 km langen Holzzaun von der Havel bei Zehdenick quer durch die Schorfheide bis zur Oder bauen lassen, damit sein Wild nicht nach Mecklenburg überwechseln konnte.

Stellte sich das Rot- und Schwarzwild an den Futterstellen regelmäßig ein, wurden Kanzeln und Schirme oder auch kleine Pirschhäuschen aufgebaut und Pirschwege dorthin angelegt. Der Herzog von Sachsen-Altenburg verordnete am 11. November 1620, daß man für ihn einen solchen Pirschplatz im Rieseneck bei Jena anlegen sollte. Diese Jagdanlage wurde im Jahre 1717 weiter ausgebaut und stellt heute ein interessantes jagdhistorisches Denkmal dar. Neben den Brunftplätzen wurde ein Wildacker mit Futterraufen und Salzlecken eingerichtet und von einem «Blasehaus» aus die Fütterung vorgenommen. Von hier aus konnte die Hofgesellschaft die Fütterung des Wildes beobachten.

Die Pirschwege zu den Kanzeln und zu den Pirschhäuschen ersetzte man im Jahre 1725 durch unterirdische Gänge. Drei etwa 200 m lange, aus Stein gebaute unterirdische Pirschgänge verbanden die fünf Pirschhäuser, so daß man, von den Tieren unbemerkt, vom Blasehaus an das Wild herankommen konnte. Im Abstand von einigen Metern waren Luft- und Lichtlöcher nach oben offen, so daß diese überdachten Gänge vollkommen sicher waren.

Um den «Wind» vom Blasehaus zum Wildacker abzuhalten, wurde zusätzlich noch eine hohe Mauer errichtet; die Hofgesellschaft konnte also mit ihren Kutschen unmittelbar zum Blasehaus fahren, um dort zur Pirsch zu gehen.

Diese historische Pirschanlage bei Jena ist heute einmalig in Europ Lediglich im Böblinger Forst (Württemberg) befindet sich eine ähnliche Anlage, jedoch mit hölzernen Pirschgängen.

Neben den beschriebenen Schieß- und Hetzjagden fanden als höfische Prunkjagden auch weiterhin alljährlich an den Fürstenhöfen die Lustkampfjagden auf den Schloßhöfen statt.

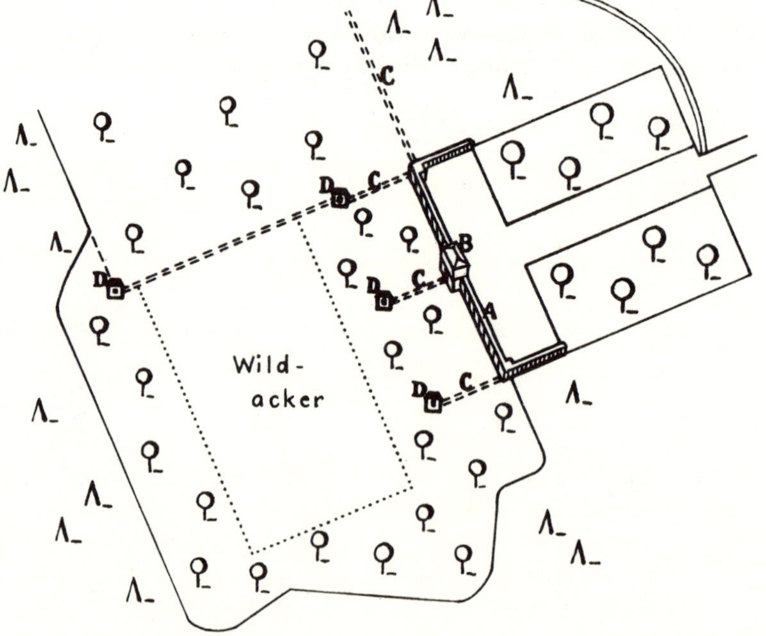

32 Pirschanlage auf dem Rieseneck bei Hummelshain in Thüringen

A Die Mauer vor dem Platz B Das «Blasehaus»
C Unterirdische Gänge zu den «Pirschhäusern» D Ehemalige «Pirschhäuser»

Lustkampfjagden und Fuchsprellen — makabre Schauspiele auf den Schloßhöfen

«Dies ist nun ein Plaisir vor den großen Herren und Damen, die mit Lust stundenlang ansehen, wie die Thiere auf einander gehetzt oder wie sie von den Cavalieren spielend zu Tode geprellt werden.»

H. W. Döbel «Neu eröffnete Jäger-Practica», 1746

Spezielle Jagdformen des Rokokos, in denen nicht mehr das jägerische Können, sondern das unbeschwerte Zuschauen der gesamten aristokratischen Hofgesellschaft im Mittelpunkt stand, sind die sogenannten «Lustkampfjagden» und das «Fuchsprellen». Die auf den Schloßhöfen der Residenzstädte mit großem Prunk durchgeführten Lustjagden waren reine Schauveranstaltungen, in denen die «Thiere ihre Gefechte» zur allgemeinen Belustigung des Hofstaates lieferten und anschließend getötet wurden.

Wie die Tierkämpfe im spätantiken Rom sind diese Tierquälereien als Auswüchse im Verfall begriffener Lebensformen einer Gesellschaftsschicht zu werten.

Eine solche «Hof-Lust-Kampfjagd» wurde von Döbel wie folgt beschrieben: «In Kästen wurden die Thiere herbeigeschafft, wie etwa dergleichen vorhanden sind, also Löwen, Tiger, Auerochsen (Wisente), Büffel, Bären, Wölfe und wilde Sauen. So auch wohl ein mutiger Hengst, Maulesel und Bullen- oder Samenrind vorhanden ist, so werden dieselben alle eines nach dem anderen, und also untereinander, zusammen in den Kampfplatz gebracht. Nun wirft man angezündete Schwärmer (Knallkörper aus feinem Pulver und Spiritus bestehend) oder auch Lust-Feuer-Werckes-Sachen wie ‹Raketten› (also Raketen, die den Rindern an die Hörner gebunden und zum Brennen gebracht wurden) nach den Bären und anderen Thieren, auf daß sie zornig werden müssen, und attaquiren alles, was ihnen vorkommt. Wenn auch ein paar ausgestopfte und roth angezogene Strohmänner herunter gelassen werden, so attaquiren sie diese auch, besonders der Bär.

Die Thiere gehen auf einander los. Der Wisent hat eine sehr starke Force, er hält den Kopf dar, und so etwas anläuft, muß es auch zurück prallen. Er ist im Stande, Rinder, wie auch andere Thiere, ganz oder gar vom Boden aufzuheben und in die Höhe zu werfen. Wenn aber das Schwein recht ankommt, so macht dieses mit seinem Schlage seinem Gegner bald den Garaus.

Das Pferd und der Maulesel wird hinten und vorn (mit Eisen) beschlagen, und obgleich der Maulesel sonst für ein dummes Thier geachtet wird, so muß man sich wundern, wie er sich mit Rennen, Schlagen und Beißen gegen den Bär, Löwen und dergleichen wehren kann.

Die Thiere kämpfen sich bald müde, darum läßt man auch wohl etliche Hunde zu ihnen hinein, die sie wieder anregen, daß sie untereinander kämpfen und durch einander herrennen ...

Wenn der Löwe, Tiger, das Pferd und der Maulesel nicht gar sehr im Kämpfen verwundet worden, werden sie wieder in ihre gehörigen Käpfige gebracht. So endet alsdann dieses Divertissement (Vergnügen), dergleichen an großen Höfen zum Zeitvertreibe sowohl deren Herren und Damen öfters geschieht.»

So hielt man 1693 in Berlin vor der Stadtmauer in dem Hetzgarten, der in Form eines Amphitheaters angelegt war, «drei schöne Löwen, drei afrikanische Tiger, sieben schwarze Bären, einen weißen Bär, ein großes wildes Schwein, einen Wisent, acht Stachelschweine zur allgemeinen Ergötzlichkeit und zur besonderen Belustigung des Kurfürsten, des Hofes und des ganzen Publikums von nah und fern». Man hatte damals ungemein Freude daran. Man führte auch sogenannte «figurierte Jagen» auf den Schloßhöfen durch. Hierzu wurden die Tiere kostümiert, ehe sie zum Vergnügen der Hofgesellschaft als lebendes Spielzeug zu Tode gequält wurden.

Als eine andere Form zur Befriedigung der höfischen Jagdlust veranstaltete man in der Mitte des 18. Jh. in vielen Residenzen das Fuchsprellen. Während bei den großen Lustkampfjagden immer mehr exotische Tiere – nach dem Vorbild der römischen Gladiatorenspiele – eingesetzt und gejagt wurden, konnten sich die kleinen Fürstenhöfe nur einheimische Füchse leisten, die bei passender Festlichkeit dann als Schauspiel «geprellt» wurden.

Der Schloßhof wurde dazu mit hohem Tuch oder engmaschigen Netzen umstellt und unten an «der Erde dicht befestigt, damit die listigen Füchse nicht unten hindurchkommen und also der Herrschaft Verdruß erwecken. Der Hof war mit zartem Sand oder gutem Rasen bedeckt, denn sonst würde die Lust bald zu Ende gehen, wenn die armen Thiere im Hinterfallen den Kopf auf Steine schlügen, daß das Rückgrat und Kreuz und die Läufe zerbrächen, als vom Prellen zu krepieren.» Wahrlich eine humane Einstellung zum Tier! Mit großem Pomp erfolgte dann der Aufzug zum Fuchsprellen, das ebenfalls nach einem strengen höfischen Zeremoniell ablief. Fleming berichtet darüber:

«Erscheinen nun an dem bestimmten Tage die Cavalliers und Dames in grüner mit Gold und Silber verchamerirten Kleidung bei Hofe, so werden sie an den verlangten Ort unter Musik geführt, und als dann in einer bunten Reihe wechselweise ein Cavallier und eine Dame aufgestellt, welcher mit ihr den Fuchs mit hierzu gehörenden schmalen Prellnetzen aufziehet und prellet.»

Die Prelltücher lagen flach auf der Erde, und die gefangenen Tiere wurden einzeln aus ihren Käfigen gelassen. Außer den Füchsen nahm man auch Biber, Dachse, Fischotter, wilde Katzen, Marder, Iltisse und Frischlinge zum Prellen. (Nach den zeitgenössischen Unterlagen scheinen etwa 80 bis 90 Prozent des kleineren Raubwildes im 17. und 18. Jh. bei Kampfjagden oder beim Prellen «erlegt» worden zu sein, also nicht direkt in der freien Wildbahn, wie es in der Jagdliteratur in vielen Fällen angegeben wird.)

Liefen die geängstigten Tiere nun über die Prelltücher, so schleuderten die «Cavalliere» den Fuchs mit Hilfe der Tücher hoch in die Luft. Fielen die Tiere wieder zurück auf die Prelle, wurden sie erneut hochgeworfen. Man trieb dieses Spiel so lange, bis sich der Fuchs das Genick brach. Somit ist nach Döbel dieses «Fuchsprellen ein sonderliches Plaisir, besonders, wenn sich die zwei, die miteinander prellen, recht verstehen und zugleich rücken, so bringen sie den Fuchs 6 bis 8 Ellen (drei bis vier Meter) in die Höhe. Davon werden die Füchse ganz taumelnd und kriechen herum. Etliche krepieren auch, oder man schlägt sie vollends todt. Solches wird dann mit allen vorbenannten Thieren continieret.»

Bei einem Fest im Jahre 1722 wurden am Dresdener Hof insgesamt 160 Füchse geprellt. Im Jahre 1747 waren es bereits 414 Füchse, 281 Hasen, 32 Dachse und sechs Wildkatzen. Vier Jahre später prellte man bei einem Hoffest 687 Füchse zu Tode, damit sich die hochherrschaftlichen Damen und Kavaliere an diesem makabren Schauspiel ergötzten.

Nach dem großen Halali wurde nach Fleming im Speisesaal weiter gefeiert, «woselbst die gesamte Jägerei mit den Hifthörnern blasen mußte, da denn die Durchlauchtigsten hohen Herrschaften auf aller braven Jäger Gesundheit beliebten ein großes Glas zu trinken, dabei jedesmal geblasen wurde, und sie zum Final das Waldgeschrey hören ließen». Wahrlich, ein schauerliches Jagdvergnügen.

Das Waldhorn war im 18. Jh. das beliebteste Instrument in der Jagdmusik. Neben den Jagdmusikern am Hofe Ludwigs XIV. waren die Waldhornbläser aus Böhmen besonders bekannt, die beim Reichsgrafen František Anton Graf von Sporck dienten. Diese Waldhornisten waren sonst als Jägerburschen tätig und haben der Jagdmusik zu hohem Ansehen verholfen. In Böhmen entstanden damals zahlreiche Werke der Jagdmusik, spezielle Jagdfanfaren und Konzertmusik für Waldhörner. Auch das Jagdlied «Auf, auf zum fröhlichen Jagen!», das von Haucke in der Mitte des 18. Jh. in Böhmen geschrieben wurde, verbreitete sich als Jagdlied des Grafen von Sporck schnell durch ganz Mitteleuropa. Nach anderen Quellen ist dieses Jagdlied eine Volksweise aus Kärnten, zu der 1724 Gottfried Benjamin Hanke den Text verfaßte. Als «Vater des Waldhornblasens» wird der «Lieutenant de Chasse de M. le Duc du Maine» in der Geschichte der Jagdmusik angeführt. Dieser Marquis Marc Antoine de Dampierre, der 1709 als Jagdmeister beim Herzog von Maine tätig war, entwickelte das Waldhorn zu einem Soloinstrument für die Konzertmusik der Hofkapellen in den Residenzstädten. Nach 1700 bauten die Nürnberger Trompeten- und Posaunenmacher die französischen Waldhörner nach und entwickelten sie zu dem führenden Modeinstrument in der Jagdmusik weiter. Zahlreiche Jagdkantaten und -symphonien entstanden damals, die noch heute zum Repertoire der Konzertmusik gehören. So schrieb Johann Sebastian Bach die Jagdkantate Nr. 208 «Was mir behagt, ist nur die muntre Jagd», die am 23. Februar 1716 bei einem großen «Kampff-Jagen» als Tafelmusik im Jägerhof Herzog Christians von Sachsen-Weißenfels uraufgeführt wurde. Besonders in der Arie der Diana «Jagen ist die Lust der Götter» kommen die Waldhörner voll zur Geltung. Der Erzbischöflich Salzburger Vizekapellmeister Leopold Mozart (der Vater von Wolfgang Amadeus Mozart) komponierte 1755 die «Sinfonia di caccia D-dur», die sogenannte Jagdsymphonie, die vor allem im ersten Satz echte Jagdatmosphäre vermittelt. Joseph Haydn war als Kapellmeister 1765 am Hofe des Fürsten Esterházy tätig und als Jäger bekannt. Er schrieb dort die Symphonie Nr. 31 D-dur «Mit dem Hornsignal – auf dem Anstand» für Streichorchester. So wurden immer wieder typische Jagdsignale sowohl in die Konzertmusik wie in die Instrumentalmusik der Opernbühnen aufgenommen und das Waldhorn, schon früh in die Jagdmusik einbezogen, fand auch als Soloinstrument einen festen Platz im Orchester. Auch das Jägerlied setzte sich als Volkslied im 18. Jh. durch. Neben den Volksweisen wie «Es blies ein Jäger wohl in sein Horn», «Ein Jäger aus Kurpfalz» oder «Ein Tiroler wollte jagen» fanden auch Texte bekannter Dichter als Jägerlieder weite Verbreitung. In all diesen Liedern kommt nicht nur die Liebe zur Jagd, sondern auch zur Natur und zum Wildtier deutlich zum Ausdruck. Diese volkstümlichen Weisen gehören ebenso zum Kulturgut der Jagdgeschichte wie die Jagdmusik mit ihren Signalen für die einzelnen Wildtierarten.

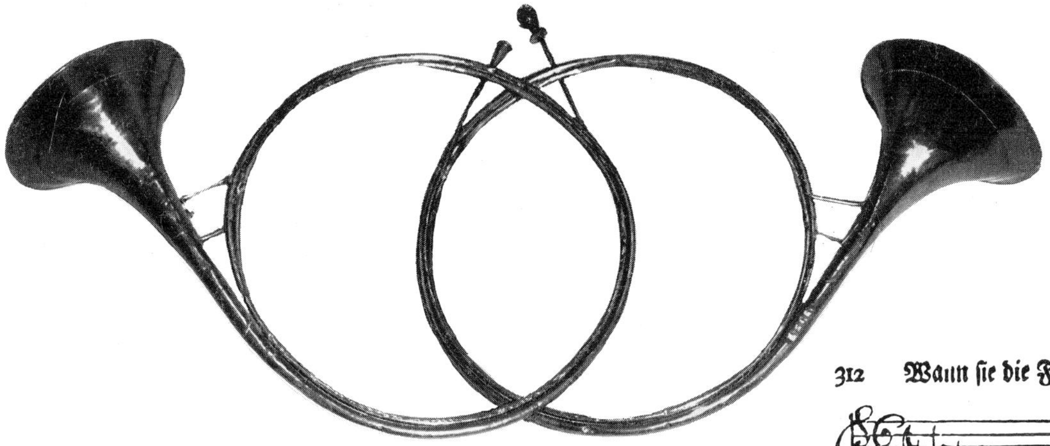

130 Parforcehörner des 18. Jh. München, Deutsches Jagdmuseum

131 Jagdsignale zur Parforcejagd. Aus: Fleming. Der Vollkommene Teutsche Jäger, 1719

132 Aufbrechen des Hirsches und Überreichung des Vorderlaufes an den Jagdherren. Radierung von J. E. Ridinger. Berlin, Staatliche Museen, Kupferstichkabinett und Sammlung der Zeichnungen

133 J. E. Ridinger: «Die Par Force Jagd eines Hirschen und Wie Er Erlegt Wird». Kupferstich. Dresden, Staatliche Kunstsammlungen, Kupferstich-Kabinett

134 Darstellung eines «Lauff-Schießens» im Saugarten von Moritzburg am 12. 1. 1656. Moritzburg, Barockmuseum

135 Jean-Baptiste Oudry: Hirschjagd in den Felsen von Franchard. Ausschnitt des Wirkteppichs aus der Serie der «Jagden Ludwigs XV.», 1738. Florenz, Palazzo Pitti

136 J.-B. Oudry: Sammeln der Meute. Bildteppich aus der Serie «Jagden Ludwigs XV.», 1746. Florenz, Palazzo Pitti

137 H. Schnee und C. I. Arnold: Ankunft Kaiser Wilhelms I. zur Roten Jagd im Grunewald, 1887. Berlin (West), Staatliche Schlösser und Gärten, Jagdschloß Grunewald

138 G. A. Eger: Die Jagd an der Dianaburg um 1750. Kranichstein, Jagdmuseum

139 «Die Heu Schuppen oder Winter Füterung vor das Roth Wildpreth.» Radierung von J. E. Ridinger. Berlin, Staatliche Museen, Kupferstichkabinett und Sammlung der Zeichnungen

140 «Wie das hohe Wild mit beschleichen auf der Weyde gepürschet wird.» Radierung von J. E. Ridinger. Berlin, Staatliche Museen, Kupferstichkabinett und Sammlung der Zeichnungen

141 Hofjagd am 8.10.1748 in Leonberg (Württemberg). Kolorierter Kupferstich. München, Deutsches Jagdmuseum

142 Der Hirsch-Sechserzug des Landgrafen Ludwig VIII. von Hessen (1691–1768). Gemälde eines unbekannten Künstlers. Kranichstein, Jagdmuseum

143 W. F. V. Roye: Menagerie des Kurfürsten Friedrich III. von Brandenburg. 1697. Dargestellt werden eine Schnee-Eule, zwei Axis-Hirsche, zwei Kasuare, ein Bienenfresser sowie eine Haubengans. Berlin (West), Staatliche Schlösser und Gärten, Jagdschloß Grunewald

144 «Tierhetzen auf dem Altmarkt zu Dresden». Blatt 2: Hetze auf Wildschweine, 17. Jh. Dresden, Sächsische Landesbibliothek, Handschriftenabteilung

145 «Tierhetzen auf dem Altmarkt zu Dresden». Detail von Blatt 4: Fuchsprellen. Dresden, Sächsische Landesbibliothek, Handschriftenabteilung

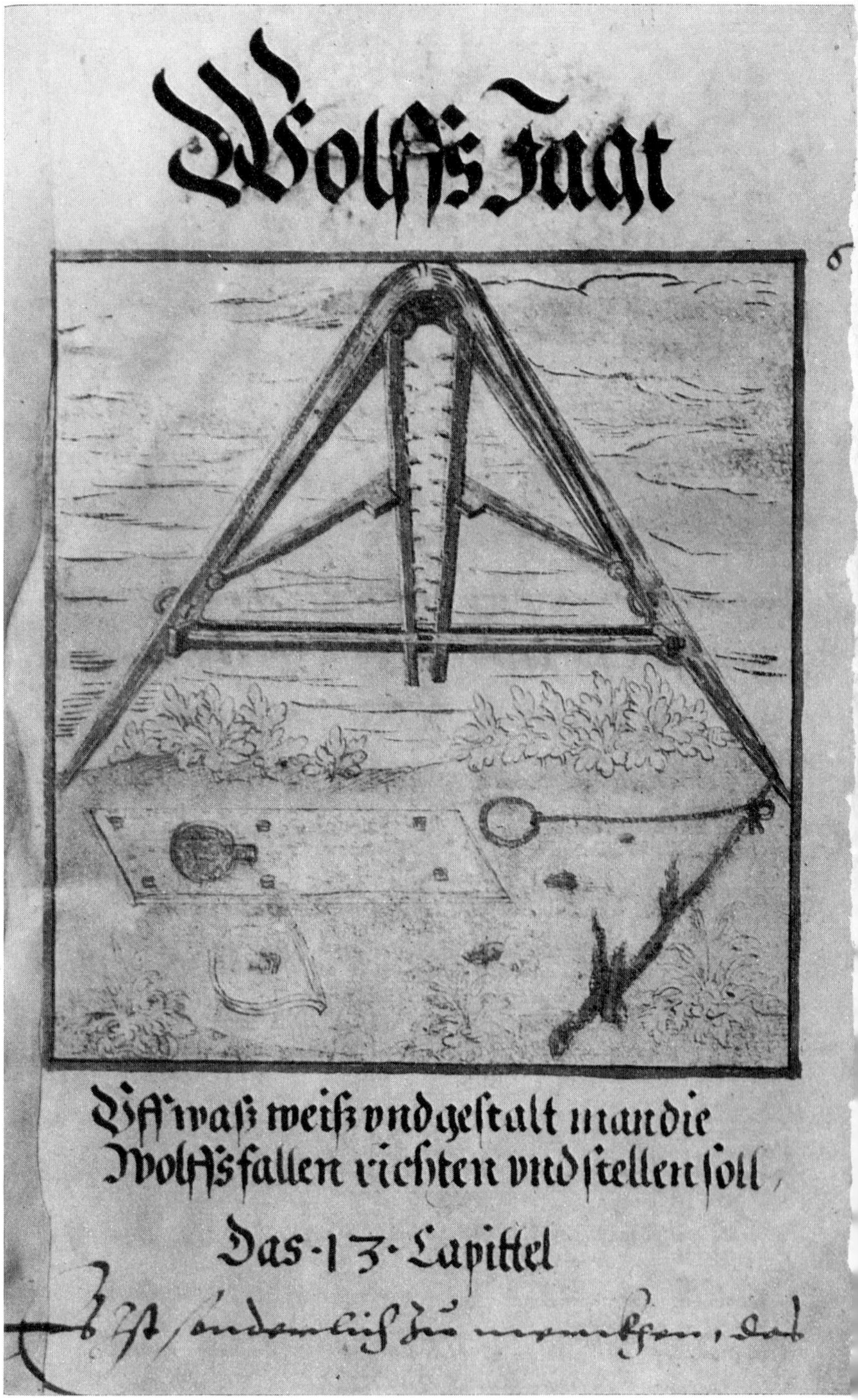

146/147 «Wie man die Wolff mit Hetzhünden jagen und fangen soll»
und «Uff waß weiß vnd gestalt man die Wolffsfallen richten vnd stellen soll».
Jagdlehrbuch von 1580. Dresden, Sächsische Landesbibliothek, Handschriftenabteilung

Jagdedikte zum Schutze der Tierwelt im 17. und 18. Jahrhundert in Deutschland

«Wir bestimmen, daß hinfüro alle Thiere, Ricken und Sauen, wie alle Haasen, insgleichen alles Feder-Wildpret vom 1. Martiio bis 24. Augustie (1. März bis 24. August) durchaus geschonet und nichts davon geschossen werden soll.»

Edikt König Friedrichs I.,
Berlin, am 9. 11. 1705

Die Jagdausübung im 16./17. Jh. berücksichtigte weder Geschlecht noch Alter des Wildes, noch gestattete man den Tieren eine bestimmte Schonzeit, vor allem zur Setz- und Brutzeit. Obwohl es im Mittelalter bereits gewisse Ansätze zu einer Wildhege gegeben hatte, bestimmte nun in den meisten Ländern der absolute Abschuß mit Rekordstrecken das Jagdgeschehen. Der damit verbundene Rückgang der Wildbestände im 17. Jh. forderte im 18. Jh. notwendig Schutzbestimmungen für freilebende Wildtiere. Diese wurden aber oft nach kurzer Zeit wieder umgangen oder eingeschränkt, um eine noch radikalere Jagd ausüben zu können. Einige Beispiele mögen dies verdeutlichen: Vom 1. 2. 1622 stammt die kurfürstliche Holzordnung für die Mark Brandenburg, die im § 26 ein Verbot des Eierausnehmens und der Störung der Brut ausspricht, nicht allein bei den Enten, sondern auch beim anderen Federwild. Im § 30 sind hohe Strafen für das unerlaubte Schießen von Wild festgelegt, so z. B. für

Hirsch	550 Taler	Wolf	50 Taler	Trappe	50 Taler
Keiler	400 Taler	Fuchs	20 Taler	Schwan	75 Taler
Hase	50 Taler	Otter	10 Taler	Reiher	40 Taler

Am 12. 5. 1668 wurde ein Patent verabschiedet, daß alle, die nicht zur Hohen Jagd berechtigt sind, keine Trappen und Schwäne schießen dürfen. Dies wird am 5. 11. 1683 nochmals gesetzlich bestätigt.

Vom 21. 3. 1670 stammt das «Patent wider das Ausnehmen der Gänse, Endten und anderer Vögel-Eyer», wonach auch das Zerstören der Vogelnester untersagt ist. Dieses Gesetz wurde am 9. 6. 1677, 18. 3. 1680, 5. 4. 1698 und 10. 4. 1704 erneuert und von allen Kirchenkanzeln in der Kurmark verlesen.

Vom 25. 8. 1686 stammt das Patent zur Schonung der Nachtigallen in der Mark Brandenburg, denn überall im Lande sei dieser Vogel (Luscinia megarhynchos) jetzt selten geworden. Am 25. 3. 1693 wurde dieses Gesetz erneut vorgelegt. In Königsberg bestimmte man am 17. 6. 1698, «daß kein Vogelsteller eine Nachtigall zu fangen und damit seinen Nutzen zu suchen sich unterstehen, noch selbige eingesperrt zu halten befugt sei».

Die Magdeburgische Polizeiverordnung aus dem Jahre 1688, die unter dem 20. August 1743 «verbessert und vermehrt» in Erinnerung gebracht wurde, traf u. a. weitgehende Bestimmungen, durch die der Lerchenfang mit Netzen eingeschränkt wurde. Die Privilegien zum Lerchenfang, in vielen Städten als Sonderrechte ausgegeben, führten dazu, daß Hunderttausende von Kleinvögeln für Speisezwecke gefangen wurden. In einem Mandat des Senates der Stadt Lübeck vom 25. 5. 1698 wird ausdrücklich verboten, «an Sonn-, Fest- und Werkentagen zum Vogelschießen mit Röhren und Gewehr in ordentlichen Professionen in der Stadt auf- und zu den Thören hinauszuziehen». Die Strafe traf nicht nur die gegen «das Verbot verstoßenden Kinder, Dienst- und Lehrjungen sowie die Schulknaben, sondern auch die für die Beaufsichtigung dieser Jugend verantwortlichen Personen».

Im 17. Jh. entstand auf Grund des willkürlichen Abschußverhältnisses zwischen weiblichem und männlichem Wild ein ungesunder Wildbestand. So wurden in Sachsen bei den höfischen Prunkjagden der Kurfürsten folgende Wildarten erlegt:

Wildarten	*1611–1650*	*1656–1680*
Rottiere	14656	27755
Rothirsche	14676	13636
Kälber	3410	4258
Rehböcke	1571	2106
Ricken	7680	14665
Kitze	719	93
Keiler	6281	4380
Bachen	8947	10966
Frischlinge	12323	6652

Besonders auffallend ist das Geschlechterverhältnis beim Rehwild, wo auf einen Bock etwa sieben Ricken geschossen wurden. Dies führte dazu, daß Ende des 17. Jh. das Rehwild überall eine Seltenheit darstellte. Das war nicht nur in Sachsen der Fall, sondern auch in anderen Landschaften. So wurde am 15. 6. 1693 in Brandenburg ein «Edikt wegen Schonung des Reh-Wildpräts» erlassen, weil das «Reh-Wildbret in den nachverflossenen Jahren dermassen in Abgang gerathen ist, daß dessen nun mehr ein nicht geringer Mangel in Unserer hiesigen Lande gespühret wurde». Diese Schutzverordnung für das Rehwild wurde am 13. 3. 1713 wiederholt. Der Rickenabschuß war auch in der westfälischen Jagdordnung von 1749 verboten, während Rehböcke das ganze Jahr hindurch geschossen werden konnten.

Indem die Jagd immer mehr zur Repräsentation der absolutistischen Fürstenhöfe wurde, versuchte man für pompöse Prunkjagden und Lustkampfspiele auch exotische Tiere oder Wildarten aus anderen Landschaften in die

heimischen Gatter einzuführen. So hat beispielsweise 1680 der brandenburgische Kurfürst bei Berlin und Potsdam Elche und Rothirsche aus Ostpreußen ausgesetzt; in den Jahren 1707 und 1714 Biber bei Potsdam, Oranienburg und Liebenwalde. Nach Dresden/Moritzburg gingen in den Jahren 1717, 1727 und 1731 aus Litauen Wisenttransporte, und im Juli 1733 setzte man bei Liebenwerda 49 Wisente in die freie Wildbahn aus. Um diese ausgesetzten Tiere zu schützen, wurden verschiedene königliche Edikte erlassen, u. a.
am 24. 5. 1681 in der Mark Brandenburg, das den ausgesetzten «Elends (Elch), Hirschen und Thieren keinen Schaden zu thun»;
am 8. 3. 1689 Erneuerung dieses Edikts aus dem Jahre 1681, mit dem Zusatz, daß auch einige Auer (Wisente) in der Mark vorhanden sind, die aus den Tiergärten «in die freyen Wälder und Heyden» gelassen wurden.

Am 12. 10. 1703 erließ der Preußenkönig Friedrich I. ein Edikt, um «das Dam-Wildbret (Tannen-Hirsche genannt) aller Orts zu schonen und ungehindert lauffen zu lassen».

Sein Vater, der Kurfürst Friedrich Wilhelm, hatte die Tiere «aus fremden Landen mit großen Kosten» herbringen lassen und bei Cölln an der Spree, bei Potsdam und Oranienburg in die Tiergärten ausgesetzt. Durch kaputte Zäune sind die Tiere ausgebrochen, die sich in der «Freyheit gut vermehret» hatten, so daß man 1703 weitere Damhirsche freiließ. So hat sich das Damwild langsam in der Mark Brandenburg ausgebreitet.

Aus Mecklenburg liegen Dokumente über die Einführung des Damwildes erst aus dem Jahre 1770 mit ähnlichen Schutzbestimmungen vor.

Über den Schutz der Biber in Preußen gibt es zahlreiche Verordnungen. So z. B.

Vom 24. 1. 1714: Biber-Edikt für die ausgesetzten Tiere bei Potsdam und Oranienburg.

Vom 24. 3. 1725: Renoviertes und verschärftes Edikt, daß die Biber an der Elbe geschont und bei Strafe von 200 Reichstalern keine geschossen werden sollen.

Interessant ist ferner das Edikt aus Preußen vom 9. 11. 1705 «wegen der Setz- und Brut-Zeiten, und wie das Wildpret in derselben zu schonen» sei. Überall im Lande war eine Abnahme der Wildbestände zu verzeichnen, und die bisherigen Verordnungen sind nicht eingehalten worden. Da man die «Thiere nicht geschonet, sondern zu allen Zeiten ohne Unterschied weggeschossen und verheeret wurden, welchen unverantwortlichen Übel wir aber weito nachzusehen nicht gemeynet seyn».

In dieser Verordnung wurde der Schutz für Schnepfen und Enten, die nur vom 1. Mai bis Anfang Juli Schonzeit genießen sollten, bereits wieder stark eingeschränkt. Dieses Edikt wurde am 11. 3. 1713 und am 8. 4. 1715 wiederholt.

Am 10. 4. 1709 befahl der preußische König den Magistraten der Städte, darauf zu achten, daß niemandem von der gewerbetreibenden Bürgerschaft, am wenigsten den ledigen Burschen die Jagd mit Flinten, Büchsen usw. zu erlauben, insbesondere aber auch auf die Hegezeiten des Wildes mit Einschluß der Brutzeit der Vögel zu achten ist. In der Verordnung der Gräflich-Lippischen Regierung vom 8. 6. 1713 heißt es, «daß es besonders auf dem platten Lande, in den Wäldern und Gehölzen die Vogelnester ruiniert und nebst den Jungen hinweggenommen und sonsten weggeschossen werden, wodurch dann dem zur Jagd mit gehörigen Vogelfang nicht geringer Schaden zugefügt wird».

Wir sehen hieraus deutlich, daß der Vogelschutz nur im Interesse der Jagd ausgeübt und deshalb die entsprechenden Schutzbestimmungen erlassen wurden. Zur Erhöhung der Jagdstrecken reduzierte man sofort wieder die Schonzeiten, wenn sich die Bestände erholt hatten. Dies machte sich besonders beim Flugwild bemerkbar. Am 22. 12. 1723 erschien eine «Declaration, daß wegen der wilden Schwäne und wilden Enten die Setz- und Brut-Zeiten zu beachten seyen, aber wilde Gänse, Kraniche, Reyer, wilde Tauben, Wölffe, Füchse, Marder, Ottern und Luchse zu aller Zeit geschossen werden können». In späteren Jagdordnungen, wie z. B. vom 3. 10. 1743, werden die Schutzbestimmungen weiter beschnitten, da der wachsende Einfluß der adligen Großgrundbesitzer zu einer Einschränkung des absolutistischen Jagdrechtes des Landesfürsten führte. So wurden beispielsweise im Landes-Grundgesetzlichen Erbvergleich vom 18. 4. 1755 in Mecklenburg alle Schon- und Schutzbestimmungen für das Wild gestrichen. Anders verlief dagegen die Entwicklung in den Freien Städten mit einer progressiven Bürgerschaft. So bestimmte beispielsweise der Senat der Stadt Lübeck in dem Mandat vom 4. 5. 1782: «Es ist uns Bürgermeistern und Rath dieser Stadt aus verschiedenen Klagen, und nun neulich aus der von der Ehrliebenden Bürgerschaft angebrachten Beschwerde, mit Misfallen bemerkt worden, daß wieder die ehehin schon ergangenen Verordnungen, daß Schiessen und Wegfangen der Sing-Vögel in der Landwehr von allerlei müssig gehenden Leuten, theils aus bloßem Mutwillen, theils auch aus schädlicher Gewinnsucht, ohne einige Schonung und mit so ungezähmter Frechheit betrieben wurde, daß bey fortwährendem solchen Unwesen, die Fortpflanzung derselben nothwendig aufhören und gänzlich zu Grunde gerichtet werden müssen.»

Mit der gesellschaftlichen Veränderung des Jagdrechtes ergab sich ein weiterer Niedergang der Wildbestände, der in der Mitte des 19. Jh. den absoluten Tiefstand erreichte. Mit Gesetzen und Polizeiverordnungen allein ließ sich auch damals kein Schutz der Tierwelt gewährleisten. Besonders anschaulich zeigt dies die Bekämpfung der «Raubtiere», die zur Ausrottung einzelner Tierarten durchgeführt wurde.

Gegen diesen katastrophalen Notstand und die herrschenden Mißstände im Jagdwesen erhoben dann Ende des 19. Jh. die Vertreter des konservierenden Natur- und Tierschutzes ihrer mahnenden Stimmen.

«Das Jagen grausamer Thiere ist großen Herren eigen»

«Mit allerhand Mitteln die schädlichen, verrucheten und grimmigen Raubthiere, vornehmlich die Wolfen und auch die Luchsen auszurotten, sonderlich auch ihnen mit Netzen und Garnen nachzustellen und die Jagd nach äußersten Möglichkeiten fortzusetzen.»

«Verordnung zur Ausübung der Wolfsjagden in Thüringen», 1642

Die im 18. Jh. erlassenen Jagdedikte sahen ein «Auslöschen» des heimischen Raubwildes vor. In den verschiedenen Territorien führte dies zur völligen Ausrottung der freilebenden Wildarten.

Man zählte zu den Raubtieren: Bär, Wolf, Luchs, Biber, Dachs, Fuchs, Fischotter, Wildkatzen, Marder, Iltis. Zu den Raubvögeln rechnete man zu dieser Zeit alle Adler, den Schuhu oder Uhu, alle Falken, Habichte, Sperber, Milane, alle Eulen und Rabenvögel.

Interessant sind einige zeitgenössische Namen dieser Tiere:

Fischadler	(Padion haliaetus)	= Fischgeier
Roter Milan	(Milvus milvus)	= Schwalbenschwanz oder Curwy
Wanderfalke	(Falvo peregrinus)	= Blaufuß oder Schlechtfalke
Turmfalke	(Falco tinnunculus)	= Rittelgeier
Eichelhäher	(Garrulus glandarius)	= Nußheyer, Holzschreier oder Marcolphus
Saatkrähe	(Corvus frugilegus)	= Rücke

«Seitdem das Pulver und Blei und das Laufen (eingestelltes Jagen) sowie das Flugschießen aufgekommen ist», stellte Döbel fest, «ist die Raubwildbekämpfung stark zurückgegangen, da ich im allgemeinen mehr Freunde habe, wenn ich was schieße, als wenn ich es in den Fängen tot finde.» Er plädierte, wieder mehr mit Fallen und Eisen zu arbeiten und beschrieb sehr ausführlich 53 verschiedene Methoden, um Raubwild zu fangen.

Um eine «völlige Ausrottung, Tilgung und Wegräumung aller Raubthiere zu bewerkstelligen, wurden an die Jagd- und Forstbediensteten gewisse Fang- und Schußgelder gezahlt. Ein relativ hohes Schußgeld erhielt man «zur Ergötzlichkeit» für einen Wolfsbalg, zwei Taler und zwölf Groschen.

Gleichzeitig wollte man mit einer «harten» Raubwildbekämpfung den Groll und Unwillen der Jagdbediensteten und vor allem der Landbevölkerung gegen die feudalen Jagdrechte «beschwichtigen». Deshalb sollte jeder bei der Raubwildbekämpfung mithelfen.

Es kam überall zu einer schnellen Abnahme der Raubwildbestände; hier einige Beispiele.

Zwischen 1611 und 1717 wurden in Sachsen erlegt: 709 Bären, 6937 Wölfe, 505 Luchse. In Thüringen 1643–1651: 80 Wölfe, sieben Luchse, 179 Fischottern und drei Wildkatzen. Auch in Brandenburg-Preußen waren die Verhältnisse ähnlich; erlegte man im Jahre 1700 etwa 4300 Wölfe, 229 Luchse und 147 Bären, so wurde bereits 50 Jahre später der letzte Bär in Vorpommern und 1770 in Oberschlesien geschossen. In Sachsen fand 1734 die letzte Bärenjagd im Vogtland statt. Im gleichen Jahr erbeutete man in der Mark Brandenburg den letzten Luchs und um 1780 den letzten im Thüringer Wald.

Den letzten Elch (Alces alces) als Standwild streckte man in Sachsen im Jahre 1746, in Galizien 1760 und 1776 in Schlesien.

Ein gleiches Schicksal erlebten die europäischen Wildrindarten. Der letzte Auerochse (Bos primigenius), auch Ur genannt, wurde im Jahre 1627 im Urwald von Jaktorow (60 km westlich von Warschau) geschossen. Der letzte freilebende deutsche Wisent (Bison bonasus) fiel 1755 im Tapiauer Forst (Ostpreußen); die Wisente fanden danach nur noch im Urwald von Białowieża ihre Zufluchtsstätte (vgl. S. 221). Den Biber (Castor fiber) rottete man in Mittel-

33 Wolfsfalle. Englische Holzstichvignette des 18. Jh.

europa ebenfalls bis auf wenige Exemplare an der mittleren Elbe aus. Seit dem 16. 12. 1729 konnte auch hier der Biber von jedem geschossen werden, so daß der Bestand schnell zusammenschrumpfte. An der Oder wurde 1787 der letzte Biber südlich von Görlitz gefangen. Das letzte Wildpferd (Equus silvestris) soll 1644 in Ostpreußen geschossen worden sein, der letzte Tarpan 1879.

Zur gleichen Zeit sind weitere Tierarten auf der Erde radikal ausgerottet und vernichtet worden.

Im Jahre 1607 streckte am Gambia-Fluß in Westafrika ein englischer Handelsreisender den ersten Elefanten mit einer Feuerwaffe, damit begann die erbarmungslose Jagd auf das afrikanische Großwild. Besonders gefährdet waren die Tierbestände auf den unbewohnten Inseln, wo die Besatzungen der Segelschiffe die Tiere als Proviant erbeuteten. Neben den Riesenschildkröten (Festudo gigantea) ist damals besonders der Riesenalk wegen seines Fleisches und Fettes sowie seiner Eier und Federn bedroht gewesen. Die Vögel wurden 1790 an der Ostsee, um 1880 in Nordamerika, um 1834 in England ausgerottet; um 1844 sind die letzten beiden Riesenalke vor der Südküste Islands erbeutet worden.

Von der Dronte (Raphus cucullatus), einem etwa truthahngroßen Vogel auf der Insel Mauritius bei Madagaskar, besitzt man heute nicht einmal einen Balg als Belegexemplar. Der letzte Vogel wurde im Jahre 1693 getötet.

Auch die Tierwelt auf den Inseln um Australien und Neuseeland sowie im Karibischen Meer wurde durch die Schiffsbesatzungen dezimiert oder durch die Einschleppung von Haustieren beeinträchtigt. Als klassisches Beispiel gilt hierfür Neuseeland, wo nach 1771 mehr als 35 Säugetier- und 25 Vogelarten durch die Einwanderer ausgerottet wurden. Auch in Australien ist der dort vorkommende Beutelwolf (Thylacinus cynocephalus) durch die eingeführten Dingos ausgerottet worden; das 1797 entdeckte Schnabeltier, ein eierlegendes Säugetier, ist in Australien und Tasmanien erst in allerletzter Minute vor der Ausrottung geschützt worden. Heute verhängt man für die Tötung eines Schnabeltieres in Australien eine hohe Geldstrafe oder ein halbes Jahr Gefängnis. Auch der in Neuseeland vorkommende Eulenpapagei wurde dort durch die eingeführten Wildschweine, Hunde und Katzen ausgerottet, der flugunfähige Waldstrauß Neuseelands, der Kiwi, ist stark gefährdet. Hier wurden vor allem die Nester und Gelege durch die eingeführten Tiere zerstört. Besonders hart betroffen waren die Pelztierbestände in allen Teilen der Erde, da ihre weichen Felle oft genug geradezu mit Gold aufgewogen wurden.

Von Fallen, Trappern und Lederjägern

34 Köcher mit Bogen und Pfeilen der Prärie-Indianer. Leipzig, Museum für Völkerkunde

«Weiches Gold» aus der Taiga

«Biberfelle werden hoch geschätzt, und alle Russen haben auf ihren Kleidern Besatz aus diesem Pelz ...»

S. v. Herberstein «Moscoviter wunderbare Historie», 1563

In den Handelsbilanzen der osteuropäischen Staaten bildeten die Erträge aus der Jagdwirtschaft und dem Holzverkauf einen festen Bestandteil der Einnahmen. Die Handelshöfe von Visby (Gotland) und Nowgorod waren bereits seit dem 12. Jh. Handelszentren an der Ostsee und wickelten den Handel mit russischen und sibirischen Pelzen und Häuten ab. Die Kaufmannsfamilie Stroganow besaß hier beispielsweise das Handelsmonopol für Salz und Häute seit dem 14. Jh.

35 Handelsschiffe auf dem nordöstlichen Seeweg. Holzschnitt

Durch die Suche nach dem nordöstlichen Seeweg nach China und Japan traten im 16. Jh. die Pelztierjagd und der Fischfang an den Küsten des Weißen Meeres immer mehr in den Mittelpunkt der Handelsbeziehungen. Die 1554 in London und Boston gegründete «Muscovy Compagny» (auch «Russia Co.» genannt) errichtete mit der Faktorei in Archangelsk einen wichtigen Stützpunkt, um den Handel mit den russischen und sibirischen Rohfellen von Hermelin, Zobel und Weißfuchs sowie mit Walroßhäuten zu betreiben.

Bereits aus dem Bericht des arabischen Handelsreisenden Ibn Fadlan wissen wir von dem ungeheuren Pelzreichtum aus dem Ural- und Taigagebiet des Landes «Alt-Perm». Dieser Pelzhandel mit dem Reich von Alt-Perm war für die arabischen Händler von größter Bedeutung, gehörte doch das Pelzwerk zur Kleidung der herrschenden Schichten am Kalifenhof. Solche Luxuswaren erzielten Höchstpreise, deshalb bildeten die Handelswege zu den «Pelzmessen» in Bulgar an der Kama eine beliebte Reiseroute.

Im Winter 921/922 entsandte der Kalif Muktadir (908–932) eine arabische Handelsexpedition dorthin, der Ibn Fadlan angehörte. Er schrieb über die Jägervölker vom Stamm der Jura:

«Die Einwohner von Bulgar machen Reisen in ihr Land und bringen Kleidungsstücke, Salz und andere Dinge, die ihnen als Handelsware dienen. Als Transportmittel für diese Waren haben sie Fuhrwerke hergestellt, nach Art kleiner Wagen, die von Hunden gezogen werden, da es dort viel Schnee gibt und ein anderes Tier jenes Land nicht zu durchreisen vermag. Die Menschen binden Rinderknochen an ihre Fußsohlen, ein jeder nimmt zwei Stöcke mit Spitzen in die Hand, stößt in den Schnee hinter sich und gleitet auf der Oberfläche des Schnees dahin ... Sie treiben mit den Eingeborenen durch Zeichensprache Kauf und Verkauf und bringen aus dem Lande schöne, große Zobelfelle herbei.» Durch die Verwendung von Hundeschlitten und Ski war die Pelztierjagd im hohen Norden bereits vor dem 10. Jh. u. Z. möglich.

Im 16. Jh. berichtete der österreichische Gesandte am russischen Hof, Graf S. v. Herberstein, über die Reisemöglichkeiten in der Taiga. Kosaken und Pelztierjäger, die sogenannten «Promyschleni» drangen seit 1581 unter Führung des Hetmans Jermak in die unendlichen Weiten der sibirischen Taiga vor und eroberten Gebiete östlich des Urals für den russischen Zaren. 1610 wurde der Jenissei überschritten, 1637 die Lena-Mündung erreicht. Eine reiche Beute an Zobelfellen, Silberfüchsen, Blau- und Weißfüchsen und Seeottern gelangte in ihre Hände. Dieses kostbare Pelzwerk, das «weiche Gold» der Taiga spielte in Sibirien die gleiche verheerende Rolle wie das Gold und Silber bei der Eroberung der «Neuen Welt».

Den Reichtum des Moscovitischen Reiches bildeten die Pelzwaren, sie waren der «mjagkaja kazna», der «weiche Kron- oder Staatsschatz» des Reiches, sie waren die Grundlage der Ökonomie und der Finanzen im Land. In der Sibirischen Kanzlei in Moskau wurde über die von den Wojwoden in Sibirien abzuliefernden Pelztribute exakt Buch geführt. Im Jahre 1587 wurden beispielsweise über 200000 Zobelfelle, 10000 Silberfüchse und 500000 Eichhörnchenfelle als Tribut «Jasak» in Moskau abgeliefert. In der Mitte des

17. Jh. hatte jeder Einwohner «Sr. Czaristischen Majestät in Sibirien» (mit Ausnahme der Geistlichkeit) die Pflicht, als Kopfsteuer abzuliefern: wenn er das zehnte Lebensjahr erreicht hatte zwei Zobelfelle, ab elf Jahren drei Felle, ab zwölf Jahren vier Felle usw. Ab 20 Jahren blieb die Anzahl der jährlich abzuliefernden Zobelfelle bei zwölf Stück bis ins 50. Lebensjahr, erst dann wurde die Zahl wieder geringer.

Der Rußlandreisende Georg Adam Schleissing beschrieb 1692* in seinem Buch «Seweria» (Sibirien) den Zobelfang folgendermaßen: «Die Leute aber, die aus Ungnade nach Sibirien geschickt wurden, die bekamen vorher in Moscau die Knute, die viereckicht und scharff gemacht ist, auff den bloßen Rücken, daß Haut und Fleisch davon springet, und werden sie wie das Vieh in die große Sibirische Wildnisse geschickt, um Zobel zu fangen ...

Hierbei ist zu mercken, daß dergleichen Zobel und anderes Wild gar überflüssig in den Wildnissen gefunden werden; also, daß einer, der nur wenig mit Pfeil und Bogen umzugehen weiß, gar leicht zu seiner auferlegten Zahl gelangen kann. Sie schießen nicht mit spitzen Pfeilen, damit das rare Fell nicht zerlöchert werde, sondern der Pfeil hat statt der Spitze eine eiserne dicke Kolbe, damit schießen sie den Zobel vom Baum herab; daß er betaumelt; alsdenn lauffen sie hinzu und schlagen ihm vollends zu todt.»

* Dem Bürgermeister der Stadt Stralsund widmete ein unbekannter «Suchender» bereits 1690 ein in Stettin gedrucktes Büchlein «Neu-entdecktes Sibyria oder Sievveria, worinn die Zobel gefangen werden». Hier wird bereits die gleiche Schilderung des Zobelfanges gegeben.

In einem Winter fing ein guter Jäger im Durchschnitt 60 bis 80 Zobel. Er verfolgte die Zobelspur auf Schneeschuhen, bis er das Nest fand oder den Zobel vom Baum hetzen oder schießen konnte. Ein Zobel beansprucht ein Revier von ein bis zwei Quadratkilometern Größe, so daß es sehr schwierig ist, das Zobelnest aufzufinden. Man umstellte das Nest oder den Baum mit Netzen, um das Tier mit Rauch zum Abbäumen zu zwingen, oft fällte man einfach den Baum. Sehr anschaulich beschreibt Kraschennikow den Zobelfang östlich des Baikalsees am Fluß Witim, wo bereits im 18. Jh. Jagdgesellschaften bis zu 40 Personen ausgerüstet wurden.

Noch heute wird der Zobelfang mit Netzen und Rauch betrieben, wie in der Jagderzählung von W. Bondarenko anschaulich über die Nanai-Jäger am Unterlauf des Amur berichtet wird:

«Unwillkürlich bewundere ich die Beobachtungsgabe des Jägers. Was er nicht alles herausfindet! Einfach erstaunlich ... Nun beginnt eine lange Ver-

36 Zobeljagd der Chanten und Mansen. Nach einer Zeichnung des 19. Jh.

37 Herberstein und seine Begleiter in Schlitten und auf Skiern. Holzschnitt nach Hirschvogel. Aus: S. v. Herberstein «Moskowia», Wien 1597

folgung. Die Zobelspur führt uns zu einer Lichtung. Ein letzter Anstieg. Wieder klopft mir das Herz wie toll, in Strömen rinnt der Schweiß an mir herunter. Endlich bemerke ich, daß die ‹Steppnaht› der Zobelspur an einer einsam stehenden Fichte abbricht – wir sind am Zobelbau. Da ich den nächtlichen Streifzug des Räubers genau verfolgt habe, möchte ich natürlich das Tier jetzt auch gern selbst kennenlernen. Aus dem einer Patronentasche ähnelnden Beutel holt Suanka, der Jäger, ein langes strumpfartiges Netz hervor. In diesem befinden sich einige lose Holzringe vom Durchmesser einer kleinen Schüssel. Mit dem ersten Ring verschließt Suanka rasch die Einfahrt zum Bau.

‹Schläfst Du wohl? Wir sind gekommen, Dir das Fell über die Ohren zu ziehen. Steh auf!› ruft der Nanai und stochert mit seinem Skistock in der Einfahrt herum. ‹Was, Du willst nicht herauskommen? Na warte!› – und er holt aus seinem Joppenausschnitt Birkenrinde und etwas trockenes Moos hervor. Dann sammeln wir von den Bäumen noch feuchtes Moos, brechen ein paar Äste ab, und Suanka zündet vor der Einfahrt in den Bau ein Rauchfeuer an. Nach ein paar Minuten hören wir den Zobel niesen; einmal, noch einmal. Gleich danach schießt der lange Körper des Tierchens blitzschnell unter meinen Füßen dahin. Der Zobel wirft den Ring um und zappelt im Netz, das ihn fest umschlingt, und nun nützen ihm weder seine spitzen Krallen noch die kräftigen Zähne etwas. Der Jäger packt ihn mit der einen Hand hinterm Hals, mit der anderen unter den Vorderläufen. Im nächsten Augenblick hält er mir auch schon das tote Tier hin. ‹Schau ihn Dir an, so sieht ein Zobel aus!›»

Die Taigajäger der Tungusen fingen den Zobel mit der Klemm- und Hebelfalle. Armbrustähnliche Quetschfallen wurden von den altsibirischen Jägervölkern sehr häufig verwandt. Alle abzuliefernden Zobelfelle mußten dem Zöllner vorgelegt werden, der außerdem jedes zwanzigste Stück kostenlos für den Zaren als Anteil und Zins zurückbehielt. Von dem Kaufmann erhielt der Zar ebenfalls jedes zehnte Fell. So vereinnahmte der Großschatzmeister in jedem Jahr für etwa 200000 Rubel Zobelfelle, die im Dienst der russischen Diplomatie eingesetzt wurden. Wertvolle Pelze wurden als repräsentative Ehrengeschenke des Zaren an ausländische Gesandte übergeben. So berichtete der Chronist in «Moscoviter wunderbare Historie» um 1550, «man hat auch jedem ein goldenes Kleid, das mit Zobel gefüttert war, gegeben. Außerdem gab der Fürst jedem von uns 42 Zobel-, 300 Hermelinfelle und 1500 Fehenfelle mit».

Als 1595 der Zar Boris Godunow den Botschafter Vel Jeminov nach Wien zum Kaiser schickte, gab er ihm folgende Pelzmengen mit auf den Weg: 40360 Zobel-, 20040 Marder-, 337235 Eichhörnchen (Feh)-, 3000 Biber-, 120 Silberfuchs- und 1000 Wolfsfelle sowie 75 Elchdecken.

Das Tragen von prächtigen Pelzen gehörte Ende des 16. Jh. zur höfischen Mode, besonders in den osteuropäischen Staaten. So trug der König Sigismund von Polen einen Zobelmantel und eine «ungeheuer hohe Mütze aus Marderfellen».

Neben dem Zobel waren die Schwarzen Füchse sowie das «graue Pelzwerk», welches im Sommer und Winter die gleiche Farbe behielt, sehr gefragt.

Ende des 18. Jh. betrugen in Sibirien die Preise für:

1 Pfund Silber		= 16 Rubel
Schwarzfüchse	je Fell	= bis 100 Rubel
Blaufüchse	je Fell	= 1 bis 3 Rubel
Rotfüchse	je Fell	= 0,8 bis 1 Rubel
Wölfe	je Fell	= 2 Rubel
Zobel	je Fell	= 2,5 bis 10 Rubel
Seeotter	je Fell	= 20 bis 80 Rubel
amerikanische Biber	je Fell	= 5 bis 9 Rubel
1 Pfund Walroßzahn		= 5 bis 10 Rubel

Die Pelztierjagd bildete somit im absolutistischen Rußland einen aktiven Faktor der Handelsbilanz, besonders im Handel mit China. 1777 wurden beispielsweise über den Handelsstützpunkt Kiachta für 1,3 Millionen Rubel Pelze nach China ausgeführt. Den Schmuggel über die Grenze mit Pelzwerk und Walroß- sowie Mammutzähnen schätzte man aber im gleichen Jahr auf etwa acht Millionen Rubel. 1810 wurden allein nach China zehn Millionen Eichhörnchenfelle geliefert. Der spekulative Handel führte zu einer rigorosen Ausbeutung und zum rapiden Rückgang der Tierbestände. In Sibirien fing man im Durchschnitt jährlich:

um 1600 noch etwa 200000 Zobel	1928 etwa 1100 Zobel
1630–1640 etwa 130000 Zobel	1948 etwa 33800 Zobel
um 1900 etwa 48000 Zobel	1963 etwa 184800 Zobel
um 1913* etwa 22000 Zobel	1972 etwa 200000 Zobel
1923 etwa 16000 Zobel	

Die Gesamtzahl der Zobel in der UdSSR wird 1980 mit etwa 800000 Tieren angegeben, wobei sich die Zahl der in Farmen künstlich aufgezogenen Zobel zwischen 1971 und 1980 verdoppelt hat. Allein aus den Pelztierzucht-Spezial-Sowchosen der RSFSR wurden 1980 mehr als 20000 Felle abgeliefert, wodurch die Abschußquote der freilebenden Zobel weiter reduziert werden konnte, um die Wildzobelbestände zu erhalten.

Der Zobel lebt heute vorwiegend in 67 Zobel-Schonrevieren im Sajan-Gebirge, auf Kamtschatka sowie im Baikalgebiet. Im Zobelreservat im Bargusin-Naturschutzgebiet am Ostufer des Baikalsees haben sich die Zobelbestände dank der intensiven Schutzmaßnahmen wieder verzehnfacht. Gegenwärtig entsteht hier am Baikalsee einer der größten Nationalparks der UdSSR (11200 km^2), wo Touristen aus aller Welt die herrliche Landschaft und Natur Sibiriens näher kennenlernen können.

Mit dem Vordringen in die nordostsibirische Taiga und der Entdeckung der dortigen Jagdgründe wurde eine neue Etappe in der systematischen wissenschaftlichen Erkundung und Erforschung der Erde eingeleitet.

Es waren nicht nur Jäger und Fallensteller, die in die noch unberührte Wildnis vorstießen, sondern geleitet und organisiert wurden die Erkundungs- und Jagdexpedition durch namhafte Wissenschaftler und Seeoffiziere.

* Zwischen 1913 und 1916 war die Zobeljagd in Rußland verboten.

Im Auftrage des Senats der Russischen Akademie der Wissenschaften in St. Petersburg wurden geographische, geologische, vor allem aber tier- und pflanzenkundliche Ergebnisse auf den Forschungsreisen gesammelt. Auch völkerkundliche Schilderungen sind in den Reiseberichten veröffentlicht. So erfahren wir über die Jagd viele interessante Einzelheiten aus den bisher unbekannten Gebieten.

Eine der erfolgreichsten Expeditionen in der Geschichte der Entdeckungen und Erforschungen unserer Erde war die Große Nordische Expedition in den Jahren 1734–1743. Bereits durch den Zaren Peter den Großen (Peter I. Alexejewitsch, 1672–1725) erhielt der Seeoffizier und Asienforscher Vitus Bering (1680–1741) den Auftrag, den sibirischen Küstenverlauf weiter zu erkunden und festzustellen, ob ein etwaiger Zusammenhang zwischen Asien und Amerika besteht. 1728 segelte Bering an der Küste Kamtschatkas und entdeckte das später nach ihm benannte Beringmeer mit der Wasserstraße zum Stillen Ozean. Um diese Forschungen fortzusetzen, rüstete er 1733 zur Großen Nordischen Expedition. Unter den 570 Teilnehmern dieser größten Forschungs- und Jagdreise der damaligen Zeit befand sich auch der deutsche Naturforscher und Schiffsarzt Georg Wilhelm Steller (1709–1776). Sein Expeditionsbericht informiert uns anschaulich über den Tierreichtum in den unbekannten Regionen sowie über die Einstellung des Menschen zum wildlebenden Tier.

Am 5. November 1741 strandete das von Bering geleitete Expeditionsschiff «St. Paul» an den Felsklippen einer 85 km langen und 40 km breiten Insel im Beringmeer. Diese Insel gehört zur Gruppe der Großen Kommandeurinseln (200 km östlich von Kamtschatka) und wurde nach ihrem Entdecker Beringinsel benannt. Bering starb hier 1741.

Die von Skorbut befallenen Schiffbrüchigen überwinterten 1741/42 auf der Insel. Aus den umfassenden Schilderungen Stellers erfahren wir, daß Zehntausende von weißen und blauen Füchsen in den Klippen hausten und auch zahlreiche Seeotter vorkamen. Die Schiffbrüchigen erschlugen die Tiere, um das Fleisch der Seeottern zu verzehren, ihre Felle aber sorgfältig zu spannen. Die Füchse waren so zahlreich und lästig, daß Steller schrieb: «Wenn wir einem Tier das Fell abzogen, so geschah es oft, daß wir zwei bis drei Stück Füchse dabei mit dem Messer erstachen, weil sie uns das Fleisch aus den Händen reißen wollten ...

Weil sie uns weder Tag noch Nacht in Ruhe ließen, so waren wir in der Tat auf sie dergestalt erbittert, daß wir jung und alt totschlugen, ihnen alles Herzeleid antaten. Wenn wir morgens vom Schlaf erwachten, lagen immer zwei oder drei in der Nacht erschlagene vor unseren Füßen, und ich kann wohl während meines Aufenthaltes auf der Insel auf mich allein über zweihundert ermordete Tiere rechnen.

Am dritten Tag nach meiner Ankunft erschlug ich binnen drei Stunden über 70 mit einem Beil, aus deren Fellen das Dach über unsere Hütte verfertigt war. Aufs Fressen waren sie so begierig, daß man ihnen mit einer Hand ein Stück Fleisch vorhalten, mit der anderen die Axt oder den Stock führen konnte, um sie zu erschlagen. Wohl ein Drittel der Tiere war von der wertvollen blauen Art.»

Es handelte sich hier um den kurzohrigen Polarfuchs (Alopex lagopus), der auch Eis-, Schnee- oder Weißfuchs genannt wird. Sein langes dichtes weißes Winterfell wird im Pelzhandel als Weißfuchs bezeichnet. Das Sommerfell ist auf der Oberseite braungrau, unterseits weißlich gefärbt.

Der Blaufuchs ist dagegen ein Schwärzling des Polarfuchses, dessen melanotisches Farbspiel das herrliche blaugraue langhaarige Winterfell abgibt. In der freien Natur sind Blaufüchse selten. Erst durch die planmäßige Zucht in Farmen im 20. Jh. stieg ihre Zahl rapide an.

Der Silberfuchs ist eine Farbvariante des Rotfuchses (Vulpes vulpes), wogegen der «Grisfuchs» der in Nordamerika lebende Graufuchs (Urocyon einereo-argentatus) ist. Auf der Beringinsel findet man heute den Polarfuchs selten; er wurde wegen seines prachtvollen Pelzes stark verfolgt und bejagt.

Steller beobachtete auf dieser Insel 1741 erstmalig die 7 bis 8 m langen borkenhäutigen Riesenseekühe. Diese Borkentiere (Rhytina stelleri), die zur Ordnung der Sirenia gehören, wurden nach ihrem Entdecker «Stellersche Seekühe» benannt. Wenige Jahre nach ihrer Entdeckung waren die Tiere restlos ausgerottet. Die wehrlosen Seekühe wurden von den Eingeborenen und Seefahrern erbarmungslos gejagt; einmal um des wohlschmeckenden Fleisches willen, zum anderen wurde der Speck zu Tran gekocht und die borkige Haut zum Bau der Boote verwandt. Nur noch wenige Skelette der Stellerschen Seekuh befinden sich heute in den bedeutendsten Naturkundemuseen der Welt. Seit 1854 konnte kein Exemplar der Riesenseekühe mehr lebend beobachtet werden. Auch hier hatte die rücksichtslose Jagd zum Erlöschen einer Tierart beigetragen. In der sowjetischen Naturschutzzeitschrift «Priroda» erschien im Jahre 1963 ein Artikel, in dem vermutet wurde, daß sich an einigen seichten Küstengebieten Kamtschatkas und Tschukotkas doch noch einige kleinere Herden von Seekühen erhalten haben. Diese Angaben sind sicher falsch, denn es liegen bisher dem Pazifischen Forschungsinstitut in Wladiwostok keine wissenschaftlichen Beobachtungen oder authentischen Belege vor.

Als völlig unbekanntes Jagdwild tauchte aus den ostasiatischen Wäldern in den letzten Jahren in Westeuropa vereinzelt der Marderhund (Nyctereutes procynoides) auf. Wegen seines kostbaren silbergrau-schwarzen langhaarigen Felles wird er auch als Japan- oder Seefuchs bezeichnet. Er ist nicht mit dem Waschbären (Procyon lotor) zu verwechseln, der aus Nordamerika stammt

38 Waxwell, Teilnehmer der «Großen Nordischen Expedition», zeichnete 1742 die Stellersche Seekuh

und heute ebenfalls in verschiedenen Revieren Mitteleuropas vorkommt. Diese Tiere sind aus Pelztierfarmen entwichen, vermehren sich aber in der freien Wildbahn weiter. So schätzt man beispielsweise den Bestand an Waschbären in den Wäldern um Berlin auf mehr als 300 Exemplare; in Hessen (BRD) sollen mehr als 40000 Waschbären in der freien Wildbahn leben. Die Heimat des Marderhundes ist Südostasien, wo er in Korea, Ostchina und Japan in größeren Beständen vorkommt. Nach Nowack schätzt man den Bestand auf mindestens eine Million Exemplare in freier Wildbahn, wo Laub- und Mischwälder in etwa 200–700 m Höhe seine bevorzugten natürlichen Einstände bilden. Mit einem Geheck von durchschnittlich neun Jungtieren ist die Vermehrung des Marderhundes gewährleistet. Aus dem natürlichen Areal der mandschurisch-chinesischen Fauna wurden von 1928 bis 1952 in der UdSSR etwa 9000 Tiere an 82 verschiedenen Stellen des Landes ausgesetzt. Man versuchte auch, den Marderhund in Pelztierfarmen zu züchten, was aber nicht gelang. Heute haben sich die Bestände im europäischen Teil der Sowjetunion bereits so vermehrt, daß zwischen 1960 und 1965 jährlich etwa 60000 Tiere geschossen wurden. In den letzten Jahrzehnten drang der Marderhund weiter nach Mittel- und Westeuropa vor, so beobachtete man 1935 in Finnland, 1945/46 in Schweden, 1951/52 in Rumänien, 1955 in Polen, 1959 in der ČSSR, 1961/62 in Ungarn, 1963/64 in der DDR und 1969/70 in Österreich die ersten Marderhunde. Auch in der BRD sowie in den Niederlanden wurden bereits die ersten Marderhunde geschossen. 1970 erlegte man in den polnischen Jagdrevieren 222 dieser Tiere. Da der nächtliche Räuber unter dem Niederwild größeren Schaden anrichtet, wurde der Marderhund schon zum jagdbaren Wild erklärt, obwohl er noch selten in den Mischwäldern Mitteleuropas anzutreffen ist. Eine Ausbreitung des Tieres nach Norden in die sibirische Nadelwaldtaiga sowie in die nordamerikanischen und kanadischen Wälder ist bisher nicht festzustellen.

Waldläufer, Fallensteller, Wildtöter

«Ich bin kein Trapper», erwiderte der junge Mann stolz, «ich lebe von meiner Büchse, und wenn's auf die ankommt, so will ich's mit jedem aufnehmen zwischen dem Hudson und dem Sankt-Lorenz-Strom. Ich habe noch nie ein Fell verkauft, das nicht ein Loch im Kopf gehabt hätte, neben denen, die die Natur zum Sehen und zum Atmen gemacht hat.»

J. F. Cooper «Wildtöter», 1841

James Fenimore Coopers 1841 erschienener Bestseller «Wildtöter» schildert ein ideal-romantisches Bild vom Leben und Kampf der weißen Waldläufer («Coureurs du bois») mit den Jägerstämmen der nordamerikanischen Indianer. Der Trapper Harry Hurry und der Skalpjäger Hutter verkörpern jenen egoistischen Typ der Pioniersiedler, die als Fallensteller und Pelztierjäger um des Geldes willen die Wildbestände der nordamerikanischen Wälder erbarmungslos dezimieren. Anders dagegen sein «Wildtöter» (Deerslayer), der 1770 am Otsegosee als Pelztierjäger die Jagd wie eine Kunst beherrschte und im Gegensatz zu dem «gottlosen und gesetzlosen Volk der Jäger» seine Abneigung gegen das unnütze Abschlachten des Wildes offen zum Ausdruck brachte.

Coopers «Wildtöter» wurde gemeinsam mit dem Jäger Daniel Boone zu den weltberühmten Heldengestalten der nordamerikanischen «Waldläufer». Ihre Geschichte und das große Geschäft mit Wildfleisch und Pelzen begann aber bereits 250 Jahre vor dem Erscheinen von Coopers Buch.

1497/98 entdeckte John Cabot vor Neufundland und Labrador reiche Fischgründe. Seit 1501 organisierte die Portugiesisch-Bristoler Handelsgesellschaft als erstes überseeisches Handelsunternehmen die Jagd und den Fischfang vor der kanadischen Küste. Sie betrieb den Fang des Kabeljaus (damals Baccalaos genannt), die Jagd auf Wale sowie den Pelzhandel in größerem Umfang. Zur gleichen Zeit kreuzten auch baskische und bretonische Fischer in diesen fischreichen Gewässern.

Mit der Entdeckung des Sankt-Lorenz-Stromes 1534 durch den Franzosen Jacques Cartier und der Gründung «Neu-Frankreichs» brachten die heimkehrenden Schiffe wertvolle Biber-, Otter- und Zobelfelle zurück in die Heimat.

Durch die Mode der Renaissance bestand Anfang des 16. Jh. in Europa eine starke Nachfrage nach kostbaren Pelzen. Das Pelzwerk stellte eine besondere Zierde der vornehmen italienischen und französischen Männerkleidung dar. Neben dem warmen Pelzfutter wurden als Pelzverbrämung vorwiegend Marder-, Luchs- und Zobelfelle verwandt. Mit der sich ständig verstärkenden Nachfrage nach wertvollen Pelzen stiegen die Preise enorm, so daß die Pelztierjagd bedeutende Gewinne abwarf.

Die französische Kolonisation Kanadas, besonders durch den Gouverneur Samuel de Champlain, brachte die Erschließung des wildreichen Gebietes der Großen Seen für den merkantilistischen Pelzhandel mit sich.

Die Städte Quebec (1608 gegründet), Montreal (1641), Ottawa sowie der Hafen Port Royal wurden zu bedeutenden Umschlagplätzen. Als erste namhafte Pelzhandelsgesellschaft entstand die «Compagnie des Marchands de Rouen», deren zehn bis 18 Tonnen schwere Barken den Fellhandel mit den Algonkin-Indianern abwickelten. Als die Niederländer über ihren 1612 am Hudson errichteten Posten Neu-Amsterdam (auf der Insel Manhattan, dem heutigen New York) ebenfalls den Pelzhandel mit den Irokesen-Indianern aufnahmen, begann ein erbitterter Konkurrenzkampf.

Im 16. und 17. Jh. besaßen französische und niederländische Handelskompanien das Monopol des nordamerikanischen Pelzhandels, der über Brügge und Amsterdam nach Europa abgewickelt wurde. Erst danach verstärkte sich der englische Einfluß, und ein erbarmungsloser Kampf um die Expansion des Pelzhandels setzte ein. Dieses Geschäft mit dem wertvollen Pelzwerk leitete eine neue Epoche in der Jagdgeschichte ein, denn die französischen Waldläufer, die «Coureurs du bois», durchstreiften als unermüdliche Jäger und Fallensteller unter größten Strapazen und Gefahren die kanadische Wildnis auf der Jagd nach Pelztieren.

Für etwa 3000 Francs erwarb ein Händler von den französischen Behörden die Genehmigung, «Congés» genannt, die Pelztierjagd sowie den Handel im Indianergebiet zu betreiben. Er organisierte in der Regel eine Gruppe von sechs Waldläufern, denen er für etwa 5000 Francs Ware zum Tausch mitgab. Nach einem Jahr kehrten die Waldläufer mit zwei vollbeladenen Canoes zurück und brachten etwa 40000 Biberfelle mit. Im Büro der Compagnie kaufte man diese auf, so daß ein Gewinn von durchschnittlich 32000 Francs je Congés erzielt wurde. Diesen teilte man so auf, daß der Händler 40 Prozent und jeder Waldläufer zehn Prozent erhielten. Die Waldläufer erbeuteten im Jahr durchschnittlich je 6000 bis 7000 Biber bzw. tauschten diese Felle von den indianischen Jägern ein.

Die Biberfelle dienten damals vorwiegend zur Anfertigung von Filzhüten, weniger für Bekleidungszwecke. Deshalb wurden die Felle nach Parchment- und Coat-Biber unterteilt.

Die Kontore der französischen Compagnie kauften je Pfund die Stapel auf und bezahlten im Durchschnitt für

weiße Biberfelle	18	Francs
schwarze Biberfelle (Castor des Muscovie)	8	Francs
Parchment-Biber (Castor gras)	$4^1/_2$–6	Francs
Castor demi gras	3–$4^1/_2$	Francs
Castor sec	$2^1/_2$	Francs

Die Qualität wie die Preise schwankten sehr stark, wobei die englischen Handelsbüros in Boston und New York weitaus höhere Preise zahlten. Spekulation, verbotener Schleichhandel und erbitterter Konkurrenzkampf kennzeichneten den Pelzhandel der weiteren Jahrzehnte.

Mit der Gründung der englischen Hudson's Bay Company begann eine weitere Phase der Pelztierjagd in Nordamerika.

Fallenjagd auf Pelztiere — «pro pelle cutem»*

«Der Biber hat für die Erschließung Kanadas mehr getan als irgendein anderes Wesen oder eine andere Ware. Die Jagd nach dem Biber brachte die ersten, Kundschafter hierher, diese zogen die ersten Kolonisten nach.»

Seton-Thompson, 1953

Am 2. Mai 1670 landete an der Hudson Bay eine englische Handelsexpedition um den Pelzreichtum des Landes auszubeuten. Mit wertvollem Pelzwerk wurde die Rückreise angetreten, das auf der Auktion in London gewinnbringend veräußert wurde.

Der englische König Charles II. stellte 1670 die Charter für die neue Pelzhandelsgesellschaft aus, die unter dem Namen «The Governor and Company of Adventurers of England trading into Hudson's Bay» eingetragen wurde. Die Kurzform «Hudson's Bay Company» setzte sich aber in den folgenden Jahren immer mehr durch.

Mit einem Kapital von 105 Aktien zu je 100 Pfund begann die Hudson's Bay Company 1670 das gewinnbringende Geschäft mit Pelzen im großen Stil. Zahlreiche Pelzhandels-Forts sicherten den Pelzhandel gegen die französischen Konkurrenten. Durch billigere englische Handelsware und westindischen Rum konnte die Company bedeutende Pelzmengen auf dem Markt von Albany umsetzen, so daß zwischen ihr und der kanadischen «Compagnie du Nord» die offene Rivalität in der Pelztierjagd ausbrach.

In den Jahren zwischen 1689 und 1713 kam es laufend zu unmittelbaren Auseinandersetzungen, wobei englische und französische Kriegs- und Raubzüge den Pelzhandel beeinträchtigten. So erlitt die Company zwischen 1684 und 1688 einen enormen Schaden von 118014 Pfund. Erst innerhalb von zwei Jahren konnte dieser Verlust durch verstärkte Fänge und Erweiterung der Jagdreviere wieder ausgeglichen werden. Das Kapital der Gesellschaft verdreifachte sich durch diese enorme Ausbeute der Jagdgründe, so daß jeder Aktionär für seinen bisherigen Anteil drei neue Aktien erhielt, zusätzlich zu einer Dividende von 25 Prozent vom neuen Aktienkapital.

Die «Compagnie de l'Occident», die den Pelzexport Kanadas beherrschte, zahlte ihren Aktionären damals 40 Prozent Dividende jährlich aus. Auf der Bank von Louisiana handelte man im Jahre 1719 die Aktien der Compagnie von 500 Francs mit einem Kurswert von 2000 Francs.

Diese gewinnbringenden Geschäfte konnten nur erzielt werden, weil die Ankaufkosten für die wertvollen Pelze durch billige Handelsware abgedeckt wurden.

So brachte 1713 aus Frankreich ein Schiff für 8000 Francs Ware zur Hudson Bay und lief mit dafür eingetauschten Pelzen im Werte von 120000 Francs wieder zurück in die Heimat.

Auch die Hudson's Bay Company war an diesem Pelzgeschäft mit Erfolg beteiligt. Ihre Kommissionäre erzielten beispielsweise im Jahre 1740 an der Kolonialproduktenbörse in London für verkaufte Felle eine Gesamteinnahme von über 60000 Pfund. Dem standen als Kosten für europäische Tauschwaren lediglich 3800 Pfund gegenüber. Der Pelzhandel wurde zum Geschäft des Jahrhunderts. Die wildreichen Wälder der noch unberührten nordamerikanischen Wildnis wirkten wie ein Magnet. Aus allen Teilen der Welt lockten sie Abenteurer, Söldner, Flüchtlinge an – alles rauhe und harte Gesellen, die als Jäger und Trapper am spekulativen Pelzgeschäft teilhaben wollten. Diese «Greenhorns» verstanden wohl mit dem Revolver umzugehen, aber sie wußten kaum etwas von einer weidgerechten Pelztierjagd.

Nach dem Friedensschluß zu Utrecht im Jahre 1713, durch den die militärische Vorherrschaft Frankreichs in Nordamerika verlorenging, blühte der Pelzhandel enorm auf.

39 Wappen der Hudson's Bay Company

* «Für ein Fell wage ich die Haut», Inschrift in Wappen und Siegel der Hudson's Bay Company

Nach Seton-Thompson soll es in Nordamerika damals über 60 Millionen Biber gegeben haben, eine Zahl, die wahrscheinlich nicht begründet ist.

In den alten Jagdrevieren waren die Tierbestände bereits ausgerottet, aber auf der Suche nach neuen Jagdgründen und um die nordwestliche Durchfahrt des Seeweges zum Pazifik zu finden, erfolgte nach 1720 eine Expansion der Trapper und Waldläufer in die bisher unerforschten nordwestlichen Landesteile von Amerika. Hier gab es wieder reiche Beute. Die Handelsstatistik der Hudson's Bay Company registrierte alle Fänge und Jagderfolge der Trapper. In 135 Jahren (zwischen 1766 und 1900) wurden mehr als 9,6 Millionen Biber von den Jägern und Fallenstellern der Company erlegt. In ganz Nordamerika einschließlich Kanada wurden in diesen Jahren 16,5 Millionen Biber und 14,1 Millionen Zobel gejagt, gefangen und auf dem europäischen Markt verkauft. Nach anderen Quellen belief sich die Biberausbeute im 17./18. Jh. in Nordamerika auf jährlich etwa 500000 Stück.

Für jedes erbeutete Biberfell erhielt der Trapper oder Indianer beim Verkauf im Fellraum des Handelsbüros der Company an Stelle von Geld ein kleines Holztäfelchen (seit 1854 Metallmarken) als Biberwertzeichen. Alle anderen Felle wurden auf Biber umgerechnet, so galten z. B. drei Zobelfelle, zwei Otterfelle oder vier Fuchsfelle für einen Biber; lediglich für eine Bärendecke wurden zwei Biberfelle angerechnet. Im Warenlager mußte man diese Wertmarken gegen die benötigten Waren eintauschen, deren Wert ebenfalls nach Biberfellen ausgezeichnet war. So wurden berechnet:

Art der Ware	*Menge*	*Anzahl der zu zahlenden Biberfelle*	
		1733	*1863*
Flinte	1 Stück	12	20
Feuersteine	20 Stück	1	2
Glasperlen	1 Pfund	2	6
Axt	2 Stück	1	6
Messingkessel	1 Stück	1	16
Wolldecke	1 Stück	6	10
Hosen	1 Paar	3	9
Hemden	1 Stück	1	3
rote Farbe	2 Unzen	1	2

Alle Waren einschließlich der Felle wurden zu Packen von je 90 englischen Pfund zusammengestellt und vorwiegend auf dem Wasserweg transportiert. Auch hier unterhielt die Company eigene Fahrzeuge. Die Bootsleute oder «Voyageurs», die die Toboggans (Schlitten) sowie die «Canoes du Moitre» steuerten, erhielten als Verpflegungsration je Tag und Kopf acht Pfund Büffelfleisch. Die Company errichtete dazu eine eigene Jagdstation in Fort Edmonton im südlichen Saskatchewan, um die nötigen Fleischmengen zu sichern. Hier wurde auch der Pemmikan hergestellt, ein Dauerproviant, von dem jeder Jäger oder Voyageur drei Pfund je Tag erhielt. Er bestand aus gemahlenem Büffelfleisch und flüssigem Fett, mit Beeren oder Rosinen gemischt, das getrocknet in Säcke eingestampft war.

Zur Standardjagdausrüstung eines Trappers gehörten am Anfang des 19. Jh. folgende Gegenstände: Gewehr, Jagdmesser, Axt und Werkzeug, etwa 500 bis 600 Fallen sowie der Proviant für eine Jagdsaison, bestehend aus einem Faß Mehl, $^1/_4$ Faß gesalzenem Schweinefleisch (50 Pfund), zwölf Pfund Kerzen, 30 Pfund Schmalz, zehn Pfund Butter, etwas Tee, Salz, Backpulver, Bohnen sowie der Zeltausrüstung und Wolldecken. Diese Ausrüstung (ohne Waffen) kostete zwischen 500 und 600 Dollar, die der Trapper bei der Company als Kredit aufnehmen konnte. Durch dieses Trucksystem geriet er in völlige Abhängigkeit.

Im Oktober begann die Jagdsaison, so daß die Fallen in den zugewiesenen Revieren in der Wildnis ausgelegt werden konnten. Um die Fallen laufend zu kontrollieren, mußte der Trapper häufig 50 bis 80 km je Tag auf Schneeschuhen zurücklegen, nur begleitet von seinen Hunden, die den Toboggan zogen.

Ein geübter Fallensteller streifte einen Zobel in 10 Minuten ab und drei bis vier Füchse in einer Stunde. Die Felle trocknete er auf Weidenrahmen an der Luft. Ende April kehrte der Trapper mit reicher Beute in die Handelsforts zurück. Welche enormen Jagdstrecken damals erzielt wurden, dokumentieren am überzeugendsten die Statistiken an der Londoner Rauchwarenbörse, wo der nordamerikanische Biber und der Zobel vorwiegend gehandelt wurden.

In der Mitte des vorigen Jahrhunderts gingen die Wildfänge auch in Nordamerika rapide zurück, lediglich bei Nerz, Bisam, Opossum und Skunk stiegen die Erträge schnell an.

Um 1900 war der Biberbestand in den USA praktisch vernichtet, wie Seton-Thompson feststellte; lediglich in Kanada gab es noch einige freilebende Biber. Im Jahre 1887 erging eine Schutzverordnung, wonach alle Biber eine fünfjährige Schonzeit erhielten, dieses Gesetz wurde bis 1909 verlängert. Erst ab 1925 erfolgte ein generelles Verbot des Biberfanges. Dank dieser Schutzmaßnahmen war 1972 der Bestand an Kanadischen Bibern wieder auf etwa zwei Millionen Tiere angewachsen.

Für die Hudson's Bay Company ergab sich damals ein anderer «goldener Boom», die große Siedlungsaktion in der Prärie. Mit dem Bau der Kanada-Pazifik-Bahn entstanden überall neue Städte, die dringend Bauland benötigten. Die Company verkaufte Land, wobei die Preise enorm anstiegen. Für den Acre (0,4 ha) zahlte man 1889 noch 1,5 Dollar, 1906 bereits 7,0 Dollar und 1909 schon 12,6 Dollar. So stieg beispielsweise in Winnipeg der Preis für eine Baustelle von 100 Dollar auf 5000 bis 10000 Dollar.

Aus dem Verkauf des Präriebodens, auf dem einst große Bisonherden weideten, steigerten sich die Dividenden um 30 bis 40 Prozent jährlich.

«Pro pelle cutem» – «für ein Fell wage ich die Haut» –, fürwahr, eine treffende Inschrift.

Indian Buffalo Hunting — Büffeljagd der Indianer

40 G. Catlin: Büffeltanz der Prärie-Indianer. 1830. Nach «Die Indianer Nordamerikas», Brüssel 1848

«Ich sehe
gelbe Büffel
ich rieche
den Staub, den sie blasen
mit roten Nüstern
auf dem sandigen Pfad
versage nun nicht
guter Bogen
guter Pfeil
fliege!»

Jagdzauber der Blackfeet-Indianer

Es gibt wohl nur wenige Menschen, die nicht in ihren Jugendjahren von den wildromantischen Jagden der Prärie-Indianer auf die gewaltigen Herden der nordamerikanischen Bisons, auch Indianerbüffel genannt, gelesen haben.

Unzählige Indianerbücher und Wildwestromane, Abenteuer- und Jagderzählungen in allen Sprachen der Welt berichten von diesen Büffeljagden der verschiedenen Indianerstämme in der nordamerikanischen Prärie.

Ohne auf spezielle Detaildarstellungen einzugehen, können wir feststellen, daß sich in der Büffeljagd der Indianer, die ja als eine lautlose Jagd («still hunt») durchgeführt wurde, einige interessante kulturhistorische Aspekte der Jagd widerspiegeln. Es ist einmalig, daß das Wohlergehen der gesamten Bevölkerung eines Landes fast völlig vom Vorhandensein einer einzigen Wildtierart abhing. Der nordamerikanische Bison (Bison bison) lieferte für die Wirtschaft und Kultur der Prärie-Indianer alle lebensnotwendigen Produkte. Diese «sagenumwobene Wirtschaftsform der Prärie-Indianer» hat aber trotz der riesigen Büffelherden auch unter den Indianern zu Hungersnöten geführt. «Diese drohende Angst vor dem Hungertod, die durch Jagdunglück, schlechtes Jagdwetter und Jagdunfähigkeit der einzelnen Indianer eintreten konnte, führte zur unbedingten Teilung der Jagdbeute», schrieb Tanner, der zwischen 1789 und 1819 unter den Ojibwa-Indianern im Mittelwesten lebte. Diese subarktischen Jäger sowie die Kutenai-Indianer in British-Columbia lebten im Frühjahr von der Fallenjagd auf Biber, vom Fischfang und vom Verkauf der Winterfelle an die Pelzkompanien; im Sommer von der Büffeljagd sowie vom Sammeln und Trocknen der Blaubeeren; im Herbst und Winter von der Jagd auf Bären, Elche und Büffel sowie von der Fallenjagd auf Kleinwild (Marder, Schneehase, Zobel).

Dominierend war, wie bei allen Prärie-Indianern, die Büffeljagd. Auf der weiten Grasfläche der Prärie von über vier Millionen km², von den Abhängen der Rocky Mountains bis zum Appalachen-Plateau, ästen noch vor 200 Jahren Millionen Bisons. Auf diesen «plains» mit dem üppigen kurzen Büffelgras (Buchloe dactyloides) fanden alljährlich die großen Büffeljagden der verschiedenen Indianerstämme statt.

Wir unterscheiden dabei drei typische Jagdmethoden, die auch in den Zeichnungen von G. Catlin 1841 anschaulich dargestellt wurden:

1. Die große Sommerjagd

Der ganze Stamm betrieb diesen heiligen, durch feste Zeremonien geprägten Jagdablauf als kollektive Treibjagd. Eingeleitet wurde die Jagd durch den «Büffeltanz», streng überwacht durch die «Büffelpolizei», die jeden Fehler mit Peitschenhieben bestrafte, jeder hatte sich den Anordnungen des gewählten Anführers unterzuordnen.

Mit großangelegten Grasbränden kreiste man die Büffelherde ein, und die Jäger erlegten mit Pfeil und Bogen die Tiere. Das Anschleichen der Indianer erfolgte oft so, daß sich die Jäger mit Kojotenfellen (Kojote = nordamerikanischer Präriewolf) tarnten. Auch von Hirschjagden sind solche Tarnungsmethoden der anschleichenden Indianer bekannt. Der Jäger kennzeichnete das erlegte Tier mit seiner Eigentumsmarke und erhielt als Jagdbeute das Fell. Bei der Verteilung des Büffelfleisches erhielten auch jene Familien etwas, deren Jäger kein Jagdglück hatten.

2. Büffeljagd zu Pferde

Mit der Nutzung des Pferdes durch die Indianer (das Pferd kam über Neu-Mexiko und Texas um 1700 in die Prärie) änderten sich auch die Methoden der Büffeljagd. Jetzt hetzten die meisten Indianerstämme, allen voran die Blackfeet, die Bisons mit ihren ausdauernden Pferden und schossen mit Pfeil und Bogen vom dahinjagenden Pferd. Es gibt auch Jagdszenen, wo der Jäger von seinem Pferd auf den Widerrist des Bisons springt, um das Tier mit seiner Streitaxt, dem Tomahawk, zu erlegen. Wichtig war aber dabei, daß der Büffel von der großen Herde abgesprengt werden konnte, da sonst kein Jagderfolg gesichert war und der Jäger von den nachdrängenden Tieren überrannt zu werden drohte.

3. Winterjagd

Im Gegensatz zur kollektiven Sommer- und Herbstjagd erfolgte die Winterjagd auf Büffel vorwiegend als Einzeljagd. Die Präriebüffel zogen sich alljährlich in die 400 bis 600 km entfernten nördlichsten Regionen der Plains zurück, wo sie von den Jägern auf Tritt-Schneeschuhen verfolgt wurden. Da die Bisons im tiefen Schnee nur langsam vorankamen, konnten sie von den Indianern mühelos erlegt werden.

Gemeinsam hatten alle drei Jagdmethoden, daß der Jäger aus geringer Distanz das Tier bewältigen mußte. Erst mit dem Aufkommen der Repetierbüchse nach 1860 änderte sich die Büffeljagd grundlegend.

Da dem Prärie-Indianer bis dahin die Büffel die hauptsächliche Existenzgrundlage boten und von den Indianern alle Teile des Wildes verwertet wurden, waren keine großen Strecken notwendig, um die Versorgung des Stammes zu gewährleisten. Büffelherden und Indianer bildeten eine Einheit, sie wurden zum Symbol des gesunden Verhältnisses zwischen Natur und Mensch. Hier bestimmten Jagdglück und Jagderfolg allein das Wohl der Indianer. So heißt es in einer Sage der Kiowa-Indianer: «Hier sind die Büffel. Sie sollen eure Nahrung und Kleidung sein. Seht ihr aber eines Tages die Büffel vom Antlitz der Erde verschwinden, so wisset, daß auch euer Ende gekommen ist.» Bei allen

41 G. Catlin: Indianer jagen Büffel durch Anschleichen in hellen Kojotenfellen. 1830. Nach «Die Indianer Nordamerikas», Brüssel 1848

42 G. Catlin: Büffeljagd zu Pferde. 1830. Nach: «Die Indianer Nordamerikas», Brüssel 1848

Indianern bestand ein sehr enges Verhältnis zwischen Mensch und Tier, nicht nur bei den Jägerstämmen. In der Vorstellungswelt der Indianer wurde der Tier- und Jagdzauber zur Wirklichkeit. Sie glaubten, wenn sie die Wildtiere verehren oder Teile von ihnen als Schmuck tragen, dann wird die Eigenschaft dieser Tiere auch auf den Menschen übertragen. «Ein Pumafell verleiht dem Träger Kraft und Tapferkeit; ein Fuchsfell List; eine Schlangenhaut verleiht die Gabe, unsichtbar unter den Feinden umherzuschleichen; Adlerfedern verursachen Schnelligkeit und Fruchtlosigkeit beim Angriff» heißt es bei den Araukaner-Indianern.

Durch Tänze und Gebete versuchte man das Wohlwollen der Jagdtiere zu erlangen. Am bekanntesten ist hier der «Büffeltanz» der Mandan-Indianer, den Catlin ausführlich beschreibt. Dieser oft Tage und Nächte lang dauernde Tanz

43 G. Catlin: Winterjagd der Prärieindianer auf Schneeschuhen. Nach: «Die Indianer Nordamerikas», Brüssel 1848

im Dorf sollte die wandernden Büffelherden herbeizaubern. Er wurde nach festen rituellen Bräuchen durchgeführt, so lange bis die Späher in der Prärie die Bisons feststellen und die Büffeljagd beginnen konnte. Dadurch erhielt das ganze Dorf wieder Fleisch.

Noch heute zeigen in den Reservaten lebende Indianer ähnliche Tänze (nicht nur als Touristenattraktion), so z. B. den «Tanz der Jäger auf wilde Tiere», wie die Zia-Pueblo-Indianer in Neu-Mexiko oder den modernen «Hirschtanz» der Indianer von Santa-Clara-Pueblo.

In allen indianischen Kulturen nahm das Wildtier als Bruder des Menschen eine bevorzugte Stellung ein, man zollte ihm Respekt und Ehrfurcht. So sprachen 1723 die kanadischen Abnaki-Jäger zu den erlegten Bären: «Zürne uns nicht dafür, daß wir dich töten mußten. Du bist weise und siehst, daß unsere Kinder Hunger leiden. Sie lieben dich und laden dich ein, in ihren Körper einzutreten. Ist es nicht ruhmreich, von den Kindern der Häuptlinge verspeist zu werden?» Diese poetische Sprache drückt bei den Indianern ihr Verhältnis zum Tier aus.

Völlig anders war dagegen die Einstellung des «weißen Mannes» zum Großwild der Prärie. Als der Vernichtungskampf der Weißen gegen die rothäutigen Indianer einsetzte, rottete man bekanntlich seit der Mitte des 18. Jh. systematisch die Bisonherden aus, um die Lebensgrundlage der Indianer zu zerstören. Es begann das große Sterben in der Prärie.

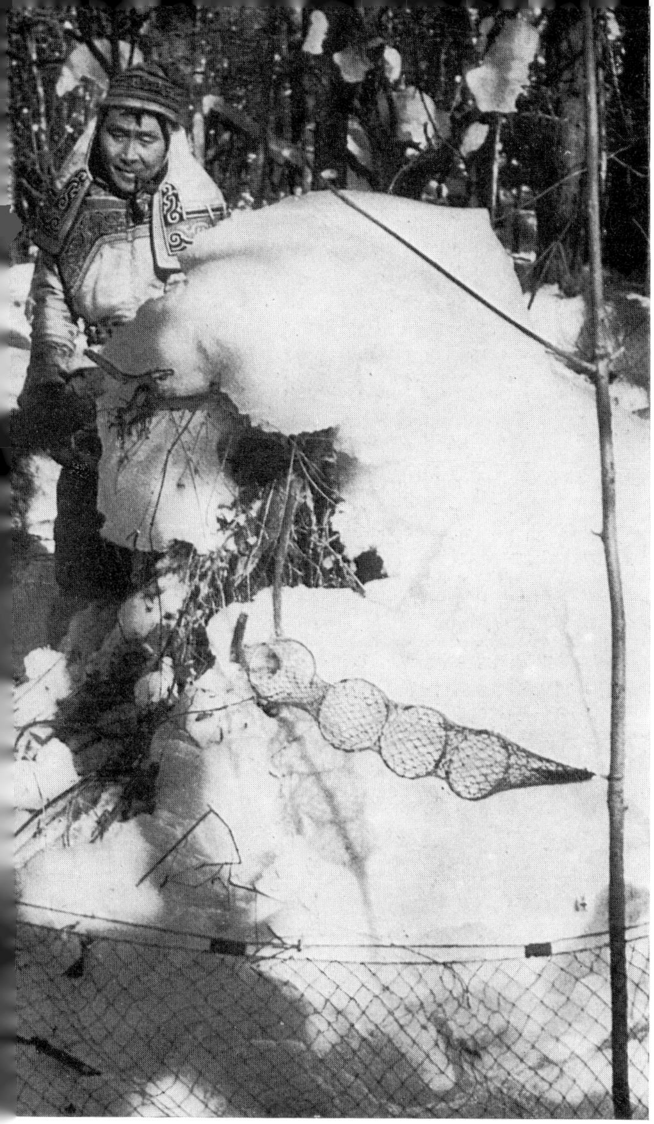

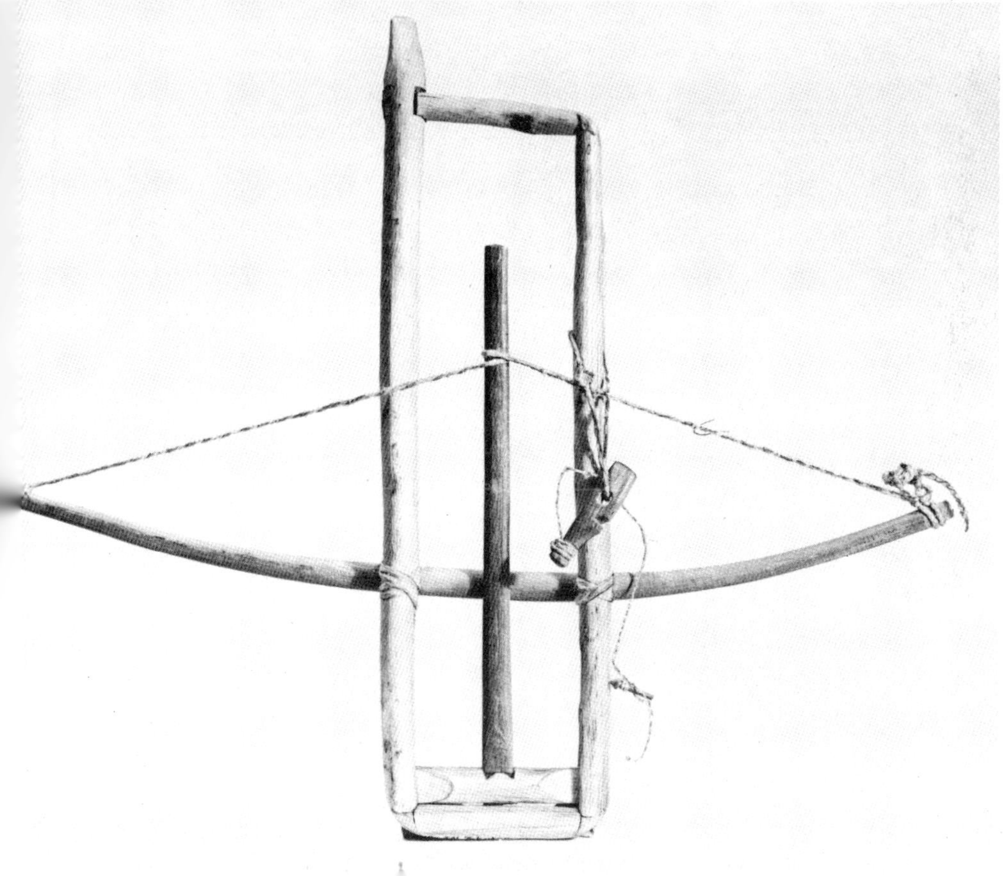

148 Der Jäger Didu Kjalundsuga aus dem Chabarowsker Gebiet am Amur räuchert den Zobel aus. UdSSR, 1973

149 Giljakische Jäger in Winterkleidung. Nach L. Schrenk: Reisen und Forschungen im Amur, St. Petersburg, 1881

150 Tscherkau-Falle der Jakuten für Haarraubwild. Leipzig, Museum für Völkerkunde

151/152 «Gestühl der Nowgorodfahrer». Diese vier Reliefdarstellungen auf dem «Rußlandfahrergestühl» werden in der kunstgeschichtlichen Literatur als «Eichhörnchenjagdszenen» beschrieben, es handelt sich aber eindeutig um Zobeljagd. 14. Jh. Stralsund, Nikolaikirche

153 L. Cranach d.J.: Joachim II. Hektor, Kurfürst von Brandenburg. Um 1555. Berlin (West), Staatliche Schlösser und Gärten, Jagdschloß Grunewald

154 Fallenjagd im Kanada von heute

155 Bisonherde im Wind-Cave National-park, 1970

156 Bisonjagd. Kolorierter Aquatintastich von Ch. Vogel nach einer Zeichnung von K. Bodmer zu «Reise in das Innere Nordamerikas 1832–1834» von Maximilian Prinz zu Wied. Koblenz 1839–1842

157 G. Catlin: Sommerjagd der Prärie-Indianer. 1830. Washington, National Collection of Fine Arts, Smithsonian Institution

158 Zobeljäger am Ochotskischen Meer. Der Jäger Iwan Panischew (Magadaner Gebiet) hat sich auf die Zobel-, Fuchs- und Hermelinjagd spezialisiert. UdSSR, 1966

159 Der Jäger Wladimir Rusawin von der Pelztier-Jagdgenossenschaft Bratsk auf der Zobeljagd an der Angara. UdSSR, 1971

160 Lagerhaus der Hudson's Bay Company. Aus: Brass, E. «Aus dem Reich der Pelze», Berlin 1925

161 Aufkauf von Pelzen in Nordamerika. Aus: Brass, E. «Aus dem Reich der Pelze», Berlin 1925

162 Ein Fellgeschäft in Alaska. Aus: Brass, E. «Aus dem Reich der Pelze», Berlin 1925

163 Marderhund in der freien Wildbahn

164 Indianer auf Bisonjagd. Aus: Th. de Bry «Historia Americae sive Novi Orbis», 1595

165 Knochenhaufen der abgeschossenen Bisons an der Bahnstation. Nach P. Frank: «Schlacht am Little Bighorn»

166 Zusammenschießen der Büffel an der Kansas-Pazifik-Bahn. Nach R. J. Dodge: «The Hunting Brounds of the Far West», London

167 Berge von Häuten der abgeschossenen Bisons an der Bahnstation. Nach P. Frank: «Schlacht am Little Bighorn».

Beefsteak und Lederjäger — Vernichtung und Schutz der Tierwelt in den USA

«Niemals zuvor in der menschlichen Geschichte sind so viele große Tiere einer einzelnen Art innerhalb einer so kurzen Zeitspanne vernichtet worden.»

Theodore Roosevelt (1858–1919)

Jede Hausfrau kennt heute die lukullischen Rindfleischgerichte, die als Beefsteak, Roastbeef oder Cornedbeef angeboten werden. Bei diesen Filetsteaks und Lendenbraten aus saftigem Rindfleisch handelt es sich um auserlesene Bratenstücke, die auf verschiedenste Weise zubereitet werden. Beefsteak à la americaine wurde zum Inbegriff eines saftigen Rinderbratens und gepökelte Rinderzunge zum Ausdruck einer gepflegten Küche.

Stammen heute die amerikanischen Steaks und Beefs von den zahlreichen Rinderlenden, die aus den amerikanischen Schlachthöfen en gros geliefert werden, so wurden die Steaks vor hundert Jahren von den Wildrindern aus der amerikanischen Prärie gewonnen. Die endlosen Herden der Steppenbisons, des legendären Indianerbüffels, zählten um 1800 noch etwa 60 Millionen Exemplare. Bei einem Lebendgewicht von 700 bis 900 kg je Tier bildeten diese Wildherden unvorstellbare Fleischreserven, die zur Versorgung der ganzen Welt hätten beitragen können. Seit 1691 jagte der «weiße Mann» diese mächtigen Wildrinder. Er verwendete jedoch nicht, wie die Indianer, das ganze Tier, sondern «wir nahmen uns wie gewöhnlich nur die Zunge, die Markknochen und die Lendenbraten mit und ließen die Reste liegen», schrieb der Jäger Streberg 1858 über seine Jagd auf die amerikanischen Büffel. Neben der Zunge wurden lediglich noch die Häute verwandt, alles andere blieb in der Steppe liegen. Unübersehbare, gebleichte Knochenhaufen zeugten in den Weiten der Prärie, wie weit die weißen Büffeljäger vorgestoßen waren.

Der legendäre «Buffalo Bill», Oberst William F. Cody, unterzeichnete 1860 einen Vertrag als Bisonjäger mit der Kansas-Pazifik-Eisenbahngesellschaft, wonach er täglich zehn bis zwölf Bison-Hinterkeulen zur Verpflegung der Arbeitslager zu liefern hatte. In einem halben Jahr erlegte er mehr als 4280 Bisons. «Ein Jäger schoß in knapp einer Stunde 63 Bisons mit 115 Schuß von einer Stelle. Ein anderer schoß von einer Stelle aus 91. In weniger als einer Dreiviertelstunde tötete ein weiterer Jäger 212 Bisons, die alle in einem Halbkreis von knapp 200 Metern Durchschnitt lagen», heißt es in einem Bericht von Hornaday.

Diese Jagd war leicht und bequem, man schoß zuerst das Leittier ab. Nachdem dieses gestreckt war, konnte man ein Tier nach dem anderen abknallen, wobei man vorwiegend das Rückgrat der Tiere durchschoß. Mit dem neuen Winchester-Repetiergewehr war das kein Kunststück. Durch den Bau der Transkontinental-Eisenbahn (1860) wurden die Weidegründe der Steppenbisons mehrmals durchquert und die Herde in eine nördliche und eine südliche unterteilt. Von der Pazifik-Eisenbahn aus konnte man die Büffel wahllos vom Zugfenster aus abschießen. Es setzte ein erbarmungsloses Morden ein. Dieses schmutzige Geschäft der Lederjäger wurde insbesondere von den Viehbaronen aus Texas gefördert, die so für ihre Langhornrinder billige Weidegründe erhielten, wo früher die Bisonherden grasten. So unterstützten die Südstaaten mit allen politischen Mitteln die Ausrottung der Bisons und der Indianer in den Prärien, um neue Einnahmequellen durch die Rinderzucht zu erhalten. Anstelle der Bisonherden weideten bereits 1865 mehr als sechs Millionen Langhornrinder allein in Texas. Der General P. Sheridan, ein typischer Vertreter der Südstaaten, schrieb dazu: «Die Büffeljäger haben mehr zur Lösung des Indianerproblems beigetragen, als die gesamte amerikanische Armee in dreißig Jahren. Die Ausrottung des Bisons ist der einzige Weg, einen dauerhaften Frieden zu begründen und den Fortschritt der Zivilisation zu fördern.» So fand unter dem Zeichen der Zivilisation eine der größten Ausrottungskampagnen der Tierwelt in der Geschichte der Menschheit statt. Von Marie Sandoz sowie vom wissenschaftlichen Direktor der Gateskill Game Farm im Staate New York, Dr. H. Heck, wurde in den letzten Jahren die Geschichte der Ausrottung des Bisons zusammengestellt; eine traurige Geschichte der Aasjägerei, durch die die Wildrindbestände innerhalb weniger Jahre zusammenschmolzen. Erst in allerletzter Minute gelang es, die Steppen- und Waldbisons zu retten. Es sind erschütternde Dokumente und Fakten, die zu dem traurigsten Kapitel der Jagdgeschichte überhaupt gehören.

Im ganz großen Stil betrieben die «Red-River-Half-Breeds» das Abschlachten der Bisons im nördlichen Mississippigebiet. Genaue Angaben liegen aus der Zeitspanne von 1820 bis 1840 vor. Alljährlich im Herbst wurden ganze Expeditionen ausgerüstet, die aus 600 bis 1100 Wagen und mehreren hundert Menschen bestanden. Von dieser Gruppe wurden in den erwähnten Jahren 652275 Bisons getötet. Ein anderes Beispiel: Schon 1840 schickte die American Fur Company 67000 Felle nach St. Louis und steigerte diese Zahl auf 110000 Felle im Jahre 1848. In den Jahren 1872–1874 wurden insgesamt 5373730 Bisons aus beiden Herden geschossen.

Der Vernichtungskampf gegen die nördliche Herde setzte erst nach 1880 in vollem Umfange ein. 1876 wurden z. B. von Fort Brenton 80000 Häute verschickt. Allein die Northern-Pacific-Eisenbahn verlud 1881 insgesamt 50000 Häute. 1882 sogar 200000, 1883 aber nur noch 40000 – ein Zeichen, daß die Herde zusammenschmolz. Im Herbst 1883 «bestand die nördliche Herde praktisch nur noch aus einer kleinen Gruppe von ungefähr 10000 Tieren in Nord-Dakota. Vom September bis November wurde diese Herde vollständig vernichtet. Dieses war die letzte wirklich freilebende große Herde in den Vereinigten Staaten», schrieb Heck.

Die folgende Übersicht vermittelt uns ein Bild über die Ausrottung und den einsetzenden Schutz der nordamerikanischen Bisonbestände:

um 1750	Es weideten etwa 40 Millionen Bisons auf den nordamerikanischen Prärien der Indianer.
1800	Der letzte Bisonbulle wurde in Pennsylvania am 19. 1. 1801 geschossen.
1830	Letzte Bisons östlich des Mississippi wurden in den Staaten Indiana und Wisconsin erlegt.
um 1840	Westlich des Mississippi leben noch Herden von etwa 60 Millionen Bisons.*
1860–1869	Durch den Bau der Pazifik-Eisenbahn erfolgte die Teilung der Bisonbestände in Texas, Arkansas sowie in die südliche und nördliche Herde.
1871–1874	Vernichtung der südlichen Herde (3158820 Bisons geschossen).
1877–1878	Nur noch wenige Tiere leben im Staate Kansas. Die letzten vier Bisons der südlichen Herde wurden in den Buffalo-Springs-Nationalpark in Texas umgesetzt.
1872–1883	Vernichtung der nördlichen Herde.
1884	In Nord-Dakota wird die letzte freilebende Bisonherde zusammengeschossen.
1889	Auf der Erde leben nur noch 1091 Bisons, davon in Kanada 550 Tiere, in den USA 285 Tiere und in zoologischen Gärten der Welt 256 Einzeltiere.
1893	Der Wood-Buffalo-Park (Kanada) wird als erstes Bisonschutzgebiet gegründet: Herde etwa 500 Tiere.
1900	Die kanadische Regierung kauft 700 Präriebüffel und gründet das Schutzgebiet Lamont bei Edmonton; die Tiere werden später nach Wainwright umgesetzt.
1905	Am 1. 12. 1905 wird in New York im Bronx Zoo die amerikanische Gesellschaft zum Schutze des Bisons gegründet.
1907	Die amerikanische Regierung unter Präsident Theodore Roosevelt gründete das Wichita-Schutzrevier im Staate Oklahoma und setzte die ersten 15 Bisons aus.
1915	Das Schutzgebiet für Waldbisons wird in Kanada im Wood-Buffalo-Park eingerichtet. Mit über 45000 km² ist es das größte Wildreservat der Erde.
1929	Auf der Erde leben insgesamt wieder 18494 Bisons.
1933	Es gibt auf der Erde insgesamt 21701 Bisons, davon leben 17043 in Kanada, 4450 in den USA und 208 in zoologischen Gärten.
1980	In Kanada bis 15000 und in den USA weitere 20000 freilebende Bisons.

Ein ähnliches Schicksal wie dem Bison widerfuhr den in den westlichen Prärien Nordamerikas heimischen Gabelhornantilopen (Antilocapra americana). Um 1800 lebten hier Herden von insgesamt 30 bis 40 Millionen Tieren, um 1900 waren es kaum noch 20000 Tiere. Auch hier waren das Schießen sowie die Zerstörung der Steppenvegetation (als Weideland für die Langhornrinder sowie Umbruch für Weizenfelder) entscheidend für die Dezimierung dieses aus dem Pliozän stammenden Gabelbockes. Durch Schutzmaßnahmen ist der Bestand der Gabelhornantilopen gegenwärtig wieder auf über 400000 Tiere angewachsen.

Dieses Beispiel aus den USA zeigt, daß durch rechtzeitige Schutzmaßnahmen von weiträumigen Landschaftsteilen eine zielgerichtete Hege des Wildes auch in der freien Wildbahn möglich ist. Gegenwärtig gibt es in den Vereinigten Staaten 36 Nationalparks, 33 Nationalmonumente und 163 Staatsparks. Am Yellowstone-Fluß in den Rocky Mountains erfolgte 1872 die Gründung des ersten Nationalparks der Erde. Bereits 1864 erklärte der Staat Kalifornien das Yesomite-Tal in der Sierra Nevada zum Schutzgebiet. Unterhalten werden alle staatlichen Reservate von der 1916 gegründeten Nationalparkverwaltung (National Park Service in Washington).

Die Idee der Nationalparks zur komplexen Erhaltung der Umwelt fand in der amerikanischen Bevölkerung eine große Resonanz. Besuchten im Jahre 1954 etwa 48 Millionen Menschen diese Schutzgebiete, so stieg die Zahl der Besucher 20 Jahre später bereits auf über 200 Millionen jährlich an. In manchen Nationalparks treten bereits durch diese Konzentration der Besucher erneute Gefährdungen der Naturschönheiten auf. Hier gilt es, durch eine zielgerichtete Werbung und Aufklärung der Besucher den Schutz der Fauna und Flora auch in den Nationalparks weiter zu verbessern. Die Jagd in den amerikanischen Naturreservaten ist gesetzlich streng geregelt und unterliegt der staatlichen Kontrolle.

* Diese Zahlenangaben von 60 Millionen Bisons sind anzuzweifeln, da innerhalb von 50 Jahren durch die Jagd allein diese riesigen Bisonbestände praktisch nicht ausgerottet werden konnten (pro Jahr müßten mehr als zwei Millionen Tiere geschossen werden, wenn man den Zuwachs mit berechnet). Wenn diese Zahlen aber zutreffen, dann scheinen mit den Langhornrindern wahrscheinlich Seuchen (Schmarotzer- und Infektionskrankheiten) mit eingeschleppt worden zu sein, so daß die verheerende Dezimierung der Bisons überhaupt eintreten konnte. Moderne Untersuchungen haben ferner ergeben, daß die Bisons an der Milzbrandseuche sehr schnell erkranken und die Tiere nach zwei bis drei Tagen krepieren. Heute werden alljährlich die Bisonbestände gegen den Milzbrand geimpft, die Tiere erhalten Serum in den Nacken gespritzt. Nur so können die Wildrinder in den nordamerikanischen und kanadischen Wildreservaten und Nationalparks gerettet und in größeren Herden in der Prärie gehalten werden.

Jagd und Wild im 19. Jahrhundert

44 Gravierte Seitenschloßplatte einer Bockdoppelflinte aus Suhl (Thüringen)

Jagd, Wild und Revolution

«Die Jagdgerechtigkeit auf fremdem Grund und Boden, Jagddienste, Jagdfronen und andere Leistungen für Jagdzwecke sind ohne Entschädigung aufgehoben. Jedem steht das Jagdrecht auf eigenem Grund und Boden zu.»

Frankfurter Nationalversammlung, 91. Sitzung am 5. 10. 1848

Mit der Großen Französischen Revolution (1789–1794) wurde eine neue Epoche in der Weltgeschichte eingeleitet, die auch weitreichende Veränderungen in der Jagdgeschichte bewirkte.

Durch die Beseitigung der feudalabsolutistischen Herrschaftsverhältnisse und die Abschaffung der Leibeigenschaft erfolgte in Frankreich auch die Aufhebung aller Jagdprivilegien für den Feudaladel.

Die Not und die Armut breitester Schichten der Bevölkerung erreichten 1788 ihren Höhepunkt. Bedingt durch die Mißernten brachen im ganzen Land Hungerunruhen und Bauernaufstände aus; während das Volk Hunger litt, dienten die großen Wildbestände in den königlichen Jagdrevieren weiterhin ausschließlich dem jagdlichen Vergnügen des Hofadels. Wurde zur Zeit König Ludwigs XV. (1715–1774) vorwiegend in den Wäldern um Fontainebleau parforce gejagt, so betrieb Ludwig XVI. (1774–1792) die Jagd wieder im großen Stil im ganzen Land. Neben den Jagdrevieren mit einem großen Wildbestand unterhielt man zur allgemeinen Lustbarkeit des Hofes zahlreiche Menagerien und Gehege im Park von Versailles.

Als am 14. 7. 1789 in Paris die Volksmassen die Bastille, das Wahrzeichen der Despotie, erstürmten, erhoben sich zur gleichen Zeit in den Provinzstädten und Dörfern die Arbeiter und Bauern. Ihr Ruf «Vive la Liberté!» («Es lebe die Freiheit!») verbreitete sich rasch bis weit über die Landesgrenzen. Bewaffnete Bauern erstürmten die Schlösser und Gutshöfe nicht nur in der Champagne, sondern in allen Provinzen, vor allem in der Franche-Comté. Sie verbrannten die Register der Grundbücher mit den feudalen Urkunden über Jagdfron und Unterdrückung; sie zwangen die Herrschaften zur Unterschriftsleistung für die Aufhebung aller Feudalrechte. Sie teilten die herrschaftlichen Felder, Wälder und Wiesen unter sich auf. Mit der Abschaffung der Feudalabgaben und des Jagdbannes töteten die bewaffneten Bauern in vielen Jagdschlössern die herrschaftlichen Hundemeuten und ließen die Wildbestände frei, denn jeder konnte jagen, wie er wollte. «Die Bauern waren überzeugt, die Revolution sollte die Gleichheit der Vermögen und der Lebenslage herbeiführen und wandten sich hauptsächlich gegen die Grundherren» hieß es im «Courrier français» aus jenen Tagen. Die große Furcht – «la grande peur» – vor den Bauernaufständen zwang die Konstituierende Nationalversammlung in Paris am 4. 8. 1789, offiziell die Aufhebung aller Feudalrechte in Frankreich zu verkünden, um «das Feudalregime gänzlich zu vernichten». Diese gesetzlichen Regelungen setzten gleichzeitig die Aufhebung aller Jagdgerechtigkeit und der Jagdfron sowie die Abschaffung aller Jagdprivilegien in Kraft.

«Unmittelbar nach dem 8. August fingen die Bauern an, überall das Wild der Herren zu jagen. Nachdem sie lange Jahre hindurch zugesehen hatten, wie das Wild ihre Ernten auffraß, töteten sie nun selbst die Räuber, ohne eine Erlaubnis dafür abzuwarten.» Nachdem der Adel in der Nacht zum 4. August 1789 auf alle Jagdprivilegien verzichten mußte, hätte das Jagdrecht nun an alle Bürger verteilt werden müssen. Die Advokaten in der bürgerlichen Nationalversammlung schränkten diese radikalen Forderungen zugunsten der freien Konkurrenz (Abschaffung der Feudalitäten durch Loskaufen) jedoch bereits bei der endgültigen Formulierung des offiziellen Textes wesentlich ein. Der Personenkreis, der die Jagd ausüben sollte, wurde von den Eigentümern repräsentiert, die Grund und Boden ihr eigen nennen konnten. Nur diese erhielten das Recht, das Wild zu jagen und töten zu lassen. Das Recht auf Haltung der Tiere in Gehegen wurde zur gleichen Zeit abgeschafft. Diesen Beschluß der Nationalversammlung bestätigte erst am 30. 4. 1790 «Ludwig XVI., der von Gottes Gnaden und durch das Verfassungsgesetz des Staates ernannte König der Franzosen» in dem Gesetz über die Abschaffung der alten feudalen Jagdrechte in Frankreich. In dieser Verordnung war geregelt, daß es «allen Personen verboten ist, auf dem Boden des anderen ohne dessen Einwilligung zu jagen, zu welcher Zeit und in welcher Art es auch sei». Bei Geldstrafe und Schadenersatzverpflichtungen war es weiterhin verboten, auf nicht eingezäunten Feldern vor dem 1. September zu jagen. Dagegen erlaubte aber der Artikel 15 des Gesetzes den Eigentümern und Pächtern, «zu jeder Zeit das Wild auf den Feldern durch Netze oder andere Geräte zu verjagen oder zu vernichten». Lediglich in den königlichen Jagdrevieren von Versailles, Marly, Rambouillet, St. Cloud, St.Germain, Fontainebleau, Compiègne, Meudon, Vincennes und Villeneuve-Le-Roi war es allen Personen verboten, die Jagd auszuüben oder das Wild dort zu vernichten, da diese Gebiete, einschließlich der angrenzenden Feldmarken und Wälder zum «persönlichen Vergnügen» des Königs als Jagdreviere weiterhin dem Königshaus vorbehalten blieben. (Nach Finbert 1960)

Die in der Französischen Nationalversammlung verabschiedeten Beschlüsse zur Aufhebung des Feudalrechtes, verbunden mit der «Erklärung der Menschen- und Bürgerrechte» vom 26. 8. 1789 beeinflußten maßgeblich die revolutionären Gedanken und das gesellschaftliche Bewußtsein der Völker im 19. Jh. Diese heiligen und unverletzlichen Rechte auf die Freiheit der Person, die Freiheit des Wortes und der Meinung sowie das Recht auf Widerstand gegen die Unterdrückung bezog man nicht nur auf sich, sondern übertrug die Solidarität auch auf die Tierwelt. Hierbei dachte man besonders an die Wildtiere, die in den herrschaftlichen Gehegen und Menagerien zum Vergnügen des Hofadels gehalten wurden. Als am 5. Oktober 1789 eine gewaltige Menschenmenge von Paris zum Königsschloß nach Versailles zog, zwang das Volk den König zur Bestätigung der Beschlüsse der Nationalversammlung. Gleichzeitig forderte es nicht nur seine Übersiedlung nach Paris, sondern befreite auch alle Tiere aus der Gefangenschaft in den engen Gehegen der «Ménagerie Royale de Versailles». Im Namen des Volkes und der Natur gab man den Wildtieren ihre Freiheit wieder. Lediglich die «wilden Tiere», darunter ein Löwe, ein Nashorn und ein Büffel, verblieben in den Käfigen, da diese Tiere als allgemeingefährlich angesehen wurden. Die anderen exotischen Tiere, darunter ein Dromedar sowie fünf verschiedene Affenarten, führte man in einem großen Triumphzug unter Trommelwirbel und Fahnenschwenken von der königlichen Menagerie in Versailles nach Paris. Hier erhielten die Tiere neue, weite Gehege. So entstand im Herzen von Paris der erste öffentliche zoologische Garten der Welt. Den Grundstock zu dieser 6 ha großen Anlage bildete der Botanische Garten für Medizinpflanzen (Jardin Royal des Plantes Médicinales), der bereits 1650 für König Ludwig XIII. angelegt wurde. Durch den berühmten französischen Naturforscher Buffon konnte er 1783 zum zoologischen Garten erweitert werden, in ihm fanden nun auch die Tiere aus Versailles 1792 eine neue Heimat. So konnte 1802 ein neues Elefantenhaus eingeweiht werden, in dem sich die Tiere erstmalig frei bewegen konnten. Lediglich ein Wassergraben trennte sie von den Besuchern; ein Prinzip, das wir in den modernen Tiergärten ebenfalls wieder vorfinden.

Als Beauftragter der Revolution war von der Abgeordnetenversammlung 1793 Bernardin de Saint-Pierre als neuer Direktor des «Jardin des Plantes» und des «Musée de Histoire Naturelles» eingesetzt worden. Die am 31. 1. 1793 erfolgte Gründung des Pariser Zoos fällt in jene Zeit, in der die Worte «Freiheit, Gleichheit, Brüderlichkeit» zum neuen Ideal der jungen Republik wurden. In jenen Junitagen des Jahres 1793 forderte der Konvent, daß «alle Gemeindeländer ohne Ausnahme ihrer Natur nach der Gesamtheit der Einwohner oder Glieder der Gemeinde gehören» sollten. Damit war der Artikel 4 der alten Forst-, Jagd- und Wasserverwaltung aus dem Jahre 1669 endgültig aufgehoben, wonach der Adel die Aufteilung der Gehölze und Wälder der Gemeinden zu seinen Gunsten durchführen konnte. Unter der revolutionär-demokratischen Jakobinerdiktatur fiel das Joch der feudalen Grundherrschaft mit dem Edikt vom 17. 7. 1793, wonach die vollständige, endgültige und unentgeltliche Beseitigung aller feudalen Sonderrechte in Frankreich bestätigt wurde. Alle Unterlagen und Dokumente über das alte feudale Jagdrecht waren unter Androhung von Strafen zu vernichten. So erhielt unter der Macht der Jakobiner die Agrargesetzgebung im Interesse der Kommunen der Bauern eine neue Qualität, ohne daß dadurch aber die Dorfarmut und die Unzufriedenheit der landarmen Bevölkerung beseitigt wurden.

Die Nachricht vom Sieg der Französischen Revolution verbreitete sich wie ein Lauffeuer durch Europa und begeisterte die Volksmassen auch in Belgien, Spanien, Österreich, Böhmen, Rußland, Italien und führte zu spontanen Volksbewegungen in den Niederlanden, in Ungarn, Westdeutschland sowie in Sachsen. Im Sommer 1790 brach in den Dörfern Kursachsens der offene Aufstand aus. In 86 Dörfern verweigerten die Untertanen der Rittergüter den Gutsherren alle Frondienste. Diese Rebellion erfaßte Mitte August 1790 fast das ganze Land; das Militär schlug den Aufstand jedoch mit Waffengewalt nieder.

Der Kampf der Bauern und Untertanen richtete sich vor allem gegen das feudale Jagdprivileg. Die Wut der Bauern und Tagelöhner war durch die enormen Wildbestände sowie durch das rücksichtslose und brutale Verhalten der Jäger zum Sieden gekommen. Trotz der Mißernten und Hungersnöte kauften die herrschaftlichen Jäger Korn und Kartoffeln überall auf, um das Wild damit zu füttern.

So kostete beispielsweise 1770 in Sachsen ein Scheffel Korn einen Taler und zwölf Groschen, im Sommer 1771 bereits zehn Taler und 1773 sogar 13 Taler. Solche sozialen Mißstände bereiteten natürlich den Boden für eine revolutionäre Volksbewegung mit vor.

Die Beseitigung der alten Jagdprivilegien in Frankreich trug mit dazu bei, daß sich im Frühsommer 1790 die Landbevölkerung in Sachsen erhob, um «in die Waldungen zu ziehen, um das Wildbret auszutreiben und todtzuschießen. Die Verwegenheit und Bosheit ist so weit gegangen», heißt es in einem Bericht

45 Carl Stülpner, der Volksheld und Wildschütz im Erzgebirge. Lithographie von C. G. Rudolph, 1835

der sächsischen Landesregierung, daß es «mehr einem Tumult ähnlich ist, und verschiedene Malen wiederholt» wurde. Obwohl den rebellierenden Bauern erfahrene Jäger fehlten, wurden «sogar ordentliche Treiben gemacht».

In einem Flugblatt vom 8. Juni 1790*, der «Kleinwolmsdorfer Kampfschrift an die Jäger, Schinder, Knechte und andere mehr», heißt es wörtlich: «Da wir uns und (an) anderen Orten der Jägerei sehr falsch geneidet und (unter) drückt werden, so wollen wir, mit unserem Verstand, und mit Macht, da wir, das arme Land und arme Leute (sind) ..., daß Euch Rackers und Schindeknechte, Euch Pulver und Blei in den Leib geschossen werden, und die Zungen zu dem Hals herausgeschnitten werden. Aber ihr Jäger sollt keine Gnade haben, und das Feuer soll auch auf eure Zunge und auf eure Augen gemacht werden. Und der Spieß und die Heugabel, das soll euch in euren Leib fahren und die Mistgabel und der Misthaken und die Hacken sollen Euch den Kopf zerscheitern und der erste Zaunpfahl soll euch die Beine zerschmettern. Denkt nur daran, ihr habt es schon längst verdient, denn euer Ja ist Nein und euer Nein das macht ihr zu Ja ... Ihr Jäger, ihr sollt das Blutopfer werden für viele Menschen. Und wir Armen wollen selbst auf die Fütterung gehen und das Heidekorn (Roggen) und die Ardborn (Erdbirnen – Kartoffeln) für uns arme Leute und Kindern Speise suchen, daß sie damit den Hunger stillen können. Und der erste Jäger, der da kommt, der soll die erste Kugel oder den Spieß oder den Pfahl (bekommen), und das alles soll den Jägern zu Dienste stehen.
Amen, das heißt Ja, Ja, so soll es also gehen.»

In dem Gedicht «Verteidigung der sächsischen Bauern wegen der Jagd» sagte J. G. Wolf aus Niederposta bei Dresden:

«Ihr Bauern hier im Sachsenland
Erlegt das Wild mit eigner Hand
Ihr tötet Rehe, Hirsche, Schweine
Ein jeder spricht: die Jagd ist Meine,
Das treibt ihr jetzt ohne Scheu
Habt ihr das Recht zu jagen frei?

Antwort:

Man hört ja niemals unsre Klagen ...
Drum machen wir nun selber Jagd.
Wir haben's Recht ganz ungefragt
Gott, der das Menschen Wirken kannte,
Bei Adam dort uns alle nannte:
Herrscht übers Vieh in Feld und Wald,
Ich schuf's zu eurem Unterhalt,
Ihr mögt die Tiere schlachten, essen
Und meiner Liebe nicht vergessen.
Hier liest man nichts von Sklaverei
Ein jeder Mensch soll herrschen frei
Freiheit ist ihm von Gott gegeben
Darüber läßt er Leib und Leben.
Wir schreiben uns von Adam her,
Wer ist, der nicht von Adel wär?
Wir sind daher ohn allen Tadel
Von dem urältesten, besten Adel!»

* Nach Aktenmaterial Loc. 1095 – Vol. I und II; Loc. 5433 – Vol. I; Loc. 6048; Amtsgericht Dresden Nr. 747/48, 754, 756/57, 928. Dresden, Staatsarchiv. Zitiert nach R. Limpach, 1958

46 Bauern verbrennen die herrschaftlichen Urkunden, in denen ihre feudalen Abgaben und Dienste festgehalten waren. 1848

Die Wiederherstellung dieses uralten Rechtes auf freie Jagd für jedermann ist in vielen Bittschriften und Petitionen der sächsischen Bauern aus dem Jahre 1790 als Forderung zu finden. Die großen Wildtreiben und Jagdunruhen im Frühsommer wurden zum Vorspiel für die große Volksbewegung in Kursachsen zur Zeit der Französischen Revolution, die in den Tagen zwischen dem 23. und 26. August 1790 ihren Höhepunkt erreichte. Mit der Niederschlagung des Bauernaufstandes mußte jeder Bauer geloben, seine Fron- und Jagddienste wieder wie bisher weiter zu leisten. 158 Bauernführer wurden wegen der Teilnahme an den Unruhen zu hohen Festungsstrafen verurteilt. Erst 1830 sind in Sachsen die feudalen Jagdfrondienste offiziell aufgehoben worden.

1848 erschütterten Revolutionen weite Teile Europas. Der Märzsturm 1848 rüttelte auch in den deutschen Ländern gewaltig an den alten Privilegien und Feudalrechten der Gutsbesitzer. Ob in Baden, Württemberg, Sachsen oder Mecklenburg, überall erhoben sich die Bauern und Tagelöhner und stürmten, wie im Jahre 1525, die herrschaftlichen Burgen und Schlösser. Es kam zu Rebellionen und revolutionären Aufständen, in deren Folge vor allem die Jagdprivilegien des Adels beseitigt wurden. Am 7. und 8. März 1848 zwangen die badischen Bauern den Baron von Adelsheim zur Unterzeichnung einer «Verzichtsurkunde», in der er seiner feudalen Rechte enthoben wurde. So sollten auch die Jagd und die Fischerei allgemein verpachtet werden und die Pachtgelder in die Gemeindekasse fließen. Im nassauischen Herzogtum stürmten etwa 30000 landarme Bauern das Schloß mit den Worten: «Schwefelt das Nest aus, dann kommen die Dachse heraus.» In der «Nassauischen Chronik des Jahres 1848» heißt es: «Wer aber bereitete denn eigentlich die Revolution in Nassau vor? Die

47 Spottblatt auf die preußische Jagd-Gesetzgebung, die völlig gegen die Bauern eingestellt war. Berliner Flugblatt vor 1848, Federlithographie. Berlin (West), Staatliche Museen, Stiftung Preußischer Kulturbesitz

Hirsche taten es, welche nachts in den Kornfeldern weideten. Sie waren die eigentlichen Demagogen, die Aufreizer zum Mißvergnügen. Sie waren es, welche dem armen Bauersmann die ersten liberalen Ideen einpflanzten.» So wurden die herzoglichen Förster vertrieben und in den Wäldern wurde auf alles Wild gejagt.

Am 22. Mai 1848 zogen mit Heugabeln und Sensen bewaffnete mecklenburgische Tagelöhner zum Schloß Torgelow bei Waren (Müritz) und brannten es nieder. In der mecklenburgisch-strelitzschen Zeitung «Blätter für freies Volkstum» heißt es: «Der Hirsch gilt mehr als der Mensch. Das Recht der Menschen wird mit schamloser Mordlust verhöhnt und das Recht der Hasen und Hirsche mit krautjunkerlicher Unverschämtheit unter Büchsenknall und Hussaschrei verkündet. Kein schärferer Ausdruck unserer Unterjochung und Brutalität unserer Despoten existiert als dieses Jagdrecht und seine menschenmörderische Ausübung.»

In zahlreichen Gesetzesvorlagen wird auf der Grundlage der Beschlüsse der 91. Tagung der Nationalversammlung in Frankfurt am Main vom 5. 10. 1848 eine Änderung des allgemeinen Jagdrechtes vorbereitet unter dem Grundsatz: «Jedes Jagdrecht auf fremdem Grund und Boden ist ohne Entschädigung aufzuheben und darf in Zukunft nicht wieder als Grundgerechtigkeit bestellt werden.» So entstanden neue Landesjagdgesetze, wie am 31. 10. 1848 in Preußen, 24. 9. 1848 im Herzogtum Sachsen-Altenburg, 16. 8. 1849 in Mecklenburg-Schwerin und am 30. 3. 1850 in Bayern.

Während in Preußen und Österreich entschädigungslos das feudale Jagdrecht 1848 aufgehoben wurde, mußten in Sachsen, Württemberg oder in Hannover dafür Entschädigungen an die Gutsherrschaften gezahlt werden.

Im Revolutionsjahr 1848 wurden durch die einzelnen Landesjagdgesetze alle Beschränkungen der Jagd annulliert; jeder konnte jagen oder das Wild mit der Schlinge fangen. Es gab keine Schonzeiten oder Schutzbestimmungen für das jagdbare Wild. In Kärnten jedoch war dies nicht der Fall, da sich hier bereits 1798 die erste bürgerliche Jägervereinigung im deutschen Sprachraum entwickelt hatte, die «Klagenfurter Jagdgesellschaft». Ihr Ziel war es, den Jäger zum Schützer und Bewahrer der Natur und ihrer Geschöpfe zu erziehen und die Jagd zum Weidwerk zu entwickeln.

Nach der jahrhundertelangen Unterdrückung durch die Jagdfron und die entstandenen enormen Wildschäden war das Verhalten der Bauern und Tagelöhner verständlich, besonders nach den bitteren Hungerjahren 1846/47. Jeder sollte an der Jagd teilnehmen und das verhaßte herrschaftliche Wild erbeuten. Innerhalb weniger Wochen waren die Jagdreviere leergeschossen. So ist z. B. in weiten Teilen Thüringens 1848/49 das Rotwild fast ausgerottet worden, ebenso im Münsterland das Rehwild.

Dieses rücksichtslose Schießen und Jagen führte zu einem Tiefstand in der Jagdwirtschaft, der erst nach Jahren wieder ausgeglichen werden konnte. Es fehlte die zielgerichtete Orientierung auf eine weidgerechte Jagdausübung in den 48er Jagdgesetzen. Abhilfe schufen erfahrene Jäger, die vor allem die Niederwildjagd förderten. Mit dem Lehrbuch Carl Emil Diezels «Erfahrungen aus dem Gebiete der Niederjagd», das 1849 erstmalig erschien und bis heute mit mehr als 20 Auflagen nach wie vor aktuell ist, wurde die «Kunst des Jagens» wieder eingeführt. Die stark dezimierten Niederwildbestände erholten sich bald wieder. Trotzdem bereitete sich die Konterrevolution systematisch auch auf dem Gebiet des Jagdrechtes vor, und am 7. März 1850 erließ Preußen ein «Jagdpolizeigesetz», um die «öffentliche Ordnung» mit Polizeigewalt wieder herzustellen. Jetzt wurde die Jagdausübung nicht mehr jedem Grundeigentümer gestattet, sondern er mußte im Besitz von mindestens 75 ha zusammenhängendem Grund und Boden sein. Mit dieser einschränkenden Klausel erreichte man, daß Bürger, Kleinbauern und Tagelöhner von der Jagd wieder ausgeschlossen wurden. So war der Großgrundbesitzer wieder alleiniger Herr über Jagd und Wild, nur daß jetzt neben dem Adel auch Bürgerliche als Besitzer von land- und forstwirtschaftlichen Flächen und Jagdrevieren auftraten.

Die Minimalfläche für die einzelnen Jagdbezirke war in den deutschen Ländern verschieden. Sie betrug in Preußen 75 ha, in Bayern 82 ha im Flachland und 136 ha im Hochgebirge, in Württemberg 15,7 ha, in Anhalt dagegen sogar 250 ha. Lediglich das Land Oldenburg gestattete auch dem kleinsten Eigentümer die volle Jagdausübung.

So war bereits wenige Jahre nach dem Revolutionsjahr 1848 alles wieder beim alten; grundlegend hatte sich nichts geändert. Die Hofjagdreviere und Staatsforsten wurden wieder zu den bevorzugten Jagdgebieten der Fürsten, des Hofadels und des Großbürgertums. Hiergegen erhoben bekannte Dichter und Patrioten in allen Ländern ihre Stimme und setzten sich für eine gerechte Jagdausübung ein.

168 Der slowakische Rebell Jánošik und seine Gefährten im Walde. Slowakische Hinterglasmalerei, 1. Hälfte des 19. Jh. Basel, Schweizerisches Museum für Volkskunde

169 Rebellierende Wildschützen wurden zu Volkshelden. Der Bayrische Hiesel (Matthias Klostermayer). Bilderbogen, Augsburg, 2. Hälfte 18. Jh. Sammlung Tobler, Schweiz

170 Saufütterung im Tiergarten Moritzburg um 1848

171 J. L. Appold: Das Jagdrecht. Stahlstich, 1854, nach einem Gemälde (1845) von Karl W. Hübner

172 F. Krüger: Herbstsuche auf Hasen und Hühner, Mitte 19. Jh. Dessau, Staatliche Galerie, Schloß Georgium

173 G. Courbet: Halali einer Hirschhatz im Winter. 1867. Besançon, Musée des Beaux-Arts

174 Volkstümlicher Wandschmuck «Des Jägers Leichenzug». Kolorierte Lithographie, 1. Hälfte 19. Jh. Frankfurt (M.), Sammlung Pieske

175 J. Ph. Hackert: Ferdinand IV., König von Sizilien, auf der Sauhatz. Neapel, Galleria di Capodimonte

176/177 H. Daumier: Jagdinstinkt. Lithographie. Berlin, Staatliche Museen, Kupferstichkabinett und Sammlung der Zeichnungen

178 H. Daumier: Wenn man Pech hat. Lithographie. Berlin, Staatliche Museen, Kupferstichkabinett und Sammlung der Zeichnungen

179 G. Courbet: Uhu, Reh anschneidend. Berlin, Staatliche Museen, National-Galerie (Kriegsverlust)

Abbildung nächste Seite: 180 Reitjagd im Nürnberger Volkspark

Jäger, Künstler, Patrioten

«Die Jagd mit der Flinte und mit Hunden ist an und für sich schön;
aber nehmen wir an, Sie sind nicht als Jäger geboren;
Sie lieben aber doch die Natur und die Freiheit;
folglich müssen Sie uns Jäger beneiden.»

Iwan Turgenjew «Aufzeichnungen eines Jägers», 1852.
Aus der Erzählung «Wald und Steppe»

Die sozialen und politischen Kämpfe der großen Revolutionen des 19. Jh. übertrugen sich auch auf die künstlerischen Auffassungen jener Zeit. Es entstanden drei Hauptrichtungen, der Klassizismus, die Romantik und der Realismus, die sich auch in der künstlerischen Darstellung der Jagd widerspiegeln.

Zu den bedeutendsten bildenden Künstlern des 19. Jh. gehörten in Paris Honoré Daumier (1808–1879) und Gustave Courbet (1819–1877). Mit der Büchse und dem Zeichenstift in der Hand erlebten diese bedeutenden französischen Künstler und Jäger die Revolutionsjahre 1848 und 1871.

Nach der Julirevolution 1830 trat Honoré Daumier als Karikaturist hervor mit seinen zahlreichen satirischen Blättern. Seine Lithographien bilden eine scharfe Anklage gegen Monarchie, Reaktion und Spießbürgertum. Daumiers volksverbundene, humanistische Einstellung fand in seinem künstlerischen Schaffen Ausdruck: Mehr als 4000 Lithographien, 1000 Holzschnitte und Hunderte von Gemälden und Zeichnungen schuf der Künstler, das Thema der Jagd ist dabei zahlreich vertreten, nicht zuletzt in karikierender Weise. Sein Freund Gustave Courbet zählte zu den bedeutendsten Vertretern des französischen Realismus. Als leidenschaftlicher Jäger und Verehrer der Natur verstand er es meisterhaft, farbenprächtige Darstellungen der Jagdlandschaft wiederzugeben. Er wollte bewußt die in der Natur verborgenen Schönheiten für jeden sichtbar machen. Schönheit war für ihn zugleich Wahrheit, deshalb sah er die Schönheit im Gegenstand. Seine Jagdgemälde werden zu Recht als die letzten Werke der «großen Epoche» der Jagdmalerei angesehen.

Als konsequenter Realist gestaltete er in seinen Jagdszenen nicht mehr die romantische Landschaft, in der Jäger und Wild lediglich als Staffage dienen, sondern stellte bewußt ganze Jagdszenen in den Vordergrund. Das bekannteste Bild ist das «Halali einer Hirschhatz im Winter», es wird auch als «Das große Halali» bezeichnet. Courbet war jedoch nicht nur einer der großen Realisten des 19. Jh. Als Mitglied des Rates der Pariser Kommune stellte er bewußt sein künstlerisches Schaffen in den Dienst der politischen Ideen seiner Zeit. Er wurde zum Vorbild des politisch engagierten Künstlers, der nicht nur die Zeichen jener Tage erkannte, sondern sie auch künstlerisch umsetzte.

Nach dem Sieg der Konterrevolution wurde auch Courbet am 7. 6. 1871 vor ein Kriegsgericht gestellt und wegen seiner Teilnahme an der Zerstörung der Vendôme-Säule zu sechsmonatiger Gefängnisstrafe in Sainte-Pélagie verurteilt. Während seiner Kerkerhaft malte er seine schönsten Stilleben. Nach seiner Haftentlassung wurde vom Staat das Verfahren erneut aufgenommen, so daß Courbet am 23. 7. 1873 Frankreich verlassen mußte. Er floh in die Schweiz Das Gericht verurteilte ihn 1874 dazu, auf seine Kosten die zerstörte Säule wieder aufbauen zu lassen (seine Unschuld wurde erst 1951 nachgewiesen). Die Summe von 323000 Francs konnte nicht aufgebracht werden, so daß sein Atelier mit vielen bedeutenden Werken versteigert wurde. Als Courbet 1877 starb, waren seine Werke bereits weithin zerstreut. So befinden sich heute folgende Jagd- und Tiergemälde in nachstehenden Sammlungen:

La Curée, 1856	Museum of Fine Arts, Boston
Kämpfende Hirsche, 1861	Louvre, Paris
Toter Fuchs im Winter, 1860/65	Privatbesitz
Rehe im Winter, um 1866	Musée des Beaux-Arts, Lyon
Wilddieb (zwei Ausführungen), 1867	Privatbesitz in Bern und im Musée des Beaux-Arts, Besançon
Rehe im Wald und See	Louvre, Paris
Jägerfrühstück, 1866	Wallraf-Richartz-Museum, Köln
Halali im Winter, 1867	Musée des Beaux-Arts, Besançon

In Polen fand der Kampf für die Unabhängigkeit vom zaristischen Rußland und von der preußischen Bevormundung im Großherzogtum Posen in der vom niederen polnischen Adel geleiteten nationalen Befreiungsbewegung in den Aufständen von 1830/31 seinen ersten Höhepunkt. Die vorwiegend in der Polnischen Demokratischen Gesellschaft organisierten patriotischen Kräfte wurden besonders von den polnischen Literaten gewürdigt. Zu diesen Vertretern der neuen polnischen Romantik gehörte der Dichter Adam Mickiewicz (1798–1855).

Unter dem Einfluß der nationalen Niederlage des Novemberaufstandes 1830/31 schuf Mickiewicz das polnische Nationalepos «Pan Tadeusz» (1834). In diesem Meisterwerk der Dichtkunst stellt er ein Bild des ländlichen Lebens in Litauen um 1812 dar, in dem die Jagd das dominierende Thema ist. Als 1855 der Krimkrieg ausbrach, ging Mickiewicz aus seiner Pariser Emigration in die Türkei, um eine polnische Liga gegen das zaristische Rußland aufzustellen. Aus jenen Tagen stammt auch das Gemälde, das ihn mit Hetzhunden zeigt. Zur gleichen Zeit entwickelte sich auch im zaristischen Rußland eine neue Form der künstlerischen Darstellung der Jagd, indem eine reale, volksverbundene Schilderung der Jagderlebnisse mit den Schönheiten der Natur verbunden wurde.

A. S. Puschkin (1799–1837), Rußlands größter Dichter, hat, obwohl er selbst kein passionierter Jäger war, anschaulich über die Jagd berichtet. Besonders in seinem Poem «Graf Nulin» sowie in seiner Novelle «Dubrowski» wird gezeigt, daß die Jagd volksverbunden eine soziale Funktion zu erfüllen hat. Mit Leidenschaft schildern auch andere russische patriotische Dichter das schwere Los der leibeigenen Bauern bei den Jagden, denn erst 1861 wurde in Rußland offiziell die Leibeigenschaft aufgehoben.

Besonders in den Werken von N. A. Nekrassow (1821–1879), der zu den bedeutenden revolutionären Demokraten Rußlands zählte, widerspiegelt sich das erlebnisreiche Dasein eines erfahrenen Jägers. In seinem Gedicht «Auf die ersten Schritte» (1874) sagte er von sich: «Meine besten Freunde sind der Jagdhund, das scharfe Jagdmesser und die treffsichere Büchse.» Auch in seinem berühmten Poem «Wer lebt glücklich in Rußland» berichtet er in der Sprache der Poesie voller Begeisterung von seinen zahlreichen Jagderlebnissen.

Zu den kulturgeschichtlich wertvollen Werken der russischen Jagdliteratur zählen auch die Memoiren des Schriftstellers S. T. Aksakow (1791–1859), der als Jäger und Angler in seinem Hauptwerk «Die Kinderjahre Bagrows des Enkels» (1858) die Jagd und das patriarchalische Leben des Landadels im alten Rußland schildert. Zwang, Unterdrückung und Ausbeutung der russischen Bauern bei der Jagd werden vor allem in den Werken der klassischen russischen Prosa eindrucksvoll dargestellt. Hier sind in erster Linie die Bücher des hervorragenden humanistischen Schriftstellers J. S. Turgenjew (1818–1883) zu nennen, der 1852 unter dem Titel «Aufzeichnungen eines Jägers» bewegende Erzählungen gegen Jagdfron und Leibeigenschaft vorlegte. Die scharfe Gesellschaftskritik in seinen Werken führte zur Verbannung des Dichters auf sein Gut Spasskoje-Lutowisowo in Gouvernement Orlow. Als sich 1869 eine französische Zeitung mit der Frage an Turgenjew wandte, welches seine Lieblingsbeschäftigung sei, gab der Dichter zur Antwort: «Die Jagd.» Stimmungsvolle Jagderzählungen stammen aus seiner Feder, wie z. B. «Die Reise in die Waldgegend», «Der Steppenkönig Lier» usw. Ein Jagdlehrbuch mit dem Titel «Fünfzig Fehler eines Büchsenjägers und fünfzig Fehler eines Jagdhundes» wurde von Turgenjew veröffentlicht. Auch Leo Tolstoi bietet in «Krieg und Frieden» ein plastisches Bild von der Hetzjagd auf Wölfe.

So sind mit den Namen bedeutender Dichter der polnischen und russischen Literatur des 19. Jh., die sich in ihren realistischen und gesellschaftskritischen Werken leidenschaftlich gegen die gutsherrlich-bürgerliche Ordnung richteten,

48 Illustration zu «Pan Tadeusz» 1834

eindrucksvolle Jagdschilderungen verbunden, die zum kulturgeschichtlichen Erbe der Weltliteratur gehören. Zu den künstlerischen Darstellungen der Jagd im 19. Jh. müssen auch die Gemälde und Aquarelle russischer und polnischer Maler gerechnet werden, die in gleicher Weise das Thema der Jagd in ihr Schaffen einbezogen. Hier sind vor allem die Werke der polnischen Maler zu nennen, die den Realismus in der Historien- sowie in der Landschaftsmalerei vertraten: Juliusz Kossak, Julian Falat, Josef Chelmonski, Josef Szermentowski, um nur einige aufzuzählen. Die Jagd wurde durch die polnischen Romantiker in enger Verbindung mit dem Leben des polnischen Volkes gesehen und vom Künstler bewußt so gestaltet. Hundeführer, Treiber und Jägerburschen fügte man harmonisch mit in die Jagdgemälde ein, so daß neben dem adligen Jagdherren und seinen Jagdgästen vorwiegend der einfache bürgerliche Mensch dargestellt wurde.

In Bukarest erschien 1874 das bedeutende Jagdbuch, das der rumänische Schriftsteller und Jäger Alexander Odobescu unter dem Titel «Pseudokinegetikos» verfaßte.

Von den russischen Künstlern der realistischen Malerei sind besonders zu erwähnen: R. W. Lebedjew, L. O. Pasternak, I. L. Repin, F. Rubow, Samokisch, A. S. Stepanow. Sie alle haben eindrucksvolle Jagdszenen in ihren Gemälden und Pastellzeichnungen festgehalten.

In Deutschland ist unter den realistischen Malern vor allem Wilhelm Leibl zu nennen, der unter dem Einfluß von Courbet stand und 1876 neben anderen Werken zum Thema das Bildnis «Der Jäger» schuf. Auch von Max Liebermann sind einige Graphiken zu Thema Jagd bekannt.

In Deutschland erlebten Anfang des 19. Jh. fortschrittliche, humanistische Ideen durch das Wirken der Klassik und Romantik einen weiteren Höhepunkt .Diese bürgerliche Kultur stand im Gegensatz zu den reaktionären Vertretern der sogenannten «Restaurationsperiode». Beeinflußt von den Literatur- und Kunstströmungen der Französischen Revolution, wurde diese neue bürgerliche Nationalliteratur besonders durch das Wirken von J. W. v. Goethe, F. Schiller, F. Hölderlin, L. Uhland und H. Heine geprägt, während das Musikschaffen durch L. v. Beethoven, C. M. v. Weber, F. Schubert und F. Mendelssohn Bartholdy bestimt wurde. Von ihnen stammen zahlreiche Gedichte, Jagdlieder und Musikstücke, in denen die Natur und die Jagd gewürdigt werden. Hier kommt eine echte Volksverbundenheit zum Ausdruck, und viele dieser Lieder und Gedichte zählen noch heute zu den wertvollsten Zeugnissen jagdlichen Brauchtums.

Viele Volkslieder wie «Der Jäger aus Kurpfalz»; «Ich schieß den Hirsch im grünen Forst»; «Es blies ein Jäger wohl in sein Horn»; «Im grünen Wald, da, wo die Drossel singt» erklingen heute noch. Zahlreiche Lieder und Erzählungen berichten auch über verwegene Wildschützen, die als geehrte Volkshelden in den großen Waldgebieten «wilderten». So wurde das Wildererlied: «Ich bin ein freier Wildbretschütz und hab mein Jagdrevier ... doch daß es einem anderen gehört, macht keine Sorgen mir» zum vielgesungenen Volkslied. Die bekanntesten Wildschützen waren, um nur einige Beispiele zu nennen, im Sachsenwald und in der Lüneburger Heide Hans Eidig; im Erzgebirge Karl Stülpner; in Thüringen der «Schwarze Friedrich»; der «Rothaarige» jagte im Böhmischen; der «Krummfinger Balthasar» im Fränkischen; der «Sonnenwirt» in Schwaben; in Bayern Matthias Klostermayer – genannt der «Bayrische Hiesel» oder in Oberbayern Georg Jennerwein. Auch aus Österreich sowie aus vielen anderen unübersichtlichen Bergwäldern sind unzählige Wilderergeschichten und volkstümliche Darstellungen bekannt, in denen «einst ein kühner Wildschütz jagte, dessen Herz für die armen Bauern schlug». Mit Albert Lortzings Oper «Der Wildschütz» (1842) oder mit der romantischen Oper Carl Maria v. Webers «Der Freischütz» (1821 in Berlin uraufgeführt) entstanden volkstümliche Werke zum Thema Jagd. Hier wird das Leben der Jäger und Landsleute aus Böhmen dargestellt, viele Parforcesignale, Jagdlieder und Volksweisen sind aufgenommen, die im 3. Akt im «Jägerchor» ihren musikalischen Höhepunkt erreichen. Die echte Lebensfreude des Jägervolkes («Was gleicht wohl auf Erden dem Jägervergnügen?») drückt aus, daß die Zeit der feudalen Jagdprivilegien zu Ende geht.

Von J. W. v. Goethe wissen wir, daß er selbst gern im Jagdhaus am Kickelhahn bei Ilmenau im Thüringer Wald saß und dort auch das Gedicht «Des Jägers Abendlied» schrieb. Als Schiller 1803 die «Braut von Messina» verfaßte, schrieb er, daß «die Jagd das Gleichnis der Schlachten ist, des ersten Kriegsgottes Braut». Auch der Text des Volksliedes «Mit dem Pfeil, dem Bogen, durch Gebirg und Tal» stammt von Friedrich Schiller. Zu Eichendorffs «Der Jäger Abschied» schrieb Felix Mendelssohn Bartholdy die Melodie: «Lebe wohl, lebe wohl, du schöner Wald».

Fox-hunting in England

«Fox-hunting during the eighteenth and nineteenth century was the democratic sport; shooting the snob sport, as many stories testify.»
(Die Fuchsjagd war während des 18. und 19. Jh. ein demokratischer Sport, Schießen ein Sport der Snobs, wie viele Geschichten belegen.)

Ch. Ch. Trench «A History of Horsemanship»

Anfang des 18. Jh. herrschte, wie überall in Europa, auch in England noch der Geist von Versailles. Dem französischen Geschmack entsprechend, waren die Schlösser und Parks der englischen Landlords in der strengen, regelmäßig geschnörkelten Ausführung des französischen Barock, des «bien rococo», gestaltet. Auch die Jagd wurde nach französischem Vorbild als Parforcejagd auf Rotwild und Hasen ausgeübt. Seit die Normannen im Jahre 1066 England eroberten, wird das Hetzen des Wildes mit Hunden – «hunting» – betrieben und im englischen Jagdlehrbuch von Twici, einem Hofjäger König Edwards II. (1307 bis 1327), anschaulich beschrieben. Bis ins 17. Jh. blieb die Parforcejagd auf Rotwild in französischer Manier in Schottland, Irland und England bestimmend. Da die starken Hirsche in der freien Wildbahn bereits ausgerottet waren, wurden Rot- und Damwild in den großen Parkanlagen gehalten und für die Hetzjagd freigelassen.

Aus den gesellschaftlichen Spannungen und Konflikten zwischen England und Frankreich in der Mitte des 18. Jh. entstand in England eine starke Bewegung gegen alles Französische. Sie richtete sich auch gegen die regelmäßigen französischen Park- und Schloßanlagen und gegen die französische Hetzjagd. William Kent (1684–1748, Maler und Gartenarchitekt) war einer der ersten, der die Meinung vertrat, daß die Natur gerade Linien vermeidet. Der französische Garten wurde durch den englischen Landschaftspark ersetzt. Einer der frühesten «Englischen Gärten» war der Park in Stowe; Kent schuf die Gartenanlagen von Kensington. Der Park von Blenheim ist ebenfalls als typische Anlage eines englischen Landschaftsgartens zu betrachten. «Die Bäume bilden freie Gruppen und wechseln mit offenen Waldwiesen ab; oft ist einer oder sind mehrere Bäume von der Hauptmasse abgesondert. Die schmalen Wege schlängeln sich dahin, als seien sie für Spaziergänge von einsamen Träumern geschaffen. Der Park wird durch einen See mit unregelmäßigen Ufern belebt. Allerdings ist auch in einem solchen Landschaftspark mit seinen geschickt gewählten malerischen Wirkungen die Hand des Menschen zu erkennen», heißt es in einer Beschreibung der englischen Landschaftsparks.

Ebenso wie für die Gartenarchitektur suchte man auch für die Jagd in England in der Mitte des 18. Jh. nach eigenen Lösungen und wandte sich bewußt von der französischen Parforcejagd ab. Das französische Parforcerevier mit seinen geraden, regelmäßig-sternförmigen Reitwegen war in dem neuen englischen Landschaftspark undenkbar. Die Reitjagd mit der Meute mußte sich deshalb dem neugestalteten Landschaftsbild anpassen und über offene Waldwiesen und Felder gehen. In diesem Biotop war der Rothirsch nicht zu Hause bzw. leicht zu stellen, es mußten also andere Tierarten gehetzt werden. So wurden der Hase und der bis dahin als Jagdtier verachtete Fuchs, die typischen Bewohner der offenen Landschaft, zum Hauptgegenstand der englischen Hetzjagd; Fox-hunting wurde zum Sinnbild der englischen Jagd.

Seit etwa 1750 ist die Fuchsjagd die dominierende Reitjagd mit der Meute sowohl in England wie in Schottland. Diese Jagd ist nicht mehr das erbarmungslose Hetzen von Wildmassen, sondern ein echtes Wettrennen zwischen Hunden und Pferden, die dem flüchtenden Fuchs oder Hasen nachjagen. Die Fuchsjagd wurde zum sportlichen Vergnügen, das sich parallel zur Entwicklung des Pferdesports in England entfaltete. Bereits 1377 wurden in England die ersten Pferderennen nachgewiesen, 1752 in Irland die ersten Hindernisrennen gelaufen, und 1780 durch Lord Edward Derby die Galopprennen über 2400 m in Epson erstmalig gestartet. Die englische Vollblutzucht erreichte mit dem berühmten Hengst Eclipse (1764 geboren) einen Höhepunkt. 1766 wurde von Lord Oxford der erste Hasenjagdclub in England (Swaffham Coursing Club) gegründet, 1825 der Altcar Club bei Liverpool.

Als Jagdpferd züchtete man durch die Einpaarung von Vollbluthengsten mit Halbblutstuten ein spezielles Hunting-Pferd, das ausschließlich für die Fuchsjagd bestimmt war. Die weiten Gras- und Heideflächen in den rauhen, hügeligen Landschaften Mittel- und Nordenglands verlangten ein stabiles und ausdauerndes Pferd für den Fuchsjäger. Trotzdem waren die Stürze und Pferdeverluste bei den jährlichen Fuchsjagden sehr groß; im Durchschnitt benötigte jeder Jäger etwa zehn Pferde für eine Jagdsaison. Besonders nach der Einzäunung der Felder mit Stacheldraht vermehrten sich die Unfälle bei den Reitjagden sehr.

Die Saison begann im November und dauerte bis Mai des nächsten Jahres. Zentrum der großen Fuchsjagden war die Stadt Malton-Mowbray in der Grafschaft Leicester. Hier trafen sich alljährlich zur Herbsjagd die «Sportsmen» aus allen Teilen Großbritanniens. Etwa 700 Jagdpferde standen in den Ställen von Malton, und die Meuten der wertvollen «Fox-hounds» kläfften in den Zwingern und warteten ungeduldig auf den Beginn der großen Fuchsjagd.

Zu den renommiertesten Meuten der Fuchshunde in England zählten nach Floessel die Zuchtställe (kennels) des Herzogs von Rutland, des Herzogs von Beauford sowie der Grafen von Charborough und Fitzwilliam. Auch die Meuten (packs) des Grafen Fitzharding auf Schloß Berkeley in der Grafschaft Gloucester mit 114 «Fox-hounds» wurden von ihrem «Feeder» (Hundewärter) vorbildlich betreut und zur Fuchsjagd abgeführt. Zu den ältesten englischen Fuchshundemeuten gehörten die des Lord Grey of Wark und des Herzogs von Monmouth in Charlton bei Goodwood.

1895 gab es in England insgesamt 323 Meuten von Parforcehunden. Für die Unterhaltung der 20835 Hunde und zahlreichen Reitpferde für die Parforcejagden mußten jährlich etwa fünf Millionen Pfund Sterling (umgerechnet etwa 100 Millionen Mark) aufgebracht werden – ein nobler und teurer Sport.

1971 waren es immer noch fast 250 Meuten (mehr als vor dem zweiten Weltkrieg); ein Zeichen, daß die Fuchsjagd mit der Meute nach wie vor als Nationalsport der wohlhabenden Engländer gilt.

Nachstehende Aufstellung vermittelt eine Übersicht über die 1895 in Großbritannien unterhaltenen Meuten verschiedener Parforcehunde:

	England	*Schottland*	*Irland*
Hirschhunde	16 Meuten mit 790 Hunden	–	6 Meuten mit 328 Hunden
Fox-hunde	153 Meuten mit 11482 Hunden	10 Meuten mit 679 Hunden	20 Meuten mit 1541 Hunden
Harrier-(Fuchs) Hunde	110 Meuten mit 3702 Hunden	3 Meuten mit 11 Hunden	27 Meuten mit 932 Hunden
Beagle- (Hasen) Hunde	44 Meuten mit 1170 Hunden		
insgesamt	323 Meuten mit 17244 Hunden	13 Meuten mit 790 Hunden	53 Meuten mit 2801 Hunden

Die Fuchsjagd verlief nach festen Regeln, die im wesentlichen auch heute noch Gültigkeit haben.

Der «Master of fox-hounds», der die großen Fuchsjagden für die Jagdgesellschaften arrangiert und leitet, begrüßt die anwesenden Jagdgäste. Im Durchschnitt nehmen an jeder Jagd etwa 80 Reiter und eine Meute von 60 auserlesenen Fuchshunden teil. Die Jäger mit ihren roten Röcken und weißen Reithosen versammeln sich mit den Damen zu «meets» (Treffpunkt zum Beginn der Jagd) um den «Master»; der «Houndsman» (Oberjäger) dirigiert mit der Peitsche die ungeduldiger Meute. Seine beiden «Whipper-in» (Jäger-Hundeführer) reiten in der Meute bzw. hinter der Meute, so daß sie stets die Hunde im Auge behalten können. Weitere Bedienstete sind die «Feeder» (Hundewärter) sowie der «earthstopper», ein geschulter Fährtensucher, der die Röhren am befahrenen Fuchsbau in der Nacht vor der Jagd mit Dornen und Steinen zu verstopfen hat. So besteht die größte Sicherheit, daß der zu jagende Fuchs von der Meute aufgestöbert und flüchtig wird.

Mit ihren ausdauernden Pferden jagen die Jäger hinter dem Fuchs her, wenn der «Houndsman» das Signal «Hark in! Hark in! there dogs!» gibt.

In einem Bericht über die zuverlässige Arbeit der Fuchshunde heißt es: Nach längerer Zeit des Durchstöberns hörte man plötzlich «ein Gebell, dumpf wie das eines Hundes, der schläft, aus dichtem Gebüsch hervor. Auf diese Anforderung antworteten andere Hundestimmen wie ebensoviele Echos, und dann folgten deutlich Töne. Dieses Gebell, namentlich das letztere verkündete, daß der Fuchs gefunden war. Jetzt galt es, ihn aus seiner Verschanzung herauszutreiben. Das war ein Werk weniger Minuten. ‹tally-ho! tally-ho! gone away!› ‹Da ist er, fort Hunde, packt ihn!› rief der erste Whipper-in in einem Tone, der nicht zu beschreiben ist. Der Oberjäger bläst in das Horn, die zerstreuten Hunde sammeln sich und alle Jäger, die Sporen tief eingedrückt, galoppieren davon. Das war ein Rufen und Durcheinander von Menschen, Pferden und Hunden, daß einem förmlich schwindlig wurde. Die Meute namentlich entwickelte einen bewunderungswürdigen Eifer, Mut und Gehorsam.

Es war interessant zu sehen, wie die Hunde immer wieder in Reih und Glied zurückgingen, oft bis unter die Pferde, trotz der Gefahr zertreten zu werden, und bald war die Ordnung wieder hergestellt.» Diese mittelgroßen, kräftigen Meutehunde mit ihren tiefabgesetzten Behängen sind etwa 55–60 cm groß und von weißer, schwarzer und lohfarbener Zeichnung, sie sind sehr zäh und ausdauernd. Etwa vier bis fünf Stunden dauert gewöhnlich eine Fuchsjagd, ehe die

49 Bruce Roberts. Fuchsjagd. Holzschnitt aus: Catfryn-Roberts «Englische Stahlstiche des 19. Jh.»

Meute den Fuchs gestellt hat. Nachdem der «Houndsman» die Standarte («brush») abgeschärft hat und alle Jäger ein lautes Freudengeschrei ausgestoßen haben, wirft er den Fuchs mitten in die «Fox-hounds», die ihn gierig verschlingen. Nach der erfolgreichen Fuchsjagd versammeln sich alle Jäger und Gäste zum Bankett beim Jagdherren, wo dann das «Schüsseltreiben» beginnt.

Neben dem englischen «Fox-hunting» wird heute in fast allen Ländern die «Fuchsjagd» als eine rein sportliche Reitjagd im Gelände betrieben. Hier tritt an die Stelle des flüchtigen Fuchses nur noch ein Reiter, der am Oberarm eine Fuchsstandarte (Schwanz) befestigt hat, die es gilt, ihm in schnellem Ritt abzujagen.

Das Reiten über Stock und Stein, über Hecken, Gräben und Zäune ist hierbei die sportliche Note, die beide Fuchsjagden gemeinsam haben.

Eine andere Form der Reitjagd wurde besonders im 19. Jh. in Osteuropa betrieben, die Hetzjagd mit Windhunden auf Wölfe.

Hetzjagden mit Chart-Windhunden in den russischen Steppen

«Es wurden 54 Hetzhunde ausgeführt, mit sechs berittenen Pikören und Hundewärtern. Außer den Herrschaften nahmen noch acht Jäger teil, die mehr als 40 Windhunde bei sich hatten, so daß mit den Koppeln der Herrschaften an die 130 Hunde und 20 Berittene aufs Feld zogen.»

Leo Tolstoi «Krieg und Frieden»

Im Gegensatz zur französischen Parforcejagd und der englischen Fuchsjagd war im alten Rußland die Hetzjagd mit Chart-Windhunden sehr beliebt. Hier jagte man nicht mit großen Meuten, sondern der einzelne Reiter führte jeweils eine Koppel von zwei oder drei Windhunden an der Leine. Gemeinsam ritt man zur Jagd und hetzte über die weiten Steppen und Felder der südrussischen und mittelasiatischen Landschaft.

Man unterschied hierbei vier Arten der Hetzjagd mit Windhunden:
die «Klopfjagd», vorwiegend auf Hasen, Fuchs und Wolf;
die «Jagd auf Sicht», hauptsächlich auf Hasen;
die «Treibjagd» auf Wölfe;
die «kombinierte Hetzjagd», mit Parforce- und Windhunden auf Fuchs und Hasen.

Das Wort «chart» wird aus dem Polnischen abgeleitet und bedeutet «schneller Hund». Seit dem 14. Jh. züchtete man in Polen und dem südlichen Rußland den Chart-Windhund aus einer Kreuzung zwischen russischen Hetzhunden und englischen Windhunden. Diese leichtbehaarten, rabiaten und ausdauernden Chart-Windhunde wurden durch Einkreuzung der Krim-Hetzhunde zu den berühmten «Russischen Windhunden». Diese großen und schnellen Hunde, bei denen der Rüde eine Schulterhöhe von 85 cm erreicht, eigneten sich hervorragend für die Wolfsjagd. Charles Darwin bezeichnete diese eleganten Windhunde als eine «Verkörperung von Symmetrie und Schönheit». Neben den Chart-Windhunden sind noch folgende Hunderassen aus den osteuropäischen und mittelasiatischen Steppenzonen bekannt, die für die Hetzjagden eingesetzt wurden und teils noch werden:

der Barsoi, eine dicht wellbehaarte Windhundrasse aus den nördlichen Waldgebieten und Waldsteppenzonen Rußlands,
der Tasy, eine Windhundart aus den mittelasiatischen Steppen,
der Taigan, ein kirgisischer Windhund,
der bekannte afghanische Windhund,
der Saluki, eine persische Windhundrasse.

Die berühmtesten Windhundzüchter waren der General J. Lipunow mit seiner neuen Züchtung von russischen Barsoi-Windhunden mit langem und weichem Haar, das sich bereits bei der leichtesten Luftströmung im Zimmer bewegte, sowie der Großfürst Nikolai Nikolajewitsch. Er züchtete um 1886 im Gouvernement Tula aus dem schnellen Barsoi und dem scharfen russischen Schweißhund den Perchino-Windhund. Sein Jagdhof wurde zum Mittelpunkt der kombinierten Hetzjagden im alten Rußland.

Hetzjagden mit russischen Windhunden waren besonders seit Anfang des 19. Jh. beliebt und werden noch heute in den Gebieten von Wolgograd, Rostow und Tampow von den sowjetischen Jägern ausgeübt. Ein erfahrener Windhundjäger erzielt bei diesen Jagdmethoden eine jährliche Strecke von über 250 Füchsen.

Bei der sogenannten Klopfjagd ritten die Jäger in breiter Front über die weiten Steppen, wobei zwei oder drei Windhunde an die Leine gekoppelt waren. Mit seiner etwa drei Meter langen Hetzpeitsche knallte und «klopfte» der Jäger laut, so daß Hasen, Füchse oder auch Wölfe aufgestöbert wurden. Der dem flüchtenden Wild am nächsten reitende Jäger löste seine Koppel. Die Windhunde, die eine Laufgeschwindigkeit von etwa 70 km/h erreichen, jagten gemeinsam und würgten schon nach kurzer Strecke das Wild. Die Beute gehörte dem Jäger, dessen Hunde als erste das Wild erreichten und festhielten. Die Klopfjagd wurde zu jeder Jahreszeit ausgeübt, wogegen die «Jagd auf Sicht» vorwiegend im Spätherbst auf Hasen veranstaltet wurde.

Scholostow beschrieb diese Hetzjagd wie folgt: «Die in breiter Front reitenden Jäger bemühten sich, den sich drückenden Hasen zu erspähen. Wurde er vom Jäger gesichtet, so legte dieser seine Hetzpeitsche auf die Mütze. Das war das Signal: ‹Ich sehe!› Auf dieses Zeichen machten sich die anderen Jäger fertig und lösten die Hunde, sobald der Hase aufsprang. Nachdem sich der Windhund bis auf wenige Meter dem flüchtigen Hasen genähert hatte, entwickelte er im Sprung eine solche Geschwindigkeit, daß die einzelnen Bewegungen unmöglich zu unterscheiden waren. Der Hund erschien wie eine weiße Wolke, blitzartig sein Opfer einholend. Und dennoch gelang es dem Hasen, nach einer Reihe listiger Haken und Sprünge, heil und unversehrt den Hunden zu entkommen.»

Anders ging es bei der Treibjagd auf Wölfe zu. Der graue Räuber wurde in Rußland von alters her mit Hetzjagden unerbittlich verfolgt, weshalb die Windhunde speziell auf Wölfe abgerichtet und scharf gemacht wurden. Die angeborene Schärfe der russischen Windhunde auf Wölfe wurde durch eine systematische Abrichtung der Junghunde an einer eingefangenen Wölfin, die man knebelte, noch gesteigert, damit die hetzenden Hunde instinktiv den Wolf kreuzweise zu fassen bekamen. Der rechte Hund griff dabei nach dem linken Gehör des Wolfes, wogegen der linke Hund sich im rechten verbiß. So drückten sie den Wolf zu Boden, ohne daß dieser sich entscheidend wehren konnte. Der zu Hilfe galoppierende Jäger stürzte sich buchstäblich vom Pferd auf den Rücken des Wolfes, um mit einem wohlgezielten Stoß seines Weidmessers das Tier zu töten oder lebend zu fangen und zu knebeln. Hierbei wurde ein mit Eisen beschlagener Holzknebel dem Wolf zwischen dem Fang festgebunden sowie die Läufe zusammengeschnürt.

In der Usbekischen SSR halten heute noch 99 Prozent aller Jäger Windhunde und hetzen mit Koppeln von zwei bis vier Hunden auf Wolf, Fuchs, Muffelwild und Saiga-Antilopen. Diese Jäger besitzen nur zu etwa 15 Prozent eigene Jagdwaffen, da sie lieber mit Pferd, Königsadler oder Windhunden in den asiatischen Halbsteppen auf Jagd ziehen und damit erfolgreicher jagen als mit modernen Feuerwaffen.

Im alten Rußland fand neben den bereits beschriebenen Jagdarten auch die sogenannte kombinierte Hetzjagd statt, bei der Hetz- und Windhunde gemeinsam zur Jagd eingesetzt wurden. So bestand die Meute des Zaren Peter II. beispielsweise aus 200 Hetz- und über 420 Windhunden. Der Smolensker Fürst Somsonow unterhielt einen Jagdhof mit über 1000 Hunden; deshalb bezeichnete er sich als «Ersten Jäger Rußlands».

Zu den russischen Jagdhöfen gehörte auch unbedingt die russische Jagdmusik. 1757 wurde dem Jagdschloß Ismailov bei Moskau das Patent erteilt, die kaiserliche Jagdmusik auf speziellen Jagdhörnern, sogenannten «Russischen Hörnern», aufzuführen. Auf jedem Horn konnte man nur einen vollen Ton blasen, so daß 37 Bläser notwendig waren, um ein Konzert zu geben. 1788 war in St. Petersburg die kaiserliche Jagdmusik mit 88 Bläsern besetzt. Auch in Deutschland fanden die Russischen Hörner in der Jagdmusik (auf der Veste Coburg) oder als Bergmannsmusik (z. B. Freiberg/Sachsen) viel Anklang.

Die bekannteste kombinierte Hetzjagd war die sogenannte Perchino-Jagd. Im Jagdschloß Perchino, 32 km von Tula am Flusse Upa gelegen, richtete man 1887 den Jagdhof des Großfürsten Nikolai Nikolajewitsch ein. In zwei Meuten wurde mit etwa 100 Parforcehunden, 120 bis 150 Barsoi-Windhunden und 15 englischen Grey-Hunden gemeinsam gehetzt, wobei das gesamte Jagdpersonal beritten war. Als Jagdpferde verwendete man mit Vorliebe Kabardiner, eine mittelasiatische Halbblutrasse, dagegen für die Parforcereiter eingekreuzte englische Halb- oder Dreiviertel-Vollblutpferde von hellgrauer Farbe. Alle Pferde und Hunde wurden in kalten Ställen gehalten, damit sie für die winterlichen Wolfsjagden besser geeignet waren.

Zur Jagd wurden in der Regel 20 Koppeln Barsois geführt, je Koppel zwei Rüden und eine Hündin, es gab aber auch Wolfstreiben, bei denen 35 Koppeln Windhunde eingesetzt waren. Die Parforcemeute bestand aus 45 Laufhunden und zehn in Reserve von rotgrauer (Abstammung von russischen Schweißhunden) oder scheckig-weißer Farbe (Kreuzung von Harrier- mit französischen und russischen Schweißhunden).

Während die Meutehunde mit ihrer ausgeprägten Jagdpassion laut auf der warmen Fährte jagten, also über einen hervorragenden Geruchssinn verfügen mußten, hetzten die Windhunde stumm und jagten nur mit dem Auge.

Eine kombinierte Hetzjagd verlangte daher vom Jagdpersonal gute weidmännische Kenntnisse, um eine erfolgreiche Jagdausübung zu garantieren. Im russischen Jagdgesetz von 1892 wurden die Ausübung des Jagdsportes offiziell aufgenommen und die Jagdzeiten festgelegt. Bei der Perchino-Jagd war das Jagdjahr wie folgt untergliedert:

Ende Mai bis 6. August: Sommertreiben auf Hasen und Füchse mit der Parforcemeute und einzelnen Koppeln Barsois;

ab 1. August verstärktes Training der Barsoi-Hunde, je Tag etwa 20 km im Schritt und Trab neben den Jagdpferden;

1. bis 10. September: Herbstjagden auf Wölfe als Probejagden für die Barsois;

15. September bis Ende Oktober: Wolfstreibjagden gemeinsam mit der Parforcemeute und den Barsoi-Koppeln;

im Winter: je nach Schnee- und Wetterlage Wolfsjagden vom Schlitten aus (hierbei wurden die Windhunde im Jagdschlitten mitgeführt, wogegen die «Treiber» auf ihren Jagdpferden die Wölfe aufstöberten).

Um eine erfolgreiche Winterjagd für den Jagdherren zu garantieren, fütterte man vielfach im Spätsommer die Wölfe an, damit sie als Standwild blieben. Nach dem Bau der Eisenbahnlinien durch die russische Steppenzone Ende des 19. Jh. erfolgten im Winter die Wolfsjagden vorwiegend entlang der Eisenbahnstrecke. In einem speziellen Jagdzug wurden in 40 Güterwagen alle Hunde, Pferde sowie die gesamte Jagdequipage verladen, wogegen in zwei Wagen der II. Klasse die Jäger und in zwei Wagen der I. Klasse die Jagdgäste untergebracht waren. Am Tage wurde gejagt und am späten Nachmittag verladen, um nachts zum nächsten Revier weiterzufahren. So hetzte man in den Jahren zwischen 1887 und 1913 im Jagdgebiet Perchino 681 Wölfe, 743 Füchse sowie 4630 braune Hasen (Feldhase – Lepus europaeus) und 4026 weiße Hasen (Schneehase – Lepus timidus) mit der Parforcemeute und den Koppeln der Windhunde gemeinsam, wobei die Barsois den größten Anteil an der Beute erbrachten.

Mit der Oktoberrevolution 1917 verschwanden auch diese pompösen Hetzjagden, und die sportliche Note der Windhundjagden konnte voll zur Geltung kommen. Auch die zaristischen Hofjagden auf die Wisente im Wald von Białowieża fanden damit ihr Ende.

181 W. Perow: Rastende Jäger. 1871. Moskau, Tretjakow-Galerie

182 W. Kossak: Kaiser Franz Joseph I. auf der Jagd in Gödöllö. 1887. Warschau, Nationalmuseum

183 Julian Falat: Rückkehr von der Bärenjagd. 1892. Warschau, Nationalmuseum

184 W. Leibl: Der Jäger (Freiherr von Perfall). 1876. Berlin, Staatliche Museen, National-Galerie (Kriegsverlust 1945)

185 Ch. Vernet: Fuchsjagd. Lithographie. Berlin (West), Staatliche Museen, Stiftung Preußischer Kulturbesitz, Staatsbibliothek

186 «Taunus»-Meute, junge englische Foxhunde werden auf dem Hofgut Neuhof, südlich von Frankfurt (M.), vom Master of hounds H. J. Klingbeil trainiert. 1973

187 Reitjagd auf dem Gelände des Hamburger Schleppjagdvereins in Wedel-Helm (Holstein). 1957

188 P. F. Frenz: Aufbruch zur Jagd. 1880

189 J.-B. Oudry: Hunde überfallen einen Wolf. 1734. Schwerin, Staatliches Museum

190 P. P. Sokolov: Wolfsjagd. 1873. Moskau, Tretjakow-Galerie

191 Jan Chelminski: Aufbruch zur Jagd. Warschau, Nationalmuseum

192 F. Krüger: Halt auf der Hetze. 1826. Schwerin, Staatliches Museum

193 Polnische Jäger auf der Fahrt zur Wolfsjagd

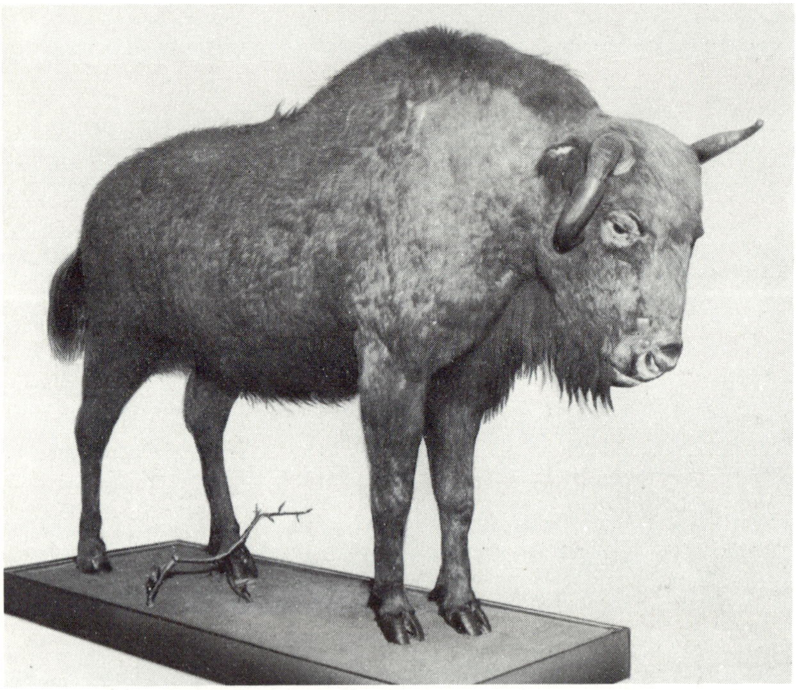

194 Einen Ehrenplatz im Museum zu Bytow (VR Polen) hat die Wisentkuh «Planta» erhalten, die von 1908 bis 1934 lebte und mit ihren Nachkommen den Fortbestand der Wisente sicherte.

195 Wisente im Reservat Sary-Tschelek in den Bergen Kirgisiens. 1973

Wisentjagden im Urwald von Białowieża

«Dann dem Wisent werdend von den alten zu gegeben, daß er häßlich seye, scheutzlich, vil haare, mit einem dicken langen halshaar als die Pfärdt, item gebartet, summa gantz wild und ungestalt.»

Conrad v. Gesner «Historia animalium», 1551/58

In der mehr als tausendjährigen Geschichte des polnischen Volkes konnten die riesigen Wälder, die heute noch über acht Millionen ha, also mehr als ein Viertel des polnischen Territoriums, bedecken, erhalten bleiben. Die Urwälder von Białowieża mit ihren wildlebenden Wisentherden sind vielen Jägern in der Welt genauso bekannt wie die undurchdringlichen Wälder der polnischen Karpaten. Die Jagd in diesen polnischen Jagdrevieren gehört seit Jahrhunderten zu den eindruckvollsten Erlebnissen.

Mit dem Namen Białowieża verbindet sich das Schicksal der europäischen Wisente. Ebenso wie die Ausrottung der Bisons in den amerikanischen Prärien ist auch die Geschichte der Vernichtung der europäischen Wisente exakt verfolgbar. Es ist dem heutigen Jäger kaum bekannt, daß hier im Urwald von Białowieża noch in der zweiten Hälfte des 19. Jh. großangelegte Wisentjagden veranstaltet wurden, die mit zur Ausrottung der Bestände führten. Diese Hofjagden auf den seltenen Wisent wurden alljährlich vom russischen Zaren veranstaltet, wobei sehr oft auch die verschiedenen ausländischen Gesandten in der Residenzstadt Petersburg teilnahmen. In St. Petersburg erschien 1894 in vier Prachtbänden die ausführliche Geschichte der «Großfürstlichen und Zarenjagden in Rußland», die von N. Kutepow geschrieben war. In der gleichen prachtvollen Ausstattung mit sehr vielen Kupferstichen wurde 1903 der Band von G. Karcov «Der Urwald von Białowieża» veröffentlicht, in dem die Wisentjagden der russischen Zaren zusammengestellt waren. Gleichzeitig wurden die Hegemaßnahmen beschrieben, um den Wisentbestand für die Hofjagden zu erhalten. Diese Bände gehören zu den Kostbarkeiten der Jagdliteratur und sind ein hervorragendes Zeugnis der Jagdgeschichte. Von diesen Büchern sind zwei verschiedene Ausgaben mit unterschiedlicher Ausstattung gedruckt worden. Anhand dieser Darstellungen läßt sich die Geschichte der Wisente in Polen anschaulich verfolgen. Insgesamt können wir sie in drei große Abschnitte untergliedern:

a) bis zum Zurückziehen der Wisente in die polnischen Urwälder;

b) Wisentjagden der russischen Zaren (1795–1913);

c) Ausrottung der Wisente in der freien Wildbahn und der Neuaufbau der Wisentzucht in Polen.

Nachdem bereits um 800 u. Z. die Wisente westlich des Rheins und ab 10. Jh. westlich der Elbe ausgerottet waren, stammen aus dem Jahre 1107 die ersten schriftlichen Quellen über den Wisentbestand in der großen Wildnis zwischen Wisła (Weichsel) und Njemen. 1364 wurde vom Pommernherzog der letzte Wisent westlich der Weichsel erlegt, so daß seit dem 15. Jh. der Wisent nur noch östlich des Flusses vorkam.

Im Kampf gegen den Deutschen Ritterorden (Schlacht bei Grunwald 1410) waren die Wisentherden eine wertvolle Fleischreserve für die polnischen und litauischen Heere.

Unter dem polnischen König Wladysław II. (1386–1434) gewann der Urwald von Białowieża als königliches Jagdrevier an Bedeutung. Unter König Kazimierz Jagiellończyk (1447–1492) wurde das Amt eines königlichen Statthalters für das Urwaldgebiet eingerichtet. Aus dem Jahre 1431 wird berichtet, daß zu einem Festessen der Fürsten von Witowt in Wolynien (Galizien) in einer Woche 100 Wisente in der Küche verarbeitet wurden. Ferner gibt es verschiedene Quellen, wonach Wisente als wertvolle Staatsgeschenke in Polen lebend gefangen und auf dem Land- und Wasserweg an die ausländischen Königshöfe übergeben wurden. So schenkte am 8. 1. 1406 der König von Polen dem Hochmeister des Deutschen Ritterordens auf der Marienburg einen Wisent; im April 1409 erhielt der Hochmeister vier lebende Wisente vom Herzog von Litauen geschenkt. 1498 wurden zweimal Wisente dem Herzog Georg von Sachsen übersandt. 1525 hat Herzog Albrecht aus Ostpreußen Wisente verschenkt, da «unter den Fürstlichkeiten wegen ihrer Seltenheit starke Nachfrage herrschte», an den Erzherzog Ferdinand von Österreich, an den Pfalzgrafen von Rhein, an Herzog Wilhelm IV. von Bayern, an Landgraf Philipp von Hessen sowie an den Erzbischof von Mainz.

In Berichten von 1687, 1724 und 1731 heißt es, daß Auerstiere und -kühe nach England, Berlin, Dresden und St. Petersburg mit den «Saltz-Schiffen» transportiert wurden. In den Jahren zwischen 1729 und 1742 gingen nach Berlin dreizehn, nach England und Rußland 18 Tiere. Fünf Wisente sind beim «Einfangen krepiert» und acht wurden durch Wilddiebe erlegt. In diesen Berichten wird nur vom Auerwild gesprochen, obwohl es sich ja um Wisente handeln mußte, da die letzten Ure oder Auerochsen (Bos primigenius) im Urwald von Jaktorow (westlich Warschau) im 17. Jh. ausgerottet wurden. 1564 zählte man hier noch 38 Tiere, 1599 noch 24 Auerochsen, 1602 noch vier und 1627 ist hier der letzte erlegt worden. Im 18. Jh. sind die letzten freilebenden Wisente in Mitteleuropa ausgerottet worden, so daß nur noch der Urwald von Białowieża als Oase für die Tiere blieb. 1755 schossen zwei Bauern im damaligen Ostpreußen den letzten Wisent in Deutschland. Obwohl große Warntafeln mit Zeichnungen des Wisents das Schutzrevier kennzeichneten, tötete der Bauer Wirulait das schon halbzahme Tier, wahrscheinlich aus Rache für die erlittenen Qualen bei der gerade verbüßten Festungsstrafe, die ihm wegen Erlegung eines anderen Wisents von einem preußischen Gericht ausgesprochen worden war. 1755 wurden beide Bauern wegen der Tötung des letzten Wisents in Preußen erneut zu einer zehnjährigen Festungsstrafe verurteilt. Während des Siebenjährigen Krieges befreiten russische Truppen nach dreijähriger Strafverbüßung die beiden Bauern.

Im Jahre 1709 soll auch der letzte freilebende Wisent in der Waldsteppe am Don gesichtet worden sein, wie es in einem Bericht an den Zaren Peter I. aus dem Jahre 1716 heißt. In den südrussischen Steppen sind aber noch in der Mitte des 19. Jh. vereinzelt Wisente in der freien Wildbahn beobachtet worden.

In Südosteuropa erlegte am 8. 10. 1762 der Graf Bethlen mit einer Axt den letzten freilebenden Wisent in Siebenbürgen auf der Borgoer Pláj-Höhe im Komitat Doboka (heute SR Rumänien).

Dagegen bemühte man sich im Urwald von Białowieża darum, den Wildbestand systematisch zu erhöhen, um die Jagdreviere ökonomisch so zu stärken, daß sie auch der staatspolitischen Repräsentation dienen konnten. Bereits im Jahre 1700 hatte eine polnisch-sächsische Kommission Maßnahmen eingeleitet, um die Urwaldwirtschaft zu reformieren. Unter dem polnischen König August III. von Sachsen fanden große Wisentjagden als Staatsjagden statt, wobei am 27. 9. 1752 insgesamt 42 Wisente erlegt wurden. Auf einem Obelisken, der noch heute im Schloßpark von Białowieża erhalten ist, steht in polnischer und deutscher Sprache, daß elf große, sieben kleine und 18 Jungtiere sowie sechs Wisentkälber geschossen wurden.

Bei der Teilung des Königreichs Polen 1795 gelangte der Urwald in russischen Besitz. Die Zarin Katharina verschenkte größere Flächen der Jagdreviere an ihre Freunde, ebenso ihr Sohn Zar Paul. Im Jahre 1811 wütete ein Großbrand im Urwald, während 1812 die französischen Truppen die Wildbestände weiter dezimierten, so daß nur noch etwa 300 Wisente gezählt wurden.

Bis 1830 war der Bestand an Wisenten wieder auf fast 800 Tiere angewachsen, so daß beim polnischen Aufstand 1831 sich Teile des Revolutionsheeres von Wisentfleisch ernähren konnten. In den Jahren zwischen 1843 und 1846 wurden die Jagdreviere im Urwald neu vermessen und in 541 Jagen mit über 122477 ha eingeteilt. Der Wisentbestand im Jagdgebiet der Zaren entwickelte sich wie nachstehende Übersicht zeigt:

1812	etwa 300 Wisente	1889	380 Wisente
1820	480 Wisente	1892	491 Wisente
1832	770 Wisente	1903	700 Wisente
1854	1824 Wisente	1907	750 Wisente
1857	1898 Wisente	1914	735 Wisente
1860	1575 Wisente	1917	121 Wisente
1861	1447 Wisente	1918	120 Wisente
1863	874 Wisente	1919	7 Wisente
1868/88	etwa 500–600 Wisente		

Die Zaren veranstalteten alljährlich große Wisentjagden im Urwald von Białowieża, der seit 1888 aus der staatlichen Verwaltung der russischen Jagdreviere herausgelöst und dem Zarenhof direkt als Jagdbezirk unterstellt wurde. 1889–1894 baute man ein Jagdschloß für den Zaren Alexander III. (1881–1894), das im zweiten Weltkrieg ausbrannte.

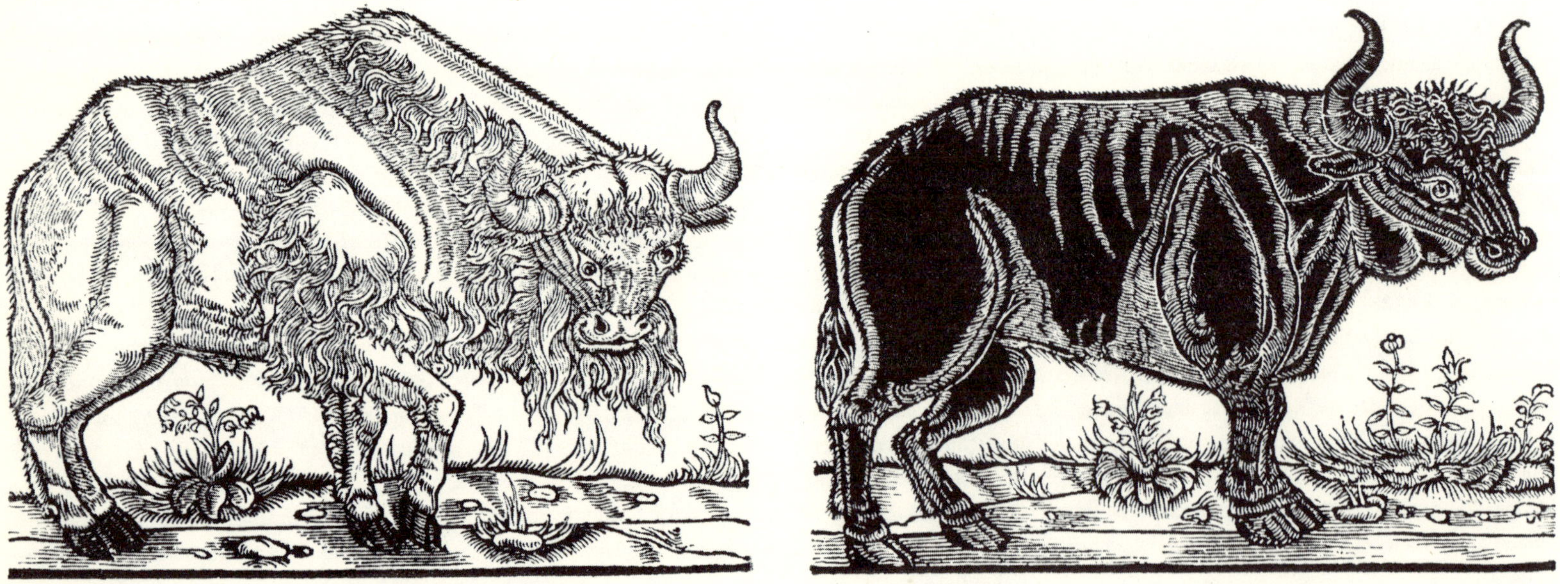

50 Wisent und Auerochse. Nach Herbersteins Angaben 1552 für C. Gesners «Historia Animalium» gezeichnet und in «Moskowia» auf der zweiten Rußlandkarte 1557 als Randzeichnung veröffentlicht

Während der Zarenherrschaft zählten die Wisentjagden im Urwald von Białowieźa zu den beliebtesten Hof- und Diplomatenunterhaltungen der Petersburger Residenz. Schon monatelang vor Jagdbeginn trieb man die Wisente aus dem Urwald in ein etwa 400 ha großes Gatter, das durch hohe Palisaden gesichert war. Junge Kühe und Kälber wurden aussortiert und etwa 100 Wisente für eine Hofjagd bereitgestellt. Von zwölf sicheren Kanzeln schossen die Jagdgäste auf die Wisente. 1860 wurden beispielsweise 28, 1890 42, 1897 36 und 1900 45 Wisente auf diese Weise getötet. Die letzte Wisentjagd fand im Jahre 1913 statt. Bei Ausbruch des ersten Weltkrieges gab es noch 727 Wisente im Urwald von Białowieźa, davon 231 Stiere, 347 Kühe und 149 Kälber. Durch die Kampfhandlungen litten die Wildbestände erheblich, so daß 1917 nur noch 121 Wisente gezählt wurden. Nach Beendigung des Krieges 1919 waren noch sieben Wisente vorhanden. Am 21. 2. 1919 (nach anderen Quellen am 12. 4. 1919 oder 9. 2. 1921) fiel der letzte Wisent im Urwald durch den Wilddieb Szpakowicz (einen ehemaligen Wildhüter des Zaren), so daß er damit in Europa in der freien Wildbahn ausgerottet war.

Auch die Wisentbestände in Gatschina bei Petersburg sowie die Bestände im Kaukasus sind in den Wirren des Nachkriegsjahres 1919 vernichtet worden. Nach anderen Quellen lebten um 1890 noch etwa 500–700 Wisente im Kaukasus, 1920 noch 50, und im Jahre 1926 sind die letzten drei kaukasischen Wisente getötet worden.

Auf dem internationalen Naturschutzkongreß 1923 in Paris beschloß man den Schutz der letzten europäischen Wisente, um die in zoologischen Gärten lebenden Tiere für die weitere Zucht zu erfassen. Von der Internationalen Gesellschaft zum Schutz der Wisente in Frankfurt (Main) wurde 1924 ein Zuchtbuch eingerichtet, wonach es in ganz Europa nur noch 66 Wisente in den verschiedenen Tiergärten gab.

Ab 1931 ist das Schicksal aller reinblütigen Wisente lückenlos im Zuchtregister erfaßt, das nach 1945 im Warschauer Zoologischen Garten geführt wird. Jede Zuchtstätte erhielt einen Buchstaben, wonach alle dort geborenen Kälber benannt werden, z. B. in Polen: Po = Polonia-Flachlandwisente, Pu = Wisente aus Białowieźa, Pl = Pleß (Pszczyna); DDR: Da = Reservat Damerower Werder (Müritz), Ti = Tierpark Berlin, Li = Leipziger Zoo oder in der BRD: He = Hellabrunn bei München. So benannte man die Wisentkälber im Tierpark Berlin «Timar», «Titan» oder den 50. «Tinnef».

Alle unsere heute lebenden reinblütigen Flachlandwisente stammen aus der Zucht im Jagdreservat Jankowice des Fürsten von Pleß (Oberschlesien). Ende des ersten Weltkrieges waren auch hier die Wisentbestände durch Maschinengewehrfeuer vernichtet, lediglich 3 Wisente wurden nicht so schwer verletzt, daß die Kugeln wieder entfernt werden konnten. Von der Wisentkuh «Planta» (geboren 1906, gestorben 1934) und dem Bullen «Platon» stammen alle Wisente ab, die es heute wieder in den Zuchtstätten der Welt gibt. Im Mai 1923 setzte «Planta» das erste Stierkalb und im Oktober 1924 das erste Kuhkalb, so daß hieraus der neue Wisentbestand in Pszczyna entstand. Als «Planta» 1934 starb, wurde sie präpariert und ist in der Naturwissenschaftlichen Sammlung des Museums Bytom (VR Polen) ausgestellt. 1929 konnten die ersten zwei Wisente nach Białowieźa gebracht werden, um dort eine neue Herde zu begründen. Mit der Neueinrichtung des polnischen Nationalparks am 11. 8. 1932 im Białowieźer Urwald gelang es, den Wisentbestand wieder aufzubauen und bis 1939 auf eine Herde von etwa 100 Tieren zu erweitern. Die Wisente wurden im zweiten Weltkrieg wieder stark dezimiert, so daß ihre Zahl im Jahre 1951 nur noch 65 Wisente betrug. Am 13. 9. 1952 erfolgte die Aussetzung der ersten zwei Wisente in die freie Wildbahn; im Jahre 1968 lebten bereits 186 Tiere in Herden außerhalb des Schutzreservates, weitere 169 befanden sich im Gehege.

Auch im sowjetischen Teil des Urwaldes, Belowesh, hat sich der Wisentbestand wieder vermehrt. Bereits im Jahre 1958 gab es in sechs Reservationen in der Sowjetunion insgesamt 79 reinblütige Wisente. Gemeinsam berieten sowjetische und polnische Wissenschaftler auf einer Wisentschutz-Konferenz 1973, wie in der Zukunft die internationale Zusammenarbeit weiter verstärkt werden soll. Heute können wir mit Freude feststellen, daß es durch diese koordinierte, internationale Zusammenarbeit der Wissenschaftler, der Forstleute und der Jäger gelungen ist, den europäischen Wisent vor dem Aussterben zu retten; ja es konnten bereits die ersten Wisentbullen zum Abschuß freigegeben werden. 1974 sind in der VR Polen sechs Wisente erlegt worden. Weiterhin konnten zwischen 1947 und 1974 insgesamt 200 Wisente nach 17 europäischen Staaten exportiert werden.

Im Januar 1981 wurden in Urwald von Białowieźa insgesamt 593 Wisente gezählt, davon 446 Tiere in der freien Wildbahn. Wenn man bedenkt, daß ein wildlebender Wisent etwa 1000 ha Waldfläche als Lebensraum benötigt, dann weiß man, daß im dortigen Urwald die natürliche Wilddichte bald überschritten sein wird, so daß der Abschuß von Wisentbullen notwendig ist. Für den Touristenverkehr wurden spezielle Teile des Urwaldes erschlossen, in denen man bei einer Kutschfahrt die Tiere gut beobachten kann.

1980 waren über 2000 Flachlandwisente in vielen Zuchtstätten und Wildreservaten der Erde verteilt, so daß die Gefahr einer Ausrottung dieser Wildrindart heute beseitigt ist.

Diese Entwicklung vollzieht sich analog zur Geschichte der Wildreservate in den afrikanischen Savannen. Auch hier dominierte einst die Großwildjagd, heute herrscht aber die Fotosafari vor.

Jagdsafaris der Elefantenjäger

«Afrika als für sein Großwild bekanntes Land ist seit langer Zeit ausgebeutet worden, und viele der zugänglichsten Gegenden wurden stark bejagt, wenn nicht sogar leergeschossen. Das Einströmen der Zivilisation drängte das Wild zurück.»

James Dunbar Brunton

«Sportsman's Guide to North East Rhodesia», 1909

In den Jahren zwischen 1840 und 1890 bildete der afrikanische Kontinent das Eldorado der Großwildjäger aus aller Welt. Die erbarmungslose Jagd nach kapitalen Trophäen, vor allem aber nach Elfenbein, ließ die Wildbestände in den ostafrikanische Savannen oder in den transvaalschen Hochebenen innerhalb weniger Jahre zusammenschrumpfen. Zwei Gesichtspunkte spielten dabei eine bedeutende Rolle: Durch die politische Auseinandersetzung zwischen den in Kapland seßhaften Buren und den vordringenden Briten erfolgte besonders nach der Aufhebung der Sklaverei 1835 der große Treck der Buren ins Landesinnere. Am Oranje-Fluß und im Natal nahmen die Buren von den Zulustämmen gewaltsam neues Farmland für ihre extensive Viehwirtschaft in Besitz und gründeten die Burenrepubliken (seit 1853 Südafrikanische Republik Transvaal bzw. 1854 Oranje-Freistaat).

In den wildreichen Jagdrevieren der Zulus, wo einst unübersehbare Herden von Antilopen, Zebras und Elefanten weideten, setzte nach 1840 ein großes Massenmorden ein, weil die Buren ihr neues Farmland vor dem Wild schützen wollten. Die Massenschlächterei an den Wildbeständen brachte ihnen gleichzeitig materielle Vorteile, da sie alles Fleisch trockneten und die Häute nach Europa verkauften. Die Preise für Wildleder, Straußenfedern und Elfenbein waren auf den europäischen Märkten sehr hoch, so daß das Geschäft mit dem afrikanischen Wild weitere Jahre anhielt. Ein Paar Elfenbeinzähne brachten 1837 in den afrikanischen Hafenstädten noch einen Reingewinn für die Jäger von 60–70 Pfund Sterling. Dieser Elfenbein-Boom trug bis dazu bei, daß bereits 1870 in Transvaal der Elefant ausgerottet war. Farmer und Elefantenjäger hatten also gleichen Anteil an der Vernichtung der afrikanischen Tierwelt. Besonders in der ostafrikanischen Küstenregion betrieben auch die Araber einen profitablen Handel mit «schwarzem und weißem» Elfenbein. Die von den ara-

51 Burentreck im Griqualand

bischen Sklavenjägern im Inneren des Kontinents geraubten und in Ketten gelegten Afrikaner schleppten die schweren Lasten der Elefantenstoßzähne bis in die Küstenstädte am Indischen Ozean, wo sich die Zentren des Elfenbeinhandels befanden.

1837 beschrieb Captain William Cornwallis Harris die artenreichen Wildbestände in Transvaal. Auffallend war für ihn die große Zahl Elefanten: «Das ganze Gesicht der Landschaft war mit wilden Elefanten bedeckt», heißt es in seinem Buch «Wild Sports of Southern Africa», wo er in «einer grünen Schlucht von zwei oder drei Meilen Länge, die völlig mit Klumpen von Elefanten übersät war», auch dicht an die Tiere herankam.

Das Wild stand überall in großen «Mengen» und «Haufen» zusammen, wie es in fast allen Reise- und Jagdberichten aus der damaligen Zeit heißt. So schrieb Peter Kolb über den Buntbock (Damaliscus dorcas dorcas), daß ihm mehr als «tausend Stück entgegen gekommen sind, welche sich auch bey einer Annäherung gar nicht furchtsam erzeiget und nicht davongelauffen sind. Es wäre gar leicht gewesen, einen oder auch mehrere davon zu erschießen». Auch der Schotte George Cumming, der 1848 in Südafrika jagte, beobachtete Hunderttausende von Springböcken (Antidorcas marsupialis), die durch die Gras- und Buschsteppen zogen. Diese ungeheuren Wildmengen riefen die Großwildjäger ins Land, die enorme Strecken erzielten und das Wild z. T. ausrotteten. So wurde der Buntbock in Kapland fast völlig vernichtet, lediglich 17 Exemplare konnten gerettet werden, die sich im «Buntbock-Nationalpark» von Bredasdorp inzwischen wieder vermehrten (1965 bereits 750 Exemplare). Auch der schwarzmähnige Kaplöwe war bereits um 1850 fast ausgerottet, da hohe Schußprämien für ihn gezahlt wurden. Zwischen 1887 und 1908 rottete man allein in Südafrika 14 Säugetierarten völlig aus, darunter das Quagga und den Blaubock. Die Buren haben aus den Häuten des Quaggas, eines dunkel gefärbten Zebras mit hellen Läufen, Kornsäcke gearbeitet, so daß bereits 1878 das letzte Tier in der freien Wildbahn geschossen wurde. Zwischen 1878 und 1880 exportierte der süfdafrikanische Händler Kroonstand etwa zwei Millionen Häute von Springböcken und anderem Wild. Um die Ausrottung weiterer Wildarten zu verhindern, forderte der Burenpräsident Krüger 1884 im Parlament die Einrichtung eines Wildreseravtes, aber erst nach 14 Jahren wurde der Plan verwirklicht. Am 26. 3. 1898 öffnete das «Sabi-Naturreservat» seine Tore (es wird seit 1926 offiziell als Krüger-Nationalpark bezeichnet), hier fanden die Wildtiere der südafrikanischen Steppe ihre Zuflucht. Ende des 19. Jh. waren auch in der Serengetisteppe die Elefanten bereits ausgerottet.

Über die Großwildjagden gibt es zahlreiche Erzählungen, Berichte und Statistiken. So wird von einer Jagdsafari des Prinzen Alfred, des zweiten Sohnes der englischen Königin Victoria, aus Südafrika berichtet, daß er am 24. 8. 1860 am Oranje-River auf mehr als 20000 bis 30000 Quaggas, Zebras, Spring- und Bleßböcke, Elen- und Kuhantilopen, Gnus und Kudus mit seiner Jagdgesellschaft das Schnellfeuer eröffnet hat. Mehr als 5000 Tiere sollen an diesem Tage getötet worden sein. «Die Jagd glich viel eher einem Schlachten als einer Jagd», heißt es im Bericht über diese Jagd auf dem Besitz des Farmers A. H. Blain, denn «die meisten Jäger schauten mehr wie Fleischer als Sportsleute aus, so sehr waren sie mit Blut bedeckt.» Es war ein höchst aufregender Tag für seine Königliche Hoheit, und solche Jagdsafaris auf das afrikanische Großwild fanden in der

52 Jagd auf Wasserböcke

zweiten Hälfte des 19. Jh. sehr häufig statt. Der «Job» als Elefanten- und Großwildjäger in Afrika führte zum absoluten Raubbau am Wildreichtum Süd- und Ostafrikas. So hat I. A. Hunter nach eigenen Angaben über 1000 Nashörner und über 1400 Elefanten geschossen. Er war als Eisenbahnschaffner in Kenia tätig und schoß aus dem fahrenden Zug seine Beute zusammen. «In 90 Tagen hatte ich 88 Löwen und 10 Leoparden zur Strecke gebracht», heißt es in seinen Jagderinnerungen. Besonders hohen Profit warf die Elfenbeinjagd ab. Für jedes Pfund Elfenbein erhielt er vom Händler in Nairobi 24 Schillinge ausgezahlt, wogegen eine Patrone nur 1,5 Schillinge kostete. Im Durchschnitt ergab ein Paar gute Stoßzähne etwa 150 Pfund, so daß er für das Elfenbein eines erlegten Elefanten so viel Geld erhielt wie als Eisenbahnschaffner in zwei Monaten. Das war bei mehr als 1400 Elefanten ein ergiebiges Geschäft. Er verdiente als Großwildjäger «zeitweilig ebenso viel wie der Gouverneur der Kolonie». Von einem anderen Elfenbeinjäger aus Transvaal wird berichtet, daß er 1866 dort 97 Elefanten erlegte, dabei 2,3 t Elfenbein erbeutete und dafür etwa 1700 Pfund Sterling kassierte. Im gleichen Jahr schoß der Elfenbeinjäger Jan Vilgon in Transvaal insgesamt 210 Elefanten. Man könnte diese Liste beliebig fortführen.

Um 1850 erlegte man in Ostafrika jährlich etwa 30000 Elefanten, um 1880 sogar 60000 bis 70000 Tiere. In den Jahren zwischen 1880 und 1910 wurden nach E. Schulz etwa zwei Millionen Elefanten erlegt, deren Stoßzähne man vorwiegend über Sansibar verkaufte.

Die jährliche Ausfuhr war mit 244000 kg Elfenbein angegeben und brachte den Händlern einen Gewinn von über 146600 englischen Pfund. Auf der Elfenbeinauktion in London erfolgte dann der endgültige Verkauf, wo um 1900 an einem Tag über 32000 Elefantenzähne versteigert wurden. Damals waren Elefantenzähne von über 50 kg keine Seltenheit. Von einem Elefanten, der in Kenia gestreckt wurde, wird im British Museum in London ein Stoßzahn von 335 cm Länge aufbewahrt. Mit 97,156 kg zählt er zu den stärksten Trophäen der Welt. Den absoluten Weltrekord hält jedoch ein 349,25 cm langer Stoßzahn von 46,91 cm Umfang. Er stammt ebenfalls von einem in Kenia geschossenen Elefanten. Von Haltenorth und Trense wird sein Gewicht mit 133,022 kg angegeben. Nach E. Schulz (1976) befindet sich ein aus Angola stammender vier Meter langer Stoßzahn in der Smithsonian Institution in Washington.

Die schwersten Zähne befinden sich jedoch im South Kensington Museum für Naturgeschichte. Der Elefant wurde 1899 von dem Jäger Tippu Tibs an den Hängen des Kilimandscharo mit einem alten Vorderlader geschossen. Das Gewicht der trockenen Zähne beträgt 101,9 kg und 96,3 kg; als Frischgewicht wurden 105,7 kg bzw. 101,7 kg festgestellt. Für über 5000 Dollar verkaufte man im Jahre 1900 in Sansibar diese Trophäe an das Museum.

Verantwortungsbewußte Jäger setzten sich bereits am Ende des 19. Jh. für die Rettung der afrikanischen Großwildbestände ein und schufen die ersten Wildreservate in Afrika (1898 den heutigen Krüger-Nationalpark; 1931 die Wildschutzstation in Banagi; 1937 das Wildschutzgebiet in der Serengetisteppe). Am 8. 11. 1933 unterzeichneten alle afrikanischen Staaten eine Konvention, wonach z. B. keine Gorillas mehr in den afrikanischen Urwäldern gefangen oder geschossen werden durften, lediglich «zu bedeutenden wissenschaftlichen Zwekken» mit einer Ausnahmegenehmigung der obersten Staatsbehörden. Selbst diese progressive Naturschutzpolitik einiger Kolonialverwaltungen führte jedoch nicht zur wesentlischen Einschränkung der Jagdsafaris in Afrika. Namhafte Wildbiologen, Jäger und Naturschützer aus aller Welt setzten sich nach 1945 dafür ein, daß die Erhaltung der afrikanischen Großtierwelt zu einer verantwortungsvollen Aufgabe für die Menschheit erklärt wurde. Aber erst mit der Bildung der jungen Nationalstaaten in Afrika waren die Voraussetzungen geschaffen, daß die Regierungen dieser Staaten die volle Verantwortung übernehmen konnten, die afrikanische Tierwelt für alle Zeiten zu erhalten.

Im Manifest der ersten gesamtafrikanischen Naturschutzkonferenz in Arusha (Tansania) wurde im September 1961 verkündet: «Indem wir die Treuhandschaft über Afrikas Tier- und Pflanzenwelt übernehmen, erklären wir feierlich, daß wir alles in unseren Kräften Stehende tun werden, um zu sichern, daß noch die Enkel unserer Kinder sich dieses reichen und wertvollen Erbes erfreuen können».

Heute stellen wir fest, daß die Steppe wieder lebt, daß sich hier die Tierbestände wieder vermehrt haben und das freilebende Wild noch eine Chance zum Überleben besitzt. Dem wird noch nachzugehen sein.

Jagd auf Kraniche

«Nichts regt sich um ihn her,
nur Schwärme von Kranichen begleiten ihn,
die fernhin nach des Südens Wärme
in graulichtem Geschwader ziehn.»

Friedrich Schiller «Die Kraniche des Ibykus», 1797

Der Leser wird sich fragen, weshalb in einer Kulturgeschichte der Jagd dem Kranich, der doch in der modernen Jagd überhaupt keine Rolle mehr spielt, ein Abschnitt gewidmet ist. Dieser majestätische Vogel, der auf seinen alljährlichen Wanderungen viele tausend Kilometer im Flug zurücklegt, gilt nicht nur als das Symbol des Vogelzuges. Ziehende und tanzende Kraniche sind gleichzeitig ein Wahrzeichen des modernen Natur- und Vogelschutzes. Ebenso wie der Weiße Storch zählt der Kranich zu den bekannten und beliebten Großvögeln; unzählige Geschichten und Fabeln ranken sich um diese Tiere, die lange Zeit für die klügsten und aufmerksamsten Vögel gehalten wurden.

Anders dagegen ist es mit den übrigen Großvögeln Mitteleuropas. Der Graureiher (Andea cinerea), der als Fischreiher jahrhundertelang gehaßt und ständig verfolgt wurde, oder die Großtrappe (Ortis tarda) werden in vielen Staaten als jagdbares Wild heute noch geschossen. Weniger bekannt ist dagegen, daß noch im 20. Jh. sowohl der Storch als auch der Kranich in Deutschland legal verfolgt wurden. So z. B. in Mecklenburg der Storch, der um 1910 in allen Fasanenrevieren geschossen wurde, oder der Kranich, der bis 1934 in Mecklenburg als jagdbares Wild galt und keine offiziellen Schonzeiten im Landesjagdgesetz besaß.

In der «Deutschen Jägerzeitung» wurde 1911 aufgeführt, daß in der Jagdsaison 1910/11 im Fürstentum Pleß u. a. 119 Störche, im Jagdrevier des Grafen von Thiele-Winkler insgesamt 33 Störche geschossen wurden. Aus der Jagdstatistik der österreichisch-ungarischen Monarchie des Jahres 1895 geht hervor, daß 381 Adler, 98789 Habichte und Falken, 10[illegible]2 Uhus und 24721 Eulen erlegt wurden. All diese Vögel wurden erlaubtermaßen geschossen. Die Vogeljagd wurde besonders von den Federhändlern aktiviert, die im 19. Jh. erhebliche Mengen an Vogelfedern aufkauften, um sie für Modezwecke zu verwenden. Waren Anfang des 19. Jh. die Straußenfedern als Schmuckelemente der Damenmode sehr beliebt, so wurden seit 1878 viele andere farbenprächtige Vogelfedern, vorwiegend zum Ausschmücken von Damenhüten, verwandt. Eine Leipziger Firma verarbeitete um 1900 in einem Jahr mehr als $4^1/_2$ Millionen Lerchenflügel sowie über $1^1/_2$ Millionen Schneehuhnflügel. Neben Paris und London war Leipzig Hauptumschlagplatz für Vogelfedern. Nach Schillings wurden auf der Londoner Schmuckfedernauktion um 1910 in einem Jahr versteigert: die Federn von «209700 weißen Reihern, 33870 Paradiesvögeln, 37603 Kolibris, 18853 Kronentauben, 34045 Papageien, 1537 Macaws, 17021 Eisvögeln, 679 Felsenhühnern, 2118 Kakadus, 59939 Seeschwalben, 248 Emus, 82 Leiervögeln, 3009 Tukanen, 198 Goldkuckucken, 563 Kondoren, 225 roten Ibissen, 166143 Enten sowie von 307855 Trappen, Schwungfedern von 69650 Adlern, 9600 Falken, 29300 Sperbern, 38751 Albatrossen und Jabirustörchen sowie 3222620 Pfauenfedern». «Die Mode hat mehr Unglück in der Vogelwelt angerichtet, als alles andere», schrieb K. R. Hennicke 1912. «In einigen Gegenden sind alle Vögel mit schönen oder auch nur brauchbaren Federn ausgerottet worden, sie sind zum Modewarenhändler gewandert. An den Ufern des Kaspischen Meeres, in Indien, in Brasilien, in Australien, in Sibirien, in Neuguinea, in Nordamerika und in Afrika, kurz überall, wo es Vögel mit schönen Federn gibt, da finden sich die Bevollmächtigten der Pariser oder Londoner Federhändler ein, und ihr Gold verursacht den Massenmord.» Zu diesen Kostbarkeiten gehörten natürlich auch die Schmuckfedern der Kraniche, nicht nur der europäischen, sondern auch der Kranicharten auf anderen Kontinenten; sie wurden zum Teil als

53 Auf ihrem Flug über das Meer lassen Kraniche mitgeführte Steine fallen. Zeichnung nach: Münster «Cosmography». 1578

«Reiherfedern» angeboten. Um 1910 gingen die Brutreviere der Kraniche in Deutschland rapide zurück.

In den zahlreichen Mooren und Brüchen der Brandenburgisch-Mecklenburgischen Seenplatte brüten heute noch über 400 Kranichpaare, Reste einer vom Aussterben bedrohten Tierart. Um die Jahrhundertwende (1907) wurde der Bestand im gleichen Territorium mit etwa 1400 Brutpaaren angegeben. Im 18. Jh. hieß es noch, daß der Kranich (Grus grus) überall häufig vorkomme und besonders «an den besäten Feldern viel Schaden gethan» habe. Auf königliches Edikt vom 3. 10. 1722 hin war es in Preußen jedem erlaubt, «die Kraniche zu schießen oder zu fangen», aber mit dem ausdrücklichen Hinweis, daß sie nicht mit Trappen (Otis tarda) zu verwechseln seien. Erlegte man den Kranich früher mit der Armbrust, so geschah das später mit neunläufigen Karrenbüchsen. In vielen Ländern gehörte die Jagd auf Kraniche mit zur Hohen Jagd, war also wie bei Adler und Großtrappe dem Landesherren vorbehalten.

Der Kranich ist bereits seit etwa 1600 in Westeuropa ausgerottet; seit der Mitte des vorigen Jahrhunderts auch in Nordwestdeutschland und in Dänemark. Lediglich in Niedersachen und in Schleswig-Holstein sind vereinzelt noch Brutpaare westlich der Elbe nachgewiesen worden; sonst erstreckt sich das Brutgebiet dieses Vogels auf Norwegen und die Anliegerstaaten der Ostsee.

Ende August verlassen die Kranichfamilien ihre Brutgebiete und begeben sich zu den Sammelplätzen, von denen aus Mitte Oktober der Zug in die Winterquartiere nach Südspanien und Nordwestafrika angetreten wird. Der alljährliche Zug der Kraniche gehört zu den imposantesten Erscheinungen in der Vogelwelt. Auf einem Zugweg von 300 bis 400 km Breite überqueren sie in südwestlicher Richtung die Bundesrepublik Deutschland, Frankreich und Spanien. Auf bestimmten Rastplätzen werden längere Ruhepausen eingelegt, so beispielsweise in Kastilien, wo zum Teil auch Kraniche überwintern.

Im Frühjahr wird auf der gleichen Strecke der Rückflug in die Brutgebiete angetreten, wobei die Strecke aber in wenigen Tagen zurückgelegt wird.

Seit Jahrhunderten bestehen diese Zugwege der Kraniche. Seit Jahrhunderten wurden die Vögel überall beschossen, bejagt, da sie in fast allen Staaten zum jagdbaren Wild zählten. Durch das Fehlen einer einheitlichen Jagdgesetzgebung bestanden keine verbindlichen Schutzbestimmungen. Allein innerhalb Deutschlands gab es in den einzelnen Landesjagdgesetzen der vielen Kleinstaaten die unterschiedlichsten Schonzeiten.

In Mecklenburg, wo die meisten Kraniche Deutschlands brüteten, bestanden bis 1934 keine Schonzeiten für diese Vögel. Lediglich in der «Verordnung über die Schonzeiten des Wildes» vom 15. 4. 1904 war festgelegt worden, daß das «Ausnehmen von Eiern und Jungvögeln» verboten war.

Auffallend ist auch, daß in den amtlichen Jagdstatistiken keine erlegten Kraniche ausgewiesen, sondern diese unter «sonstigem Flug- und Wasserwild» bzw. bei den Reihern mitgezählt wurden. Lediglich auf Gemälden sind erlegte Kraniche zu finden, wie das Stilleben von Jean-Baptiste Oudry zeigt.

Der Bestand an Kranichen ging im 19. Jh. in allen Staaten rapide zurück. In den Ländern an der Kranichzugstraße bestand keine gesonderte Vogelschutzgesetzgebung, sondern sie wurde durch das jeweils geltende Jagdgesetz geregelt. So bestimmte beispielsweise in Frankreich jeder Präfekt eines Departements nach dem Gesetz über die Jagd vom 3. 5. 1844 selbständig die Jagdzeiten, die jährlich unterschiedlich sein konnten. In Spanien regelte das Jagdgesetz von 1879 die Vogeljagd. Auch in der ersten internationalen Vogelschutzgesetzgebung der europäischen Staaten der «Internationalen Übereinkunft zum Schutze der für die Landwirtschaft nützlichen Vögel», die in Paris am 19. 3. 1902 von 13 Staaten unterzeichnet wurde, ist der Kranich weder in der Liste der nützlichen noch in der der schädlichen Vögel aufgeführt worden.

Wo es Schonzeiten für den Vogel gab, lagen sie im Mai und Juni und damit zu spät. Heute wissen wir, daß der Kranich bereits in der ersten Aprildekade mit dem Brutgeschäft beginnt. Es liegen Berichte vor, daß bereits Ende März die ersten Eier im Kranichnest beobachtet wurden. Bei einer durchschnittlichen Brutdauer von 29 Tagen ist also eine Hegezeit zwischen dem 1. 5. und 30. 6. bereits zu spät, da bei der Standorttreue des Vogels eine Jagdausübung im Monat April in der Nähe des Nestes schon zu ernsthaften Störungen führt. Hier scheint einer der Hauptgründe für den ständigen Rückgang der Zahl der Kranichbrutpaare zu liegen. Auch die Vorsicht und Scheu des Vogels verbieten eine Beunruhigung im Brutrevier. Hinzu kommt die zunehmende Kultivierung der typischen Biotope der Kranichbrutplätze durch die Industrialisierung der Land- und Forstwirtschaft. Inzwischen sind die gesetzlichen Regelungen zum Schutze der vom Aussterben bedrohten Tierart getroffen. In Schweden sind neben den Brutrevieren auch die Balzplätze als gesonderte Kranichreservate ausgewiesen. Im Gegensatz zu den Kranichpaaren in Norddeutschland findet die Balz der nordischen Kraniche als Gruppenbalz auf gesonderten «Tanzplätzen» statt. Im Frühjahr wird die Rückkehr der Kraniche von den schwedischen Naturfreunden ungeduldig erwartet, um das eindrucksvolle Schauspiel der Kranichbalz beobachten zu können.

Der «Tanz der Kraniche» beschäftigt die Wissenschaftler seit Jahrhunderten. Bereits auf spanischen Höhlenzeichnungen werden tanzende Kraniche dargestellt. Der Tanz ist kein ausgesprochenes Balzspiel, wie man früher annahm, sondern ein Ausdruck reiner Lebensfreude des Tieres, da er zu allen Jahreszeiten zu beobachten ist. Bei allen 14 bekannten Kranicharten ist dieses Verhalten nachweisbar. Besonders ausgeprägt zeigt es sich wohl beim japanischen «Tancho», dem großen Mandschurenkranich, und bei den Jungfernkranichen im Vorderen Orient.

Wie Jäger und Naturschützer bewußt zur Erhaltung der Kranichbestände beigetragen haben, beweist die Schaffung der Kranichschutzgebiete in Japan sowie in Kanada und den USA.

Im Jahre 1811 beobachtete der Ornithologe Thomas Nutall am Mississippi Tausende von ziehenden Schreikranichen. «Das Feldgeschrei dieser Legionen, die hoch in der Luft vorüberziehen, war sehr betäubend.» Deshalb nannte man diese schneeweißen Vögel mit der roten Kopfplatte «Whooping Cranes» (Grus americana).

50 Jahre später brüteten an den Ufern des Großen Sklavensees in Kanada nur noch etwa 700 Kranichpaare. Von diesen 1300 bis 1400 Weißen Kranichen zählte man 1938 noch lediglich 18 Exemplare. Untersuchungen des Ornithologen R. P. Allen vom U. S. Fish and Wildlife Service führten dazu, daß man über die Lebensgewohnheiten dieser großen Vögel Näheres erfuhr und Maßnahmen

196 Olifant. Kolonial-portugiesische Arbeit des 16. Jh. Leningrad, Ermitage

197 Elfenbeinhandel in Mombasa

198 Im Lager eines Elfenbeinhändlers in Zanzibar

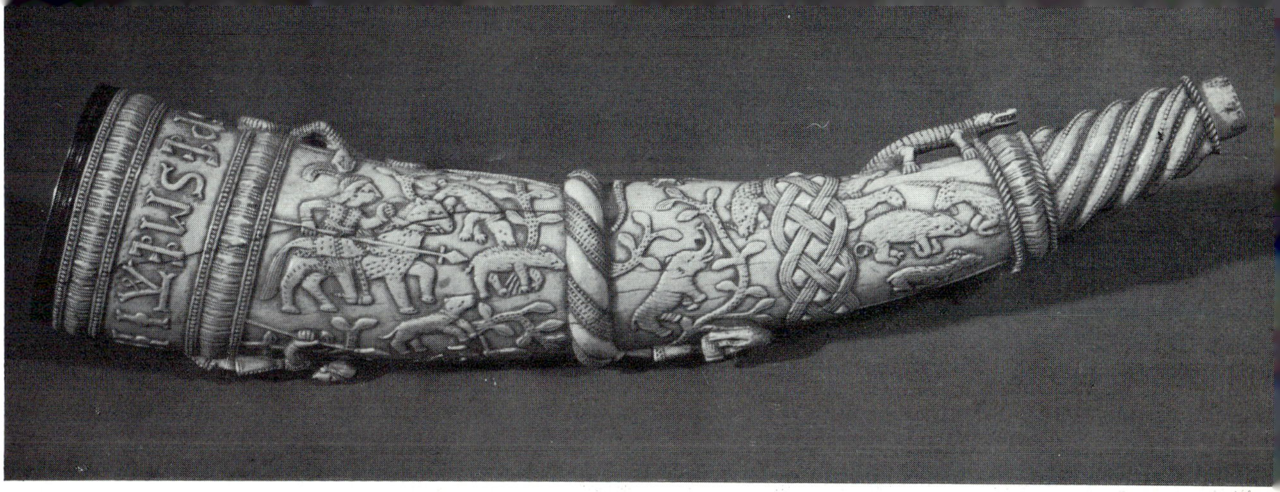

199 Saal mit afrikanischen Trophäen und Waffen. Opocno (ČSSR), Schloßmuseum

Tab. II.
2 Th.
2.

200 J. F. Naumann: Grauer Kranich. Kupferradierung. Museen der Stadt Köthen, Naumann-Museum

201 Mandschurenkraniche im Kranichschutzgebiet bei Akan (Nordjapan). 1969

202 Jagd mit der Karrenbüchse auf Trappen und Kraniche. Blatt 37 aus W. Birkners Jüngerem Jagdbuch. Nach 1639. Gotha, Landesbibliothek

203 Jagd auf Kraniche. Miniatur aus «Teatrum Sanitatis». Rom, Biblioteca Casanatense

204 Ziehende Kraniche im Herbstwind

205 Diese Schriftsäule kennzeichnet die Grenze des Kranichschutzgebietes bei Akan. 1969

206 Wachender Kranich mit Stein im Fang; schläft er ein, fällt der Stein ins Wasser, und die Vögel erwachen. Illustration der alten Legende über die Wachsamkeit der Kraniche. Geschnittener Glaspokal. Berlin, Staatliche Museen, Kunstgewerbemuseum

特別天然記念物
釧路のタンチョウ飛来

NE STANTE NIL TIMENDV

207 Pulverflasche. Buchsbaumholz, 18. Jh. München, Bayerisches Nationalmuseum

208 Meisterhafte Flachstichgravur mit Arabesken und Tiermotiven oder erhabene bzw. tiefgestochene Reliefgravur kennzeichnen die Luxuswaffen aus Suhl. Schaftverschneidungen ergänzen die Stahlgravuren an den Luxuswaffen. Drilling, Modell 30 L

209 Suhler Doppelflinte. Modell 8, 1972

210 Bockdoppelbüchse. Modell 323 E-Lux, Suhl, 1972

211 Doppelläufiges Jagdgewehr mit Perkussionsschloß. Arbeit von Moritz August Friese, Dresden, 2. Drittel 19. Jh. Dresden, Staatliche Kunstsammlungen, Historisches Museum

einleiten konnte, sie vor dem endgültigen Aussterben zu retten. Durch eine systematische Öffentlichkeitsarbeit in Presse und Fernsehen wurde es möglich, den Schutz der Kraniche zum allgemeinen Anliegen zu machen. Der 2000-Meilen-Flug der Schreikraniche wurde zum Symbol des Naturschutzes im Land.

In Kanada bezog man das Brutgebiet des Whooping Crane in den «Wood Buffalo-National-Park» mit ein. Ebenso schuf man für das 4000 km südlicher gelegene Winterquartier an der Golfküste in Texas ein weiteres Schutzgebiet (Aransas National Wildlife Refuge). So konnte sich in den letzten Jahrzehnten durch eine systematische Hege der Bestand der Schreikraniche wieder langsam vergrößern.

Noch überzeugender sind die Angaben über die Jagd und den Schutz der Kraniche in Japan. Hier zählte vor allem der «Tancho», der große Mandschurenkranich, von alters her zu den Schutz- und Glücksbringern im Land. Von ihm berichten viele Erzählungen und Legenden, auch in der bildenden Kunst ist er häufig dargestellt worden, sowohl in Japan wie in China und Korea.

Im japanischen Inselreich konzentrieren sich heute die Kraniche vor allem auf zwei Haupteinstandsgebiete: Im Süden ist es das Kranichschutzgebiet von Izumi auf der Insel Kyushu. Auf den Stauseen der Reisfelder befinden sich die Winterquartiere der Weißnackenkraniche (Grus vipio) sowie der Mönchskraniche (Grus monacha), und vereinzelt tritt auch der Graue Kranich (Grus grus) auf. In Nordjapan, auf der Insel Hokkaido, wurde das Schutzgebiet mit dem «Japanese Crane Natural-Park» für die Mandschurenkraniche (Grus japonensis) eingerichtet. In geringer Zahl kommt in Japan auch der Schneekranich (Grus leucogeranus) als Wintergast vor.

Einst waren die Kraniche auf den japanischen Inseln auch als Brutvögel weit verbreitet, und niemand durfte den «Tancho» töten oder beunruhigen. Unter der feudalabsolutistischen Herrschaft des Edo-Tokugawo-Regimes wurden im 18./19. Jh. die Kraniche ausschließlich für die Falkenjagd des Kaisers geschützt. Es war der ausdrückliche Wunsch des Tenno, des «Himmelskönigs», wie sich der japanische Kaiser nennen ließ, mit edlen Falken zur Beizjagd auf Reiher, Kraniche und Enten zu ziehen. Im Kaiserlichen Jagdgarten Saitama, vor den Toren Tokios, fanden bis 1868 alljährlich große Beizjagden statt. Deshalb zählten Kranich und Reiher zu dem kaiserlichen Jagdwild, das von niemand anderem getötet werden durfte. Auch mußten alle Kranichgelege gemeldet werden, und jeder Finder hatte für die Sicherheit des Nestes zu sorgen. Ferner kam hinzu, daß nach der buddhistischen Glaubenslehre das Töten eines Tieres grundsätzlich verboten und auch das Fleischessen untersagt war.

Als 1868 in Japan der Bürgerkrieg ausbrach und das Tokugawo-Regime durch die neue Meiji-Regierung abgelöst wurde, setzte auch eine erbarmungslose Verfolgung des «Tancho» ein, da der Kranich ja als das Glückssymbol des alten Regimes galt. Der neue Meiji-Tenno führte als neue Staatsreligion den Shintoismus wieder ein. Diese politischen und religiösen Veränderungen waren mitbestimmend für die Änderung der Jagdmethoden in Japan am Ende des 19. Jh. und trugen zur Ausrottung der Kraniche in ganzen Land bei. Entsprechend den europäischen Jagdgesetzen konnten nun alle japanischen Grundbesitzer die Jagd allein ausüben, so daß die bis dahin geschützten Wildbestände erbarmungslos gejagt und erlegt wurden. Es fanden spezielle Jagden auf die Kraniche statt, und alle Gelege wurden vernichtet. Lediglich im äußersten Norden Japans (in der Nähe der Stadt Kushiro) konnten sich die letzten Mandschurenkraniche in ein großes Sumpfgebiet zurückziehen und hier noch brüten. Besonders interessant ist die Geschichte der Rettung dieses Kranichbestandes nach 1949:

In der Nähe des Dorfes Akan wurden im Herbst 1949 «Tanchos» beobachtet. Der Bauer Yamasiki fütterte die Tiere mit Mais und konnte so erreichen, daß die Kraniche auch im strengen Winter hier verblieben. Die Vögel traten nicht mehr den langen, gefährlichen Flug gen Süden an. Trotz hoher Schneelage versammelten sie sich alljährlich im Herbst und wurden von der Bevölkerung gefüttert.

Die großen Mandschurenkraniche von Akan wurden nun zum neuen Naturschutzsymbol für ganz Japan. Die Schüler von Akan gründeten einen Kranichklub und führten gemeinsam mit Jägern und Naturschützern in jedem Jahr am 5. Dezember eine großangelegte Zählung aller «Tanchos» durch. So wissen wir heute über die Bestandsentwicklung des Grus japonensis gut Bescheid.

Im Tama-Zoo in Tokio wird das internationale Zuchtbuch für die Mandschurenkraniche geführt. 1952 waren es nur 23 Vögel, 1957 bereits 93 und 1959 zählte man schon 123. Der Bestand hatte bereits 1968 die Zahl von 300 Kranichen überschritten, wobei sich vermutlich auch Zugvögel vom ostasiatischen Festland hier wieder angesiedelt haben. 1972 hielten die zoologischen Gärten der Erde lediglich 32 Exemplare des Kranichs in Gefangenschaft und 222 wurden im übrigen Japan gezählt. Heute ist der «Tancho» in der Umgebung von Kushiro keine Seltenheit mehr, viele Naturfreunde kommen alljährlich hierher, um die herrlichen Kraniche im tiefen Schnee zu bewundern. Überall sieht man malerische Plakate und Abbildungen mit Motiven des tanzenden und fliegenden Kranichs. Das große Kranichfest, das alljährlich im Frühling in Akan zu Ehren des «Tanchos» gefeiert wird, endet mit der Bitte des Bürgermeisters: «Tsuru – sen-nen» – tausend Jahre mögen die Kraniche hier leben, dann bringen sie tausend Jahre Glück und Zufriedenheit.

54 Felszeichnung eines tanzenden Kranichs. Spanien, Cantos de la Visera

Entwicklung der Jagdwaffen im 19. und 20. Jahrhundert

«Ist die Kugel aus dem Lauf, hält kein Teufel sie mehr auf!»

Alter Jägerspruch

Die Erfindung des Knallquecksilbers (1786 durch den Franzosen C. L. Berthollet und 1799 durch den Engländer Howard) und die später (um 1820) damit gefüllten Zündpillen und Zündhütchen ermöglichten die Perkussionszündung.

Die Perkussionsgewehre waren Vorderlader. Das auf ein Piston aufgesetzte Zündhütchen wurde durch den Schlag des Hahnes (lat. percussio = Schlag) zur Explosion gebracht. Dieser Feuerstrahl entzündete dann die Pulverladung im Lauf. Da die inneren Schloßteile des Perkussionsgewehrs dem Steinschloß gleich waren, baute man um 1840 oft alte Steinschloßgewehre auf Perkussionszündung um. Diese Perkussionsgewehre versagten im Gegensatz zu den Steinschloßflinten kaum (beim Steinschloß war etwa jeder 15. Schuß ein Versager, bei der Perkussionszündung ungefähr nur noch jeder 300. Schuß). Lediglich das Laden der gezogenen Läufe mit Kugeln bereitete zunächst Schwierigkeiten. Mit der Konstruktion der Langlaufgeschosse wurde das Perkussionsgewehr zur idealen Jagdwaffe, deren Schußweite beim gezogenen Lauf schon 700 m betrug. Die Feuergeschwindigkeit belief sich auf etwa 1,5 Schuß in der Minute.

Während das Schwarzpulver in gesonderten Pulverflaschen, die oft reich verziert waren, aufbewahrt wurde, trug man die Bleikugeln und Schrote in speziellen Lederbeuteln. Zum jagdlichen Zubehör des 18. und 19. Jh. gehörten ferner verschiedene Kugelzangen (zum Gießen der Geschosse), Kugelzieher und Zündhütchenuhren (gelochte Lederscheiben zum Transport der Zündhütchen). Zur Herstellung papierener Patronen verwandte man Patronenbördelmaschinen. Jeder Jäger bereitete damals seine Munition selbst. Noch heute werden in vielen Ländern die Schrotpatronen vom Jäger selbst mit Pulver und Blei gefüllt und für die Jagd vorbereitet.

Durch die Konstruktion von Hinterladergewehren wurde im 19. Jh. eine wesentliche Verbesserung der Jagdwaffen erreicht. Obwohl schon seit Anfang des 16. Jh. Hinterladerkonstruktionen mit Klapp-, Schraub-, Kammer-, Block- und Kipplaufverschlüssen bekannt waren, gestattete erst die Anwendung von Patronen mit Knallquecksilber-Zündung eine entscheidende Verbesserung.

Der französische Büchsenmacher Lefaucheux entwickelte 1825 ein Kipplaufgewehr mit einem sicheren «Verschlußkasten». Nach 1832 wurde es mit zuverlässig funktionierenden Patronen ausgestattet. Die Patronen dieses Lefaucheux-Gewehrs waren mit Zündstiften versehen. Durch Herunterschlagen des Hahnes wurde dieser Zündstift in das Zündhütchen getrieben und entzündete so die Pulverladung. Als Sicherung war ein «Hahnenlehnen» angebracht, um ein unbeabsichtigtes Losgehen des Gewehrs zu vermeiden. Es gab doppelläufige Schrotflinten, aber auch Doppelbüchsen und Büchsenflinten sowie einläufige Büchsen oder Schrotflinten.

Der Thüringer Büchsenmacher Johann Nikolas Dreyse konstruierte 1831 das sogenannte Zündnadelgewehr. Zuerst als Kriegswaffe eingeführt (Infanteriegewehr M/1841 – M/1871), fand es wegen seiner hohen Schußfolge auch bald als Jagdgewehr großen Anklang. Im Gegensatz zum Perkussionsgewehr betrug die Feuergeschwindigkeit des Zündnadelgewehrs als «Schnellader» bereits acht bis zwölf Schuß in der Minute. Bei diesem hahnlosen Selbstspanner mit Nadelschloß und gasdichtem Exzenterverschluß brachte eine lange Nadel aus dem Schlößchen die Zündmasse der Papierpatrone zur Explosion. Die erste hahnlose Selbstspannerdoppelflinte ist in Deutschland durch die Firma Teschner (Collath) in Frankfurt/Oder hergestellt worden. Es war ein Doppelgewehr mit Schlagbolzen und einem «Kammerverschluß».

Eine wesentliche Weiterentwicklung der hahnlosen Selbstspannerjagdgewehre wurde durch die Einführung der Patronenhülsen aus Metall ermöglicht. In der 2. Hälfte des 19. Jh. wurden durch die englischen Büchsenmacher Anson & Deeley sowie Greener neue Doppelflinten entwickelt, bei denen die Metallpatronen durch einen Patronenauswerfer (Ejektor) automatisch ausgeworfen wurden. Auch Schrotpatronen aus Pappe konnten nun durch die Ejektoren ausgeworfen werden. Diese Greener-Doppelflinten mit Würgebohrläufen waren um 1880 sehr beliebt. Auch die englischen Jagdgewehre der Firmen Lancaster, Dickson, Holland & Holland oder von Webley & Scott hatten internationalen Ruf. Als Henry Winchester 1873 sein neues Mehrladegewehr mit Bügelhebel nicht mehr wie bisher mit einem Bronzegehäuse, sondern aus Stahl anfertigen ließ, war ein Prototyp des modernen Mehrladegewehrs für die Jagd und für den Sport entwickelt. Die Winchester Repeating Arms Company aus New Haven ist nicht nur durch die Produktion großer Mengen von Jagdbüchsen um die Jahrhundertwende bekannt geworden, sondern auch durch die Herstellung von neuen Patronen. Die Einführung der Patronen mit Zentralzündung ermöglichte eine Weiterentwicklung der Mehrladegewehre.

Die Erfindung eines drehbaren Zylinderverschlusses mit Kastenmagazin im Mittelschaft durch James P. Lee aus Ilion im Staate New York leitete 1879 eine neue Etappe in der Waffentechnik ein.

Obwohl dieses Prinzip des Patronenmagazins im Mittelschaft schon seit 1645 bekannt war, wurde das Patent «The Lee detachable magazine gun» erst 1882 von der Waffenfabrik Remington in Ilion übernommen. Die Remington Arms Company, eine der führenden Waffenfabriken der Welt, verwendete dieses System des Mehrladegewehrs nicht nur für Armeewaffen, sondern fertigte auch vortreffliche Jagdbüchsen an. Auch die Colts Patent Firearms Manufacturing Co. in der Stadt Paterson (New Jersey), durch die Revolverproduktion weltberühmt, stellte bis 1895 «Express-Waffen» her – die Colt-Jagdbüchse mit Röhrenmagazin unter dem Lauf.

Die gleichen Firmen fertigten auch mehrschüssige Schrotflinten an, von denen die hahnlosen Mehrladegewehre mit Zugstangen bevorzugt wurden. Auch die Firma J. Stevens Arms & Troll Company in Chicopee stellte seit 1872 fünfschüssige hahnlose Schrotflinten her. Die Higgins-Modelle, die bekannten Flite-Kung-Trophy-Mehrladeflinten waren in Amerika weit verbreitet. In Europa beherrschten die fünfschüssigen Mehrladeschrotflinten mit Zugstange der Nobel Dynamite Trust Limented (Modelle 50, 60, 65 und 70) sowie die Jagdflinten des italienischen Werkes Beretta in der Provinz Brescia den Markt. Die industriemäßige Herstellung von Jagdbüchsen mit auswechselbaren Teilen wurde erstmalig 1880 in Suhl durch die Firma I. P. Sauer & Sauer entwickelt.

Mit der Erfindung des rauchschwachen Nitrozellulosepulvers im Jahre 1886 konnten das Kaliber der Gewehre wesentlich verkleinert und die Bleigeschosse mit einem Hartmetallmantel aus einer Kupfer-Nickel-Legierung oder Stahl überzogen werden. Dadurch wurden die Geschosse länger und spitzer und erreichten höhere ballistische Werte.

Die Läufe der Jagdwaffen mußten durch die Verwendung des neuen Pulvers einen enormen Gasdruck (etwa 4000 kp/cm^2) und Temperaturen von etwa 2500 °C aushalten. Für Kugelläufe wurde deshalb nur Qualitätsstahl verwendet, wie Tiegelstahl, der neuentwickelte Siemens-Martin-Stahl. Die Qualität und Schußfestigkeit des Laufstahles wurde ständig amtlich kontrolliert und durch die Kennzeichnung von staatlichen Beschußzeichen dokumentiert.

Die Weiterentwicklung des preußischen Zündnadelgewehrs, Modell 1871, zu einem Mehrladegewehr wurde durch die Gebrüder Paul und Wilhelm Mauser in Obersdorf am Neckar forciert. Mit ihrem Mehrladegewehr Modell 71/84 beteiligten sie sich am fieberhaften Wettrüsten der verschiedenen Länder. Der hohe Stand der Industrieproduktion der Armeegewehre erlaubte es den Mauserwerken, 1888/89 neukonstruierte kleinkalibrige Mehrladegewehre mit drehbarem Zylinderverschluß und festem Magazin im Mittelschaft auf den Markt zu bringen. Geladen wurde mit Ladestreifen von 5 Patronen vom Kaliber 7,65 mm mit einem Mantelgeschoß. Diese an die belgische Armee verkauften Mausergewehre wurden in den folgenden Jahren weiter verbessert und erreichten im Modell 98 als endgültigem Typ des Infanteriegewehrs hohe Produktionsziffern. Das Gewehr ist 4,1 kg schwer und hat ein Kaliber von 7,92 mm. Der 740 mm lange Lauf besitzt vier Züge mit Rechtsdrall und ein Klappvisier bis 2000 m. In der Minute konnte man 25 gezielte Schüsse abfeuern. Der Karabiner 98a für S-Geschosse (Spitzgeschosse) wurde zwischen 1905 und 1908 entwickelt und war die Hauptwaffe des deutschen Heeres im ersten Weltkrieg. Der Karabiner – K 98 k – (Karabiner 98 kurz) bildete ab 1935 die Einheitswaffe der Wehrmacht Hitlerdeutschlands.

Das von den Mauserwerken in Obersdorf gemeinsam mit der Berliner Firma Ludwig Löwe & Co. produzierte Mehrladegewehr 98 kam im Jahre 1908 als Jagdbüchse (Repetiergewehr) unter der Bezeichnung Modell 98/08 auf den Markt. Es war leichter, nur 3,4 kg schwer, mit kurzem Vorderschaft. Diese bei den Jägern beliebte Büchse wurde in folgenden Kalibern geliefert: 6,5 mm K

55 Beispiele staatlicher Beschußzeichen. Suhl, Belgien, Eibar (Spanien), Wien, Paris, Birmingham

56 Suhler Beschußzeichen. Vorbeschuß mit Schwarzpulver für Schrotlauf. Vorbeschuß mit Schwarzpulver für Kugellauf. Untersuchung nach dem Endbeschuß. Erneuter Beschuß nach Reparatur. Endbeschuß mit Nitropulver. Würgebohrung bei Flintenläufen. Zeichen der Prüfstelle für Handfeuerwaffen Suhl

(6,5 × 54); 8 mm k (8 × 51); 9 mm (9 × 57); 9,3 mm (9,3 × 62) und 10,75 mm (10,75 × 68). Nach dem Friedensvertrag von Versailles 1918 durften die Mauserwerke nur noch Jagdwaffen herstellen.

Als Vorlage für viele Mauser-Jagdbüchsen diente das Modell 88. Man produzierte sie mit dem Kugelkaliber 8 × 57 I und 8 × 57 IR. Die Patronenbezeichnung «I» bedeutet Infanteriegeschoß; «S» Spitzgeschoß, das einen um $^{9}/_{100}$ mm stärkeren Durchmesser besaß und daher schwerer war; wogegen das «R» Rand bedeutete und die Patrone aus Kipplaufgewehren verschossen werden konnte. Auf diesem Entwicklungsstand der Waffentechnik beruhen auch heute noch alle modernen Jagdwaffen. Es können hier nicht alle bedeutenden Zentren der Jagdwaffenproduktion der einzelnen Länder vorgestellt werden, sondern es wird der Versuch unternommen, an einem Beispiel zu dokumentieren, wie sich die alten Traditionen des Büchsenmacherhandwerks in der Ausstattung der heutigen Jagdwaffen noch widerspiegeln. So beruht beispielsweise der weltweite Ruf der Suhler Jagdwaffen nach wie vor auf der handwerklichen Präzisionsarbeit der Jagdwaffenbauer, bei denen sich echter Berufsstolz mit handwerklichem Spezialkönnen vereint. Trotz moderner Automaten und Bearbeitungsmaschinen bleibt die Büchsenmacherarbeit eine spezielle Paßarbeit, um die noch vorhandenen Maßunterschiede und Toleranzen auszugleichen. Dieses Feinpassen der Waffe erfordert viel Erfahrung, Einfühlungsvermögen und Fingerspitzengefühl. Zu den Spitzenleistungen der Suhler Jagdwaffenindustrie gehört neben der Herstellung der bekannten Doppelflinte für die Niederwildjagd die Produktion von Bockwaffen. Diese «Merkel»-Bockgewehre mit zwei übereinander liegenden Läufen werden bereits seit über 70 Jahren nach dem gleichen Prinzip hergestellt und bieten als Spezial- oder Kombinationswaffe die Garantie für eine ausgezeichnete Qualitätsarbeit. Als Idealgewehr gilt bei vielen Jägern in aller Welt jedoch der Suhler Drilling; auch er wird bereits seit 1930 in unverändertem Grundaufbau produziert.

Kulturhistorisch interessant ist es, daß die Suhler Jagdwaffenbauer heute wie eh und je nicht nur handwerkliche Wertarbeit liefern, sondern auch die kunsthandwerklichen Traditionen der alten Büchsenmacher weiter pflegen. Sehenswerte Edelmetall- oder Elfenbeineinlagen, reiche Schaftverschneidungen sowie eindrucksvolle Dekorgravuren von goldplattierten Tierdarstellungen (als Flachstich- oder Reliefgravur) kennzeichnen die modernen Luxusjagdwaffen aus der Waffenstadt Suhl am Südhang des Thüringer Waldes.

Weltweiten Ruhm genießen auch die Jagdwaffen aus Österreich, wobei besonders Ferlach erwähnenswert ist, in dem 1558 niederländische Waffenschmiede eine ausgedehnte Jagdwaffenindustrie begründeten. Neben Ferlach sei auch Steyr genannt, wo noch heute die berühmt gewordenen Repetiergewehre von Mannlicher bzw. Mannlicher-Schönauer erzeugt und in alle Welt ausgeliefert werden.

Jäger und Heger für morgen

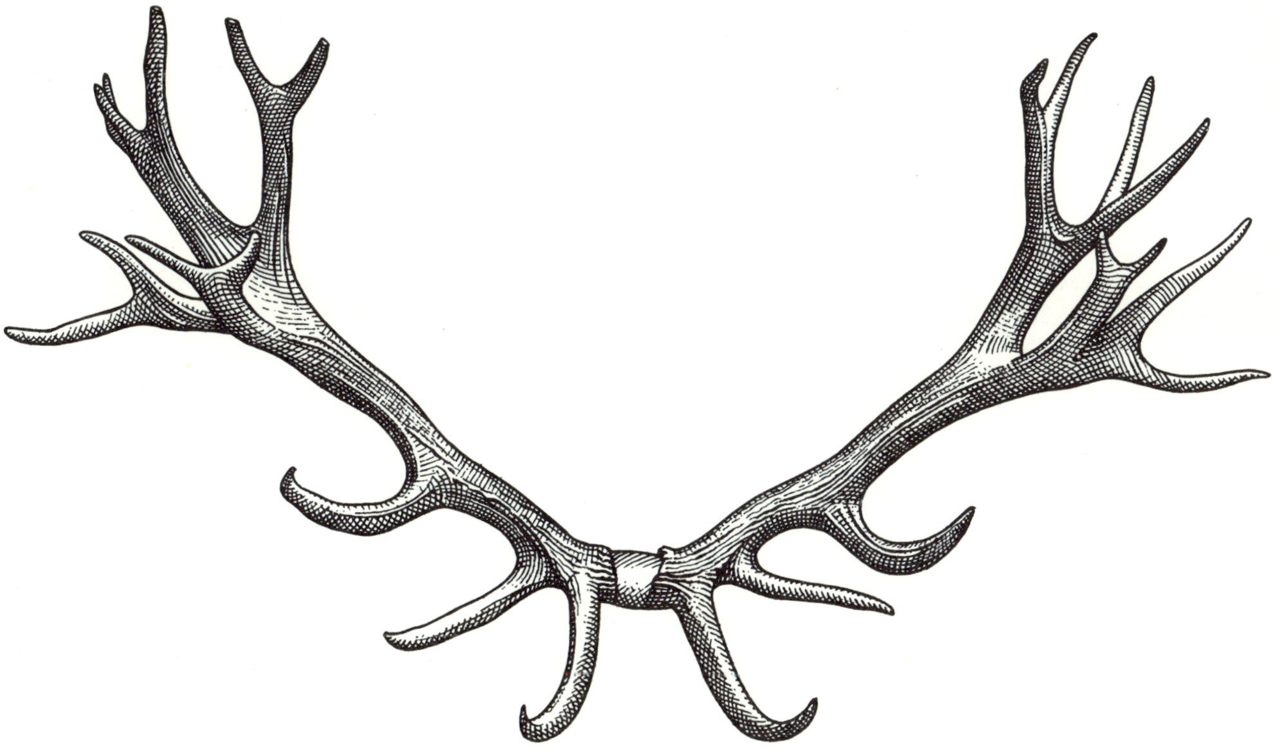

57 Der große 24-Ender des Jagdschlosses Moritzburg bei Dresden

Jagdwirtschaft und Naturschutz in der UdSSR

«Der Verlust einer beliebigen biologischen Art kann nicht nur den ökonomischen Interessen der Gesellschaft der Gegenwart Schaden zufügen, sondern zu nicht auffüllbaren Verlusten für die künftigen Menschheitsgenerationen und insgesamt für die Biosphäre der Erde führen».

«Rotes Buch der UdSSR», Moskau 1979

Mit der Bildung des Sowjetstaates erhielten alle Bürger das Recht zu jagen. In zahlreichen Dekreten und Dokumenten der neuen Sowjetregierung wurde auf die wichtigen Funktionen der Jagdwirtschaft hingewiesen, um eine rationelle Nutzung der Wildbestände und die Erhaltung der wertvollen Naturreichtümer des Landes zu gewährleisten.

Als Vorsitzender des Rates der Volkskommissare erarbeitete W. I. Lenin bereits am 8. November 1917 das Dekret «Über den Grund und Boden», worin die Nationalisierung, also die Verstaatlichung des Bodens, der Bodenschätze, der Wälder und Gewässer gefordert wurde.

Am 19. Februar 1918 wurde die Nationalisierung des Landes bestätigt und im § 1 dieses neuen Gesetzes «die Abschaffung jeglichen Privateigentums an Land, Wasser, Wald sowie der Tierwelt» festgelegt und ständige Kontrollorgane eingesetzt.

Aus dieser neuen Einstellung zur Natur sind auch die gesetzlichen Regelungen über die Ausübung der Jagd, den Fischfang sowie über den Schutz der Natur, der Fauna und Flora der Sowjetunion zu verstehen. Das Dekret vom 27. Mai 1918 «Über die Wälder» verpflichtete die örtlichen Organe, eine strenge Kontrolle der Forsteinrichtungen und der Maßnahmen zur Verjüngung der Wälder durchzuführen sowie Naturdenkmäler zu schützen.

Am 27. Mai 1919 erschien ein Dekret über Jagdzeiten, wonach erstmalig einheitlich die Jagd bis zum 1. August im ganzen Land untersagt wurde und entsprechende Schonzeiten für das Wild auszuarbeiten waren, so verbot man u. a. die Jagd und den Fang von Bibern.

In dem 1920 unterzeichneten neuen Dekret «Über die Jagdsaison und den Besitz von Jagdwaffen» wurde der Grundstein gelegt für die sozialistische Jagdwirtschaft der UdSSR. Jeder volljährige Bürger hatte danach die Möglichkeit, Mitglied einer Jagdgesellschaft zu werden und einen Jagdschein zu erhalten, wenn er eine Prüfung in Biologie, Jagdkunde und Naturschutz ablegte. W. I. Lenin, der selbst gern zur Jagd ging, um hier Erholung und Entspannung zu finden, erkannte sowohl die volkswirtschaftliche als auch die ethische Bedeutung der Jagd. Es wird berichtet, daß er im Winter 1920 oft mit seinem Autoschlitten unterwegs war, auch ohne große Jagderfolge zu erzielen. Er war einfach und bescheiden, so berichtet J. E. Rudsutak: «Bereits um vier Uhr weckte mich Lenin telefonisch. In Filzstiefeln, mit einer schwarzen Joppe bekleidet, die Jagdwaffe über der Schulter, ein paar Butterbrote in der Tasche sowie kleingeklopfte Zuckerstückchen in einer kleinen Blechschachtel und ein Schluck Tee in der Flasche, das war Iljitschs gesamte Ausrüstung.»

Die neugebildete Hauptverwaltung für Jagdwirtschaft beim Volkskommissariat für Ackerbau (Landwirtschaftsministerium) organisierte die Jagd und erließ Schutzbestimmungen für Federwild und verbot die Jagd auf Elche und Rehe sowie auf Saiga-Antilopen, um den Bestand der Tiere zu erhalten.

Bereits 1919 entstand im Wolgadelta das erste staatliche Naturschutzreservat in der Sowjetunion, das Astrachaner Schutzgebiet, wo sich auf einem Schwemmland von 75630 ha zahlreiche Wasservögel konzentrieren. Im Januar 1921 wurde am Nordufer des Baikalsees das 248200 ha große Bargusinsker Schutzgebiet geschaffen, um vor allem den wertvollen Transbaikal-Zobel (auch Bargusin-Zobel genannt) in der Lärchenwaldtaiga zu erhalten.

Am 16. September 1921 wurde in der RSFSR das Dekret «Über den Schutz von Naturdenkmälern, Gärten und Parks» erlassen. Durch das Volkskommissariat für Volksbildung konnten nach diesem Gesetz besonders wertvolle Landschaften als Naturschutzgebiete oder Nationalparks erklärt werden. In diesen Reservaten waren die Bodenbearbeitung, die Gewinnung von Bodenschätzen, der Holzeinschlag, das Jagen, das Fangen von Tieren, Vögeln und Fischen sowie das Sammeln von Eiern und Federn grundsätzlich verboten.

In der Folgezeit entstanden auf der Grundlage dieses Dekretes in allen Teilen der Sowjetunion neue Reservate und Schutzgebiete. In den ersten Jahren der Sowjetmacht wurden 215 Dekrete und Verordnungen über den Schutz der Natur erlassen, 94 Dekrete hat W. I. Lenin selbst unterzeichnet.

So erklärte die Sowjetregierung 1921, trotz des Bürgerkrieges in der Ukraine, das Tierparadies Askania Nova zum staatlichen Naturschutzgebiet. Sie verfügte den Wiederaufbau des durch Kriegswirren beschädigten «Zooparks Askania Nova». In der südrussischen Federgrassteppe hatte 1828 das kleine deutsche Herzogtum Anhalt-Köthen eine 480 km^2 große Kolonie angelegt, um die Merinoschafzucht zu betreiben. Innerhalb von zwei Jahren trieb man 8000 Schafe von Mitteldeutschland nach Südrußland, die Herden legten täglich 15–20 km zurück. Mißwirtschaft führte dazu, daß Askania Nova 1856 in den Besitz des deutsch-russischen Gutsbesitzers Friedrich Fein überging, der hier in den nächsten Jahrzehnten Herden von 750000 Wollschafen züchtete. Sein Sohn Friedrich Falz-Fein ließ 1887 große Tiefbrunnen anlegen, um die Steppe zu bewässern. Mehr als 600 verschiedene Baumarten wurden hier angepflanzt, so daß in der südrussischen Steppe ein grünes Paradies entstand. In dieser grünen Oase setzte man zahlreiche Tiere aus; so konnten bereits vor dem ersten

Weltkrieg mehr als 400 verschiedene Arten von Tieren in Askania Nova gezählt werden, darunter 344 Vogel- und über 50 Huftierarten, Raubtiere hielt man nie in diesem Zoopark. Besonders wertvoll sind die Bestände der letzten Urwildpferde, die aus der wasserarmen Steppenzone der Transaltai-Gobi Anfang unseres Jahrhunderts nach Askania Nova gebracht wurden. Diese Wildpferde, nach ihrem Entdecker, dem russischen Forschungsreisenden N. M. Przewalski, «Przewalskipferde» (Equus przewalskii) benannt, wurden um 1880 zuerst in der innerasiatischen Steppe am Takhin-Shar-nuru-Berg (in der Nähe der Grenze zwischen der Mongolischen Volksrepublik und der VR China) gesichtet. Neben den Wildpferden von Askania Nova gelangten lediglich 1901 durch eine Fangexpedition der Firma Carl Hagenbeck, Hamburg-Stellingen, 28 Wildfänge aus der Mongolei nach Europa, so daß alle heutigen Wildpferde von diesen beiden Zuchtstätten abstammen. 1956 gab es lediglich noch 36 Wildpferde in den zoologischen Gärten der Welt. Bereits 1899 wurde ein exaktes Zuchtbuch aller Wildpferde eingerichtet, das heute im Auftrag der IUCN vom Zoo in Prag weitergeführt wird. Nach dessen Angaben gab es 1980 auf der Erde etwa 400 Wildpferde in 74 verschiedenen Zoos, in der freien Wildbahn vermutlich kein Exemplar mehr. Trotz intensiver Nachforschungen konnten bisher keine authentischen Beobachtungen von freilebenden Wildpferden gemacht werden. Es gibt nur wenige reinrassige Wildpferde, die aus Zuchten in der freien Wildbahn stammen. Durch die Einkreuzung von mongolischen Hauspferden konnten die Bestände der Wildpferde gerettet werden. Mongolische Pferdezüchter arbeiteten gemeinsam mit sowjetischen Wissenschaftlern das Programm zur Wildpferdhaltung in der ukrainischen Steppe aus, wo einst diese Pferde unter natürlichen Bedingungen lebten. 1980 konnte auch in Holland ein größeres Zuchtgehege für Przewalskipferde eingerichtet werden.

Lediglich in Askania Nova befindet sich heute noch eine Stute, die in der offenen Steppe geboren wurde. Alle anderen Tiere kamen bereits in zoologischen Gärten zur Welt.

In Askania Nova übernahm 1925 Prof. M. F. Iwanow die Leitung des Tierparks und führte umfangreiche Akklimatisierungs- und Kreuzungsversuche durch, um die Einbürgerung von Wildtieren zu fördern. Der Name Askania Nova wurde zum Sinnbild einer modernen Zoo-Wildtierhaltung. Es sind vor allem Hirsch- und Antilopenarten, die hier unter Steppenbedingungen gehalten werden, um von diesem Gebiet aus in den verschiedensten Jagdrevieren des Landes ausgesetzt zu werden.

Typisch für die Erhaltung einzelner Wildarten ist das Beispiel der Saiga-Antilope (Saiga tatarica), deren Bestand im ganzen Land nach dem ersten Weltkrieg auf das äußerste gefährdet war. In Askania Nova betrieb man eine systematische Erforschung der Lebensbedingungen der Tiere und leitete darauf abgestimmte Schutzmaßnahmen ein. Dies war notwendig, da infolge extremer Witterungsbedingungen oft hohe Verluste unter den Wildtieren auftraten. So gingen im Winter 1953/54, als bei 40–60 cm hohem Schnee Minustemperaturen von 40 °C in der Steppe herrschten, von 180000 Saigas westlich der Wolga etwa 80000 Tiere ein. Auch die Wölfe verursachten früher große Verluste unter den Saigabeständen; nachdem man in Kasachstan innerhalb von zehn Jahren mehr als 210000 Wölfe erlegte, vermehrten sich die Saigabestände zusehends.

Inzwischen sind es etwa zwei Millionen Tiere, die heute in der UdSSR frei leben. Nach dem Beschluß des Ministerrates der RSFSR vom 10. August 1956 sind Maßnahmen zur «Regelung der Nutzung des Bestandes der Steppenantilopen und zur Regelung ihrer Auswahl» angeordnet worden. Neuerdings entdeckten sowjetische Zoologen Herden von 90000 bis 100000 Tieren auch in der «Hungersteppe» westlich des Aralsees. Hier wirkten sich die stärkeren Niederschläge aus den Jahren 1972/73 positiv auf den Pflanzenwuchs aus. In dem strengen Winter 1971/72 dagegen sollen in Kasachstan mehr als 400000 Saigas in der extremen Kälte umgekommen sein; die Herden wanderten weit in die angrenzenden Gebiete, so daß sie auch auf landwirtschaftlichen Nutzflächen Schaden verursachten. 1974 sollen auf mehr als 20000 ha die Kulturen durch äsende Saigas vernichtet worden sein.

In Astrachan betreibt der Staatliche Jagdwirtschaftsbetrieb «Astrachaner Promchos» den Abschuß von jährlich bis zu 350000 Saigas. Dieses Wildbret ergibt jährlich etwa 6000 t Fleisch sowie über 200000 m^2 Chromleder und ist für die Zone der Trockensteppen und Halbwüsten, wo sonst kaum tierisches Eiweiß erzeugt wird, eine wichtige volkswirtschaftliche Grundlage.

Die Saigas sind ein eindrucksvolles Beispiel dafür, wie in extremen Klimazonen, in denen die bisherigen Haustierarten kaum wirtschaftliche Bedeutung erlangten, Wildherden wesentlich zur Ernährung der Bevölkerung beitragen kann. Gegenüber der Haustierhaltung gewinnt man mit der Saigahaltung das Doppelte bis Dreifache an tierischen Produkten.

Die Jagdwirtschaft übernimmt hier wieder eine alte Funktion, indem die «Wildnutzungsreservate» zur ständigen Quelle der Proteinversorgung für den Menschen werden. Bei der Bekämpfung des Hungers in der Welt können die großen Wildbestände eine wichtige Lücke schließen, wenn es gelingt, die Wildherden so zu bewirtschaften, daß eine kontinuierliche Bestandsentwicklung erfolgt. Hierfür können die Ergebnisse des Ukrainischen Forschungsinstitutes für Tierzucht in Askania Nova richtungweisend sein, in dem hochproduktive Wildtierarten herangezüchtet und akklimatisiert werden.

Früher war die Saiga von England bis nach Sibirien verbreitet, sogar bis zum Eismeer reichen die fossilen Funde dieser Tierart. Sie kann in Gefangenschaft kaum gezüchtet werden. Es gibt kaum zoologische Gärten, die die Tiere längere Zeit in größeren Gehegen gehalten haben. Die ersten Saiga-Antilopen kamen 1864 in den Londoner Zoo. Seitdem versucht man auch in den zoologischen Gärten die Lebensbedingungen für Saigas systematisch zu verbessern. Bisher vermitteln jedoch allein die Jagdwirtschaft und Wildforschung alle neuen Aspekte über die Bewirtschaftung der Saigabestände. In den Jagdwirtschaften erfolgt die Jagd auf Saigas nach rein wirtschaftlichen Gesichtspunkten. Vom Oktober bis zum 10. November – kurz vor der Brunft – ist die Jagd freigegeben. Grzimek (1969) beschreibt sie wie folgt: «Staatliche Jagdbrigaden schießen die Tiere daher weniger waidgerecht, aber viel schonender in dunklen windigen Nächten bei Scheinwerferlicht ab. Für Privatpersonen ist dies verboten. Eine Brigade, insgesamt fünf Mann, fährt mit einem Geländewagen in 15–20 km/h Geschwindigkeit über die Steppe. Schon im gewöhnlichen Scheinwerferlicht kann man die Antilopen auf zwei Kilometer Entfernung erkennen, weil ihre Augen widerleuchten. Ist man auf 100–200 m herangekommen, stoppt der Wagen, und es wird ein starker Suchscheinwerfer eingeschaltet. Die Rüsselantilopen bleiben im grellen Licht stehen oder kommen sogar langsam auf den Scheinwerfer zu, genau wie wir es bei Thomson-Gazellen in Ostafrika beobachtet haben, die wir zum Kennzeichnen auf diese Weise einfingen. Die Schützen sind inzwischen aus dem Wagen gestiegen und töten die Tiere aus dem kurzen Abstand von dreißig bis vierzig Metern. Das gibt im Gegensatz zur üblichen Jagd sehr wenig verletzte Tiere, die weglaufen und qualvoll umkommen, außerdem kann man aus dieser Nähe die Geschlechter und das Alter genauer unterscheiden. Es werden vor allem junge Böcke abgeschossen. Eine Brigade kann in fünf bis sechs Stunden 100 bis 120 Antilopen erlegen.»

Früher führte man in Kasachstan die Jagd auf Saigas auf eine grausame Weise aus. Die Schilfrohrbestände an den Flußläufen schnitt man im Winter auf 70 cm Höhe und rammte noch zusätzlich spitze Pfähle hinein. Man trieb die Saigas mit hoher Geschwindigkeit durch diese spitzen Stengel, wobei die Tiere sich die Brust durchstachen oder den Bauch aufschlitzten. So erbeutete man an einem Tage bis zu 12000 Saigas, wobei weitere Tausende von Tieren verletzt und verkrüppelt später noch umkamen oder von den Wölfen gerissen wurden.

Das Beispiel der Saiga-Antilope demonstriert eine Methode, wie das Wildtier heute unter den Bedingungen einer intensiven Jagdwirtschaft dazu beitragen kann, in trostlosen, unwirtschaftlichen «Hungersteppen» hochwertige Nahrungsgüter zu produzieren. Demgemäß paßt sich auch die Jagdmethode dieser Aufgabenstellung an. Hier spielt das individuelle, sportlich-beglückende Jagderlebnis zwar überhaupt keine Rolle mehr, aber das Wildtier hat hier dennoch eine Chance zum Überleben, da nur starke und gesunde Herden auch zukünftig von Bestand sein können.

Aus der Usbekischen SSR wird berichtet, daß in den Wüstenregionen der Kysylkum Aufzuchtreservate für Persische Kropfgazellen (Gazella subgutturosa) und für Buchara-Hirsche (Cervus elaphus bactrianus) mit Erfolg eingerichtet wurden. 1978 siedelte man 40 Gazellen an, die sich innerhalb von vier Jahren auf 142 vermehrten. Es konnten bereits Tiere wieder in die freie Wildbahn ausgesetzt werden. Auch die Buchara-Hirsche, die zu den seltensten Hirscharten der Erde zählen, sind in Naturschutzreservaten Usbekistans und Tadshikistans zu finden, man schätzt den Bestand in der UdSSR auf 625 Exemplare.

Ähnlich haben sich in der Sowjetunion die Bestände der Biber, Elche, Maralhirsche, Sikahirsche, Rentiere, Eisbären, Seeotter und Kulane (Wildesel) dank einer zielgerichteten Wildtierforschung und einer intensiven jagdwirtschaftlichen Planung und Bewirtschaftung in den letzten Jahrzehnten wieder ansehnlich vermehrt. Der Bestand der Kulane ist im Naturschutzgebiet von Badchyser (Turkmenische SSR) von 200 auf über 2000 Wildesel angewachsen, so daß 1978 und 1980 auch im Wüstengebiet der weiter östlich gelegenen Reservate wieder Kulane ausgesetzt werden konnten.

Im neuen «Roten Buch der UdSSR» (1979) konnten auf Grund der günstigen Bestandsentwicklungen die Saiga-Antilopen, der Elch sowie der Wisent von der Liste der gefährdeten Tierarten gestrichen werden. Die Jagd auf den Ussuri-Tiger, auf den Schneeleoparden, auf die Walrosse an der Laptewsee oder auf die Ringelrobben am Baikalsee ist dagegen grundsätzlich verboten. In 104 staatlichen Naturschutzgebieten, die eine Gesamtfläche von 7,5 Millionen ha einnehmen, ist die Jagd untersagt.

Über zweieinhalb Millionen Jäger üben auf mehr als 200 Millionen ha die Jagd nach dem Erlaß des Ministerrates der UdSSR vom 11. 5. 1959 aus. Danach werden sowohl die staatliche und gewerbsmäßige Jagd, einschließlich der Pelztierjagd in den staatlichen und kooperativen Jagdgebieten geregelt als auch die Sportjagd und das Angeln. Die Jäger sind gemeinsam mit den Anglern in Jagdgesellschaften organisiert und in Jagd- und Anglerverbänden der Unionsstaaten zusammengeschlossen.

In der Sowjetunion gibt es etwa 300 jagdbare Wildarten, darunter 70 Haarwildarten, die zur Pelzgewinnung bejagt werden. Jährlich werden etwa 50 Millionen Felle für die Pelzgewinnung abgeliefert, davon etwa fünf Millionen aus der Pelztierzucht. Beachtlich ist die jährliche Strecke von 50 bis 60 Millionen Stück Federwild, darunter etwa 50 Prozent Wasserwild.

Die Jagd auf starke Trophäen ist in der Sowjetunion nicht so ausgeprägt, obwohl die Jäger des Landes verschiedene Weltrekordtrophäen besitzen, so z. B. für Keiler (1976), Elch (1972), Luchs (1977), Wildren (1973), Sibirisches Reh (1978), Maralhirsch (1980), Marco-Polo-Schafe (1970), wofür die UdSSR auf der Weltjagdausstellung Plovdiv 1981 den «Grand Prix» erhielt.

212 In der Steppenlandschaft von Askania Nova findet man neben dem Wildtier interessante frühgeschichtliche Skulpturen («Steinweiber» genannt) aus der Skythen-Zeit.

213 Jäger am Lagerfeuer in den Bergen Kasachstans

214/215 Saigaböcke in Zentralkasachstan. 1964

216 Krauskopf-Pelikane im Astrachaner Naturschutzreservat. 1971

217 Naturschutzwacht im Kysyl-Agatsch-Naturschutzreservat am Kaspischen Meer (Aserbaidshanische Sozialistische Sowjetrepublik), einem Überwinterungsgebiet zahlreicher Vogelarten. Mindestens zwei Millionen Zugvögel rasten in diesem Reservat.

218 Wildherden in der Südrussischen Federgrassteppe im Wildreservat von Askania Nova. Über 36 verschiedene Wildhuftierarten werden hier gezüchtet, so z. B. Wapiti- und Steppenhirsche, Nilgauantilopen, Gnus, Kaffernbüffel und Kulane.

219/220 Rehwildtrophäen mit Weltrekordmedaillen von internationalen Jagdausstellungen. Dieser 1896 in Nienadowa (Polen) gestreckte Bock errang auf allen Weltjagdausstellungen einen Grand Prix und nimmt mit 196,00 C.I.C.-Punkten noch immer den zweiten Platz im Weltmaßstab ein. Interessant ist die erste Medaille von der Welt-Jagdausstellung 1910 in Wien. Warschau, Museum des Polnischen Jagdverbandes

221 *Speisesaal im Schloß Moritzburg mit kapitalen Rotwildtrophäen*

222 *Jagdschloß Moritzburg bei Dresden*

223 *Jagdtrophäensammlung im Schloß Konopiště bei Prag*

224 Jagdschloß Moritzburg. Monströsensaal mit dem «66-Ender». Innenausstattung aus dem Jahre 1728

225 Gemälde des «66-Enders» im Jagdschloß Moritzburg

Diesen Hirsch von 66. Enden
haben
S. Majestz Fridericus I. Konig in Preussen,
im Ampte Fursten Walde selbst geschoßen
den 18. September Anno 1696.
Joh. El. Ridinger del. sculps. et excudit Aug. Vind.

227 J. G. Wolfgang: Silberplatte auf der Pürschbüchse, mit der der «66-Ender» gestreckt wurde. Ehem. Berlin, Hohenzollern-Museum

228 Originaltrophäe des «66-Enders», die linke Eissprosse ist stark abgekämpft. Moritzburg, Barockmuseum

226 J. E. Ridinger: «66-Ender». Kupferstich, 1768. Dresden, Staatliche Kunstsammlungen, Kupferstich-Kabinett

229/230/231 D. Männlich d. Ä.: Silbervergoldeter Trinkpokal in Gestalt des «66-Enders». Um 1700. Ehem. Berlin, Hohenzollern-Museum

232 Elenantilopen werden gemolken. Wildreservat Askania Nova, 1975

233 Mehr als 1 Million Gnus wurden 1973 im Serengeti-Nationalpark gezählt. Gnu-Ansammlungen auf den Musabi Plains im westlichen Korridor der Serengeti

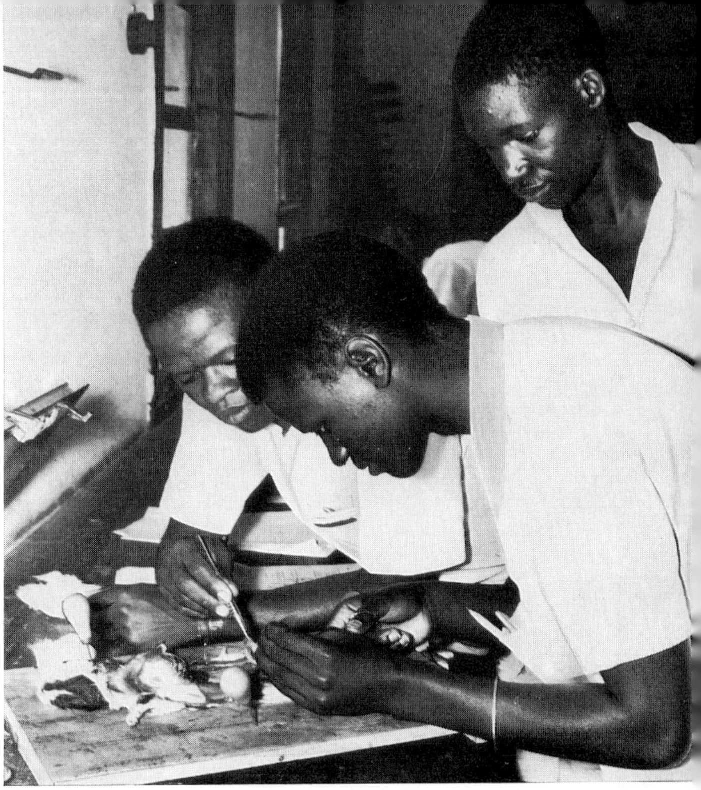

234 Wildlife College, die erste Wildhüterfachschule in Afrika, in Mweka bei Moshi. Im Hintergrund der Kibo-Gipfel des Kilimandscharo. 1972

235 Wildhüter am Eingang zum Mikumi-Nationalpark in Tansania. 1971

236 Ausbildung junger tansanischer Schüler in einem Wildlife Club einer Oberschule in Moshi

237 Wilderer mit Elefantenstoßzähnen wird von Wildhütern in Kenia festgenommen

238 Touristensafari im Manyara-See-Nationalpark mit dem Safaribus, im Hintergrund die westliche Grabenwand (Gregory Rift Valley) des Ostafrikanischen Grabens

239 Fotosafari im Ngorongoro-Krater in Nordtansania

240 Elefanten im Kraterkessel des Ngorongoro-Vulkans. 1972

Jagd nach kapitalen Trophäen

«Ein von vielen Enden herrlich erwachsenes Gehörn wird auf einen hölzernen Hirschkopf zum Andenken aufgemachet, unter dessen Halß auf einem Brettlein oder Pergament–Zedul geschrieben, in welchem Jahr und Tag und wer auf ihn gepirscht, wo er gefällt, wie der Ort heiße, wie viele Centner gewogen und was sich merkwürdiges dabei zugetragen habe.»

H. F. v. Fleming «Der Vollkommene Teutsche Jäger», 1719

Diese Aufforderung zu einer eindeutigen Orts- und Gewichtsangabe für jede Jagdtrophäe stammt bereits aus dem Anfang des 18. Jh. und ist umfangreicher als die Forderungen, die auf der Tagung des Internationalen Jagdrates (CIC = Conseil International de la Chasse) im Jahre 1952 in Madrid für eine einheitliche Bewertung der Jagdtrophäen beschlossen wurden*. Auf der Grundlage dieser jetzt international verbindlichen «Bewertungs- und Prämierungssatzung des CIC», die in Zusammenarbeit mit dem Boone and Crockett Club, USA, entwickelt und auf dem Kongreß 1955 in Kopenhagen konkretisiert wurde, erfolgte erstmalig auf der Welt-Jagdausstellung 1971 in Budapest eine einheitliche Bewertung der Spitzentrophäen aller Kontinente.

Nach diesen CIC-Formeln ist exakt für die einzelnen Wildtierarten festgelegt, wie die Vermessung und Bewertung der einzelnen Trophäen zu erfolgen hat.

Neben dem Vermessen der Schädel mit den verschiedenen Stirnwaffen (Hörner- oder Geweihformen), den Gewehren oder Zähnen sind auch Decken, Bälge und Schwarten der Wildsäuger auf den internationalen Jagdausstellungen gezeigt und ebenfalls bewertet worden. Obwohl es hier, wegen der verschiedenen Bearbeitungsmöglichkeiten der Rohfelle, noch keine realen Bewertungsrichtlinien gibt, wird in der Zukunft sicherlich noch mehr Wert auf diese Felltrophäen gelegt werden.

Ist dieser Trophäenkult, wie er ja oft vom Laien bezeichnet wird, berechtigt und das Streben nach starken Trophäen heute noch das Kernstück unserer Jagd? Jagen wir nur, um kapitale Trophäen zu erbeuten und sie als kostbare Erinnerungsstücke an die Wand zu hängen? Gewiß stellt dies einen großen Reiz dar und ist ein bleibendes Zeugnis für die Jagderfolge eines Jägers, drückt oft aber zuerst Repräsentationsstreben und Prestigedenken aus.

In der Geschichte spielte die kapitale Trophäe nicht die Rolle, die ihr manche Jäger unserer Tage zuerkennen. Früher waren das Fell, die Klauen eines erlegten Bären oder die Zähne eines Wolfes die wertvollsten Trophäen eines Jägers. Noch im 18. Jh. wurde bei der Parforcejagd nicht das Geweih dem Jäger überreicht, sondern der rechte Vorderlauf des gehetzten Hirsches wurde dem Jagdherren als Ehrenlauf übergeben.

Aus der Mongolischen Volksrepublik wurde nach 1975 berichtet, daß die dortigen Jäger auch heute noch kaum Wert auf die Trophäen des Wildes legen, ganz im Gegensatz zu den Jagdtouristen, die auf kapitale Steinböcke und Argali-Widder (Altai-Wildschafe) jagen. Die oft getroffene Feststellung, daß eine starke Trophäe das Resultat einer vorzüglichen Wildpflege ist, braucht nicht unbedingt zu stimmen, wenn man, nur auf kapitale Trophäen orientiert, entsprechend selektiert und mit dem nötigen Futterpräparat «etwas nachhilft». Doping aber ist bei Geweihträgern ebenso verpönt wie bei Spitzensportlern. Als Anfang des 18. Jh. nicht die Stärke der Geweihe, sondern Endenfreudigkeit und Abnormität die größere Rolle spielten, ist nachweislich eine Vielzahl der Geweihmißbildungen durch künstliche Einwirkungen entstanden (Schießen mit leichtem Blei auf das Bastgeweih oder in die Hoden).

Die Jagd- und Wildforschung in allen Ländern beschäftigt sich intensiv damit, wie durch eine zielgerichtete Wildhege der natürliche Aufbau eines gesunden Wildbestandes erzielt werden kann, bei dem sowohl starke Trophäen als auch eine gute Qualität des Wildbrets gewährleistet sind. Diese «Hege mit der Büchse», die bereits 1934 von Raesfeld gefordert wurde, zielt darauf, daß durch Abschußplanung, Wahlabschuß und Pflichttrophäenschauen jagdlich am rentabelsten gewirtschaftet wird. So ist beispielsweise in dem bekannten ungarischen Rotwild-Jagdwirtschaftsbetrieb Gemenc an der Donau eine Wilddichte von über 100 Stück Rotwild pro 1 000 ha vorhanden, wogegen sonst höchstens 20 Stück Rotwild als Besatz angestrebt werden. Neben den sehr günstigen natürlichen Äsungsverhältnissen auf den kalkreichen Waldböden an der Donau, die eine Voraussetzung sind, wird durch den zusätzlichen Anbau von Futterpflanzen dieser Rotwildbestand erhalten.

Wie in den letzten Jahrzehnten durch eine intensive Rotwildhege die Anzahl der prämierten Trophäen sprunghaft zunahm, zeigen die Beispiele aus den ungarischen Rotwildrevieren. Hier streckte man in den Jahren zwischen 1914 und 1945 insgesamt nur 47 Goldmedaillennhirsche; in den Jahren zwischen 1946 und 1970 aber bereits 723. Im Jahre 1979 waren es allein 229 Goldmedail-

* Die erste offizielle Bewertungsformel für Rotwild wurde 1881 in Budapest entwickelt und 1894 auf der Steiermärkischen Jagdausstellung in Graz durch die Vergabe von Schönheitszuschlägen verbessert. Ab 1930 fanden die «Nadler-Formeln» ihre internationale Anwendung, die auf der CIC-Tagung 1937 zur Internationalen Jagdausstellung Berlin weiter konkretisiert werden konnten. Auf der CIC-Tagung 1952 in Madrid erfolgte eine weitere Ergänzung, die 1955 in Kopenhagen für verbindlich erklärt wurde.

lenhirsche. Die Anzahl der prämierten Trophäen (Gold-, Silber- und Bronzemedaillen bei Rothirschen) stieg sogar von 529 auf 5651 – ein überzeugendes Beispiel, welche Leistungen durch eine zielgerichtete Hege bei unseren Schalenwildarten auch in relativ kurzer Zeit möglich sind. So erlegte man 1979 Ungarn insgesamt 22700 Stück Rotwild, davon kamen 4428 zur nationalen Trophäenbewertung. 40,9% erhielten eine Medaille nach der CIC-Bewertung, und zwar 927 Bronze-, 633 Silber- und 229 Goldmedaillen.

Die Frage nach den stärksten Trophäen der Welt steht immer wieder im Mittelpunkt vieler Diskussionen. Für die rezenten Geweihe werden die Spitzentrophäen unseres Jahrhunderts auf internationalen Jagdausstellungen ermittelt. Auch sind in den letzten Jahren in zahlreichen wissenschaftlichen Veröffentlichungen die Daten mit den CIC-Wertziffern der «Goldmedaillenhirsche» aus den verschiedenen Staaten erschienen. Trotzdem steht die Frage, welches die stärkste Trophäe ist, die bisher vom Rotwild erlegt wurde, immer wieder zur Debatte.

Internationale Jagdausstellungen ermittelten den jeweiligen Weltrekord der Spitzentrophäen, so z. B. beim Rotwild: 1971 in Budapest (Ungarn) = 251,83 Punkte, erlegt 1970 in Ungarn; 1976 in České Budejovice (ČSSR) = 253,62 Punkte, erlegt 1975 in Bulgarien; 1980 in Nitra (ČSSR), geschossen 1978 in Bulgarien und 1981 in Plovdiv (Bulgarien) = 261,25 Punkte, gestreckt in Rumänien. Am 15. September 1981 wurde in Ungarn ein Rothirsch erlegt, der auf der Jagdausstellung in Zagreb (1981) mit 269,89 Punkten bewertet wurde und damit neuer Weltrekordhirsch ist. Auf der Weltjagdausstellung EXPO '81 in Plovdiv waren insgesamt 10536 Trophäen, Bälge, Decken und Schädel ausgestellt, die alle zwischen 1971 und 1980 erlegt wurden. Davon erhielten 6306 (= 62%) Goldmedaillen, 2348 Silbermedaillen und 1469 Bronzemedaillen. Beim Rotwild ergab sich eine interessante Übersicht (Tabelle II). Bei dem 1980 von Nicolae Ceausescu gestreckten Weltrekordhirsch aus Rumänien fallen die relativ langen und kapitalen Mittelsprossen besonders auf, auch die Gesamtlänge der Stangen sowie die Auslage dieses 21-Enders sind imponierend, genauso das Gewicht der Trophäe mit 15,11 kg. Dagegen ist der Umfang der Rosen im Vergleich zu den bulgarischen Spitzentrophäen verhältnismäßig schwach ausgebildet (vgl. Tabelle I). Somit sind offensichtlich in der VR Bulgarien, der SR Rumänien und der Ungarischen Volksrepublik die kapitalsten Rotwildbestände anzutreffen.

Diese Goldmedaillenhirsche der Gegenwart werden aber von einigen älteren Trophäen übertroffen. Im Pavillon der Schweiz auf der Weltjagdausstellung 1971 hing ein Geweih (Eigentümer: Dr. René la Roche in Folgensbourg), dessen Herkunftsort unbekannt ist, das mit 286,60 I. P. bewertet wurde.

In den bedeutenden jagdhistorischen Sammlungen der einzelnen Länder befinden sich zahlreiche Trophäen, deren Endenzahl und Geweihausbildung unseren heutigen «Goldmedaillenhirschen» nicht nachstehen. Leider fehlen auch hier oft die Ortsangaben, oder die Trophäen wurden noch nicht nach dem CIC-Punktsystem bewertet.

Im Jagdschloß Moritzburg bei Dresden befindet sich eine Trophäe, die als «Großer Moritzburger ungerader 24-Ender» bezeichnet wird und 1969 von Dr. R. Bösener und Dr. C. Stubbe vom Institut für Forstschutz und Jagdwesen der Fakultät für Forstwirtschaft der Technischen Universität Dresden mit insgesamt 298,60 CIC-Punkten bewertet wurde. Dieses Geweih stellt das stärkste bisher bekannte Rothirschgeweih der Welt dar. Unter der Sammlungsnummer 8 befindet sich diese Trophäe im Speisesaal des Jagdschlosses Moritzburg, zusammen mit weiteren sieben Hirschgeweihen, die ebenfalls mit über 253 CIC-Punkten bewertet wurden, also über dem derzeitigen Weltrekordhirsch liegen. Diese Hirschtrophäen im Jagdschloß Moritzburg stellen eine besondere Rarität dar, wie sie wohl kaum in einer anderen Trophäensammlung zu finden ist. Der 24-Ender besitzt heute noch ein Geweihgewicht von 19,865 kg bei kurzem Schädel, so daß diese Trophäe mit Recht zu den Spitzentrophäen der Welt gehört. Über den Erwerb sowie über die Herkunft dieses Geweihes lagen, wie Bösener 1969 feststellte, bisher keine Aufzeichnungen vor. Er schlußfolgerte daher, daß «als Erlegungsort mit gewisser Berechtigung ein einheimisches Revier angenommen» werden kann. Den Abschuß- und Streckenberichten des «Kursächsischen Jagdregisters» aus dem 17. und 18. Jh. (im Staatsarchiv Dresden) lassen sich jedoch keine Hinweise über diesen starken Hirsch entnehmen. Der schwerste Hirsch wird hier mit 425,5 kg angegeben.

Es erscheint daher sehr fraglich, ob der «Große Moritzburger 24-Ender» aus einem sächsischen Revier stammt, sondern vermutlich aus den Wäldern zwischen den Flüssen Lawa und Angrapa (nördlich der Masurischen Seenplatte). Archivalische Untersuchungen lassen den Schluß zu, daß der Hirsch wahrscheinlich am 24. August 1617 südlich der Stadt Insterburg (heute Tschernjachowsk – RSFSR) beim Dorf Siegmuntchowa in der Damerau durch den brandenburgischen Kurfürsten Johann Sigismund erlegt wurde. Dem Schußbuch zufolge, das durch den Wildwäger Georg Korn von 1612–1619 geführt wurde, erlegte man bei den kurfürstlichen Hofjagden im Jahre 1617 in Ostpreußen einen besonders starken Hirsch von 24 Enden. Das Gewicht wird mit sieben Zentner und 75 Pfund angegeben.

Im Geheimen Staatsarchiv zu Berlin wird dieser südlich von Insterburg erlegte kapitale Hirsch im Kurfürstlichen Streckenverzeichnis aus dem Jahre 1617 besonders aufgeführt, wobei das Totalgewicht umgerechnet 455 kg ergab. In Originalquellen heißt es: «Was Ihre Churfürst. Hoheit in diesem vergangenem 1617 Jahre an allerley Wildprädt geschlagen und gefangen hat: 135 Hirsche, der feiste von 24 Enden der gesamt gewogen 7 Centner und 75 Pfund.»*

Sein Geweihgewicht wird mit allerdings 40 Berliner Pfund angegeben, das entspräche einem Gewicht von 18,72 kg. Mager bemerkt bereits 1941, «es wäre nicht ganz unmöglich, daß dieses Geweih mit dem berühmten 24-Ender unbekannter Herkunft auf der Moritzburg bei Dresden identisch ist».

Aus der Literatur über den Erwerb des weltberühmten «Moritzburger 66-Enders» wissen wir, daß 1727/28 durch den preußischen König Friedrich Wilhelm I. seltene Trophäen dem sächsischen Kurfürsten August dem Starken für sein Jagdschloß Moritzburg «geschenkt» bzw. gegen Soldaten ausgetauscht wurden. Darunter befanden sich auch 24-Ender-Geweihe.

* Akte Jagdsachen Preußen 1593–1815, «Jagdsachen des Oberforstamtes in Preußen — Wildgewichte 1601–1619». Merseburg, Zentrales Staatsarchiv. Historische Abteilung II, Rep, 7 Nr. 85

Die Trophäe des «Großen Moritzburger 24-Enders» ist von harmonischem symmetrischem Aufbau, wobei besonders der mittlere Rosenumfang von 35,5 cm auffällt. Das Geweih ist, wie alle Trophäen der Moritzburger Sammlung, auf einem geschnitzten Hirschkopf montiert und durch mehrere handgeschmiedete Nägel und Holzschrauben befestigt. Diese Montage der Trophäen erfolgte 1728 zur Neueinrichtung des Jagdschlosses Moritzburg.

Neben der Sammelnummer 24, einem ungeraden 24-Ender mit dem Vermerk «Herkunft: Preußen» bei einem Geweihgewicht von 19,350 kg und 255,038 CIC-Punkten, scheint auch der «Große Moritzburger 24-Ender» mit 298,60 CIC-Punkten aus preußischem Besitz nach Moritzburg «verschenkt» worden zu sein, ebenso auch der 66-Ender. Es ist wahrscheinlich das berühmteste Rotwildgeweih überhaupt. Auch diese Trophäe befindet sich heute im Monströsensaal des Jagdschlosses Moritzburg. Ihre Geschichte ist aufschlußreich und interessant. Der Hirsch wurde etwa 50 km südöstlich von Berlin in der Jacobsdorfer Heide bei der Ortschaft Biegen am 18. 9. 1696 erlegt. Der «Heidereyter» (Revierförster) Siebenbürger stellte diesen Hirsch 1696 in der Brunft fest und meldete ihn seinem Vorgesetzten. Dieser benachrichtigte den Landesherren, dem damals allein das Recht zustand, kapitale Hirsche zu strecken. Erst nach drei Wochen kam der Kurfürst Friedrich III. von Brandenburg (der spätere König Friedrich I. von Preußen) und erlegte den Hirsch mit seiner schweren Pirschbüchse. Das Gewicht des Tieres betrug 5 Zentner und 35 Pfund (preußisches Gewicht = 273,74 kg); andere Quellen sprechen von 8 Zentnern und 11 Pfund, gewogen auf der Schnellwaage, also noch mit «vollem Wamst und Gescheide».

Einen solchen endenreichen Hirsch zu erbeuten gehörte auch damals zum größten Glück eines Jägers. Deshalb beauftragte der Kurfürst sofort Künstler damit, den Hirsch zu porträtieren und in Kupfer zu stechen.

In den Sammlungen der Schlösser Moritzburg, Grunewald (Berlin-West), Potsdam – Neues Palais (ehemals Jagdschloß Königs Wusterhausen) befinden sich noch heute Gemälde und Kupferstiche dieses bekannten 66-Enders, darunter das lebensgroße Porträt des Hirsches. Auffallend ist, daß bei allen Gemälden die linke Eissprosse, die im Original stark abgekämpft ist, überall voll ausgebildet gezeichnet ist. Neben diesen Originalgemälden sind verschiedene Kopien nachgewiesen, so auch ein Kupferstich von Joh. Elias Ridinger, der diesen Wunderhirsch in seinem 1768 erschienenen Jagdbuch abbildete.

Der Kupferstich von Johann Georg Wolfgang war in der Jagdliteratur bisher nicht veröffentlicht, das Blatt galt als verschollen, obwohl es Anfang des 18. Jh. mehrmals nachgedruckt wurde. Es konnte jetzt in den Staatlichen Kunstsammlungen Dresden im Kupferstich-Kabinett* nachgewiesen werden und wird untenstehend veröffentlicht. Dieser Stich geht auf das Gemälde von Merck zurück, wobei eine völlige Verzeichnung des Hauptes festzustellen ist. Das Geweih war auf der Merckschen Vorlage in einer anderen Kopfhaltung gezeichnet, so daß Wolfgang eine unmögliche Stellung des Hauptes skizzierte. Noch eindrucksvoller ist die künstlerische Gestaltung eines silbervergoldeten Prunkgefäßes, das den 66-Ender darstellt. Dieser Trinkpokal zeigt den Hirsch ebenfalls liegend, aber in einer sehr wirkungsvollen plastischen Darstellung. Aus der Inschrift und der Meistermarke geht hervor, daß der Berliner Goldschmiedemeister Daniel Männlich d. Ä. diesen Pokal schuf. Da er bereits 1701 starb, mußte dieses Trinkgefäß vor 1700 entstanden sein. Es wird angenommen, daß der berühmte Bildhauer Andreas Schlüter diesen Pokal entwarf. Gleichzeitig wurde von ihm der Entwurf für ein Denkmal aus Sandstein geschaffen, das im Jahre 1707 am Erlegungsort bei Biegen im Wald aufgestellt wurde. Die Inschrift nennt den Schützen, Ort und Zeit der erfolgreichen Jagd und das Gewicht des Tieres. Die wechselvolle Geschichte dieses Trinkgefäßes ist interessant, da bereits seit 1730 keine Nachricht mehr zu finden ist. Dieser Pokal gehörte zu den Utensilien des Oberjägeramtes in Berlin, das 1822 aufgelöst

58 Der «66-Ender». Kupferstich von J. G. Wolfgang nach einem Gemälde von J. Chr. Merck, 1707. Dresden, Staatliche Kunstsammlungen, Kupferstich-Kabinett

* Der Verfasser dankt Herrn Friedrich, Dresden, für die freundliche Unterstützung bei der Auffindung dieses Blattes.

wurde. Der Pokal erscheint deshalb nicht in den amtlichen Inventaren der preußischen Sammlungen oder Schatzkammern. Kurz vor 1900 wurde er im Kunsthandel zum Verkauf angeboten und 1902 für die Sammlung des Kaisers Wilhelm II. aufgekauft. Er kam in das Hohenzollern-Museum. Die Bestände wurden im zweiten Weltkrieg ausgelagert; seitdem war über den Verbleib des Pokals nichts mehr bekannt. In der «Preußen-Ausstellung 1981» in Berlin (West) wurde er erstmals wieder – mit der Besitzerangabe Dr. Louis Ferdinand Prinz von Preußen – in der Öffentlichkeit gezeigt.

Anläßlich des 200. Jahrestages der Erlegung des 66-Enders führte man 1896 in der Jacobsdorfer Heide ein großes Jagdfest durch. Hierzu wurde das Original der 66-Ender-Trophäe nach Berlin geholt und ein weiterer Silberpokal mit der Darstellung des 66-Enders vom Kaiser zum Preisschießen gestiftet. Leider liegen keine Abbildungen von diesem Pokal vor. Er befand sich bis 1945 im Jagdschloß Liebenberg (nördlich Berlins zwischen Oranienburg und Zehdenick). Über seinen Verbleib ist nichts bekannt. Auch die nach 1696 angebrachte Silberplatte mit der Darstellung des 66-Enders auf der Pürschbüchse, mit der der Hirsch gestreckt wurde, ist heute nicht mehr vorhanden. Die 112 cm lange Büchse mit dem achtkantigen Lauf bei neun Rundzügen im Drall wurde als besondere Rarität in den Königlichen Sammlungen in Berlin aufbewahrt. Die Platte wurde vom Kupferstecher J. G. Wolfgang angefertigt, wobei der Hirsch, im Vergleich zum Kupferstich, seitenverkehrt dargestellt ist.

Im Deutschen Jagdmuseum München befindet sich ferner eine Pulverflasche, auf der ebenfalls der 66-Ender abgebildet ist. Diese Beispiele zeigen, welche große Bedeutung innerhalb der Kulturgeschichte des Jagdwesens dieser Trophäe des 66-Enders beigemessen wurde. Die Geschichte um den 66-Ender wird noch interessanter, wenn man das Schicksal des Originalgeweihs verfolgt. Zu Lebzeiten des Kurfürsten Friedrich III. war die Trophäe in seinem Privatbesitz (vermutlich im Jagdschloß Königs Wusterhausen). Nach seinem Tod im Jahre 1713 übernahm in Preußen der «Soldatenkönig» Friedrich Wilhelm I. die Regierung. In Sachsen war zu dieser Zeit August der Starke an der Macht. Beide Herrscher begeisterten sich für die Jagd und trafen sich auf Staatsempfängen sowie bei Hofjagden. Dabei überreichte man sich prachtvolle Geschenke.

In Dresden und Moritzburg wurde damals voll Eifer Material für die Ausstattung des Lust- und Jagdschlosses Moritzburg gesammelt.

Im Jahre 1727 wurden dem sächsischen Hof aus preußischem Besitz wertvolle Rotwildtrophäen als Geschenke angeboten, darunter das Geweih des 66-Enders. Die Übergabe an den Kurfürsten von Sachsen erfolgte im Jahre 1728 anläßlich eines Besuches in Berlin.*

Nach der Legende soll dem Preußenkönig als Gegengeschenk eine Kompanie Soldaten übergeben worden sein; dies wird jedoch von einigen Autoren angezweifelt, obwohl es möglich wäre.**

Im Jahre 1727 begann im rekonstruierten Schloß Moritzburg der Ausbau der Innenräume. Als Mittelpunkt dieses neuen Schloßbaues wurde der Monströsensaal eingerichtet. Als absolutes Prunkstück für diesen Saal erhielt der 66-Ender einen Ehrenplatz über dem Hauptportal. Umrahmt von den vergoldeten Ledertapeten mit der Darstellung der Jagdgöttin Diana, wirkte das Geweih des 66-Enders für sich. Die Trophäe setzte man auf einen kunstvoll aus Holz geschnitzten Kopf, der von Christian Kirchner 1728 angefertigt und vergoldet wurde. Auch die speziell für den 66-Ender gestaltete Konsole unterstreicht diese beabsichtigte Hervorhebung entsprechend dem barocken Geschmack. Diesen Ehrenplatz nimmt die 66-Ender-Trophäe heute noch ein. Lediglich in den Jahren 1896 (zur bereits erwähnten Zweihundertjahrfeier) und 1937 (zur Internationalen Jagdausstellung) wurde diese weltbekannte Trophäe nochmals vom Stammplatz in Moritzburg genommen und ging auf Reisen nach Berlin.

Bei der erst im Jahre 1969 vorgenommenen exakten jagdzoologischen Vermessung und Bewertung der Moritzburger Trophäen wurde festgestellt, daß der 66-Ender nach den jetzt gültigen internationalen CIC-Richtlinien nicht mehr als 66-Ender-Hirsch angesprochen werden kann, sondern als «ungerader 30-Ender» von 27 anerkannten Enden mit insgesamt 185,86 Internationalen Punkten zählt. So wechselvoll und interessant kann die Geschichte einer einzigen Trophäe sein, wenn man sie unter kultur- und jagdhistorischen Aspekten betrachtet. Nüchtern und real sind dagegen die Fakten über den Verbleib der anderen Teile des Wildes; hier bestimmen die jeweiligen Marktpreise den Wert des Wildbrets nach Gewicht.

Die folgende Tabelle erlaubt einen Vergleich der zeitgenössischen Weltrekord-Hirsche mit den zwei Spitzentrophäen der deutschen Jagdgeschichte nach den aktuellen Bewertungskriterien:

* «Journal über den Besuch des Königs Friedrich Wilhelm I. am Königlichen Polnischen Hofe zu Dresden am 13. 1. 1728.» Merseburg, Zentrales Staatsarchiv, Königliches Hausarchiv, Rep. 46 C 2. Akte Jagdsachen Preußen 1593–1815, «Besuch des Kurfürsten von Sachsen in Berlin, 1728». Merseburg, Zentrales Staatsarchiv, Rep. 41 Nr 3

** Akte Jagdsachen Preußen 1593–1815, «Allerhand übergeschickte und verehrte Sachen von und an Kursachsen». Merseburg, Zentrales Staatsarchiv, Historische Abteilung II, Rep. 41 Nr 8

Tabelle I

		Weltrekordhirsch 1981 Erlegungsort: Pusztakovacsi Ungarische Volksrepublik		*Weltrekordhirsch 1980 Erlegungsort: Soveja-Vrancea Soz. Republik Rumänien*		*«Großer Moritzburger 24-Ender», Moritzburg Sammlungs-Nr. 8*		*66-Ender Moritzburg Sammlungs-Nr. 66*	
		Maße in cm	Punkte	Maße in cm	Punkte	Maße in cm	Punkte	Maße in cm	Punkte
Länge der Stangen	l.	123,73		125,00		122,5		75,3	
	r.	126,70	62,60	122,20	61,80	126,5	62,25	73,0	37,075
Länge der Augsprossen	l.	56,35		54,60		53,70		37,3	
	r.	53,25	13,70	54,40	13,63	55,00	13,588	37,1	9,30
Länge der Mittelsprossen	l.	58,60		79,00		53,9		25,5	
	r.	64,10	15,34	67,40	18,30	65,6	14,938	27,7	6,65
Umfang der Rosen	l.	32,80		26,70		35,5		22,5	
	r.	32,70	33,25	27,10	26,90	35,5	35,50	22,4	22,45
Umfang der Stangen	l.	19,80	19,80	18,20	18,20	24,70		12,8	
unten	r.	20,90	20,90	17,60	17,60	22,70	47,70	12,7	25,50
Umfang der Stangen	l.	17,40	17,40	17.90	17,90	22,3		14,9	
oben	r.	24,90	24,90	16,70	16,70	21,0	43,40	15,2	30,10
Zahl der Enden		16	16,00	21	21,00	23	23,00	27	27,00
Gewicht des Geweihes (kg)		14,00	28,00	15,11	30,22	19,8	40,13	6,15	12,29
Auslage		106,00	3,00	91,50	2,00	115,3	3,00	65,0	3,00
Insgesamt Vermessungspunkte			254,89		244,25		283,106		173,365
Punkte für Schönheit									
a) Farbe			2,00		2,00		1,00		1,00
b) Perlung			2,00		2,00		1,00		1,50
c) Spitze der Enden			2,00		1,50		2,00		1,00
d) Eissprossen			2,00		2,00		1,50		2,00
e) Kronenbildung			9,00		9,50		10,00		8,00
Abzüge			2,00		0,00				
Ergebnis in CIC-Punkten			269,89		261,25		298,606		185,865

Tabelle II

Rotwild (Cervus elaphus)

Land	*ausgestellte Trophäen*	*erhaltene Goldmedaillen*	*Spitzen-trophäe CIC-Punkte*	*Jahr der Erlegung*
Rumänien	223	197	261,25	1980
Bulgarien	460	184	256,78	1978
Ungarn	46	46	269,89	1981
Polen	84	40	252,00	1978
Jugoslawien	21	21	248,55	1946

Rotwild (Cervus elaphus)

Land	*ausgestellte Trophäen*	*erhaltene Goldmedaillen*	*Spitzen-trophäe CIC-Punkte*	*Jahr der Erlegung*
UdSSR	64	53	247,19	1968
ČSSR	86	85	239,45	1975
DDR	58	57	232,60	1979
Österreich	30	10	232,09	1979
BRD	52	3	214,92	1978

«Wildlife Management»— die Jagdwirtschaft der Zukunft?

«Der Schutz und die Sorge um den Wildbestand trägt zum Fortschritt der Entwicklungsländer bei. Das ist vor allem deshalb wesentlich, weil die Jagdmöglichkeiten den Tourismus fördern, und der Tourismus ist für zahlreiche Länder auch finanziell ein wichtiger Faktor ...

Die Erfahrungen, die von der FAO in den letzten Jahrzehnten gesammelt wurden, lassen darauf schließen, daß wir in den kommenden Jahren in der Entwicklung der zweckmäßigsten Nutzung der Wildbestände wesentlich vorankommen können.»

A. Z. Boerma

(Generaldirektor der Organisation der Vereinten Nationen für Ernährung und Landwirtschaft, FAO)

Noch heute hungern auf der Erde mehr als 800 Millionen Menschen. Jährlich sterben auf der Welt mehr Menschen an Hunger als im zweiten Weltkrieg. Wo heute der Hunger herrscht, war einst fruchtbares Kulturland. In Vorder- und Mittelasien, in Nord-, Ost- und Südafrika, in Südamerika, aber auch in Australien, Indien und im Westen der USA finden wir weite Steppen, Savannen und Wüsten, die einst nutzbare Ackerflächen oder saftiges Weideland waren, heute aber verdörrte und ausgestorbene Landstriche sind. Hier ist eine intensive Haustierhaltung ohne riesige Investitionen kaum möglich, sie ist auch wegen der mangelnden Futtergrundlage sowie der bestehenden Seuchengefahr unrationell. Nach den gegenwärtigen wildbiologischen Erkenntnissen scheint dagegen eine zielgerichtete Wildtierhaltung durch die Jagdwirtschaft eine effektivere Variante für die Eiweißversorgung der dort ansässigen Bevölkerung zu sein. Solche Überlegungen für eine biohegetechnische Wildtierzucht werden nicht nur seit Jahren in den sowjetischen Wildforschungsinstituten (vor allem in Askania Nova) angestellt und überprüft, sondern auch unter Anleitung der FAO (UNO-Spezialorganisation für Ernährung und Landwirtschaft) in Zentralafrika praktiziert. Noch 1932 hat man in Südrhodesien versucht, durch den Abschuß von über einer halben Million Wildtieren das Land von der Tsetsefliege zu befreien, die ja als Überträger der gefährlichen Magana-Seuche (Rinderpest) und der Schlafkrankheit bekannt ist. Ziel war es, eine intensive Haltung von europäischen und asiatischen Haustierrassen in diesem fruchtbaren Weideland zu ermöglichen. Dieses durch den englischen Veterinär Chorley begründete Massaker durch Militäreinheiten mit Maschinengewehren und Schnellfeuerwaffen gegen Wildherden war nutzlos, denn man stellte fest, daß sich dadurch die Seuchen nicht bekämpfen ließen (die Tsetsefliegen übertragen die Erreger auch von Kleinsäugern), sondern daß man mit einer wohlüberlegten Wildtierhaltung wirtschaftlich effektiver gearbeitet hätte. Durch den Ausbruch der Rinderpest 1890/1891 und 1896/97 waren in Ostafrika Millionen von Hausrindern, aber auch die Bestände der wildlebenden Kaffernbüffel (Syncerus caffer), des Großen Kudu (Tragelaphus strepsiceros) und der Pferdeantilopen (Hippotragus equinus) fast zu 90 Prozent vernichtet worden. Gegenwärtig laufen in Kenia Versuche, die Elenantilope (Taurotragus oryx) zu bewirtschaften, in Herden zu halten und weiter zu züchten. Die Milch der Elenantilope besitzt einen höheren Fettgehalt als Kuhmilch (11% bei einem Milchertrag von 330 Litern im Jahr). Die ersten Erfolge versprechen ein besseres Ergebnis als bei der Zucht afrikanischer Rinder.

Das Beispiel der großen Zeburinderherden der Masai in den Steppen Kenias zeigt ferner, daß durch die vorbildliche veterinärmedizinische Betreuung (Schutzimpfungen gegen die Rinderpest) die Anzahl der Buckelrinder wesentlich gesteigert werden konnte – heute über acht Millionen Rinder –, daß aber volkswirtschaftlich keine wesentliche Verbesserung der Versorgungslage für die Viehzüchter eintrat. Der übermäßige Bestand an Zeburindern zerstört die Futtergrundlage in weiten Gebieten, und das Weideland ist heute bereits an vielen Stellen verwüstet. Dagegen ist die Vegetation in den Kurzgrassteppen der ostafrikanischen Wildreservate und Nationalparks kaum gefährdet, obwohl sich auch hier die Wildbestände sehr vermehrt haben. Im Serengeti-Nationalpark, wo sich die Tierbestände verdreifacht haben und 1972 über 800000 Weißbartgnus, 500000 Steppenzebras und fast eine Million Gazellen ästen, oder im Ngorongoro-Krater, wo ebenfalls über 40000 größere Säugetiere leben, halten sich der dürftige Pflanzenwuchs und die natürlichen Wasserstellen in der Landschaft trotz dieser hohen Wilddichte. Aber bereits im Amboseli-Masai-Wildreservat, das an der Grenze zwischen Kenia und Tansania liegt und eine Oase der Spitzmaulnashörner darstellt, ist die Harmonie zwischen Mensch und Wildtier gestört. Die riesigen Zebuherden der Masaihirten haben die trockene Dornbuschsteppe zertreten und vernichtet. Ähnlich ist es im Mara-Masai-Wildreservat, das sich nördlich an die Serengetisteppe anschließt, wo die Masai die Randgebiete beweiden, während sich die artenreichen Wildherden im zentralen Nationalpark-Areal aufhalten und die jahreszeitlich bedingten Wanderungen unternehmen.

Jede Tierart lebt innerhalb einer ökologischen Gemeinschaft, hier die der Savanne; vermehrt sie sich jedoch durch besondere Umstände übermäßig stark, zerstört sie selbst ihre Lebensgrundlage, die Vegetation geht ein. Nach diesem biologischen Gesetz muß die Wilddichte in den Reservaten und sonst vom Menschen beeinflußten Jagdrevieren vorausschauend eingeschätzt werden, wobei man von dem Grundsatz ausgehen sollte, daß die Erhaltung einer artenreichen Wildtierfauna in der betreffenden biologischen und ökologischen Lebensgemeinschaft gewährleistet wird, wobei eine wirtschaftlich tragbare Wilddichte unter optimaler Nutzung des jährlichen Zuwachses der betreffenden Wildart anzustreben ist. Nur unter dieser komplexen Zielstellung können Natur- und Wildschutz sowie die Jagdwirtschaft intensiv betrieben werden. Versuche am Galana-Fluß in Kenia durch Jeffrey Lewis zeigten, daß die Herden von Oryxantilopen sich vortrefflich für eine Wildherdenhaltung größeren Stils eignen. Diese Wildtiere wachsen schneller und nehmen an Gewicht stärker zu als die Zebuhausrinder.

Auch die Großwildbestände können durch die Jagdwirtschaft ökonomischer genutzt werden, wie das Beispiel der Flußpferde und Elefanten zeigt.

Über das Für und Wider der Elefantenjagden wurde in den letzten Jahrzehnten leidenschaftlich gestritten und geschrieben. In zahlreichen Wildreservaten und Nationalparks versuchte man, die Tiere vor der Vernichtung zu retten; hier wuchsen die Elefantenherden in wenigen Jahrzehnten zu solchen Beständen heran, daß sie in den Schutzgebieten großen Schaden verursachten.

Im größten afrikanischen Elefantenschutzgebiet, dem Tsavo-Nationalpark, leben über 20000 Elefanten, die innerhalb weniger Jahre die einstige Parklandschaft in eine baumlose Grassteppe verwandelten. Höchstens 8000 Tiere dürften in diesem größten Wildgebiet Kenias gehalten werden. 1971/72 fielen der anhaltenden Dürre mehr als 4000 Elefanten zum Opfer, so daß aus dem bedeutenden Tierreservat innerhalb weniger Monate auf natürliche Weise der größte Elefantenfriedhof der Erde wurde. Auch der wohl schwerste Elefant der jüngsten Zeit, «Ahmed», ein 65jähriger Elefantenbulle, der im Norden von Kenia im Nationalpark von Marsabit äste, fiel dieser Naturkatastrophe zum Opfer. Das Tier stand unter dem persönlichen Schutz des Staatspräsidenten von Kenia, Yomo Kenyatta. Im Januar 1974 starb dieser Elefant an den Folgen der langanhaltenden Dürre. Nicht Jäger oder Wilderer haben ihn gestreckt, das Tier verhungerte in der ausgedörrten Steppe.

Harald Lange schreibt in seinem Buch «Hege der Wildnis»: «Ein erwachsener männlicher Elefant benötigt über 100 Liter Wasser am Tag. Im Bestreben, den verdurstenden Wildtieren zu helfen, ließ die Nationalparkverwaltung von Tsavo künstliche Wasserstellen im Park errichten. Durch diese Maßnahmen wanderten die Elefanten nicht bei Beginn der Dürre wie gewöhnlich in andere Gebiete aus, sondern blieben das ganze Jahr in Tsavo-Ost, wo es jetzt Wasser gab, doch dürftiger Pflanzenwuchs nicht genügend geeignete Nahrung bot, diese zusätzliche Belastung hinzunehmen. Das große Sterben 1971/1972, in zwei trockenen Jahren, in denen kaum ein Drittel der üblichen Regenmenge fiel, war nicht vorrangig auf Wassermangel zurückzuführen, sondern auf das Fehlen geeigneter Pflanzennahrung.»

Dieses Beispiel zeigt deutlich, daß sich jeder unüberlegte Eingriff des Menschen in den Naturhaushalt negativ auswirken kann. Besonders verhängnisvoll wird dies bei einer übermäßig starken Wilddichte, da sich dann die Landschaft nicht mehr selbst regeneriert. Innerhalb der einzelnen Lebensgemeinschaften muß stets das ökologische Gleichgewicht in der Natur erhalten bleiben, denn sonst reguliert die Natur auf ihre Weise. Dieser natürliche Ausleseprozeß bedroht dann Hunderttausende von Wildtieren.

«Nicht wenige Wissenschaftler betrachten das Sterben der Tsavo-Elefanten als Ausdruck einer Selbstregulierung im Naturhaushalt, die eine natürliche und notwendige Auslese in bestimmten Grenzen zur Erhaltung des ökologischen Gleichgewichtes vornimmt. Das ist aus wissenschaftlicher Sicht nicht zu leugnen. Ausleseprozesse dieser Art hat Afrika seit jeher erlebt. 1961 kamen in der großen Dürre auch Hunderttausende von Wildtieren um.

Vom ernährungswirtschaftlichen Standpunkt aus ist allerdings der nutzlose Tod wertvoller Proteinlieferanten nicht einzusehen», stellt H. Lange fest.

Die Vermehrung der Elefanten und die Schäden, die diese Tiere anrichten, bereiten den Jagd- und Naturschutzbehörden viele Sorgen, so daß sich bereits wieder ein geregelter Abschuß als notwendig erweist. 1973 standen etwa 5000 Elefanten auf den Abschußlisten in Afrika, außerdem wurden etwa 12000 Elefanten gewildert.

Schätzte man 1966 im schwarzen Erdteil noch den Gesamtbestand auf über 300000 Elefanten, so zählte man 1972 nach E. Schulz allein in Kenia 165000 Tiere und in Tansania über 945000 Elefanten. Mit Unterstützung der WWF erfolgte 1977 eine erneute Zählung der afrikanischen Elefantenbestände in 36 Staaten. Danach wurden auf etwa 7 Millionen km^2 etwa 1,3 Millionen Elefanten festgestellt. Beängstigend hat sich der Bestand bereits in einigen Ländern verringert, so z. B. in Tansania auf nur noch 250000 oder in Kenia auf 120000. Nach Schätzungen aus dem Jahre 1979 sollen es in Kenia sogar nur noch 70000 Elefanten sein. In Uganda zählte man 1948 mehr als 92000 und im Jahre 1979 nur noch 200. Lediglich Zaire gibt 1980 noch etwa 370000 Elefanten an, so daß hier etwa $^1/_3$ aller afrikanischen vorkommen. Mit durchschnittlich fünf Elefanten auf einem Quadratkilometer ist der Manyara-Nationalpark (Tansania) das zur Zeit am dichtesten besetzte Elefantenrevier in Ostafrika. Soll nun ein Massenabschuß oder eine geregelte Wildnutzung die weiteren Hegemaßnahmen für die einzelen Elefantenpopulationen bestimmen? Um das Problem zu lösen, führte man unter Anleitung der UNO-Spezialorganisation FAO an den Kabalega-Fällen in Uganda und in Luangwa-Valley (Sambia) eine zielgerichtete Nutzung der Großwildbestände durch. Mit Hilfe verschossener Injektionsspritzen wurden Elefanten und Flußpferde betäubt, ehe sie fachgerecht getötet wurden. Das Wildbret verkaufte man billig an die Bevölkerung. Auch im Krüger-Nationalpark oder im Wankie-Nationalpark in Simbabwe war eine Dezimierung der Elefanten notwendig, und die Verarbeitung des anfallenden Wildbrets zu Pökelfleisch wurde organisiert. In modernen Anlagen wurde das Wild unter Aufsicht der Veterinärhygiene innerhalb weniger Stunden verarbeitet, um es für die Ernährung der Bevölkerung zu nutzen.

Unter Leitung von FAO-Experten fand bei Kirawira (Nordwestgrenze der Serengeti) in den letzten Jahren eine solche Wildnutzung (game cropping schemes) statt, wo Zebras, Gnus, Topiantilopen, Impalas, Thomsongazellen und andere Wildarten mit Schalldämpfer geschossen und zu je 500-Gramm-Konserven verarbeitet wurden. Nach E. Schulz konnten über 15 t hochwertiges Wildbret auf dem Markt von Nairobi verkauft werden. Diese ökologischen und ökonomischen Aspekte einer Wildfarmwirtschaft (games ranches) ergeben einen neuen Trend in der Tierproduktion, denn die afrikanischen Steppen mit ihrer enormen Huftierbiomasse von 12000 bis 16000 kg/km^2 gestatten eine natürliche Wildtierhaltung und Wildfleischproduktion, wie sie durch eine Weidewirtschaft mit Haustieren nie erreicht würde. Neben den Huftieren der Savanne lassen sich auch Flußpferde bewirtschaften. So mußte am Victoria-Nil im Kabalega-Falls-Nationalpark in Uganda 1972 etwa ein Viertel des Flußpferdbestandes abgeschossen werden, um den Weiterbestand der Tiere im Reservat zu ermöglichen. Das Fleisch von 4130 Flußpferden wurde restlos an die Bevölkerung abgegeben, und die Häute wurden zugunsten des Naturschutzes verkauft. Die etwa 3200 kg schweren Flußpferde bieten sich nach Grzimeks «Tierleben» für eine farmenmäßige Bewirtschaftung außerhalb der Naturschutzgebiete sehr gut an. «Das Flußpferd ist in der Nahrung anspruchslos, benötigt wenig Raum, und man kann viele Tiere in verhältnismäßig engen Gehegen zusammenhalten. Das Gewicht des ausgeschlachteten Tierkörpers beträgt 68% des Lebendgewichtes – ein bedeutend höherer Anteil als bei anderen Wildtieren. Der ungewöhnlich hohe Eiweißgehalt macht das Flußpferdfleisch zu einem äußerst wertvollen Nahrungsmittel.» Auch die Hauer (die bis 64 cm lang werden können) sowie das Elfenbein der getöteten Elefanten werden auf den staatlichen Elfenbeinauktionen in Dar es Salaam, Mombasa, Kampala oder Zanzibar versteigert.

Laut amtlichen tansanischen Zollberichten sind nach E. Schulz 1969 offiziell 16000 Paar Elefantenstoßzähne auf staatlichen Trophäenauktionen ins Ausland verkauft worden.

Das Gewicht der Stoßzähne nimmt rapide ab, gegenwärtig bilden Zähne von zehn kg den Durchschnitt, ein 50 kg schwerer Elefantenstoßzahn stellt heute schon eine Seltenheit dar.

Wegen der enormen Zunahme des Elfenbeinschmuggels, bedingt durch die sprunghafte Nachfrage nach Rohelfenbein auf dem Weltmarkt, schränkten verschiedene afrikanische Staaten in den letzten Jahren die Elefanten- und Nashornjagden wesentlich ein, bzw. verboten sie – wie in Kenia, Angola, Zaire, Mocambique, Tansania, Äthiopien und Madagaskar völlig. Uganda erschloß seine Wildreservate und Nationalparks vorwiegend für die einheimische Bevölkerung. Einige Staaten führten in den letzten Jahren eine verstärkte Bekämpfung des Wildererunwesens in den Nationalparks durch und ging zu einer kompromißlosen Jagd auf die Wilderer über, die in Afrika insgesamt 1974 mehr als 20000 Elefanten mit Giftpfeilen und Drahtschlingen fingen. Wochenlang schleppten sich die oft von sechs bis neun Pfeilen verwundeten Tiere noch durch die Steppe, ehe die Einschußstellen vereiterten und den langsamen Tod des Riesen herbeiführten. Die Geier zeigten dann den Wilderern an, wo sie das Elfenbein gewinnen konnten. Gut organisierte Wildererbanden erbeuteten 1980 mit Schnellfeuergewehren monatlich bis zu 600 Elefanten und 240 Spitzlippennashörner in Sambia. Die phantastischen Preise für dieses «weiße Gold aus den afrikanischen Savannen» führten zu regelrechten Kriegszügen gegen die Wildreservate. 1974 betrug der Weltmarktpreis für ein kg Rohelfenbein über 160,– DM, wovon die Wilderer selbst höchstens 15,– bis 17,– DM ausgezahlt bekamen. Ihnen drohte bei der Gefangennahme durch die Wildschutzwächter, wenn sie mit einem gewilderten Stoßzahn gestellt wurden, eine zehnjährige Gefängnisstrafe oder wenigstens vier Monate Haft, wenn sie nur Pfeil und Bogen oder Schlingen bei sich führten. So wurde die Jagd auf die Wilderer in Busch und Savanne zu einem der Hauptanliegen der Wildschutzbestrebungen in Zentralafrika. In Tansania konnten 1980 über 700 Wilderer festgenommen und große Mengen an Waffen, Munition und Schlingen sichergestellt werden. Auf Grund der systematischen Ausbildung von einheimischen Wildschutzbeamten konnte nicht nur der Wildfrevel energisch bekämpft, sondern auch geschultes Personal für den Touristenverkehr gewonnen werden. Zentrum dieser Ausbildung ist die Fachschule zur Ausbildung von afrikanischen Wildhütern, das «College of African Wildlife Management» in Mweka bei Moshi in Tansania.

Dieses «Wildlife Management» begründet eine auf wissenschaftlichen Erkenntnissen beruhende Jagdwirtschaft, die in großen staatlichen oder kooperativen Jagdwirtschaftsbetrieben (Jagdfirmen oder Jagdhandelsgesellschaften) die Organisierung und Ausübung der Jagd betreibt. Hier wird neben der gewerbsmäßigen Gewinnung des Wildbrets, der Felle, der Pelze und der anderen Erzeugnisse der Jagdwirtschaft auch der Wildexport sowie die Betreuung der Jagdtouristen organisiert. Dies setzt voraus, daß eine systematische Hege des Wildbestandes erfolgt, wobei sowohl eine optimale Wilddichte als auch eine gute Qualität des Wildbrets mit kapitalen Trophäen angestrebt werden.

Für diese Entwicklung zu einer wissenschaftlich begründeten Wildwirtschaft benötigen die gewerblich produzierenden Jagdwirtschaftsbetriebe qualifizierte Berufsjäger, die nicht nur in allen jagdtechnischen Disziplinen ausgebildet sind, sondern auch über umfangreiche wildbiologische und ökologische Kenntnisse verfügen müssen. Diese gewerbliche Jagd mit der sachgemäßen Aufbereitung aller jagdlichen Produkte ist ein Wirtschaftsunternehmen und kann nicht mehr von den sportlich interessierten Jägern wahrgenommen werden, die sich nur während ihrer Freizeit der Jagd widmen. Sie können hier als Jagdtouristen gegen Lizenz mit entsprechender Gebühr für eine festgelegte Zeit jagen. Auch in Texas (USA) wurden in den letzten Jahren große Wildfarmen von über 4000 ha eingerichtet, wo zahlreiche Wildtiere gehalten werden. So besitzt eine Farm über 2200 Nilgauantilopen und zahlreiche Hirschziegenantilopen, die zum Abschuß durch Sportjäger freigegeben werden. Da diese exotischen Wildherden nicht unter das Jagdgesetz des Staates Texas fallen, erfolgt der Abschuß nach rein wirtschaftlichen Gesichtspunkten je nach Nachfrage und Preisangebot.

Diese Form der Jagdwirtschaft wird seit Jahren ähnlich auch in verschiedenen europäischen Staaten praktiziert. Zugleich entwickeln sich auch neue Formen des jagdlichen Brauchtums. Die Verhaltensnormen bei der Ausübung des Weidwerks erstrecken sich nicht nur auf die alten jagdlichen Bräuche, z. B. daß Schalenwild nicht mit Schrot- oder Postenschuß gejagt werden darf, sondern in den afrikanischen Wildreservaten ist genau vorgeschrieben, welches Kaliber für die Großwildjagd auf die jeweilige Tierart zu führen ist. Auch der alte Brauch, daß das Wild nicht im Umkreis von 200 m von der Futterstelle zu erlegen ist, wurde in Kenia beispielsweise dahingehend erweitert, daß der Jäger in der Steppe mindestens 300 m von seinem Auto entfernt sein muß, ehe er auf Großwild schießt. (Seit 1977 ist in Kenia die Jagd für ausländische Touristen überhaupt verboten.) So entstehen neue Formen des jagdlichen Brauchtums in Gebieten, die bisher für die Sportjagd wenig erschlossen waren.

In vielen Ländern haben sich für die Sportjagd Jagdklubs oder Jagdgesellschaften gebildet oder für die jagdsportlichen Betätigungen (Sport- und Jagdschießen, Reitjagden usw.) sowie für die Jagdhundeführung und für die Beizjagd spezielle Organisationsformen entwickelt, die größtenteils innerhalb der Jägerverbände geführt werden.

18

Abbildung Seite 269:

241 Auf Jagdsafari im nordtansanischen Masailand (in der Nähe von Naberera) – erlegter Grantgazellenbock. 1971

242 Zeltcamp im Tarangire-Nationalpark. Uralte Baobabs (Affenbrotbäume) beschatten die Zelte

243 Elefantenherde an der Wasserstelle

244 Das «New Arusha Hotel» an der alten Kap-Kairo-Straße

245 Sikahirsche im Gegenlicht

246 *Im Draht eines Weidezaunes verendeter Damschaufler*

247/248/249 Modernes Tafel- und Mokkaservice «Großer Ausschnitt» mit Jagdmalerei von H. Werner. Meißen, 1976

250 Herde von 2000 Sikahirschen in der sowjetischen Viehzucht-Sowchose «Silinski» in Primorje (südlicher Teil des Fernen Ostens der RSFSR). 1972

251 «Das große Halali». Bläsergruppe des Staatlichen Forstwirtschaftsbetriebes Mühlhausen im Christianental bei Wernigerode (Harz)

Dieser Trend der Spezialisierung der Jagd und ihrer Organisationen setzt sich gegenwärtig in fast allen Staaten der Welt durch, wobei eine strenge Kontrolle und Koordinierung der verschiedenen Aufgaben durch die staatliche Jagdaufsicht gefordert wird. In vielen Ländern, z. B. in der Bundesrepublik Deutschland und Österreich, wird den Jagdpächtern und -besitzern von der Jagdaufsichtsbehörde genau vorgeschrieben, was an Schalen-, Auer- und Birkwild abgeschossen werden darf bzw. abzuschießen ist. Jede Nichteinhaltung wird mit Strafen belegt. In manchen Staaten bildet die Jagdaufsichtsbehörde oder Jagdinspektion mit der staatlichen Naturschutzverwaltung bereits eine Einheit, gleich ob sie wie in Tansania dem Ministry of Natural Resources and Tourism, in der UdSSR der Hauptabteilung für Naturschutz, Naturschutzgebiete und Jagdwirtschaft beim Ministerium für Landwirtschaft, in der VR Bulgarien dem Ministerium für Forstwirtschaft und Umweltschutz oder in Spanien der Direktion des Amtes für Fischerei, Jagd und Nationalparks im Ministerio de Agricultura unterstellt sind. Sicher liegt darin eine gewisse Gewähr dafür, daß die Eingriffe in die Natur, darunter auch in das Verhältnis von Mensch und Wildtier, ohne weitere ernste Schäden bleiben können.

Hat das freilebende Wild noch eine Chance?

«Die IUCN empfiehlt und fördert nationale und internationale Maßnahmen im Hinblick auf die Erhaltung der freilebenden Tierwelt und ihrer natürlichen Umgebung ...

Die IUCN wird ihre besondere Aufmerksamkeit der Erhaltung von Arten widmen, die vom Aussterben bedroht sind.»

Artikel I der Satzung der International Union for Conservation of Nature and Natural Resources (IUCN), Fontainebleau bei Paris, am 5. Oktober 1948

Das Verhältnis von Mensch und Natur ist im Zeitalter der modernen Industriegesellschaft ein Problemkreis, der jeden angeht. Die Beziehungen erstrecken sich nicht nur auf den Bereich der materiellen Produktion oder des emotional-ästhetischen Erlebnisses, als das die Jagd gern angesehen wird, sondern auf die gesamte gesellschaftliche Entwicklung.

Unter diesem Gesichtspunkt gewinnen die modernen wildbiologischen Forschungen weiter an Bedeutung, da eine zweckmäßige Nutzung der Wildbestände ihre systematische Hege und Bewirtschaftung voraussetzt.

Unter der Thematik «Hege und Jagd in der Industriegesellschaft» stand der Beitrag der Bundesrepublik Deutschland auf der Welt-Jagdausstellung 1971 in Budapest. Jagen wollen heißt hegen müssen! Diese These spiegelt die Wirklichkeit wider, denn in den hochindustrialisierten Ballungszentren hat das freilebende Großwild keine Chance zum Überleben. Stahl und Beton fressen sich ständig weiter in den natürlichen Lebensraum des Wildes vor; pro Tag gehen in der BRD mehr als 110 ha der offenen Landschaft verloren. Technisierung und Verkehrsdichte fordern ständig ihre Opfer unter dem jagdbaren Wild. So wurden 1978 auf den Straßen der Bundesrepublik etwa 120000 Hasen, 70000 Rehe und 3600 Stück Rot-, Dam- und Schwarzwild überfahren, weitere 60000 Rehe, 100000 Hasen und über 200000 Fasane auf den Feldern durch landwirtschaftliche Maschinen vernichtet. Solche enormen Verluste unter der Tierwelt sind nicht nur in der BRD, sondern auf den Straßen ganz Europas zu verzeichnen. Tagelange Jagden wären erforderlich, um so hohe Strecken zu erzielen.

Welche wirksamen Schutzmaßnahmen gibt es gegen solche Wildverluste? Nur den Gatterzaun! Kilometerlange Schutzzäune machen die Wälder und Jagdreviere aber immer mehr zu Wildeinständen in Großgattern. Sind es nicht nur wenige Schritte, um aus dem freilebenden Wildtier ein auf zusätzliche Fütterung angewiesenes Gatterwild werden zu lassen? Auch dieses Wild verliert dann bald die natürliche Fluchtdistanz vor dem Menschen, und in den Schaugattern entwickeln sich Rudel von «Wildtieren», die bereits typische Merkmale des Haustieres tragen. Eine ähnliche Wirkung wie ein Gatterzaun hat auch der stark befahrene Verkehrsweg für das Wild. Durch den dichten Auto- und Eisenbahnverkehr sind die Reviergrenzen festgelegt, da ein ständiges Überwechseln des Wildes kaum ohne Gefahr möglich ist.

Eine gewisse Anpassung des Wildes an die neue technisierte Umwelt ist dennoch feststellbar, wie zahlreiche Feldrehe beweisen, die sich auch in der modernen, auf die industrielle Produktion orientierten Landschaftsflur ständig aufhalten. Ist dies aber das ideale Biotop für das Großwild, wie es sich Jäger und Naturfreund vorstellen? Wohl eher eine Notlösung, die für den schaulustigen Großstädter aus den Betonwüsten hier im Grünen noch ein Stück wahre Natur vermuten läßt.

Das Wildtier übernimmt bei dieser Entwicklung entweder die Funktion eines ertragbringenden Rohstofflieferanten oder eines kostenaufwendigen jagdsportlichen Vergnügungsobjektes, ganz gleich ob als Trophäenträger für den immer stärker werdenden Jagdtourismus, als eiweißspendendes Wildbret für die Fleischversorgung der Menschen, als direkte Rohstoffquelle für die pelz- und lederverarbeitende Industrie oder als kostspieliges Jagdobjekt für Repräsentation oder Freizeitgestaltung des Jägers.

Wenn sich in den letzten hundert Jahren in Mitteleuropa beispielsweise der Rothirschbestand durch zielgerichtete Hege und wildbiologisch richtigen Wahlabschuß verzehnfacht hat, so traten dadurch doch verschiedentlich überhöhte Wilddichten auf. Enorme Investitionen sind heute notwendig, um in den Jagdbezirken die notwendige Pflege und Erhaltung der Wildpopulation zu gewährleisten, damit die freilebende Tierwelt auch außerhalb der Wildreservate weiter existieren kann. So standen 1979 beispielsweise in der Bundesrepublik Deutschland 650 Millionen Mark an Investitionen für die Jagd nur Einnahmen von etwa 170 Millionen aus dem Wildertrag gegenüber. Das «Geschäft mit dem Wild» besitzt also nicht nur jagdliche Gesichtspunkte, sondern hat heute echte ökonomische Aspekte; nicht nur als besondere Form der Freizeitgestaltung, sondern als ein spezieller Wirtschaftszweig der Volkswirtschaft. Neben den spekulativen Verpachtungen einzelner Jagdbezirke, der kostenaufwendigen Unterhaltung der Jagdreviere und dem zunehmendem Luxus der Jagdausrüstungen und -artikel nimmt der Jagdtourismus sprunghaft zu.

Seitenweise annoncieren Jagdbüros und Agenturen Jagdreisen und Safaris mit garantiert sicherem Abschuß der verschiedensten Wildarten in den bekanntesten Jagdrevieren der Erde.

Moderne Düsenklipper bringen innerhalb weniger Stunden den Jagdtouristen bis in die unmittelbare Nähe der Wildreservate oder Jagdgebiete in alle Teile der Welt, oft schneller als man mit dem Pferdegespann in die heimatlichen Jagdreviere kommt. Die moderne Jagdsafari bietet dem finanzkräftigen Jäger zu jeder Jahreszeit beste Gelegenheit zum Jagen. Aber eben nur dem finanzkräftigen. Die Jagd ist wieder zum kommerziellen Geschäft geworden, wenn auch oft mit roten Zahlen unter dem Strich; trotz alledem verbleibt dem Wild dabei kaum eine Chance zum Überleben, wenn nicht bewußt Schutzmaßnahmen getroffen werden. Dies ist eine weltweite Aufgabe für alle Jäger; eine Verantwortung, der sich auch zahlreiche internationale Organisationen der Jäger, Naturschützer und die Vereinten Nationen angeschlossen haben. So beschloß beispielsweise die XVII. Generalkonferenz der UNESCO im Oktober 1972 in Paris die «Konvention zum Schutz des Natur- und Kulturerbes der Welt», wonach nicht nur die bedeutenden kulturellen Denkmäler und monumentalen Anlagen geschützt werden, sondern auch die speziellen Naturschönheiten von außerordentlichem, universellem Wert sowie die gefährdeten seltenen Tier- und Pflanzenarten unter die internationalen Schutzbestimmungen der UNESCO fallen. In einer «Liste des Welterbes» (World Heritage) werden alle gefährdeten Objekte aufgeführt, die von internationaler Bedeutung sind und gegebenenfalls durch internationale Hilfe (World Heritage Fund) geschützt und erhalten werden müssen. Die Generalkonferenz der UNESCO stellte einmütig fest, daß das Natur- und Kulturerbe in der Welt in steigendem Maße von der Zerstörung bedroht ist, besonders durch die Veränderung der sozialen und ökonomischen Bedingungen, die zu einer schädlichen Verarmung des Natur- und Kulturgutes in der ganzen Welt führt. Durch die in Paris verabschiedeten internationalen Konventionen und Resolutionen soll die internationale Bedeutung des Schutzes und der Erhaltung dieser einmaligen und unersetzlichen Schätze aller Völker der Welt hervorgehoben werden. Die UNESCO beauftragte die 1948 gegründete «Internationale Union zur Erhaltung der Natur und der natürlichen Hilfsquellen» (IUCN), den weltweiten Schutz der gefährdeten Tier- und Pflanzenwelt zu organisieren und eine Liste der gefährdeten Arten für die gesamte Welt herauszugeben.

In den letzten 50 Jahren sind auf der Erde 79 Arten von Säugetieren und 139 Arten von Vögeln völlig ausgestorben. 1980 sind bei den Tieren mehr als 687 Arten und 207 Unterarten von Aussterben bedroht. Es sind 193 Arten Süßwasserfische, 40 Amphibien-, 98 Reptilien-, 258 Vögel- und 305 Säugetierarten, die auf der Erde sehr gefährdet sind. In dem «Red Data Book» der IUCN werden alle bedrohten Tierarten nach Ländern geordnet aufgeführt. Als Ursachen für den Artenrückgang werden angeführt: 67% durch Gefährdung des Biotops, 37% durch übermäßige Jagd, 19% durch eingebürgerte Tiere, 4% durch Verschlechterung der Ernährungsbasis und 3% wegen Ausrottung zum Schutz der landwirtschaftlichen Kulturen (die Angaben über 100% entstanden, da bei mehreren Arten gleichzeitig mehrere Faktoren zur Ausrottung führten).

Auch der Internationale Jagdrat – CIC – (Conseil International de la Chasse) in Paris und der World Wildlife Fund (WWF) in der Schweiz trugen durch ihre langjährige Arbeit dazu bei, daß die große Verantwortung dafür erkannt wird, das biologische Gleichgewicht in der Natur wiederherzustellen. Der WWF fördert besonders die internationale Zusammenarbeit zwischen Jägern, Wildbiologen und Naturschützern, um dringende Sofortmaßnahmen und Hilfsprogramme zur Rettung der vom Aussterben bedrohten Wildtierarten zu ermöglichen.

Von 1961 bis 1975 unterstützte der WWF in mehr als 1200 Vorhaben mit 17,2 Millionen Dollar die Rettung der vom Aussterben bedrohten Wildtierbestände in allen Teilen der Welt. So konnte in allerletzter Minute in Algerien und Tunesien der Atlashirsch (Cervus elaphus barbarus) vor der Ausrottung geschützt werden. Gab es um 1950 noch etwa 400 Tiere, so war der Bestand nach dem Algerienkrieg auf höchstens noch 150 Exemplare dezimiert worden. Auf Initiative des WWF konnten diese Einstandsgebiete des Atlas- oder Berberhirsches untersucht und ein etwa 500 ha großes Schutzrevier eingerichtet werden, wo sich die Tierbestände wieder vermehren. Weiterhin konnte mit Unterstützung der WWF der indische Sumpfhirsch – Barasingha-Hirsch (Cervus [Recurvus] duvanceli) –, ein Zackenhirsch, vor dem Aussterben gerettet werden 1938 beobachtete man noch über 3000 Hirsche, 1969 dagegen nur noch 70 Tiere. 1980 zählte der Kanha-Nationalpark (Indien) zu den bedeutendsten Einstandsgebieten, wo bereits wieder 500 Hirsche beobachtet wurden.

Beispielgebend für die modernen Wildschutzmaßnahmen ist auch das «WWF-Projekt Tiger» zum weltweiten Schutz der sehr gefährdeten Raubkatzen. Das betrifft nicht nur den Weißen Königstiger von Rewa oder den Sibirischen Tiger im Amur-Ussurigebiet, sondern alle freilebenden Tiger. Es wird geschätzt, daß heute nicht mehr als 3000 Tiere in der freien Wildbahn vorkommen. Indien hat 1970 die Tigerjagd verboten und spezielle Tigerschutzreservate eingerichtet. 1980 schätzte man den Bestand in Indien nur noch auf 60 Tiger. Der Maharadscha von Surguja hatte allein über 1150 Tiger geschossen.

Als ein weiteres Projekt haben WWF und IUCN das Jahr 1980 zum «Jahr des Schutzes des Nashorns» erklärt. Nach Angaben im «Tier» (10/1981) sind umfassende Schutzmaßnahmen notwendig, um den Bestand der verschiedenen Nashornarten auf der Welt zu sichern (Indische Panzernashörner, Sumatra-Doppelnashorn, Java-Nashorn, Spitzmaulnashorn – Schwarzes Nashorn –, Breitmaulnashorn – Weißes Nashorn). Rapide gingen die Bestände in den letzten Jahren in allen Ländern zurück. Im Tsavo-Nationalpark in Kenia, wo 1969 über 6000 Tiere gezählt wurden, waren es 1979 nur noch 50. Im nördlichen Tansania sind in der Zeit zwischen 1975 und 1979 mehr als 95% aller Nashornbestände ausgerottet worden. Seit 1979 stehen in Tansania alle Nashörner unter strengem Schutz. Der enorme Preisanstieg für das Elfenbein der Hörner führte zu dieser radikalen Ausrottung der Nashornbestände. 1 kg kostete 1962 noch 18 Dollar, 1971 = 37 Dollar, 1976 = 105 Dollar, 1977 = 190 Dollar, 1978 bereits 300 Dollar, und im September 1979 wurde das Kilo Nashorn-Elfenbein bereits mit 650 Dollar auf dem Weltmarkt gehandelt. Zwischen 1969 und 1977 führte der Nordjemen mehr als 22000 kg Horn ein, vorwiegend zur Anfertigung von Griffen für Dolche. 1980 kostete ein solcher Dolch bis zu 13000 Dollar.

Auch den Säbelantilopen (Oryx gazella dammah) in der südlichen Sahara sowie dem Weißen Oryx (Oryx gazella leucoryx) in Arabien, wo höchstens noch 500 Gazellen in den Wüsten leben, gilt der Schutz, da die Tiere wegen ihrer säbelförmigen Trophäen zur begehrten Jagdbeute vom Auto oder Flugzeug aus geworden waren. 1962 konnte im Zoo-Park von Oman eine Zuchtherde gebildet werden, die 1979 wieder soweit angewachsen war, daß von 100 Weißen Oryx wieder sechs Tiere in die Wüsten der jordanischen Tierschutzreservate ausgesetzt wurden.

Als ein Beispiel der jahrzehntelagen vorbildlichen internationalen Zusammenarbeit auf dem Gebiet des Wildtierschutzes kann die Rettung des Seeotters (Enhydra lutis) an den nördlichen Küsten des Stillen Ozeans betrachtet werden. Wurden 1880 noch 118000 Otterfelle zum Verkauf auf dem Weltmarkt angeboten, so waren es 1885 lediglich noch 8000 Exemplare, um 1900 war der Bestand an Seeottern fast vernichtet. Die Anliegerstaaten leiteten einheitliche Schutzmaßnahmen ein, so daß auf den Aleuten um 1911 und auf den Kommandeur-Inseln ab 1924 der Fang und der Abschuß der Seeotter untersagt war.

Der Bestand konnte sich bis 1973 wieder auf über 10000 Tiere erhöhen. Der Beauftragte für Jagd und Fischerei im amerikanischen Bundesstaat Alaska stellte in einer Notiz in der Zeitschrift «Das Tier» (Heft 6/72) fest, daß aber wahrscheinlich bei dem «Atomversuch auf der Insel Anchitka zwischen drei- und achtundert Seeottern umgekommen sind». Bei den US-amerikanischen H-Bomben-Versuchen auf den Bikini-Inseln (im Stillen Ozean) gingen Tausende von Meeresschildkröten qualvoll zugrunde, und Millionen von Seevögeln hatten sterile Eier, ernste Hinweise und Warnzeichen für die Menschheit, der atomaren Massenvernichtung überall in der Welt Einhalt zu gebieten.

Wir wissen ferner, daß täglich Pestizide, Herbizide und andere Gifte unsere Landschaft auf das Äußerste gefährden und zur Dezimierung der Wildbestände, besonders des Flug- und Niederwildes, beitragen. Hier liegt die große humanistische Verantwortung dafür, daß nicht radioaktive Strahlen, Giftgase oder Panzergranaten das Leben von Pflanzen, Tieren und Menschen weiter gefährden. Die Vollversammlung der UNO bestätigte im Oktober 1974 eine weitere Konvention über ein weltweites Verbot der Einwirkung auf die natürliche Umwelt und auf das Klima zu militärischen und anderen Zwecken, damit es nicht zur Vernichtung der Vegetation und zur verheerenden Störung der Ökologie in der Pflanzen- und Tierwelt kommt.

So besitzen heute die Maßnahmen zur Rettung der freilebenden Tier- und Pflanzenwelt sowie der Natur- und Umweltschutz generell sowohl auf nationaler als auch auf internationaler Ebene eine ständig wachsende Bedeutung. Hiervon werden alle Menschen direkt berührt, deshalb ist die friedliche Zusammenarbeit aller Länder und Völker der Erde eine Grundvoraussetzung für eine zukunftorientierte Lösung dieser Probleme.

Alles Eintreten für den Schutz der Natur und die Begeisterung für das schöne Weidwerk werden zur Phrase, wenn wir nicht die moralische Verantwortung des Menschen für die gesamte Natur und für die freilebende Tierwelt voll anerkennen, um eine gesunde Umwelt sinnvoll zu erhalten. Von jedem hängt es deshalb ab, ob wir mit einer bewußten Einstellung zur Umwelt des Menschen dem Wohle der ganzen Menschheit dienen und dadurch unsere natürliche Umwelt so gestalten, daß auch das Tier eine Chance zum Überleben erhält. So konnte z. B. in Belgien der Singvogelfang von jährlich etwa zwölf bis 20 Millionen Vögeln vor 1972 auf etwa 120000 Vögel, darunter 50000 Buchfinken, reduziert werden. Heute sind alle Greifvögel und Eulen im ganzen Lande ganzjährig geschützt.

Für den Jäger besteht die besondere Verantwortung, durch eine rationelle Jagdwirtschaft eine gezielte Hege des Wildes durchzuführen, um einen zuverlässigen Schutz von Wild und Umwelt zu gewährleisten. Die aktive Mithilfe bei der Erhaltung des gefährdeten ökologischen Gleichgewichtes in der Natur charakterisiert den Jäger von heute und erst recht den von morgen.

Der weidgerechte Jäger ist meist bereits ein begeisterter Beschützer der Natur und Heger des Wildes; er muß aber immer mehr auch zu einem Heger der Landschaft werden. Nur im Einklang zwischen aktiver Jagdausübung und dem Erkennen der Verantwortung für die natürliche Umwelt können wir die kulturellen Werte der jagdlichen Traditionen weiter pflegen und auch in der Zukunft für einen weitreichenden Schutz der Natur sorgen und zur Wahrung und Schonung des Wildbestandes in allen Teilen unserer Erde beitragen. Hierin liegt eine unserer Verantwortungen für die Zukunft.

Für uns und für die künftigen Generationen bewahren wir nicht nur Natur und Wild, sondern auch das kulturelle Erbe, zu dem die zahlreichen Kulturgüter aus der Geschichte des Jagdwesens gehören. In vielen Jagdschlössern oder in speziellen Museen werden diese Zeugnisse der Jagdkultur aufbewahrt und in zunehmendem Maße der Öffentlichkeit zugänglich gemacht. Aus diesem engen Verhältnis zur Tradition und zum kulturellen Erbe der Jagd entwickeln sich immer wieder neue Formen des jagdlichen Brauchtums sowie Werke der Jagdkultur, die später einmal ebenfalls einen würdigen Platz in der Kulturgeschichte der Jagd einnehmen werden.

So schließt sich der Kreis, daß unser heutiges Wissen über die Jagd und ihre verschiedenen Methoden nur aus dem Kennen der jagdlichen Traditionen der Vergangenheit zu verstehen ist. Diese kulturhistorischen Erfahrungen prägen auch das Verhalten zu den Problemen der Zukunft. So kündet das Jagdsignal «Großes Halali» nicht nur feierlich das Ende der jeweiligen Jagd an, sondern läßt harmonisch die Hoffnung auf weitere erlebnisreiche Jagden anklingen.

Literaturverzeichnis

Die mehrere Kapitel berührende Literatur ist jeweils bei dem Kapitel zu finden, für das sie am bedeutungsvollsten ist.

Wild und Jagd in der Urgesellschaft

Bachofen-Echt, A.: Riesenhirsche in der Kunst. Berlin 1937

Bandi, H. G., H. Breul und *H. Lhote:* Die Steinzeit. 40000 Jahre Felsbilder. Baden-Baden 1960

Bataille, G.: Die vorgeschichtliche Malerei. Lascaux oder die Geburt der Kunst. Die großen Jahrhunderte der Malerei. Genf 1955

Behn, F.: Die Jagd der Vorzeit. Kulturgeschichtlicher Wegweiser. Mainz 1922

Berger, A.: Die Jagd der Völker im Wandel der Zeiten. Berlin 1928

Boe, J.: Felszeichnungen im westlichen Norwegen. Bergen 1932

Brentjes, B.: Fels- und Höhlenbilder Afrikas. Leipzig 1965

Clark, G.: The Stone age Hunters. London 1972

Cuval, R.: Höhlenmalerei. Wien 1962

Döbler, H. F.: Jäger, Hirten, Bauern. Gütersloh/Berlin (West)/München/Wien 1971

Kahlke, H. D.: Die Cervidenreste aus den altpleistozänen Ilmkiesen von Süssenborn bei Weimar. Berlin 1956

Kühn, H.: Die Felsbilder Europas. Stuttgart 1952

ders. Eiszeitkunst. Die Geschichte ihrer Erforschungen. Göttingen 1965

Lamin, G. A.: Lascaux – Ursprung der Kunst. Dresden 1962

Leroi-Gourhan: Préhistoire de l'art occidental. Paris 1965

ders. Prähistorische Kunst. Die Ursprünge der Kunst in Europa. 1975

Lhote, H.: Die Felsbilder der Sahara. Würzburg/Wien 1958

Lindner, K.: Die Jagd der Vorzeit. Geschichte des deutschen Weidwerks. Berlin/Leipzig 1937

Lips, J. E.: Vom Ursprung der Dinge. Leipzig 1953

Mania, D.: Altpaläolithische Travertinfundstelle bei Bilzingsleben, Kreis Artern. In: Ausgrabungen und Funde, Berlin 1976

Mania, D., V. Toepfer und *E. Vlček:* Bilzingsleben I – Homo erectus – seine Kultur und seine Umwelt. Berlin 1980

Mania, D. und *A. Dickel:* Begegnung mit dem Urmenschen – Die Funde von Bilzingsleben. Leipzig/Jena/Berlin1980

Matthes, H.: Die Verbreitung der Säugetiere in der Vorzeit. Handbuch der Zoologie. Berlin 1962

Müller-Karpe: Handbuch der Vorgeschichte. Die Jagd im Alt-, Mittel- und Jungpaläolithikum. München 1966

Okladnikow, O. P.: Der Hirsch mit dem goldenen Geweih. Vorgeschichtliche Felsbilder in Sibirien. Wiesbaden 1972

Pietsch, E.: Altamira und die Urgeschichte der chemischen Technologie. München 1963

Schmid, E.: Zur Altersstafflung von Säugetierresten und der Frage paläolithischer Jagdbeute. In: Eiszeitalter und Gegenwart, 1959

Sieverking, A. G.: The caves of France and Northern Spain. London 1962

Soergel, W.: Das Aussterben diluvialer Säugetiere und die Jagd des diluvialen Menschen. Jena 1922

Toepfer, V.: Tierwelt des Eiszeitalters. Leipzig 1963

Die Jagd im Altertum

Altenmüller, H.: Darstellungen der Jagd im Alten Ägypten. Hamburg/Berlin (West) 1967

Arrian, Flavius: Cynegeticus oder «Das Büchlein von der Jagd». In: Langenscheidts-Bibliothek, 13. Lieferung

Bardon, F.: Diane de Poitiers et la mythe de Diane. Paris 1963

Bolle, F.: Ein Bild des Davidshirsches von Adolph Menzel. In: Säugetierkdl. Mitteilungen, 1957

Böttger, W.: Jagdmagie im alten China. Leipzig 1956

ders. Die ursprünglichen Jagdmethoden der Chinesen. Berlin 1960

Brentjes, B.: Wild und Haustier im Alten Orient. Berlin 1962

ders. Die Haustierwerdung im Orient. Neue Brehmbücherei, Nr. 344. Wittenberg 1965

ders. Die Erfindung des Haustieres. Leipzig/Jena/Berlin 1975

Caesar, Julius: De bello gallico. Lib. V. München 1962

Daltrop, G.: Die Kalydonische Jagd in der Antike. Hamburg/Berlin (West) 1966

ders. Die Jagdmosaiken der römischen Villa bei Piazza Armerina. Hamburg/Berlin (West) 1969

Dunkel, U.: Forscher, Fallen, Fabeltiere. David-Hirsche, der Schatz im Garten der «Verbotenen Stadt». Stuttgart 1954

Dutoit, J.: Jatakam. Das Buch der Erzählungen aus der frühen Existenz Buddhas. Leipzig 1908–1921

Erdmann, K.: Die «Sasanidischen Jagdschalen». Untersuchungen zur Entwicklung der Iranischen Edelmetallkunst unter den Sasaniden. In: Jahrbuch der Preußischen Kunstsammlungen, Berlin 1936, Band 57

ders. Die Kunst Irans zur Zeit der Sasaniden. Mainz 1969

Ereszinski, W.: Löwenjagden im Alten Ägypten. Leipzig 1932

Fox, M.: Abbé Davids Diary. New York 1949

Garrod, D. A. E.: The Natufian Culture: The Life and Economy of a Mesolithic People in the Near East. In: Proceedings of the British Academy, London 1957

Ghirsmann, R.: Iran, Parther und Sasaniden. München 1962

Godard, A.: Die Kunst des Iran. Berlin (West) 1964

Grousset, R.: L'Empire de steppes. Paris 1970

Helck, W.: Urkunden des Ägyptischen Altertums. Urkunden der 18. Dynastie. Berlin 1961

ders. Jagd und Wild im alten Vorderasien. Hamburg/Berlin (West) 1968

Heck, H.: Der Milu. In: Milu, (Tierpark Berlin) 1970

Jankovich, M.: Pferde, Reiter, Völkerstürmer. München 1970

Kayser, B.: Jagd und Jagdrecht in Rom. Göttingen 1894

Keller, O.: Thiere des classischen Alterthums in culturgeschichtlicher Beziehung. Innsbruck 1887

Keller, O.: Die antike Tierwelt. Leipzig 1909, 1913
Koch, K. L.: Vom Wildtier zum Haustier. Darmstadt 1964
Kühnel, E.: Persische Miniaturmalereien. Berlin 1959
Lauchert, F.: Das Weidwerk der Römer. Rottweil 1848
Lips, J. E.: Fallensysteme der Naturvölker. Leipzig 1927
Laslo, V.: Untersuchungen zur Geschichte der Hirtenkulturen. Berlin 1968
Meissner, B.: Der Alte Orient. Assyrische Jagden. Leipzig 1911
Mellaart, J.: Chatal Hüyük – Stadt aus der Steinzeit. London 1967
Miller, M.: Das Jagdwesen der alten Griechen und Römer. München 1883; Nachdruck: Amsterdam 1970
Overbeck, J.: Antike Jagd. München 1927
Sälzle, K.: Tier und Mensch, Gottheit und Dämon. München 1965
Schirmer, K.: Kennen die Römer ein Jagdrecht des Grundeigenthums? Weimar 1873
Schuhmacher, E.: Die letzten Paradiese. Gütersloh 1966
Seibert, I.: Hirt – Herde – König. Zur Herausbildung des Königtums in Mesopotamien. Berlin 1960
Suleiman, H.: Miniatures of Babur-Nama. Taschkent 1970
Trumler, E.: Vom Weidwerk im alten Asien. In: Österreichisches Weidwerk, Wien 1957
Vandier, J.: Égypte – Peintures des Tombeaux et des Temples. Collection UNESCO de l'Art Mondial. Paris 1954
Wiedemann, A.: Der Tierkult der alten Ägypter. Leipzig 1912
Wolff, M., und *D. Opitz:* Jagd zu Pferde in der altorientalischen und klassischen Kunst. In: Archiv für Orientforschung. Berlin 1935/36
Zänkert, A.: Die Hirsche des Kaisers. In: Das Tier, Frankfurt (M.) 1961
Zeuner, F. E.: A History of Domesticated Animals. London 1963
Zimmer, H.: Mythen und Symbole in der indischen Kunst und Kultur. Zürich 1951

Jagd und Tierschutz im Mittelalter

Angilbert: Carolus Magnus et Leo papa. Nach: H. Althof: Angilberts Leben und Dichtung. München 1888
Arcussia, C.: Falconaria, das ist eigentlicher Bericht und Anleytung, wie man mit Falcken und anderen Weydtvögeln beitzen soll. Frankfurt (M.) 1617; Faksimile-Ausgabe Leipzig 1974
Beumann, H.: Karl der Große, Lebenswerk und Nachleben. Düsseldorf 1968
Beurmann, A.: Der Aberglaube der Jäger. Hamburg/Berlin (West) 1961
Brander, M.: Die Jagd von der Urzeit bis heute. London 1970; München 1972
Brüll, H.: Die Beizjagd – Ein Leitfaden für die Praxis der Falknerei. Hamburg/Berlin (West) 1968
Bucher, G.: Das Buch der Jagd. Luzern/Frankfurt (M.) 1973
Demarteau, J.: Saint Hubert, sa légende, son histoire. Lüttich 1877
Dembeck, H.: Mit Tieren leben. Berlin (West), Darmstadt, Wien 1963
Dombrowski, V.: Geschichte der Beizjagd. Band 1: Altdeutsches Weidwerk. Wien 1886
Finbert, P. E.: La chasse française. Paris 1960
Fontaines-Guérin, H. de: Trésor de Vénerie. Paris 1394; Metz 1856
Fouilloux, J.: La Vénerie. Paris 1573; Deutsche Ausgabe: Dessau 1727
Friedrich II.: Das Falkenbuch Friedrichs II. Leipzig 1943, De Arte Venandi cum Avibus (Über die Kunst mit Vögeln zu jagen). Vollständige Faksimile-Ausgabe. Graz 1969
Gareis, K.: Die Landgüterordnung Kaiser Karls des Großen (Capitulare de villis vel curtis imperii). Berlin 1895
Hackmann, G.: Hunting in the old world. London/Hannover 1948
Landau, G.: Beiträge zur Geschichte der Jagd und Falknerei in Deutschland. Jagd in Hessen. Kassel 1849; Nachdruck: Kassel 1971
Lindner, K.: Die Jagd im frühen Mittelalter. Berlin 1940
ders. Bibliographische Veröffentlichungen zur Geschichte der Jagd in deutscher Sprache zwischen 1480 und 1850. Berlin (West) 1974
ders. Quellen und Studien zur Geschichte der Jagd
Band 2: Die deutsche Habichtslehre. Das Beizbüchlein und seine Quellen. Berlin (West) 1955
Band 7/8: Von Falken, Hunden, Pferden. Deutsche Albertus-Magnus-Übersetzung aus der 1. Hälfte des 15. Jh. Berlin (West) 1962
Band 10: Studien zur mittelalterlichen, arabischen Falknerliteratur. Berlin (West) 1965
Band 11: Ein Ansbacher Beizbüchlein aus dem 18. Jahrhundert. Berlin (West) 1967
ders. Monumenta Venatoria. Jagdveröffentlichungen des 15.–18. Jahrhunderts:
– Das erste buch vahet also an und leret paissen und auch den habich erkennen. Augsburg um 1480. Faksimile-Ausgabe: Hamburg/Berlin (West) 1971
– Meysterliche stuck von Bayssen und Jagen. Augsburg 1531. Faksimile-Ausgabe: Hamburg/Berlin (West) 1971
– New Jägerbuch Jacoben von Fouilloux. Straßburg 1590; Nachdruck: 1972
– Jägerkunst und Waidgeschrey. Nürnberg 1590, 1616; Nachdruck: 1973
– Die ädle Jägerei. Weimar 1670; Nachdruck: 1973
– Einheimisch- und ausländisch wohlredender Jäger-Rapport derer Holt-, Forst- und Jagd-Kunstwörter nach verschiedener teutscher Mundart. Regensburg 1779, Nachdruck: 1973
– Neues und wohl eingerichtetes Forst-, Jagd- und Weidewercks-Lexicon. Langensalza 1759; Nachdruck: 1975
Michel, E. B.: The art and practice of Hawking. London 1973
Mouchon, P.: Supplément à la bibliographie des ouvrages français sur la chasse de Thiebaud. Paris 1953
Niederwolfsgruber, F.: Kaiser Maximilian I. Jagd- und Fischereibücher. Innsbruck 1965
Paffrath, A.: Die Legende vom Heiligen Hubertus. Hamburg/Berlin (West) 1961
Penzoldt, F.: Sankt Hubertus – habe Dank. Hamburg/Berlin (West) 1961
Phoebus, Gaston, Comte de Foix: La Chasse. Paris 1854
Roth, K.: Zwei Gedichte über Hofjagden aus der Zeit Karls des Großen und Ludwigs des Frommen. In: Forstwissenschaftliches Centralblatt. Berlin 1881
Röttgen, H.: Das Ambraser Hofjagdspiel. Leipzig 1969
Schack, G.: Der Kreis um Maximilian I. Hamburg/Berlin (West) 1963
Schneider, J. G.: Reliqua librorum Friderici II. imperatoris de arte venandi cum avibus cum Manfredi Regis additionibus. Band 1 u. 2. Leipzig 1788/89
Schwappach, A.: Handbuch der Forst- und Jagdgeschichte Deutschlands. Berlin 1886–1888
Schwenk, G., G. Tilander und *C. A. Willemsen:* Et multum et multa. Beiträge zur Literatur, Geschichte und Kultur der Jagd. Festschrift für K. Lindner. Berlin (West)/New York 1971
Souhart, R. F.: Bibliographie générale des ouvrages sur la chasse. Paris 1896; Nachdruck: Leipzig 1969
St. Hubertus – Schutzheiliger der Metzger und Jäger. In: Das Tier, 1976, Heft 11
Sternber, Z.: Sokolnictivi (Falknerei). Prag 1869
Stresemann, E.: Die Entwicklung der Ornithologie. Berlin (West) 1951
Tardivus: New Jagd- und Weydwerck-Buch. Frankfurt (M.) 1582
Thiebaud, J.: Bibliographie des ouvrages français sur la chasse. Paris 1934
Uhlenhuth, H.: St. Hubert, der Schutzpatron der Jäger und seine Legende. In: Weidwerk in Wort und Bild. 1905/06

Vach, M., und *J. Kovařík:* Myslivecké zvyky a tradice (Jagdliches Brauchtum und Tradition). Praha 1973
Werth, H.: Altfranzösische Jagdlehrbücher nebst Handschriften. Bibliographien der abendländischen Jagdliteratur. Halle (S.) 1889
Wilhelm, P.: Das Jagdbuch des Gaston Phoebus. Hamburg/Berlin (West) 1965
Wood, C. D., und *F. M. Fyfe:* The Art of Falconry of Frederik II. of Hohenstaufen. Stanford University, Californien 1943

Jagd und Wild im Absolutismus

Amman, J.: Künstliche Wolgerissene New Figuren von allerlei Jagd- und Waidwerk. Frankfurt (M.) 1582
Baumann, F. L.: Akten zur Geschichte des deutschen Bauernkrieges aus Oberschwaben. Freiburg i. B. 1877
Becker, U.: Feudale Jagdanlage auf dem Rieseneck bei Hummelshain. In: Unsere Jagd. Berlin 1967
Benzel, W.: Wovon Jäger heute nur noch träumen. Hamburg/Berlin (West) 1973
Brusewitz, G.: Kungliga jakter pa 1700-talet. Livrustkammaren. Stockholm 1979
Brütt, E.: Fallenbau und Fallenfang. Hannover 1975
Buttlar, W.: Jagdprunk der Vorzeit am sächsischen Hof. Dresden 1907
Chenevix-Trench, Ch.: Schießkunst einst und jetzt. München 1974
Colerus, J.: Oeconomia ruralis et domestica. Nürnberg 1605
Distel: Enorme Beute auf den Kursächsischen Sauhatzen 1585. In: Der Waidmann – Blätter für Jäger und Jagdfreunde, Berlin 1896
Döbel, H. W.: Neueröffnete Jägerpractica oder Der wohlgeübte und erfahrene Jäger. Leipzig 1746; Neuauflage: Neudamm 1912
Dubois, E.: Chasses de France. Paris 1970
Duchartre, P. L.: Histoire des Armes de Chasse et de leurs emplois. Paris 1955
Eckhardt, K.: Das Allendorfer Jagdbuch 1467–1502. Witzenhausen 1968
Feldhaus, F. M.: Die ältesten Darstellungen von Jägern mit Feuergewehren. In: Schuß und Waffe, 1909/10
Flecken, A.: Historische Nachrichten von dem Jagd-Palais Hubertusburg. Leipzig 1740
Fleming, H. F.: Der Vollkommene Teutsche Jäger. Leipzig 1719; 1749; Nachdruck: Graz 1971
Frank, H.: Das Fallenbuch. Entwicklung, Verbreitung und Gebrauch jagdlicher Fallen. Hamburg/Berlin (West) 1975
Franz, G.: Quellen zur Geschichte des Bauernkrieges. München 1963
Genthe, F.: Die preußischen Oberjägermeister. In: Hohenzollern-Jahrbücher, Berlin 1906
Grund, K.: Jagdliches Schießen. Mit Büchsen, Flinten und Faustfeuerwaffen. Hamburg/Berlin (West) 1976
Hagie, C. E.: The American Rifle for Hunting and Target Shooting. New York 1944
Hanson, C. F.: The Plains Rifle. Pennsylvania 1960
Hasselberg, E.: Parforcejagd im Grunewald vor 100 Jahren. Berlin 1933
Hayward, J. F.: Die Kunst der alten Büchsenmacher. Band I: 1500 bis 1660. Band II: 1660 bis 1830. Hamburg/Berlin (West) 1968/69
Hennicke, R. C.: Handbuch des Vogelschutzes. Magdeburg 1912
Herzog zu Mecklenburg, C. G.: Flämische Jagdstilleben von Franz Snyders und Jan Fyt. Hamburg 1970
Historische Jagdwaffen aus den Beständen des ehemaligen Schwarzenburger Zeughauses. Eisenach/Rudolstadt 1968
Hobusch, E.: In alten Jagdchroniken geblättert. Jagdedikte zum Schutz der Tierwelt in Deutschland. In: Unsere Jagd, Berlin 1971
Holm, E.: Pieter Bruegel und Bernart van Orley. Hamburg 1964
ders. Die Einhornjagd auf den Teppichen der Anne de Bretagne. Spätmittelalterliche Tapisserien. Hamburg 1967
Horneck, H.: Jagd in der Zeit. Graz/Stuttgart 1975
Hörning, J.: Halali im Rokoko. Rokoko-Museum Schloß Belvedere. Weimar 1969
Isermeyer, C. A.: Peter Paul Rubens. Hamburg 1965
Jackson, H. J.: European Hand Firearms of the 16th, 17th and 18th Centuries and with a Treatise on Scottish Hand Firearms. London 1960
Kalmar, J.: Regi magyar fegyverek. Budapest 1971
Keller, E.: Die Reitjagd hinter den Hunden. Parforcejagden. In: Zeitschrift für Hundeforschung, Leipzig 1939
Knupp, Ch.: Jagdfriese in Renaissanceschlössern. Hamburg 1970
Koepert, O.: Jagdzoologisches aus Altsachsen. Beiträge zur sächsischen Jagdgeschichte. Dresden 1914
Kultzen, R.: Jagddarstellungen des Jan van der Straet auf Teppichen und Stichen. Hamburg 1970
Kumerloeve, H.: Unterlagen zur «Schadtiere»-Bekämpfung im Braunschweiger Land. 17./19. Jh. In: Festschrift für K. Lindner. Berlin (West)/New York 1971
Lauts, J.: Jean-Baptiste Oudry. Hamburg 1967
Lenk, T.: Steinschloß-Feuerwaffen. Ursprung und Entwicklung. Hamburg/Berlin (West) 1973
Lenk, W.: Dokumente aus dem Deutschen Bauernkrieg. Beschwerden, Programme, theoretische Schriften. Leipzig 1974
Leverkühn: Zur Geschichte des Vogelschutzes. In: Ornithologische Mitteilungen, 1887
Lindner, K.: Das Jüngere Jagdbuch Wolfgang Birkners. Leipzig 1968
Lugs, J.: Handfeuerwaffen. Systematischer Überblick über die Handfeuerwaffen und ihre Geschichte. Prag 1956; Berlin 1970
Luther, M.: Jagdpredigt. In: Reformatorische Schriften. Leipzig
Mager, F.: Wildbahn und Jagd Altpreußens im Wandel der geschichtlichen Jahrhunderte. Neudamm 1941
Meinz, M.: Jagddarstellungen auf Silbergeräten. Hamburg 1965
ders. Pulverhörner und Pulverflaschen. Hamburg/Berlin (West) 1966
Naumann, J. F.: Beleuchtung der Klage über Verminderung der Vögel in der Mitte von Deutschland. 1849
Negri, F.: Il Fucile da Caccia. Rom 1968
Peterson, H. L., und *R. Elman:* Berühmte Handfeuerwaffen. München 1975
Philoparchi, Germani (Chr. H. Schweser): Kluger Forst- und Jagdbeamter oder juristische und praktische Anleitung, wie die Forst-, Jagd- und Wildbahngerechtsame aufs beste zu beobachten ... und das Jagd- und Forstwesen überhaupt aufrecht erhalten werden soll. Nürnberg 1774
Probst, G. F.: Monumenta Venatoria. Besondere Gespräche von der Par-Force-Jagd zwischen Nimrod Dem Ersten Jäger und dem Weltberühmten Huberto. Hamburg/Berlin (West) 1973
Puschmann: Jagd-, Forst- und Vogelschutz in Mecklenburg. Wismar 1908
O'Bryn, F. A.: Die Parforcejagd zu Wermsdorf (Hubertusburg) bei Dresden. Dresden 1879
Röhrig, F.: Das Weidwerk in Geschichte und Gegenwart. Potsdam 1933
Riling, R.: Guns and Shooting. A selected chronological bibliography. New York/Toronto 1951
Ridinger, J. E.: Vollkommene und gründliche Vorstellungen der vortrefflichen Fürsten-Lust oder der Edlen-Jagtbarkeit. Augsburg 1729
Schade, W.: Die Malerfamilie Cranach. Dresden 1974
Schedelmann, H.: Die großen Büchsenmacher. Leben, Werke, Marken 15.–19. Jahrhundert. Braunschweig 1972
Schinmeyer, K.: Handfeuerwaffen – gestern und heute. Melsungen 1975

Schlechtendal, V.: Nachtigallen-Schutzverordnungen von 1698. In: Ornithologische Mitteilungen, 1883
Schmidt, J.: Ist die Kugel aus dem Lauf ... München 1976
Schöbel, J.: Barockes Halali. Jagdwaffen und Jagdgeräte aus dem Historischen Museum der Staatlichen Kunstsammlungen Dresden. Dresden 1968
ders. Prunkwaffen und Rüstungen aus dem Historischen Museum zu Dresden. Leipzig 1974
Schöbel, J., und *J. Karpinski:* Jagdwaffen und Jagdgeräte des Historischen Museums zu Dresden. Berlin 1976
Scholze, H. E.: Schloß Hubertusburg. Leipzig 1966
Scholz, R.: Jagdlicher Schmuck. Hamburg 1970
Schreyer, E.: Historische Jagdwaffen. Staatliches Museum Burg Falkenstein (Harz) Halle (S.) 1965
Smoler, F. X.: Historische Blicke auf das Forst- und Jagdwesen, seine Gesetzgebung und Ausbildung von der Urzeit bis zum Ende des 18. Jahrhunderts. Prag 1847
Spangenberg, C.: Der Jagdteuffel. Bestendiger und wohlgegründter bericht, wie fern die Jagten rechtmessig und zugelassen. 1560; Nachdruck: Leipzig 1977
Sternelle, K.: Lucas Cranach d. Ä. Hamburg 1963
Stieglitz, Ch. L.: Geschichtliche Darstellung der Eigenthumsverhältnisse an Wald und Jagd in Deutschland von den ältesten Zeiten bis zur Ausbildung der Landeshoheit. Leipzig 1832
Stisser, F. U.: Forst und Jagdhistorie der Teutschen. Jena 1737
Szablowski, J.: Die flämischen Tapisserien im Wawelschloß zu Krakau – der Kunstschatz des Königs Sigismund II. August Jagello. Antwerpen 1972
Stubbe, W.: Johann Elias Ridinger. Hamburg 1966
Täntzer, J.: Der Dianen Hohe und Niedere Jagdgheimnisse. Kopenhagen 1682
Thienemann, G. A. W.: Leben und Wirken des unvergleichlichen Thiermalers und Kupferstechers Johann Elias Ridinger mit dem ausführlichen Verzeichnis seiner Kupferstiche, Schwarzkunstblätter usw. Leipzig 1856
Thierbach, M.: Die geschichtliche Entwicklung der Handfeuerwaffen. Dresden 1886
ders. Die ältesten Radschlösser deutscher Sammlungen. In: Zeitschrift für historische Waffenkunde, Bd. 2, 1900/1902
Waehler, M.: Die Pirschanlage auf dem Rieseneck. Ein Bild aus der thüringischen Kultur- und Jagdgeschichte des 18. Jh. In: Thüringen, 1927/28
Walther, F. L.: Grundlinien der deutschen Forstgeschichte und der Geschichte der Jagd, des Vogelfangs, der wilden Fischerei und Waldbienenzucht. Gießen 1816
Wäschke, H.: Parforce-Jagd in Anhalt. Zerbst 1913
Wendt, U.: Kultur und Jagd – ein Birschgang durch die Geschichte. Berlin 1907/08
Winckell, A. D.: Über die Hirsch- und Parforcejagden. In: Handbuch für Jäger, Jagdberechtigte und Jagdliebhaber, Leipzig 1820–1822

Von Fallen, Trappern und Lederjägern

Allen, J. A.: The American Bison. Living and Existence. New York 1876
Berg, L. S.: Die Entdeckung von Kamtschatka und die Expedition Berings 1725–1742. (Russ.) Moskau 1946
Berger, A.: Die Jagd aller Völker im Wandel der Zeiten. Berlin 1928
Bondarenko, W.: Jagd in Steppen, Wäldern und Eis. Auf Zobeljagd. Sowjetische Jäger erzählen. Leipzig 1969
Boyle, J. A.: An Eurasian hunting ritual. In: The Folklore Society, London 1969
Brànch, E. D.: The Hunting of the Buffalo. New York 1929
Brass, E.: Aus dem Reich der Pelze. Bd. 1: Geschichte des Rauchwarenhandels. Berlin 1925
Buchholz, E u. G.: Rußlands Tierwelt und Jagd im Wandel der Zeit. Gießen 1963
Buchholz, E.: Die ältesten russischen und polnischen Jagdbücher. In: Festschrift für K. Lindner. Berlin (West)/New York 1971
Catlin, G.: Illustrations on the manners and customs and condition of the North American Indians. London 1841; Deutsche Ausgabe: Brüssel 1848
ders. Letters and Notes on the North American Indians. London 1851
Cooper, J. F.: The Deerslayer. 1841; deutsch: Der Wildtöter. Berlin 1956
Djoshkin, W. W., und *W. G. Safonow:* Die Biber der Alten und Neuen Welt. Neue Brehmbücherei, Nr. 437, Wittenberg 1972
Dickason, O. P.: Indian Arts in Canada. Ottawa 1972
Fuller, W. A.: The biology and management of the bison of Wood Buffalo Park. Canadian Wildlife Service, 1968
Garretson, M. S.: The American Bison. New York 1935
Goodwin, G. G.: Buffalo Hunt – 1935. In: Natural History, New York 1935
Heck, H.: Der Bison. Neue Brehmbücherei, Nr. 378, Wittenberg 1968
Herberstein, S. v.: Moskowia, Wien 1557. Nachdruck: Weimar 1975
Hinze, G.: Der Biber. Berlin 1950
Jeannin, A.: Les Bisons de la grande prairie. In: La Vie des Bêtes, Paris 1962
Johann, A. E.: Pelzjäger, Prärien und Präsidenten. Berlin 1937
Kadich, H. M.: Der nordamerikanische Bison in Vergangenheit und Gegenwart. In: Waidwerk in Wort und Bild, Neudamm 1900
Klein, J.: Der sibirische Pelzhandel und seine Bedeutung für die Eroberung Sibiriens. Dissertation, Jena, 1906
Kraschennikow, S. T.: Beschreibung des Landes Kamtschatka. Bedeutung des Zobelfanges am Fluß Witim. (Russ.) Petersburg 1755; Deutsche Ausgabe: Lemgo 1766
Kraus, O.: Hundert Jahre Naturschutz in den Vereinigten Staaten. In: Naturschutz und Nationalparks, Stuttgart 1965, Heft 37
ders. Das Beispiel Amerika. In: W. Engelhardt, Die letzten Oasen der Tierwelt. Innsbruck 1977
La Fargue, O.: Die Welt der Indianer. Berlin 1975
Lips, E.: Das Indianerbuch. Leipzig 1965
Lips, J. E.: Zelte in der Wildnis. Berlin 1968
ders. Trap Systems among the Montagnais Naskapi Indians of Labrador Peninsula. Stockholm 1936
Mahnzier, A.: Les Bisons canadiens. In: La Vie des Bêtes, Paris 1959
Nowack, E.: Ansiedlung und Ausbreitung des Marderhundes in Europa. In: Beiträge zur Jagd- und Wildforschung, Berlin 1974
Pallas, P. S.: Reisen durch verschiedene Provinzen des Russischen Reiches in den Jahren 1768–1774. 3. Band. St. Petersburg, 1771–1776
Pawlinin, N.: Der Zobel. Neue Brehmbücherei, Nr. 363, Wittenberg 1966
Pedersen, A.: Der Eisfuchs. Neue Brehmbücherei, Nr. 235, Wittenberg 1959
Roe, F. C.: The North American Buffalo. Toronto 1951
Sandoz, M.: The Buffalo hunters. The story of the hide men. New York 1959
Schier, B.: Wege und Formen des ältesten Pelzhandels in Europa. In: Archiv für Pelzkunde, Frankfurt (M.) 1951
Schleissing, G.: Neu entdecktes Sieweria, worinnen die Zobel gefangen werden, wie es anjetzo angebaut und bewohnt ist. Danzig 1692
Seton-Thompson, E.: Lives of game animals. Boston 1953
Steller, G. W.: Ausführliche Beschreibung von sonderbaren Meerthieren. Halle (S.) 1753
ders. Beschreibung von dem Lande Kamtschatka. Frankfurt (M.)/Leipzig 1774
Streberg, F. A.: Amerikanische Jagd- und Reiseabenteuer. Stuttgart/Augsburg 1858
Suchender: Neuentdecktes Sibyria oder Sievveria, worinn die Zobel gefangen-werden. Stettin 1690

Tanner, J.: Dreißig Jahre unter den Indianern. Nach seinen mündlichen Berichten im Jahre 1830 von Dr. E. James aufgeschrieben. Weimar 1968

Wallmeyer, B.: Pelztragende Tiere von A–Z. Gütersloh/Berlin (West) 1974

Wilsson, L.: Bäver (Biber). Stockholm/Wiesbaden 1966

Wilbur, S. R.: Live-trapping North American upland game birds. Washington 1967

Wissler, C.: Indians of the United States. Four Centuries of their History and Culture. New York 1954; Deutsche Ausgabe: Das Leben und Sterben der Indianer. Wien 1958

Ziswiler, V.: Bedrohte und ausgerottete Tiere. Berlin (West)/Heidelberg/New York 1968

Zverovodstvo: Pelztierjagden in den Kolchosen der RSFSR. (Russ.) Moskau 1955

Jagd und Wild im 19. Jahrhundert

Akehurst, A.: Jagdgewehr = Jagdgewehr? Frankfurt (M.) 1969

Allen, R. P.: The Whooping Crane. New York 1952

Anofriev, N.: Russische Jagdliteratur. (Russ.) Kiew 1911

Aragon, L.: Das Beispiel Courbet. Dresden 1956

Baldwin, W. C.: African Hunting. London 1862

Barthold, W.: Jagdwaffenkunde. Suhl 1964

Beard, P. H.: Die letzte Jagd. Luzern/Frankfurt (M.) 1965

Bell, W. D. M.: The Wanderings of an Elephant Hunter. London 1923

Bogaart, N. C. R.: Jacht achter de meute. Den Haag (o. J.)

Bovill, E. W.: The England of Nimrod and Surtees. Oxford 1959

Blackmore, H. L.: Royal Sporting-guns at Windsor. London 1968

ders. Hunting Weapons. London 1971

Brunton, D.: Sportsman's Guide to North East Rhodesia. 1909

Bürger: Wildtiere in Menschenhand. Berlin 1972

Calkin, V. J.: Zur Geschichte der Tierzucht und Jagd in Osteuropa. (Russ.) Moskau 1962

Cholostow, W. G.: Hetzjagden im alten Rußland. In: Unsere Jagd, Berlin 1957

Churchill, R.: Das Flintenschießen. Hamburg/Berlin (West) 1967

Cikovsky, J.: Zur Geschichte des europäischen Wisents. Prag 1968

Coaten, A. W.: British Hunting. London 1910

Cook, J.: Observations on Fox Hunting. London 1826

Courbet and the Naturalistic Movement. Baltimore 1938

Craige, J. H.: The Practical Book of American Guns. Cleveland 1960

Cumming, R. G. G.: Five Years of a Hunter's Life in the Far Interior of South Africa. 1850

Deibel, G.: Von Jagden in Rußland. Zürich 1917

Dementjew, W. J.: Grundlagen der Jagdwirtschaft. (Russ.) Moskau 1971

Diezel, C. E.: Diezels Niederjagd. Hamburg 1970

Ebers, E.: Vom Schicksal der Trompeten-Kraniche. In: Orion, 1957

Filipscu, A.: Zimbrul (Wisent). In: Salbaticiuni din vremea stramosilor nostri, Bukarest 1969

Finbert, E. J.: La Chasse française. Loi du 30 avril 1790 qui abolit le droit exclusif de chasse. Paris 1960

Fisher, R. H.: The Russian Fur Trade 1550–1700. Berkeley 1943

Floessel, E.: Fürstliche und herrschaftliche Jagdveranstaltungen und deren Einfluß auf die Züchtung und Unterhaltung der Jagdhunde. In: Der Hund – ein Beitrag zur Geschichte des Hundes, Wien/Leipzig 1906

Fränden, C. A.: Tranor (Kranich). Stockholm 1958

Friess: Unsere Jagdhunde. München 1949

Genthe, F.: Das Wisent in der Kulturgeschichte. In: Wild und Hund, 1925

Grund, K.: Jagdliches Schießen. Hamburg, 1976

Grzimek, B.: Letzte Oasen der Tierwelt. Frankfurt (M.) 1957

Hackmann, G.: Hunting in the Old World. Hannover 1953

Hagen, H.: Geschichte des preußischen Auers. In: Beiträge zur Kunde Preußens, Bd. II. 1819

Haltenorth, Th., und *W. Trense:* Das Großwild der Erde und seine Trophäen. Bonn/München/Wien 1956

Harhoorn, A. M.: Elefanten abschießen oder nicht: was ist richtig? Elefanten als Landschaftsgärtner schwer ersetzbar. In: Das Tier, Frankfurt (M). 1972

Harris, W. C.: The Wild Sports of Southern Africa. 1839

Hastings, M.: Einführung in das Flintenschießen. Hamburg/Berlin (West) 1969

Hayward, J. F.: The Art of the Gunmakers. 1660–1830. London 1963
dt. Die Kunst der alten Büchsenmacher Bd. 2: Europa und Amerika. Hamburg/Berlin (West) 1969

Heptner, V.; B. Nasimovic und *B. Bannikov:* Die Säugetiere der Sowjetunion. (Russ.) Bd. 1: Moskau 1961. Bd. 2: Moskau 1974

Hibben, F. C.: Hunting in Afrika. New York 1962

Hinrichs, J. Ch.: Entstehung, Fortgang und jetzige Beschaffenheit der russischen Jagdmusik. Petersburg 1796

Hippel, C. v.: Die früheren und heutigen Wildbestände der Provinz Ostpreußen. Königsberg 1897

Hölzel, W.: Jagdreiten – Geschichte, Vorbereitung, Praxis. Stuttgart 1969

Howard, R. W.: The Horse in America. Follett 1965

Hubbard: Working Dogs of the World. London 1970

Hugi, L.: Lockende Jagd. Wild, Geschichte, Kunst, Waffen, Hunde. Berlin (West) 1970

Jaczewski, Z.: Geschützte Wildnis. Der Urwald von Białowiecża und seine Wisente. Wittenberg 1964

Jahn, H.: Zur Ökologie und Biologie der Vögel Japans. In: Journal Ornith. 1942

Kallmeyer, R.: Die Perchino-Jagd mit Barsoi-Windhunden. Berlin 1921

Karcov, G.: Der Urwald von Białowiecża. (Russ.) St. Petersburg 1903

Karstadt, G.: Laßt lustig die Hörner erschallen. Eine kleine Kulturgeschichte der Jagdmusik. Hamburg/Berlin (West) 1964

Koch, T.: Zur Geschichte des Pferdes. Jena 1961

Koga, T.: On the Cranes of Japan in the Wild and in Captivity. In: Zoologische Gärten N. F., Jena 1975

Körner, A., und *R. Vetter:* Wildnis der Wisente. Leipzig 1973

Krysing, G. C.: Bibliotheca Scriptorum Venaticorum. Altenburg 1750

Kuorwski, W.: Myslistwo w Polsce i Litwe (Das Jagdwesen in Polen und Litauen). Poznan 1865

Kutepow, N.: Die großfürstliche und Zarenjagd in Rußland vom 10. bis 16. Jahrhundert. (Russ.) 4. Bd. St. Petersburg 1894–1900

Lampel, W., und *R. Mahrholdt:* Waffenlexikon für Jäger und Schützen. München 1975

Lampson: The Observer's Book of Dogs. London/New York 1966

Lange, H.: Hege der Wildnis. Leipzig 1976

Laurop, C. P.: Handbuch der Forst- und Jagdwissenschaft. 14 Bände, Erfurt/Gotha 1830

Lenz, H.: Mit dem Pferd durch die Zeiten. Berlin 1973

Linders, A.: Afrika aufs Korn genommen. Hamburg 1953

Loesch, Ch.: Die Jagd in Rot. Leitfaden für Reitjagden. Hamburg 1963

Lyell, D.: The African Elephant and its Hunters. 1924

Makatsch, W.: Der Kranich. Wittenberg 1970

Makowski, H.: Japan – Land der Blumen und Kraniche. In: Der Kleine Tierfreund, Hamburg 1970

ders. Einst Farmland – Heute Nationalparks. In: Natur und Landschaft, 1964

Majcherczak, S.: Fünfundzwanzig Jahre sozialistisches Jagdwesen in der Polnischen Volksrepublik. (Poln., mit Bibliographie.) Warschau 1969
Mickiewiz, A.: «Pan Tadeusz» oder die letzte Fehde in Litauen. Diplomatie und Jagd. Nachdichtung H. Buddensieg. München 1963
Moorehead, A.: Was kostet schon ein Elefant? München 1961
Murray-Smith, Th.: Vierzig Jahre unter afrikanischem Wild. Hamburg/Berlin (West) 1961
Norden, W.: Jagd-Brevier – oder von der Kunst des Weidwerks. Wien/Berlin (West) 1970
Nulty, F.: The Whooping Crane. London 1966
Orlan, M. P.: Courbet. Paris 1951
Ostroroga, H.: Myslictwo z ogary (Vogeljagd). Krakowia 1649, Ausgabe: Loweczu 1842
Reille, A.: La législation de la chasse en France. Ganshoren 1969
Richter, J.: Jagdliches Schießen. Berlin 1974
Sabaneen, L. P.: Verzeichnis von Büchern und Aufsätzen jagdlichen und zoologischen Inhalts. (Russ.) Moskau 1883
Schack, H.: Honoré Daumier. Hamburg 1965
Schug, A.: Gustave Courbet. Hamburg 1967
Schäfer, E.: Auf einsamen Wechseln und Wegen. Hamburg/Berlin (West) 1962
Schomburgk, H.: Fahrten und Forschungen mit Büchse und Film in unbekannten Afrika. Berlin 1925
Schmidt-Breitung: Die Jagdunruhen von 1790 im Meißener Hochland. Dresden 1912
Schmuderer-Maretsch, M.: Jagd- und Sportwaffenkunde. Berlin 1928
Schuhmacher, E.: Die letzten Paradiese. Gütersloh 1966
Schulze: Jagdhunde einst und jetzt. Hannover 1965
Singh, K.: Ein Mann und tausend Tiere. Erinnerungen eines indischen Jägermeisters am Hofe des Maharadschas von Gwalior und Jaipur. Hamburg/Berlin (West) 1963
Suratteau: La Révolution française, certitudes et controverse. Paris 1973
Szalay, B.: 100 irrige Wisentbelege. Neudamm 1938
Szczepkowski, J. J.: Tysiac lat polskiego łowiectwa (1000 Jahre polnische Jagd). In: W Krainie łowow, Warszawa 1966
Tegetmeier, W. B.: The Natural History of the Cranes. London 1881
Thomas, B.; O. Gambert und *H. Schedelmann:* Die schönsten Waffen und Rüstungen aus europäischen und amerikanischen Sammlungen. Heidelberg/München 1963
Trench, Ch. Ch.: A History of Horsemanship. London 1970
Ullrich, W.: Afrika einmal nicht über Kimme und Korn gesehen. Radebeul 1957
Urk, J. B.: Story of American Foxhunting. London 1940
Verschuren, J.: Sterben für die Elefanten. Frankfurt (M.)/Berlin (West)/Wien 1970
Von einem Sachsen: Schädlichkeit der Jagd. Dresden/Leipzig 1799
Voss, R.: Wild und Weidwerk der Welt. Wien 1954
Walzoff, D.: Die Perchino-Jagd. (Russ.) St. Petersburg 1913
Wawilow, M.: Die Jagd in Rußland. St. Petersburg 1873
Williams, J. G.: Säugetiere und seltene Vögel in den Nationalparks Ostafrikas. Hamburg/Berlin (West) 1971
Wurmser, A.: Daumier. Paris 1951
Wyler, E.: Demokratie, Freiheit, Jägertum. Schweizer Jagdschriftsteller. Wien (o. J.)
Zwilling, E. A.: Jagd und Wildschutz in Afrika. Wien 1967
ders. Seltene Trophäen. Kostbarkeiten aus zwanzig afrikanischen Wanderjahren. Hamburg/Berlin (West) 1958

Jäger und Heger für morgen

Akimuschkin, J.: Vom Aussterben bedroht? Tiertragödien, vom Menschen ausgelöst. Leipzig 1972
Allgemeine Staatliche Jagdausstellung der ČSSR mit internationaler Beteiligung. Katalog. (Tschech.) České Budějovice 1976
Antonoff, G.: Wie behandle ich meine Jagdbeute. München 1975
Bakkay, L.: Goldmedaillen-Trophäen des letzten Jahrzehntes. 1960–1969. (Ungar.) Budapest 1971
Bannikow, A.: Saiga-Antilopen. Neue Brehmbücherei, Nr. 320, Wittenberg 1963
Beck, W. v.: Ein Jäger – zwei Seelen. Graz/Stuttgart 1976
Behnke, H.: Jagdbetriebslehre. Hamburg/Berlin (West) 1975
Behnke, H., und *R. Behrendt:* Jagd und Fang des Raubwildes. Hamburg/Berlin (West) 1974
Behnke, J., und *A. Hopp:* Der große Pirschgang. Melsungen 1975
Bieger, W.: Die formelmäßige Bewertung der europäischen Jagdtrophäen. Hamburg/Berlin (West) 1976
Bösener, R.: Die Geweihsammlung des Jagdschlosses Moritzburg bei Dresden. In: Sächsische Heimatblätter, 1972, Heft 3
Bösener, R., und *Ch. Stubbe:* Die «66-Ender» von Moritzburg. In: Unsere Jagd, Berlin 1969
Bujack, J. G.: Was Johann Sigismund von 1612–1619 an allerlei Wildpret geschlagen hat. In: Preuß. Prov. Blätter, 1839
Bulatow, G., und *W. Pribitkow:* Die ersten Dekrete über die Natur und Jagd. In: Ochota i ochtn. chozjajstwo. (Russ.) Moskau 1967
Carson, R. L.: Der stumme Frühling. München 1964
Conrad, B., und *W. Poltz:* Vogelschutz in Europa. Luxemburg 1976
Dementjiew, G. P., und *V. S. Pokrovskij:* Über den Schutz der Jagdfauna in der SU. In: Unsere Jagd, Berlin 1967
Des Clers, B.: Chasse et nature en Europe. Paris 1975
Dokumentationsstelle für Wildforschung: Stichwortverzeichnis Wildbiologie. Zürich 1981
Dolder, W.: Die schönsten Wildreservate der Welt. Bern 1975
Dröscher, V. B.: Das Tier – ein unbekanntes Wesen. München 1964
Entwurf einer Konvention zum Schutz des Natur- und Kulturerbes der Welt. Nr. 22 und 23 der 17. Sitzung der Generalkonferenz der UNESCO, Paris 1972
Frevert, W.: Das jagdliche Brauchtum. Hamburg/Berlin (West) 1969
Genthe, F.: Der 66-Ender. In: Wild und Hund, 1901
ders. Jagdliche Beziehungen zwischen Preußen und Sachsen. In: Deutsche Jäger-Zeitung, Bd. 33
Gladkow, N. A.: Lenin und der Naturschutz. In: Naturschutzarbeit in Mecklenburg, Greifswald 1970
Gossow, H.: Grundlagen der Wildökologie. München 1976
Grakov, N. N.: Die Jagd in der UdSSR. (Russ.) Moskau 1973. In: Jagdinformationen des RGW. Die Jagd in den Staaten des Rates für Gegenseitige Wirtschaftshilfe. Eberswalde 1975
Grzimek, B.: Wildes Tier, Weißer Mann. Askania Nowa blüht weiter in der Sowjetunion. München 1965, Leipzig 1969
Hartlapa, M., u. *H. III. Prinz Reuß:* Wild in Gehegen – Haltung, Ernährung, Pflege, Wildnarkose. Hamburg/Berlin (West) 1974
Heiss, L.: Askania Nova – Tierparadies in der Ukraine. Der abenteuerliche Weg der Familie Falz-Fein. Vaduz 1976
Henning, R.: Die Jagdtrophäe. Hannover 1975
Heptner, W. G.: Die Säugetiere in der Schutzwaldzone. (Russ.) Moskau 1950; Berlin 1956
Herczeg, A. B.: Das Weidwerk in Bildern. Berlin 1975

Hobusch, E.: 50 Jahre Schutz der Natur in der Sowjetunion. In: Unsere Jagd, Berlin 1967
Holle/Zimpel: Das europäische Schalenwild und seine Trophäen. Leipzig 1975
IUCN-Bulletin – New series. Morges, ab 1967
Jung, E.: Jagdgesetz und Jagdwesen in der Sowjetunion. In: Unsere Jagd, Berlin 1967
Köpfermann, R.: Waidwerk ist mehr als Jagd. München 1960
Krebs, H.: Schießen oder schonen. München 1975
Krutyporoch, F. J., W. D. Treus und *P. A. Kramarenko:* Zoopark Askania Nova. (Russ.) Moskau 1972
Lemke, K., und *F. Stoy:* Jagdliches Brauchtum. Berlin 1971
Lettow-Vorbeck, G. v.: Das Jagdrevier – wie es sein sollte. Hamburg/Berlin (West) 1976
Liepmann, H.: Jagen und Hegen – Hegen und Jagen. Melsungen 1975
Löther, R.: Zum Verhältnis Mensch und Natur und dem Problem der Umweltgestaltung. Mensch, Natur und Noosphäre. Berlin 1969
Mager, F.: Wildbahn und Jagd Altpreußens im Wandel der geschichtlichen Jahrhunderte. Neudamm 1941
Meyer, A. B.: Die Hirschgeweih-Sammlung im Königlichen Schlosse zu Moritzburg bei Dresden. Dresden 1883
Mirow, G.: Der 66-Ender von Biegen. In: Heimatkunde für den Kreis Lebus, 1915
Mohr, E.: Einiges über die Saiga. In: Der Zoologische Garten (NF), Leipzig 1943
New Red Data Book, IUCN: Vol. 1 Mammalia, 1978; Vol. 2 Aves, 1979
Niederösterreichische Landesausstellung: Jagd einst und jetzt. Wien 1978
Nuovissima Enciclopedia pratica della Caccia. (Itl. 4 Bd.) Florenz 1980
Orban, L.: Die Goldmedaillen-Trophäen des Ungarischen Landwirtschaftsmuseums. Budapest 1961
Ormond, C.: The complete Book of Hunting. New York 1962
Papperheim, H. E.: Der Lieblingshirsch des Soldatenkönigs. In: Wild und Hund, 1935
Rotes Buch der UdSSR (Russ.) Moskau 1979
Rudsutak, J. E.: Begegnungen mit Lenin. In: Unsere Jagd, Berlin 1971
Rue, L. L.: Sportsman's Guide to Game. New York 1968
Schulz, E.: Unter Giraffen und Elefanten. Im Land am Kilimandscharo. Leipzig/Jena/Berlin 1977
Schulze, H.: Waidgerecht. Hannover 1975
Seidel, P.: Der von Kurfürst Friedrich III. erlegte 66-Ender. In: Hohenzollern-Jahrbücher, 1903
Sludski, A. A.: Die Saiga in Kasachstan. (Russ.) Alma-Ata 1955
Stahl, D., und *H. Bibelriether:* Jagd in Deutschland. Wild und Jäger im Industrieland. Hamburg/Berlin (West) 1971
Strahl, D.: Wild – lebendige Umwelt. Freiburg/München 1979
Szederjei, A. u. *M.:* Geheimnisse des Weltrekordes der Hirsche. Budapest 1972
Raesfeld, F. v.: Die Hege in der freien Wildbahn. Hamburg/Berlin (West) 1976
Treus, W., und *P. A. Kramarenkow:* Zoopark Askania Nova. (Russ.) Kiew 1962
Ueckermann, E.: Die Wildschadenverhütung in Wald und Feld. Hamburg/Berlin (West) 1970
Ullrich, W.: Tiere – recht verstanden. Ergebnisse und Probleme der Tierpsychologie. Melsungen 1975
Wagenknecht, E.: Rehwildhege mit der Büchse. Leipzig/Radebeul 1976
Weinitschke, H.: Naturschutz gestern – heute – morgen. Leipzig/Jena/Berlin 1980
Wessel, V.: Grüner geht's nicht. Melsungen 1974
Weltjagdausstellung Plovdiv: Katalog der Jagdtrophäen. Sofia 1981
Wirth, H.: Europa pro Natura. Leipzig 1979

Bildnachweis

ADN Zentralbild, Berlin 36, 37, 159, 250, 251
Altonaer Museum, Hamburg 6
Archeologický Ústav, Československá Akademie Ved, Brno 11
Archiv Hobusch 74, 194, 200
Lala Aufsberg, Sonthofen 18, 56, 88
H. Beer, Ansbach 78
Berliner Stadtbibliothek, Berlin 131
Bibliothèque Nationale, Paris 83
CHAT Canada Association Humanity Trap, Toronto 154
Christa Christen, Leipzig 160, 161, 162, S. 171, 209, S. 222
Deutsche Fotothek, Dresden 13, 39, 46, 53, 89, 90, 122, 123, 133, 134, 170, 222, 225, 226, 228, S. 77, S. 122, S. 145, S. 148
Deutsches Jagdmuseum, München 69, 101
DEWAG, Dresden 208, 209, 210
DPA, Frankfurt (Main) 62, 180, 186, 187
Josef Ehm, Prag 120
Engel, Berlin S. 52
Foto Ewald, Berlin 171, S. 116, S. 170, S. 195
Günter Ewald, Stralsund 151, 152
Giraudon, Paris 99, 173
Werner Grundmann, Oberstdorf 12
Claus Hansmann, München 7, 20, 26, 27, 28, 32, 33, 44, 59, 60, 67, 68, 82, 84, 85, 108, 118, 126, 130, 141, 156, 168, 169, 174, 207, S. 76, S. 114, S. 168
Joachim Haupt, Berlin 34
Hirmer Fotoarchiv, München 45
Informatia Service, Kenya 237
Jürgen Karpinski, Dresden 50, 51, 96, 97, 109, 110, 115, 116, 117, 119, 211 S. 104
Kunsthistorisches Museum, Wien 58
Kupferstichkabinett, Basel 107
Harald Lange, Leipzig 1, 242, 243, 244
Mährisches Museum, Brno 9
Henry Makowski, Hamburg 201, 205, Z. 54
Klaus M. Moerl, Berlin 218, 232
Karl-Heinz Moll, Waren 246
Ann Münchow, Aachen 57, 61
Museum des polnischen Jagdverbandes, Warschau/Ryba 219, 220
Museum für Völkerkunde, Leipzig 38, 149, 150, 164, 165, 166, 167, S. 178, S. 179, S. 180
National Collection of Fine Arts, Smithsonian Institution, Washington 157
Nationalmuseum, Warschau 182, 183, 191
NOWOSTI, Berlin 4, 73, 158, 181, 195, 212, 213, 216, 217
Pinguin-Verlag, Innsbruck 86, 95
Wlodzimierz Puchalski, Krakow 163, 193, 204
Rijksmuseum von Natuurlijke Historie, Leiden 72
Herbert Rost, Darmstadt 138, 142
SCALA, Florenz 8, 19, 41, 42, 49, 54, 66, 75, 77, 98, 121, 125, 127, 135, 136, 175, 203
Schatzkammer der Residenz, München 64
Horst Schröder, Stralsund 5, 246
Eckhard Schulz, Burg 198, 233, 234, 235, 236, 238, 239, 240, 241
Staatliche Galerie Dessau 172
Staatliche Kunstsammlungen Greiz, Kupferstich-Kabinett S. 79
Staatliche Museen, Berlin 14, 15, 16, 17, 21, 22, 23, 24, 25, 30, 31, 35, 47, 48, 52, 70, 71, 76, 81, 102, 103, 104, 105, 111, 132, 139, 140, 176, 177, 178, 179, 184, 196, 206, S. 101
Staatliche Museen Dessau, Schloß Mosigkau 40
Staatliche Museen, Stiftung Preußischer Kulturbesitz (Bildarchiv), Berlin (West) 128, 185, S. 196
Staatliche Porzellan-Manufaktur, Meißen 247, 248, 249
Staatliche Schlösser und Gärten, Jagdschloß Grunewald, Berlin (West) 63, 113, 129, 137, 143, 153
Staatliches Museum Schwerin 124, 189, 192
Státni Ústav Památkové Pece a Ockrany Přírody, Prag 106, 199, 223
Asmus Steuerlein, Dresden 2, 80, 91, 92, 144, 145, 146, 147, 221, 224
Tierbilder Okapia, Frankfurt (Main) 214, 215
United States Department of the Interior, National Park Service, Washington 155
Verlag der Kunst, Dresden 3, 10, 43, 65, 79, 100
Verlagsarchiv 55, 93, 94, 112, 202, S. 13, 224, 225
Waffenmuseum, Suhl 114
Weidenfeld & Nicolson, London 87
World Wildlife Fund, Morges/Peter Balley 197
Zentrales Haus der Deutsch-Sowjetischen Freundschaft, Berlin 148